das neue buch

Gesamtwerk in Einzelausgaben

herausgegeben von

Joachim Sartorius

Malcolm Lowry
Dunkel wie die Gruft, in der mein Freund begraben liegt

Deutsch von Werner Schmitz

das neue buch
rowohlt

Deutsche Erstausgabe
Veröffentlicht im Rowohlt Taschenbuch Verlag GmbH,
Reinbek bei Hamburg, September 1985

Aus dem Englischen übersetzt nach der bei Jonathan
Cape, London, erschienenen Originalausgabe
«Dark as the Grave Wherein My Friend Is Laid»

Umschlagentwurf Christian Chruxin
Gesetzt aus der Garamond (Linotron 202)
Gesamtherstellung Clausen & Bosse, Leck
Printed in Germany
2800-ISBN 3 499 25178 7

Vorwort

Klarmachen muß man sich zunächst, daß Lowry kein wirklicher Romanschriftsteller war, es sei denn ganz zufällig. Es ist schwer zu sagen, wie man ihn nennen soll: Tagebuchschreiber, zwanghafter Notizenmacher, Poet *manqué*, trunksüchtiger philosophierender Wanderer – all dies würde fürs erste genügen, aber auch nur fürs erste. Wenn man mit Menschen spricht, die ihn gekannt haben, hört man zur Kennzeichnung Lowrys am häufigsten das Wort *Genie*; und dieses Wort paßt hier einmal ausnahmsweise. Das am zweithäufigsten benutzte Epitheton ist *einmalig*, und es paßt genausogut wie *Genie*: man ist davon überzeugt: nie hat es jemanden gegeben, der Lowry auch nur entfernt ähnlich gewesen ist. Ein schlauer und trügerischer, aber auch ein schüchterner und aufrichtiger Mann; ein Trinker von gargantuanischen Ausmaßen, und doch jemand, der offenbar sein fast übernatürliches Maß an Selbstbewußtheit nie verloren hat, selbst dann nicht, wenn er mit dem Gesicht auf dem Boden einer Kneipe oder Cantina gelegen hat; ein großer Lügner (oder nachsichtiger formuliert: ein Erfinder autobiographischer Fiktionen), aber auch – besonders in seinen Werken – einer der qualvollst ehrlichen Menschen, die je gelebt haben. Für alle seine Freunde eine beträchtliche Plage; aber auch ein Mann von solchem Charme, daß jemand einmal von ihm sagte: «Wenn ich diesen alten Bastard nur sehe, bin ich eine Woche lang glücklich.» Ein glücklicher Mann; ein Selbstmörder.

Lowrys Charakter wartet mit weiteren Paradoxa auf. Für praktische Belange ist das wichtigste davon die Tatsache, daß er zwar von dem Bedürfnis zu schreiben besessen war, es gleichzeitig aber als überaus schwierig empfand zu schreiben. Der Kanon der von Lowry veröffentlichten Bücher ist klein: ‹*Ultramarine*› (1933; ‹*Ultramarin*›), sein Studenten-Roman über die zweifelhafte Initiation eines jungen Mannes auf See; ‹*Lunar Caustic*› (‹*Die letzte Adresse*›; bereits 1934/35 geschrieben, aber erst 1968 in Buchform veröffentlicht), eine surrealistische Novelle, die in der psychiatrischen Abteilung des Bellevue Hospitals spielt; ‹*Hear Us O Lord from Heaven Thy Dwelling Place*› (1961; ‹*Hör uns, o Herr, der du im Himmel wohnst*›), ein Anthologie von sieben Kurzgeschichten und Novellen, die Mrs. Lowry in den Jahren nach dem Tod ihres Mannes gesammelt (und in einigen Fällen vervollständigt) hat; ein schmaler Band mit Gedichten, erschienen 1962; ein paar einzelne Erzählungen und Romanfragmente, die hin und wieder in verschiedenen Zeitschriften veröffentlicht wurden – und natürlich der prachtvolle ‹*Under the Vulcano*› (1947; ‹*Unter dem Vulkan*›), der Schlußstein von Lowrys Werk, das Zentrum seines Lebens, ein großes Buch.

Bis auf eine Sammlung seiner Briefe (erschienen 1965) ist dies alles, was von Lowry veröffentlicht wurde – bedauerlich wenig, wenn man bedenkt, daß von seiner frühen Jugend bis zu seinem Tod (1957) kaum ein Tag verging, ohne daß er etwas schrieb: Notizen, Tagebücher, vorläufige Absätze und Kapitel für gerade entstehende Arbeiten, Revisionen früherer Arbeiten, Revisionen von Revisionen und so weiter. Man muß davon ausgehen, daß auf jede veröffentlichte Seite Lowrys zweihundert unveröffentlichte kommen, entweder in seiner unmöglich winzigen und unleserlichen Handschrift oder von Margerie Bonner Lowry abgetippt. Es verbleiben noch drei unvollendete Romane, sechs oder sieben Erzählungen und buchstäblich Hunderte von Gedichten.

Warum wurde so vieles begonnen und nur so weniges beendet? Hierfür gibt es mehrere Gründe. Erstens war Lowrys Methode zu schreiben exzentrisch, um das mindeste zu sagen. Er betrachtete seine sämtlichen Arbeiten, die veröffentlichten wie auch die noch gar nicht geschriebenen, als Teil eines gewaltigen Kontinuums, das ‹*The Voyage That Never Ends*› heißen und dessen zentraler Roman ‹*Unter dem Vulkan*› sein sollte; und er weigerte sich, irgendeinen Teil dieses Kontinuums als fertig anzusehen, ehe nicht alle seine Teile fertig waren. Dieser ehrgeizige proustsche Plan hatte für ihn zur Folge, daß es für ihn absolut unmöglich war, je eine Arbeit beiseite zu legen; idealerweise hätte er demnach fähig sein müssen, sie alle gleichzeitig zu verfassen; doch in der Praxis mußte er von einem zum anderen springen: ständig revidierend, ständig glättend, ständig verwerfend – und nie endend.

Ein zweiter Grund liegt tiefer in Lowrys Charakter begründet: er war niemals imstande, sich sein eigenes Ich zu definieren, unter anderem weil er Angst vor dem hatte, was er zu sehen bekäme, wenn er allzu tief in seine Psyche blickte. Wie die meisten visionären Künstler war er jedoch brennend egozentrisch: sein Blick war fast immer nach innen gerichtet und zwar in einem solchen Maße, daß er für die äußere Welt nahezu blind war – falls sie nicht gerade seine eigenen Gedanken und Gefühle widerspiegelte. Von Zeit zu Zeit unternahm er mächtige Anstrengungen, sich auf etwas außerhalb seines Ichs zu konzentrieren – die Weltlage, Freunde, Ehefrauen, den Klang einer Stimme, die Farbe eines Himmels – und zu hoffen, der Alkohol würde ihm solche Abenteuer überstehen helfen. Aber er half ihm natürlich nur zurück in sein Inneres, in dem ein schwer faßbarer innerer Malcolm Lowry sein großartiges unfähiges äußeres Selbst abwechselnd auslachte und bedauerte. Ein solcher Mann konnte nur über sich selbst schreiben, und genau das tat Lowry auch. Es wäre ein Klischee zu sagen, er habe «wenig verschleierte Autobiographien» geschrieben; aber es wäre die Wahrheit. Sehr selten versuchte er Figuren zu erfinden, aber er wußte einfach nicht genug über irgendwelche andere Menschen, um dies tun zu können – deshalb scheinen übrigens seine Nebenfiguren, besonders seine Frauengestalten, so schattenhaft und unklar –, und so kam er immer wieder auf sein einziges wahres Interesse zurück: Malcolm Lowry. Doch vermochte er sich nie dazu zu bringen, Malcolm Lowry ganz ins Gesicht zu sehen, weshalb er keines seiner Selbstporträts je vollenden konnte. (Er betrachtete sogar ‹*Unter dem Vulkan*› als unfertig.)

Es machte ihm Spaß, seinen Personen extravagante und volltönende Namen zu geben: so war er Kennish Drumgold Cosnahan, Roderick McGregor Fairhaven, William Plantagenet – oder Sigbjørn Wilderness, der Protagonist von ‹*Dark as the Grave Wherein My Friend Is Laid*› (‹*Dunkel wie die Gruft, in der mein Freund begraben liegt*›). Auf weniger grelle Weise war er Dana Hilliot oder Geoffrey Firmin; aber wie auch immer er sich nannte, stets war es Malcolm Lowry, von dem er sprach. Man muß dabei freilich bemerken, daß Lowry keine sehr hohe Meinung von seinen fiktiven Ichs hegte: Egozentrik ist nicht synonym mit Eigendünkel. Als er einmal in einem Brief Sigbjørn Wilderness einem Freund zu erklären versuchte, verriet er seine Vorbehalte:

«(...) ist Wilderness kein Romanschriftsteller – nicht in dem ordinären Sinne, in dem man Schriftstellern oder dem Autor in Romanen begegnet. Er weiß einfach nicht, was er ist. Er ist eine Art Untergrundmensch. Er ist auch Ortegas Kollege, erfindet sich sein Leben Schritt für Schritt und versucht seine Berufung zu finden ... er ist an Literatur nicht interessiert, er ist unkultiviert, unglaublich unaufmerksam, in mancher Hinsicht ungebildet, traut sich selbst nichts zu, und ihm mangelt es an fast allen Eigenschaften, die man gewöhnlich mit einem Romancier oder Schriftsteller assoziiert ... Seine Schreibmethoden sind absurd, und er sieht praktisch überhaupt nichts – außer durch die Augen seiner Frau –, obwohl er allmählich zu sehen beginnt. Ich glaube, dadurch kann er ein sehr origineller Charakter werden – menschlich und ergreifend unmenschlich in einem.»

Einer der Gründe dafür, daß Lowrys Ruhm bis vor kurzem quantitativ ziemlich gering war, mag darin liegen, daß die Leser in seinen Büchern etwas zu finden suchten, was nicht da ist oder höchstens peripher: äußere Handlung – «Plot», wie man das landläufig nennt – und ausgeführte Konflikte zwischen den Figuren. Nirgends bewegt sich jemand; nichts *geschieht*. Doch wenn es auch keine äußere Handlung gibt, so gibt es geradezu eine Überfülle von innerer Bewegung: und im Geist der Protagonisten herrscht ausreichend Spannung, um jeden anderen

Konflikt überflüssig zu machen. Lowry war in der Tat, trotz all seiner Romantik, trotz all der Exotik seiner Sprache, ein höchst anspruchsvoller Schriftsteller, für jeden denkenden Menschen die reinste Freude. Was alle seine Arbeiten trägt, ist nicht Plot, Dialog oder Bewegung, sondern das Auf und Ab eines Geistes, der wirklich erstaunlich ist – in jedem Sinne. Dieser Geist arbeitet mit einem Tempo, das enorme Spannung und Begeisterung hervorruft, so daß der «Plot» eines Lowry-Romans die Bewegung des Geistes des Verfassers ist – oder, sagen wir lieber, des Geistes des Protagonisten. Immer wenn er seinen Protagonisten denken läßt, wird Lowry ein großer Schriftsteller, aber wann immer er versucht, Handlung, Dialoge oder andere Charaktere als sich selbst zu erfinden, ist er weit weniger erfolgreich. Zuweilen gelingt es ihm – wie etwa mit Juan Fernando Martinez in ‹*Dunkel wie die Gruft*› –, uns für jemanden anderen zu interessieren: aber Juan Fernando tritt in dem Buch nie auf, nur in der Erinnerung von Sigbjørn Wilderness. Und wenn uns in diesem Roman die ehrfurchtgebietende Landschaft Mexikos bewegt, müssen wir erkennen, daß dies überhaupt nicht Mexiko ist (höchstens durch geographischen Zufall): es ist eine innere Landschaft, Sigbjørn-Lowrys Landschaft, dieselbe abgrundtiefe Landschaft, die Gerald Manley Hopkins beschreibt:

> O der Geist, der Geist hat Berge; steile Klippen
> schrecklich, tief, von niemandem ergründet. Mag
> sie gering schätzen, wer dort noch nie gehangen.

Anfang Dezember 1945 flogen Malcolm und Margerie Bonner Lowry von Vancouver, British Columbia, nach Mexico City. Sie fuhren mit dem Bus nach Cuernavaca, wo Lowry 1936 mit seiner ersten Frau Jan gelebt und wo er ‹*Unter dem Vulkan*› begonnen hatte. Silvester erfuhr Lowry von Jonathan Cape, dem das fertige Manuskript von ‹*Unter dem Vulkan*› geschickt worden war, der Roman könne in der vorliegenden Fassung nicht akzeptiert werden: es seien erhebliche Revisionen erforderlich. Die nächsten zwei Wochen verbrachte Lowry hauptsächlich damit, eines der bemerkenswertesten literarischen Dokumente unserer Zeit zu verfassen: einen Brief an Cape, in dem er jedes einzelne Kapitel von ‹*Unter dem Vulkan*› sezierte und analysierte und erklärte, aus welchen Gründen jedes Detail so zu bleiben hatte, wie es da stand. Diese Arbeit wurde durch die Ereignisse der Nacht des 10. Januar kaum behindert, in der Lowry einen halbherzigen und spontanen Versuch unternahm, sich die Pulsadern aufzuschneiden. Am 16. Januar machten sich die beiden nach Oaxaca auf, wo Lowry einen mexikanischen Freund von seinem ersten Aufenthalt in diesem Land wiederzufinden hoffte. Sie erfuhren, daß dieser Mann bereits seit einigen Jahren tot war; und da sie nun keinen Grund mehr hatten, sich weiter in Oaxaca aufzuhalten, reisten sie am folgenden Tag über Mexico City nach Acapulco.

Dies ist im großen und ganzen die Handlung von ‹*Dunkel wie die Gruft, in der mein Freund begraben liegt*›. Während der ganzen Reise machten Lowry und seine Frau Notizen – Dialoge, Beschreibungen, Abschriften von Schildern am Wegesrand, alle möglichen zufälligen Beobachtungen. Nach einer furchtbaren Reihe komischer Katastrophen in Acapulco und Mexico City, die ihren Höhepunkt in ihrer Abschiebung aus Mexiko erreichten (und über die Lowry einen weiteren unvollendeten Roman, ‹*La Mordida*›, geschrieben hat), kehrten sie nach Kanada zurück. Kurze Zeit später sah Lowry die gesammelten Notizen der mexikanischen Reise durch, rief «Bei Gott, da steckt ein Roman drin!» und machte sich an die Arbeit, ‹*Dunkel wie die Gruft*› zu schreiben.

Im August 1947 schrieb Lowry an Albert Erskine, den amerikanischen Herausgeber des inzwischen akzeptierten ‹*Unter dem Vulkan*›: ich habe «den Anfang einer ersten Fassung von ‹*Dark Is* (sic!) *the Grave*› geschrieben und mit der zweiten angefangen (...). Das erste Kapitel will mir noch nicht so richtig kommen, aber wenn ich's geschafft habe, werd ich's schicken.» Im Oktober konnte er Erskine dann ein paar Teile schicken:

«Inzwischen schreibe ich an etwas, das man leidlich als ein gutes Buch bezeichnen kann – völlig sicher bin ich mir natürlich nicht, da es eine Art Nebenstraße meines Bewußtseins ist; von meinem Standpunkt aus sähe jedoch der Bericht über das, was passiert, ziemlich gut aus, als objektiver Beobachter würde ich mit Vergnügen meilenweit gehen, um Schlange zu stehen, als subjektiver würde ich ohne jede Einschränkung sagen, daß es *tremendo siniestro* ist: jedenfalls *pazienza* – Du wirst es tröpfchenweise erhalten; ich werde es noch eine Zeitlang durchgehen, bevor ich damit fertig bin, und einiges von dem, was ich Dir schicke, könnte ein wenig ungestüm erscheinen. Diesmal bewegen wir uns auf ein Gleichgewicht zu und nicht in die entgegengesetzte Richtung, und das Ergebnis ist wesentlich aufregender, wenn nicht gar schrecklicher, ‹inspirierender› soll's vielleicht heißen.»

Dieser Energieausbruch wurde durch Lowrys Reise nach Europa unterbrochen (deren erste Etappen in *‹Durch den Panamakanal›* beschrieben werden, einer der Novellen in *‹Hör uns, o Herr, der du im Himmel wohnst›*, in der das Lowry-Ich ebenfalls Sigbjørn Wilderness ist), setzte sich aber 1951 fort, als Lowry, zurück in Kanada, seinem Agenten schreiben konnte, *‹Dunkel wie die Gruft›* sei «noch am Kochen». Anfang 1952 schrieb Lowry an Erskine, er plane den Roman nun als Teil einer Trilogie, deren beides andere Teile *‹Eridanus›* (das heute nur als Fragment existiert) und *‹La Mordida›* sein sollten. Im Mai desselben Jahres schrieb er an Erskine: «Margie tippt noch immer *‹Dunkel wie die Gruft›* aus meinen scheußlichen Bleistiftnotizen ab.» Und im August kamen seine letzten Worte zu diesem Buch: «*‹Dunkel wie die Gruft›* – 700 Seiten Notizen und Entwürfe – ist bei der Bank deponiert; *‹La Mordida›* hat den langen Weg des Abgetipptwerdens angetreten. Ich habe Dir von ersterem nichts geschickt, weil es in toto in keinem lesbaren Zustand ist und es eine Menge Zeit kosten würde, eine passende Auswahl zu treffen.»

Und so standen die Dinge bis vor zwei Jahren, als ich beim Durchlesen sämtlicher in der Universität von British Columbia lagernden Lowry-Manuskripte auf *‹Dunkel wie die Gruft›* stieß und Lowry darin zustimmen mußte, daß wir hier «Bei Gott, einen Roman» vor uns hätten! Auch Mrs. Lowry und die Verleger waren dieser Meinung; und so wurde die vorliegende Ausgabe in Angriff genommen.

Unsere Arbeitsgrundlage war ein ungeheuerliches Chaos. Der ganze «Klumpen», wie Lowry es gern nannte, 705 Typoskript-Seiten, war bereits im Zustand des Vergilbens und Verfallens. Die Aufgabe schien zunächst ziemlich unkompliziert, vom Text her gesehen: der «Klumpen» bestand aus drei verschiedenen Texten von jeweils 383, 174 und 148 Seiten. Die drei schienen durchgehend fortzulaufen, so daß wir mit einem Minimum an Aufwand einen beachtlichen Text herstellen zu können glaubten. Doch solcher Optimismus war naiv. Sehr schnell fanden wir heraus, daß Lowry die drei Texte *nicht* wirklich aufeinanderfolgend durchgearbeitet hatte – sondern daß er statt dessen ungewöhnlich viel ausgekleidet und angereichert hatte, viele neue Anfänge und viele Fehlstarts unternommen und auch eine ganze Menge Material mit hereingenommen hatte, das anderswohin gehörte, in andere Romane und Erzählungen («nur um's aufzubewahren», wie er dazu sagte). In etlichen Fällen existierte eine einzige Episode in fünf verschiedenen Fassungen, von denen keine auf den ersten Blick qualitativ über den anderen stand. Auch war es nicht immer – beziehungsweise fast nie – möglich, blind vorauszusetzen, daß die jüngste Fassung einer Episode, oder auch die vom Autor vorgezogene, stets die vollendetste sei: sehr oft kam es vor, daß Lowry eine Passage schrieb, sie dann abänderte, dann die Änderungen wieder strich, dann andere versuchte, dann die ganze Passage strich – und sie dann fünfzig Seiten weiter wieder einfügte. Es gab viele Wiederholungen, und mehr als einmal hatten wir zu entscheiden, welche von drei identischen Passagen, die in ebenso vielen Kapiteln auftauchten, wir beibehalten sollten. Figuren wurden angekündigt, die dann nie auftauchten; Figuren tauchten auf, die nicht viel zu tun hatten und daher, nachdem sie einige Seiten verlegen herumgestanden hatten, wieder verschwanden.

An vielen Stellen waren die Notizen noch kaum in Prosa übersetzt worden, so daß wir hin und wieder ein «sagte Malcolm» streichen und durch «sagte Sigbjørn» ersetzen mußten; auch viele andere Namen mußten geändert werden. Primrose ist natürlich Margerie Bonner Lowry. Daniel ist Conrad Aiken, Lowrys Freund, Mentor und Vaterersatz über viele Jahre. Erikson ist Nordahl Grieg, der norwegische Romanschriftsteller. Ruth ist Jan, Lowrys erste Frau. Eddie Kent, Dr. Hippolyte, John Stanford und Juan Fernando Martinez sind unsere Namen für echte Freunde und Feinde Lowrys. ‹*Das Tal der Todesschatten*› war Lowrys ursprünglicher Titel für ‹*Unter dem Vulkan*› (dies war Lowrys, und nicht unsere Änderung); und ‹*Swinging the Maelstrom*› war einer seiner ursprünglichen Titel für ‹*Die letzte Adresse*›. ‹*Säuferwalzer*› war Lowrys Ersatztitel für Charles Jacksons ‹*The Lost Weekend*›, von dem Lowry sich über viele Jahre beträchtlich verfolgt fühlte, wenn auch ohne Grund: es besteht praktisch keine Ähnlichkeit zwischen ‹*Säuferwalzer*› und ‹*Unter dem Vulkan*›. Personen, Bücher, Hotels, Cantinas und so weiter erhielten im allgemeinen neue Namen – eine legale und keine ästhetische Notwendigkeit. ‹*In Ballast to the White Sea*› war übrigens der wahre Titel eines Lowry-Buchs, das zusammen mit der Hütte in Dollarton in Flammen aufging.

Die Hauptschwierigkeit bei der Herausgabe bestand demnach im Spleißen und Trennen des Textes – eine knifflige Arbeit, die Geduld und Zurückhaltung erheischte. Es galt, den Mittelweg zwischen zwei Extremen zu finden: wir konnten entweder den «Klumpen» so lassen, wie er war, und ihn dem Leser als brillante, aber verwirrende – und oftmals langweilige –, im Entstehen begriffene Arbeit präsentieren; oder wir konnten eingreifen und sie für Lowry beenden. Das heißt: umschreiben, erweitern, revidieren, streichen, glätten – also alles mögliche tun, um ‹*Dunkel wie die Gruft*› zu einem glatteren Produkt zu machen. Die erste Möglichkeit war reizvoll, besonders für den Wißbegierigen. Dies hätte den Lesern die rare Gelegenheit gegeben, einem Schriftsteller gleichsam tatsächlich beim kreativen Prozeß zuzusehen – ein Studienbuch voller Schmerz, Qual und Plumpheiten, die häufig unkorrigiert stehenblieben. Schlechte Passagen wären durchgestrichen und durch rüde Randbemerkungen des Verfassers verdammt, dann revidiert, dann re-revidiert und schließlich doch stehengelassen worden – versuchsweise. Gelegentlich hätte Lowry sich unterbrochen, um sich einen Vortrag über die Kunst der Prosa zu halten; dieser Vortrag hätte etwa mitten in einem Dialog oder einer Exposition gestanden.

Die zweite Möglichkeit war natürlich überhaupt nicht akzeptierbar, und zwar aus dem einleuchtenden Grund, daß dies weder ethisch noch ästhetisch vertretbar war. Es durfte kein Wort in dem Text stehen, das nicht von Malcolm Lowry stammte. Selbst wenn wir an der einen oder anderen Stelle völlig sicher waren, was Lowry hier getan haben würde, durften wir uns nicht gestatten, nur auf Grund dieser Überzeugung, ohne einen handschriftlichen Beweis Lowrys dafür, einzugreifen. Das einzige was wir tun konnten war, Wiederholungen und nachweisbar nicht wesentliche Stellen oder noch nicht aus den Notizbüchern in das Buch übertragene Stücke zu streichen.

Jenes «Glätten», dessen wir uns enthalten haben, war aus ästhetischen Gründen ausgeschlossen, da Lowry nämlich nie ein «glatter» Schriftsteller war. Er war mehr als Scott Fitzgeralds «Einrücker»: er war ein «Einstopfer». Am besten sind seine Bücher immer da, wo er sie mit Ideen, Bildern, Anspielungen und Wortspielen vollstopft, die alle übereinander gelagert sind; und, wenn er der Phantasie seines Protagonisten erlaubt umherzuschweifen, alle Arten obskurer und bizarrer Korrespondenzen zu suchen, und ganz besonders, wenn er sich tiefer in seine Psyche hineinbohrt, als irgendein Leser ihm folgen kann. Hätten wir ‹*Dunkel wie die Gruft*› sauberer, glatter gemacht, hätten wir seinen enormen Wert als präzises Spiegelbild des herrlich chaotischen Geistes eines Genies zerstört. Daher mußten wir es rauh lassen, wie es war, und das nicht nur, weil wir nicht das Recht hatten, uns am Werk eines Toten zu schaffen zu machen, sondern auch, weil es dadurch in seinem Wert grausam gemindert worden wäre.

Die Fakten der Mexikoreise der Lowrys in den Jahren 1945/1946 bilden nur das nackte Gerüst von ‹*Dunkel wie die Gruft*›. Lowry war in erster Linie Symboliker: was auch immer geschah, was auch immer er hörte oder sah, mußte etwas *bedeuten*, wie versteckt auch immer. Zuweilen ist seine Symbolik peinlich amateurhaft, etwa, wenn er im Kapitel 6 «das zweisprachige Mondlicht» beschwört, «das gleichzeitig in der Sprache der Liebe und des Wahnsinns redete». Aber wenn er auf der Höhe ist – dies ist in *‹Ultramarin›*, *‹Die letzte Adresse›* und *‹Dunkel wie die Gruft›* gelegentlich, in *‹Unter dem Vulkan›* fast durchgängig der Fall –, erstreckt sich sein Geist tief und weit, indem er aus der Welt, aus seinem eigenen beträchtlichen Intellekt und aus seinem Unbewußten neue Visionen der großen alten Symbole gewinnt. Nicht die authentischen einfachen Vorstellungen von Rebstock, Teller, Wein, Stein, Frau, Baum – Lowry hatte Größeres im Sinn: die archetypischen dämonischen Vorstellungen von Abgrund, Labyrinth, verbranntem Wald, Ungeheuern, verpestetem Garten, Schloßruinen, dunklen und unheilvollen Mächten, die in einer alten und gefährlichen Welt ihre Wirkung entfalten. Daher ist Sigbjørn Wilderness nicht einfach Malcolm Lowry, der mit seiner Frau in Mexiko Urlaub macht: er ist ein Dante oder Vergil auf dem Weg ins Inferno. Und er ist mehr als sie, denn er begibt sich zum zweitenmal dorthin. Und die Hölle gehört niemand anderem als ihm allein.

Der erste, dahinrauschende und atemlose Absatz von *‹Dunkel wie die Gruft›* stößt uns und Sigbjørn in diese Abwärtsrichtung. Hier ist er, gibt vor, Ferien zu machen, dieser Schriftsteller, der nicht schreiben kann, dieser Möchtegern-Held, der den Zweiten Weltkrieg verpaßt hat (genau wie sein *alter ego*, Geoffrey Firmin in *‹Unter dem Vulkan›*, den spanischen Bürgerkrieg verpaßt hat), dieser bekehrte Trinker, der wieder zu trinken begonnen hat. Er hat die Sicherheit seines Zuhause in Kanada verlassen, weil ein boshaftes Schicksal es niedergebrannt hat und er und seine Frau nicht den Willen aufgebracht haben, es vollständig wiederaufzubauen. Er ist ein mittelalter Lord Jim, der keine Illusionen über seine Ehre mehr hat; er gesteht, vor allem Angst zu haben, nur nicht vor dem Tod – den er in Mexiko eigentlich sucht. Seine Angst vor anderen Menschen ist groß genug, ihn im Flugzeug ganz hinten sich hinsetzen zu lassen. Wie sein «gespenstisches Ballett der Ängste» bezeugt, hat er Angst vor einer Entlarvung als Plagiator (Lowry bildete sich immer ein, er sei ein

Plagiator, doch war er dies nicht); Angst vor Krankheit (Lowry war die meiste Zeit seines Erwachsenenlebens davon überzeugt, daß er die Syphilis entweder hatte oder sich zuziehen würde); Angst davor, seine Frau zu verlieren, da sein Verhalten in letzter Zeit ihre Ehe ins Wanken gebracht hat; Angst vor sich selbst; Angst vor Feuer (eine weitere Besessenheit Lowrys); Angst vor Autoritäten; und Angst vor Mexiko – wozu er durchaus Grund haben durfte. Er hoffte, in Mexiko Juan Fernando Martinez zu finden, den er für seinen Schutzengel hält – ein Trinkerkollege, aber ein Edelmann der Natur: Reiter, Fechter, Idealist und wahrer Freund. (Dieser Mann spielte auch in ‹*Unter dem Vulkan*› mit, einmal als der Nebenheld Juan Cerillo, zum andern als der trunksüchtige *simpático* Dr. Vigil.) Juan Fernando ist tatsächlich der Schlüssel zu Sigbjørn Wilderness und zu diesem Buch, trotz der Tatsache, daß er nie auftritt: denn schließlich kommt Sigbjørn (in Kapitel 9) zu der Erkenntnis, daß Juan Fernando, obwohl all die Jahre als Symbol des Lebens und der Vitalität angesehen, in Wirklichkeit ebenso den *Tod* symbolisiert, den Tod in seinen anziehendsten Formen. Auf Grund dieser Einsicht erkennt Sigbjørn nun den wahren Grund für seine Wallfahrt in die Vergangenheit, den er bis dahin für etwas Schmutziges gehalten hatte: irgendwie war er in den schlechten alten Zeiten *glücklich* gewesen; damals hatte er etwas besessen, was ihm in den darauffolgenden Jahren entglitten war. Dieses «etwas» erweist sich als mehr als Jugend oder Inspiration oder glückliche Verantwortungslosigkeit, obwohl dies alles auch dazu gehörte: in Wahrheit hatte er damals das Hochgefühl erfahren, das aus der Nähe der Gefahr erwächst – und er hatte nicht einfach in physischer, sondern auch in geistiger Gefahr gesteckt. In den alten Zeiten hatte er, wie Faust, mit der Verdammnis geflirtet und diesen Flirt genossen. Für Primrose, seine Frau, hat diese Wallfahrt zwei Funktionen: Urlaub *und* Exorzismus: Sigbjørn soll die Schauplätze seines damaligen Untergangs besuchen und die Geister bannen, die ihn seither ständig verfolgen. Doch Sigbjørn erkennt, daß er die Geister eigentlich gar nicht *bannen*, sondern zu ihnen zurückkehren will – und dies macht seinen Abstieg in die mexikanische Hölle wahrhaft gefährlich. Wie Sigbjørn in Kapitel 4 von sich sagt: «Es war, als sei der Geist eines Mannes, der sich erhängt hatte, zum Schauplatz seines Selbstmordes zurückgekehrt: nicht aus einer morbiden Neugierde heraus, sondern aus der schieren Sehnsucht, noch einmal die Drinks zu trinken, die ihn dazu ermutigt hatten, und sich vielleicht darüber zu wundern, daß er überhaupt je den Mut dazu aufgebracht hatte.»

Doch diese frühe Einsicht entflieht Sigbjørn bald wieder: einige Zeit lang empfindet er mehr Schrecken als alles andere über das, was er tut. Hierzu wieder Kapitel 4, als er und Primrose eine Cantina, eine seiner alten Kneipen, betreten: «fast war es, als sei er durch diesen Eintritt in die Vergangenheit ohne einen Faden, der ihn führte, in ein Labyrinth gestolpert, in dem überall der Minotauros drohte und das nun obendrein mit jeder Biegung unausweichlich auf einen Abgrund zuführte, in den man jeden Augenblick stürzen konnte und an dessen Grund sich die Hölle befand.» Später wird sich herausstellen, daß Sigbjørn selbst, oder ein Teil von ihm, der Minotauros ist; aber jetzt ist er fürchterlich, und Sigbjørn hat Angst.

Oder, um es anders, durch ein Bild auszudrücken: nicht durch das Bild von Abstieg und Tod, sondern von Aufstieg und Wiedergeburt. Das Bild des Phönix, der sich aus seinem Scheiterhaufen erhebt, war ein Lieblingsbild Lowrys, ein Geschenk Conrad Aikens; und Lowry gebraucht es, als er Sigbjørn überlegen läßt:

«Es war, als hätte sich der Scheiterhaufen als dem Phönix unangemessen herausgestellt und als müßte er sich in den Tiefen der Vergangenheit nach einem anderen Opfer umsehen. Hier in Mexiko, wenn überhaupt irgendwo, würde er sein altes Ich wiederfinden, wenn auch nicht genau das alte Ich, das er im Sinne hatte: hier, wenn überhaupt irgendwo, würde er sowohl mit Fernando, wie er hoffte, als auch mit alldem, was dieses Ich nur unvollkommen überwunden hatte, zusammentreffen.»

Der Brand seines Hauses in Kanada hatte noch nicht ausgereicht, ihn zu einem neuen, besseren Ich zu machen; vielleicht konnten die alten destruktiven Mächte Mexikos diese Arbeit vollenden. Und das tun sie tatsächlich, wenn auch nicht so, wie Sigbjørn es erwartet.

Gleichwohl aber ist diese Reise, zumindest am Anfang, ein Abstieg, und entsprechend verfällt Sigbjørns Leben. Kaum sind sie in ihrem Hotel in Mexico City angekommen, da befällt Sigbjørn auch schon die *acidia*, sein schlimmster Feind, und er muß, anstatt selbst zu gehen, die reisevergnügte Primrose losschicken, eine Flasche Habanero zu besorgen. Kleine, praktische Aufgaben sind Sigbjørn nie leichtgefallen, aber jetzt kann er sich kaum dazu überwinden, Primrose eine *torta* zu kaufen oder den richtigen Bus nach der richtigen Stadt herauszufinden, oder sich nicht von nahezu jedem, dem er begegnet, betrügen zu lassen. Diese tödliche Trägheit wächst in ihm, bis er in Kapitel 8 Schwierigkeiten hat, sich überhaupt zu bewegen. Primrose freilich lebt wieder auf, doch nicht Sigbjørn: er vermag nur noch träge, blind, ohne Neugier und Liebe herumzuliegen; er scheint von Primrose «in einen Schmerz der Vergangenheit wegzuschwingen, in eine Qual des Ich, von Angst gefesselt, von den Tentakeln der Vergangenheit umschlungen wie ein finsterer Laokoon».

Nachdem die augenscheinliche Ablehnung seines Romans ihn derart tief in Verzweiflung gestürzt hat, gerät Sigbjørn schließlich in einen bitteren Streit mit Primrose, betrinkt sich und schneidet sich die Pulsadern auf. Dies ist der Nadir des Buchs, und von hier an ist die Bewegung in ‹*Dunkel wie die Gruft*›, wenn auch zunächst fast unmerklich, aufwärts gerichtet. Er ist imstande, mit Freunden über seine zweifelhafte literarische Karriere zu reden (und er redet und redet), und er bringt genug Mut und Energie auf, um mit Primrose nach Oaxaca zu fahren, der fürchterlichsten aller Städte, der Heimat seiner schlimmsten Momente in der Vergangenheit.

In Oaxaca hoffen sie, Juan Fernando Martinez zu finden und (der unbefangenen Primrose zuliebe) noch einmal das Farolito zu besuchen, jene Cantina, in der die größte Gefahr lauert. Doch zuerst treffen sie John Stanford, einen weiteren und ganz anderen Geist der Vergangenheit. Aus Gründen, die Lowry nie ausführt, stellt Stanford für Sigbjørn seinen bösen Engel dar – den perfekten Gegensatz zu Juan Fernando. Doch bei seinem Auftritt ist Stanford bloß ein banaler alter Wüstling, der sich selbst vor Sigbjørn fürchtet, und somit ganz und gar keine Bedrohung.

Und Juan Fernando ist tot, vor Jahren – betrunken in einer Cantina – ermordet worden. Sigbjørns Freund liegt in seiner dunklen Gruft begraben – so wie jetzt auch für Sigbjørn die Bedrohung begraben ist. Er ist nun auf sich allein gestellt und in der Lage, mit einiger Hoffnung für seine und Primroses Zukunft zu leben. Dies wird ihm, und uns, klar, als Sigbjørn für Fernando beten und – noch wichtiger – auch John Stanford in sein Gebet schließen kann. Wie er beim Besuch in Mitla im letzten Kapitel erkennt, sieht er sich nun nicht mehr einfach als fiktiven Charakter, als Grille eines halb kompetenten Dämons, der statt seiner Sigbjørns Leben schreibt, sondern er sieht sich als den Regisseur seines Lebens, kann sein Schicksal selbst in die Hand nehmen. Er ist ein Roderick Usher, der im Zusammenbruch seines Hauses der Vernichtung entgeht. Bezeichnenderweise entdeckt Sigbjørn am frühen Morgen des nächsten Tages, daß das alte Farolito nicht mehr existiert. Und er und Primrose verlassen Oaxaca – sie sitzen ganz vorne im Bus –, und überall um sie her sehen sie den Beweis für Juan Fernandos wohltätiges Wirken: die einstmals kahle Landschaft blüht, dank der Arbeit von Juan Fernandos Banco Ejidal. Die Felder von Etla sind ein Paradiesgarten geworden. Um sie liegt Wiedergeburt: Sigbjørn hatte ein glückliches Ende gewollt, und er hat es bekommen.

Aus Fairness gegenüber Lowry müssen wir klarstellen, daß dieses Buch ein Fragment ist, ein Notizbuch auf dem Weg zu einem Roman – und daß Lowry mindestens vier weitere Jahre gebraucht hätte, um ihn zu vollenden. Es ist frustrierend (aber auch beruhigend, wenn man Lowrys Fähigkeiten verteidigen möchte), wenn man bedenkt, was Lowry, nach seinen Notizen in dem «Klumpen», noch alles getan hätte, wenn ihm die Zeit dazu geblieben wäre. Die *longueurs* der Flugreise zum Beispiel sollten dadurch gelindert werden, daß Hippolyte ebenfalls in der Maschine saß – was auch die lange Nacht der Exegese in Cuernavaca interessanter gemacht haben würde. Die Sache mit ‹*Säufer-*

walzer› wäre beschnitten worden. Über John Stanford sollte noch Beträchtliches geschrieben werden. Wilderness, der Frauenmörder, sollte im fertigen Manuskript ein durchgängiges Thema sein und nicht nur ein Traum im Halbschlaf: Sigbjørn sollte die Bewegungen und den Prozeß des Mörders während der ganzen Reise über die Zeitungen verfolgen. Die Motivketten *Parzival* und *Tristan* sollten wesentlich ausgebaut werden. ‹*Dunkel wie die Gruft*› hätte tatsächlich dieselbe Behandlung erfahren wie ‹*Unter dem Vulkan*›: Lowry hätte eine symbolische Schicht über die andere gelegt, alle seine Bilder zu einem ungeheuer komplizierten Netzwerk von Korrespondenzen zusammengezogen und Sigbjørn Wilderness' Suche viel schärfer ins Blickfeld gerückt.

Doch hat ‹*Dunkel wie die Gruft*› trotz seiner Mängel kaum eine Entschuldigung nötig; denn auch so besitzt das Buch erheblichen Reiz: Situationen von echt lowryesker Komik, zum Beispiel: das unmögliche Badezimmer im Hotel Cornada; Sigbjørns neidvolle Gedanken über die robuste Männlichkeit anderer Romanschriftsteller; das Bild von Sigbjørn, wie er zwei Stunden lang ganz allein mit seiner Tequilaflasche in dem alten Palacio de Bellas Artes sitzt, während der surrealistische Film, den er hier eigentlich sehen wollte, oben in einer Vorhalle läuft; Sigbjørns morgendliches Schwimmen; Sigbjørn mit einem Kater – und so weiter. Und es finden sich Beschreibungen, die uns durch ihre Erhabenheit überwältigen, wie etwa die Aussicht von dem Berg in Yautepec:

«Sie lachten, hielten dann ein: denn hinter den Vulkanen, weit weit hinterm Horizont, unmöglich weit weg, beinahe so weit wie das Weiße Meer und Arabien, fast wie ein Traum, hinter den fernsten Bergen, wie das Gelobte Land den Kindern Israels erschienen sein mochte, oder Ceylon bei drei Glasen dem rostklopfenden Seemann, schien Sigbjørn da hinten – er zeigte in die Richtung – trübe und zum erstenmal, schattenhaft sich Oaxaca anzudeuten.»

Und vor allem haben wir Sigbjørn Wilderness selbst – verschreckt, zitternd, albern – wie er sich aufrafft, dann zusammenbricht und schließlich über seinen Zusammenbruch lacht; wie er dann, so sachte, daß wir es anfangs kaum bemerken, irgendwie aus seinem persönlichen Abgrund herausklettert und feststellt, daß die tote Welt draußen wieder zum Leben erwacht ist. ‹*Dunkel wie die Gruft, in der mein Freund begraben liegt*› ist ein Werk von rudimentärer Größe. Wir mögen seinen unvollkommenen Zustand beklagen, wir können aber auch froh sein, es wenigstens so zu haben.

University of Virginia August 1967 — Douglas Day

Die im Roman zahlreich vorkommenden Buchtitel wurden original belassen, wo es sich um nicht erfundene, nicht übersetzte Werke handelt. Fiktive Buchtitel wurden wörtlich ins Deutsche übertragen.

J. S.

I

Das Gefühl von Geschwindigkeit, von gigantischem Übergang, nach Süden zu, hinab, über drei Staaten hinweg, die gewaltigen Bergketten, das Gefühl gleichzeitig von Abstieg, von ungeheurem Rückschritt und von Bewegung, Nicht-Bewegung, aber einem auf andere Weise geraden Stürzen die Welt hinunter, geradewegs die Landkarte hinunter, als stehe etwas Großes, Phänomenales drohend bevor; und doch bewegte sich der Schatten des Flugzeugs unter ihnen, das ewige sich fortbewegende Kreuz, weniger flüchtig und wirklicher als der trübe Schatten in Sigbjørns Gedanken, Schatten vom Sinn dessen, was sie da eigentlich taten: und doch blieb keine Wahl, als sich auf diesen Schatten zu konzentrieren, und auch das nur für kurze Zeit: sie waren von dieser ganzen Sache so eingeschlossen wie von der riesigen holpernden Maschine mit ihrem ungeheuren monotonen surrenden schnurrenden Lärm, in der sie nur mäßig bequem saßen: Sigbjørn, einen Fuß umständlich hochgestellt, da er sich den Schuh ausgezogen hatte: ein sausendes, betäubendes, fortwährend neu die Zeit totschlagendes Schicksal, das sie umschloß, von dem sie jedoch nur das Innere zu sehen vermochten, da sie sozusagen von dem stromlinienförmigen platinfarbenen Objekt selbst nichts als eine Tragfläche, einen Propeller durch die winzigen, närrischen, schmalen rechteckigen Fenster erkennen konnten. Gleichwohl war das Gefühl von Abenteuer, auch wenn Sigbjørn hauptsächlich um Primroses willen daran teilnahm, ebenfalls gewaltig, und nun, wie sie so Hand in Hand dasaßen, Primrose begeistert am Fenster (die donnernde, alles übertäubende Stimme des Flugzeugs), das Gefühl von Erleichterung, von Freude: sie hatten es geschafft, ja, sie hatten die Grenze hinter sich – oder *eine* Grenze, soviel stand fest –, sie hatten den Zoll hinter sich, sie waren fort, sie waren in Amerika; links lag Oregon, rechts die Bergkette der Pazifikküste, aber das Gefühl von Freude besänftigte jene anderen nagenden Gefühle nicht ganz, die Sigbjørn mit Bedacht aus seinen Zügen verdrängte: von Sorgen, von vollkommenem Versagen und eben jetzt, da kaum etwas ihn zu beunruhigen schien, von blinder und alles ergreifender, von immerwährender Panik.

Als sie Oregon bei Sonnenuntergang hinter sich ließen – aus schwarzem Basalt gehauene Wolken mit türkis-jade-grünem Rand – ob es in Oaxaca Jademinen gab? –, das Licht schäumte in reinem Gold-Orange, sagte Primrose: «Solch einen Sonnenuntergang hast du auf der Erde noch nie gesehen», und das hast du wirklich nicht, dachte Sigbjørn, so finster und schrecklich, dieser riesige schwarzbasaltne Sonnenuntergang über den verbrannten Wäldern von Oregon, die brennend goldnen und erhabenen Strahlen brennenden Lichts vor zehn Meilen hohen Haufen schwarzer Wolken, die von diesen Strahlen unirdischen Lichts und unirdischem Omens durchschossen waren. «Wir haben es geschafft!» sagte Primrose. «Da siehst du, wie unrecht du hattest!»

«Zu spät dran sind wir auch», sagte Sigbjørn und sah auf seine neue französische, antimagnetische Armbanduhr, ein Vor-Hochzeitstaggeschenk von Primrose.

«Aber wir sind in Amerika, und du hast gesagt, du würdest nie wieder nach Amerika gehen können.»

«In Amerika, aber noch nicht in Mexiko», sagte Sigbjørn, und Primrose Wilderness lachte. «Freilich denk ich mir, Fernando wird noch eine Woche oder so warten können, nachdem er über sieben Jahre gewartet hat», fügte er hinzu. «Aber es stimmt: hier sind wir, und ich hätte nie gedacht, wir würden durchkommen, selbst nach Amerika nicht.»

«Und wir sind auf unserer Hochzeitsreise.»

«Wir sind immer auf Hochzeitsreise.»

«Fünf Jahre –»

Sie saßen hinten im Flugzeug (hinten, damit *ihn* niemand sehen konnte), und Sigbjørn küßte sie.

Am Horizont rechts von ihnen erstrahlte ein Stern in die Agonie des Westens. «Altair», sagte Primrose.

«Und bald werden wir das Kreuz des Südens sehen.»

«Morgen vielleicht ... *und* Eridanus in voller Größe.»

Und es stimmte, sie hatten es geschafft, waren über die Grenze, das heißt die erste Grenze, und dort hinten zur Rechten lagen die Bergketten der Pazifikküste und das Meer, dieselben Berge, in deren Schatten sie in Kanada lebten; sie erstreckten sich bis hinunter nach Tierra del Fuego, bis zum Kap Horn; auch dasselbe Meer, an dem sie lebten, und das an den Strand von Acapulco plätscherte, zweifelhaften Gedenkens, und welcher Verheißung für die Zukunft?

Es war, als sei Sigbjørn an jenem Tag der Zerstörung, dem 6. Juni 1944 (morgen war der 7. Dezember – der 7. Dezember! – 1945), nach und nach die Kontrolle über sein Leben entglitten: in einem subtilen Sinn war dies mit ihnen beiden geschehen: sie hatten sich nicht ganz und gar aufgegeben, aber sie waren gefallen und befanden sich jetzt auf einer niedrigeren Stufe als vorher: ihre Ehe, ja ihr Leben war in Gefahr, und er wußte es und tat nichts dagegen (seine Ehe war in der Tat geradezu ein Kontrapunkt zu seinem Haus: auseinandergebrochen und noch nicht wieder richtig aufgebaut); den Wunsch seiner Frau und die Tatsache, daß sie noch nie ein fremdes Land besucht hatte, gebrauchte er als Vorwand, um seinem eigenen Wunsch nachzugeben – wonach eigentlich: doch wohl nach dem Tod? Oder war diese angeblich Primrose zuliebe unternommene Reise etwas, was ihm die Natur, das Schicksal als Entschädigung für den Verlust seines Buches schenkte ...?

Genau wie er am 6. Juni 1944 seinen ersten Drink nach drei Jahren zu sich genommen hatte, hatte er heute zur Feier des Tages – wieder nach einer Zeit der Abstinenz – zu trinken begonnen, ein bißchen, nicht viel. Warum war er so enttäuscht gewesen, daß es in Portland so etwas wie Prohibition gab? Was sonst als einen weiteren Drink bedeutete ihm San Francisco? Und zwar einen Scotch, den er in Kanada nicht bekam. Warum hatte er ausgerechnet Fernando Martinez zur Rechtfertigung einer

Reise nach Mexiko gebraucht? Was bedeutete ihm sein Freund, der den Dr. Vigil abgab, wenn nicht die Sehnsucht nach dem Delirium? Oder nach Vergessen. Und sein Besuch bei ihm war nichts als ein weiterer Vorwand, genau wie der Konsul gern einen fand, zum «Feiern».

Gleichwohl fühlte Sigbjørn Hoffnung aufkeimen: das heißt, nach seiner Krankheit und der seiner Frau, jedenfalls einen Hauch davon, nicht stark, eher quälend, als habe man eines Wintermorgens nach dem Aufstehen aus den Fenster gesehen und einen wilden Apfelbaum in voller Blüte erblickt.

Es war ein dunkler, nebliger, regnerischer Tag gewesen. Als sie zum Flughafen von Vancouver aufbrachen, nieselte es, und als ihr Flugzeug endlich abhob, tobte ein Blizzard. Regen wirbelte und peitschte über den Flughafen von Seattle, die Zollbeamten standen in Pfützen – Sigbjørn schauderte. Zollbeamte! Wie er sich vor solchen Wesen fürchtete – würde er das je überwinden? Und die Erinnerung an jenen Morgen vor mehr als sechs Jahren, als er an der amerikanischen Grenze nach Kanada zurückgeschickt worden war, stieg schwer und klamm wieder in ihm auf. Das war im September 1939, und er hatte versucht, über Blaine, Washington, per Bus nach Amerika einzureisen, um Primrose in San Francisco zu besuchen – «zum letztenmal», wie er den Einwanderungsbeamten taktlos erklärt hatte. Und jetzt waren sie jedenfalls da, über diese Grenze, auf der anderen Seite, und bei dieser Vorstellung überkam ihn ein mächtiges Gefühl von Freiheit, als fliege er über Amerika hinweg, den westlichen Rand der Landkarte hinunter, über dies einst verbotene Territorium (hier ebenfalls von Feuer verwüstet, so weit das Auge reichte); verboten nicht nur, weil er als eine Person bezeichnet worden war, die der Öffentlichkeit zur Last fallen könnte, sondern auch, weil dies Territorium zu jener Zeit neutral war und er vorhatte, es zu überqueren, um an einem Krieg im Ausland teilzunehmen, was er übrigens schließlich in ganz und gar keiner Weise getan hatte; daher konnte man es tatsächlich so sehen, daß sein Pech ihm das Leben gerettet hatte, etwas, wofür er sich nur zu oft zu bedanken vergaß – war er überhaupt je wirklich dankbar dafür, wenn er dies nicht gerade als «unser beider Leben» auffaßte? – hinab, hinab, entlang der westlichen Bergkette, den Sonnenuntergang besiegend; nun aber in völlige Dunkelheit hinein, der Flug ins feuerspeiende Frisco, eine Schleife aus Lichtern, Städte aus Kandiszucker, ein Fragezeichen aus Lichtern, ein Busbahnhof aus Perlen – sie stiegen aus, um etwas trinken zu gehen. Auf dem Flughafen von San Francisco war schönes Wetter, sternklarer Himmel. «Alis volat propriis», bemerkte Sigbjørn, indem er sich kurz dem treuen Flugzeug zuwandte, in dieser ihm weniger vertrauten Lage, ruhend und stumm, bloß ein bescheidenes Anhängsel des Rollfeldes.

«Was heißt das?»

«Muß dir ein Engländer das Motto deines Heimatstaats erklären? Sie fliegt auf eigenen Flügeln, nicht so wie dieser nicht existierende Vogel mit nur einem. Nun ja, es ist entweder das von Oregon oder das von Kalifornien.»

«Von Kalifornien nicht. Endlich hast du's also nach San Francisco geschafft.» Jetzt konnte Primrose lachen.

«Ist dies Ihre erste Flugreise?» wurden sie von einem Mitreisenden gefragt.

«Nein, aber unser erster anständiger Scotch nach einer halben Dekade», sagte Sigbjørn, obwohl er jetzt, da er ihn vor sich hatte, ziemlich medizinisch schmeckte, und weit davon entfernt, sich noch einen zu bestellen, gab er Primrose die Hälfte von seinem ab.

«Sie sind aus Seattle?»

«Kanada ... Das heißt, meine Frau ist Amerikanerin. Ich – ach was soll's.»

«Fünfzig Cents für einen Schnaps», sagte Primrose. «Was für Preise!»

«Allerdings. Auf Urlaub?»

«Wir machen unsere Hochzeitsreise.»

«Ah ...»

«Wir woll'n 'n Kumpel von mir in Mexiko besuchen, falls er noch da ist ... Wir sind schon fünf Jahre verheiratet, aber noch immer auf Hochzeitsreise», erklärte Sigbjørn hastig. «Nur», fügte er kurz darauf hinzu, «unser Haus ist abgebrannt, aber den Wald haben wir gerettet.»

Obwohl dies letztere Ereignis vor achtzehn Monaten stattgefunden hatte, konnten die Wildernesses offensichtlich noch immer nicht anders davon sprechen. Aber hatte das irgend etwas damit zu tun, warum er, Sigbjørn, ein solch lächerliches Bedürfnis verspürte, sich *zu erklären*? Und warum hatte er diese Hochzeitsreise erwähnt, einen intimen kleinen Scherz zwischen Primrose und ihm? Warum machte er so etwas? Und wieso zum Teufel waren alle noch immer so mißtrauisch? Was für ein verdammtes Recht hatten sie, einen auszufragen, überlegte Sigbjørn, als sie wieder an Bord gingen, und jetzt wünschte er auch, er hätte nichts von Mexiko gesagt, was schon an sich verdächtig scheinen könnte. Und dazu noch drei Monate nach Kriegsende. Vielleicht war es Primroses Polarskunkmantel, sein Vor-Hochzeitstagsgeschenk an sie, was ihn beunruhigte: die Leute hielten sie womöglich für eine russische Spionin. Zur Zeit ging in Kanada die Angst vor Spionen um, und in Amerika mußte es, nach allen Berichten, noch schlimmer sein. Allein die Tatsache, daß man aus Kanada kam, das ja relativ nahe an Rußland lag, konnte gar noch verdächtiger erscheinen, als wenn man nach Mexiko ging. Sigbjørn geriet darüber so absurd, obgleich allen Ernstes, ins Zittern, daß er nun wünschte, er hätte Primrose die Hälfte seines Drinks nicht abgegeben; er kam nicht mit seinem Sicherheitsgurt zurecht, und nachdem die neue Stewardess voller Bewunderung den schönen Mantel aufgehangen hatte, mußte Primrose ihm den Gurt festmachen. Sie flogen hoch über San Francisco; er lehnte sich vor, um noch einmal weit hinter und unter sich die Lichter zu sehen, und Sigbjørn dachte an das diatonische Dröhnen des Nebelhorns auf der großen Brücke. Als er damals an der Grenze zurückgewiesen wurde, hatte er sich ausgemalt, wie er mit Primrose über diese Brücke ginge. Selbst jetzt noch konnte er den Gedanken kaum ertragen, wie sie vergebens in dieser Stadt auf ihn gewartet hatte, denn gewartet hatte sie. Seine ersten Botschaften waren irgendwie verlorengegangen. Doch ging das Ganze noch glücklich aus; Primrose kam statt dessen nach Kanada; und nun, fünf Jahre glücklich verheiratet, flogen sie über diese Brücke, hatten sich buchstäblich darüber erhoben, wie sie sagen würde. Nachdem sie ihre Gurte gelöst hatten, schickte Primrose sich an, sich an Sigbjørns Schulter schlafen zu legen, während Sigbjørn sich fragte, ob er genügend Mut haben würde, sich die Schuhe auszuziehen. Er beschloß, trotz ihres rückwärtigen Sitzplatzes, es nicht zu tun. Aus Furcht, sie zu stören, ließ er auch das Rauchen sein, und irgendwie brachte Sigbjørn es fertig, seinen rechten Fuß hochzustellen: beide Füße waren noch etwas geschwollen, beim rechten war's am schlimmsten. Fünfhundert Meilen bis zum nächsten Stop, Los Angeles. Und, wie überschätzt das Fliegen als Fortbewegungsmethode auch sein mochte, das war immer noch besser als in ihrem Haus mit diesen beiden Füßen in einem Eimer heißen Wassers, nach einem Eimer kalten Wassers herumzusitzen – in ihrem armen, geliebten, lecken Haus in Eridanus, British Columbia, das sie auf den Ruinen ihres alten zwischen dem Wald und der Bucht gebaut hatten – gewiß auch besser für die arme Primrose, die nun, da ihr Brunnen ausgetrocknet war, das Wasser aus dem Laden hatte heranschleppen müssen, und das, nachdem sie selbst sich gerade erst von einer gefährlichen Infektion erholt hatte.

«Kommen Sie doch rüber, mein Sohn, hier haben Sie eine bessere Aussicht.» Der Passagier, der sie in der Bar angesprochen hatte, lehnte über dem Gang, und Sigbjørn bemerkte jetzt neben ihm einen freien Sitz; er lächelte Primrose zu, ging hinüber und setzte sich auf den anderen Platz, wobei er sich gleichzeitig fragte, warum er es eigentlich zuließ, daß man über seinen Willen verfügte. Möglicherweise lag das an dem «mein Sohn»; irgendwie bewegte ihn das, nicht unnatürlich, denn Sigbjørn war sechsunddreißig, eine Tatsache, an die er sofort erinnert wurde, als der Mann hinzufügte: «'ne Menge Wasser ist unter dem Ding durchgeflossen, seit ich's letzte Mal hier war.»

Die fernen Lichter der Brücke lagen nun fast direkt unter ihnen; ihr Flugzeug stieg kreisend höher. «In Vancouver haben wir auch eine sehr schöne, natürlich nicht so groß wie diese. Leider springen andauernd Leute davon runter», sagte Sigbjørn.

«Früher schon mal in San Francisco gewesen?» fragte der Mann, der eine ziemlich tiefe Stimme hatte.

«Ja», antwortete Sigbjørn. «Ehrlich gesagt, ja. Zweimal, um genau zu sein. Ich bin einmal von hier aus nach Mexiko gefahren. Das war 1936, September 1936, da war ich siebenundzwanzig. Panama Pacific. Auf der *Pennsylvania*. Wir sind unter dieser Brücke her nach San Pedro gefahren, und dann an der Küste von Nieder-Kalifornien entlang an Mazatlán vorbei nach Acapulco, wo wir an Land gegangen sind.»

«Ach, in Mexiko waren Sie also auch schon mal? Was haben Sie da gemacht?»

«Hauptsächlich getrunken», antwortete Sigbjørn nach einigem Nachdenken.

«Ach ja, das können wir alle ein bißchen vertragen, haha.»

«Ich habe gelegentlich als Journalist gearbeitet», wollte Sigbjørn sagen, obwohl das fast eine Lüge gewesen wäre, und er blieb stumm, wenn auch nicht aus diesem Grund.

«Woll'n Sie ein Schlückchen?» Der Mann zog eine Flasche hervor, während das Flugzeug durch die Nacht Richtung Süden dröhnte.

«Nein, danke ... Aber ich werde einc rauchen. Danke. Danke vielmals.»

«Feuer ist etwas ganz Schreckliches», sagte der andere, als er das angebotene Streichholz ausblies.

Nach einer Pause fuhr Sigbjørn fort: «Meine Mutter erzählte oft von meinem Großvater, der mal von San Francisco aus in See gestochen war. Das war natürlich in England. Mein Großvater war Skipper auf einem Segelschiff, er erlitt Schiffbruch und ertrank im Golf von Bengalen. Eigentlich wurde sein Schiff gesprengt. Er hatte einen ziemlich heroischen Tod ... Wurde geradezu zur Legende. Sie hatten eine Flaute. Die Mannschaft hatte die Cholera.» Sigbjørn hielt ein. «Das war aber noch vor dem Bau der Brücke», sagte er dann.

«Waren Sie versichert?»

«Sie reden von unserem Haus? Nein, das war bloß eine Hütte auf regierungseigenem Land, die wir für hundert Dollar von einem Schmied gekauft hatten», sagte Sigbjørn kurz angebunden. «Aber es war unser erstes Heim, und wir haben es geliebt. Jetzt haben wir fast an der gleichen Stelle eine neue gebaut, leider nicht genau an derselben. Wir haben dazu hauptsächlich das Holz von einem stillgelegten Sägewerk benutzt.» Sigbjørn dachte an die großen Fenster, die sie aus der Maschinenwerkstatt ergattert hatten, und wie stolz Primrose gewesen war, nachdem sie sie, mit Maugers Hilfe, schließlich in ihre Rahmen eingefügt hatten. *Fenster mit neun Scheiben, die niemals die Sonne sahn. Blicken nun nach Osten aus einem Haus, das kaum begann. Einst leuchteten sie widerwillig den Maschinen – welch Freud und Leiden erhellten sie nun bald da drinnen?* Nur zu bald, mit allzuviel Licht. Eigentlich war es, könnte es fast ein Gedicht sein. «Wir haben seit letzten März an der Hütte gearbeitet, und wir hatten gehofft, sie für diesen Winter fertig zu bekommen», fuhr Sigbjørn fort. «Aber wir hatten einen Unfall nach dem anderen, und die Schinderei wurde uns schließlich zuviel. Wir hätten ein zweites Dach auf die Hütte setzen müssen, um sie bewohnbar zu machen; und dafür war das Wetter einfach zu schlecht. Alles in allem war es zu schwer für meine Frau.» Sigbjørn wandte den Kopf, um zu sehen, ob diese gutgemeinte Halblüge Primroses Ohren erreicht hatte, denn, um der Wahrheit die Ehre zu geben, hatte es sich als noch schwerer für ihn erwiesen.

«Sie wollen damit doch nicht sagen, daß Sie das alles alleine gemacht haben?»

«Wer denn sonst? Aber das ist ein Fischerdorf, und die Fischer haben uns geholfen, wenn sie da waren.» Doch dachte er nicht nur voll Trauer, sondern auch voller Stolz an das unfertige Haus. Ja, so sehr ihn inzwischen fast alles mit Furcht und Schrecken erfüllte – zusammen waren sie tapfer gewesen; obwohl er selbst vorgeschlagen hatte, trotz ihrer ständigen Angst vor dem Feuer und angesichts all dessen, was vorgefallen war, es dort, an dieser Stelle wiederaufzubauen. Und in Anbetracht all dessen, was weiterhin passiert war, mit dem Wiederaufbau fortzufahren. Daß sie dies eigenhändig getan hatten, war noch das geringste daran. Ganz besondere Tapferkeit hatte Primrose bewiesen, die auf ihre Art noch ängstlicher geworden war als er. Der Unterschied zwischen ihnen bestand darin, daß Primrose ihre Angst möglicherweise in Eridanus zurückgelassen hatte, während er inbrünstig hoffte, er könne durch diese Reise dazu beitragen, daß dies auch so bleibe und bei ihrer Wiederkehr nicht wieder von vorn anfange: für sie hing viel von ihm ab, aber sein eigener Weg war komplizierter.

«Wie heißt denn Ihr Dorf?» fragte sein Begleiter. «Vielleicht kenne ich es ja: war ein paarmal zur Jagd in British Columbia.»

«Eridanus. Es liegt an einer Bucht gleichen Namens ziemlich nah bei Vancouver. Aber das besagt nicht viel, denn um Vancouver herum gibt's praktisch jede Art von Wildnis, die man sich nur denken kann.»

«Ich hab früher ein bißchen Nautik betrieben: irre ich mich, oder ist Eridanus der Name eines Sterns?»

«Ein Sternbild heißt so, das südlich vom Orion. Sieht aus wie ein Fluß; in der Antike hielt man es für den Unterweltfluß Styx. Mehr weiß ich darüber nicht, außer daß er auch der Fluß der Jugend genannt wurde, vermutlich weil man dabei an Phaeton dachte, einen Mann, der entgegen den Anweisungen seines Vaters unbedingt den Sonnenwagen lenken wollte und in der Folge die Erde verbrannte. Somit hieß er also sowohl Fluß des Todes als auch Fluß der Jugend. Da oben im Norden, wo wir leben, ist das Sternbild nicht vollständig zu sehen, und wir hoffen, es in Mexiko ganz sehen zu können. Der Name der Bucht stammt von einem anderen Windjammer her, der einer Gesellschaft gehörte, die ihre Schiffe vorzugsweise nach Sternbildern taufte; er wurde wohl von einem heftigen Chinook dort an Land getrieben. Ein paar von den ganz Alten da erinnern sich angeblich noch an Teile des Wracks, die am Strand gelegen haben; soll eine erfreuliche Ladung an Bord gehabt haben: Marmor, eingesalzte Kirschen und Wein aus Portugal.»

«Wie ist Ihr Haus in Brand geraten?» fragte der hartnäckige Bursche weiter, aber Sigbjørn entschuldigte sich und kehrte auf seinen Platz neben Primrose zurück; sie schlief jetzt fest, atmete sanft wie ein Kind, und ihr Kopf ruhte auf ihrem Arm. Gott, wie unschuldig und schön, geradezu engelhaft sah sie aus mit ihren leicht geöffneten Lippen und dem von der Lampe angeleuchteten Gesicht. Man wäre nicht auf den Gedanken gekommen, daß sie je gelitten hatte. Und man hätte sie für mindestens fünfzehn Jahre jünger gehalten als ihn, während sie in Wirklichkeit ein wenig älter war – neununddreißig. Das Licht hatte damit nichts zu tun. Bei Tageslicht wirkte sie eher noch jünger. Tatsächlich hatte Sigbjørn Mühe gehabt, seine Heiratserlaubnis zu erhalten, die hatte er nicht nur gebraucht, um in Amerika nicht auf Grund des Mann Act – jenes weißen Sklavenhandels-Gesetzes, das für Franzosen so verwirrend sein muß: es verbietet einem, eine Frau, mit der man nicht verheiratet ist, über irgendeine Grenze mitzunehmen, unter Androhung von Tod durch Erhängen oder den elektrischen Stuhl –, sondern auch, apropos von Ängsten frei sein, um nicht in Kalifornien auf Grund jenes Gesetzes angeklagt zu werden, das seine leibhaftigen Eltern in Verlegenheit gebracht hätte, nach dem einem Mann der Beischlaf mit einer unmündigen Frau verboten ist, unter Androhung von neunundneunzig Jahren Zuchthaus wegen Vergewaltigung. So oder ähnlich stellte er sich diese Gesetze jedenfalls allen Ernstes vor. Sigbjørn knipste die Lampe aus, und dabei merkte er, daß sein Mit-Passagier dasselbe getan hatte. Als er von dem Haus sprach, hatte er Stolz und Freude empfunden, und Nachsicht für diesen Mann; aber was davon jetzt noch übrig war, wurde plötzlich von einem heftigen Schamgefühl weggeschwemmt. Idiot! Witzbold! Dummkopf! Da hatte er sich erst was von der Neugierde der Leute vorgefaselt, und was genau hatte dieser verdammte Kerl aus ihm rausgeleiert? Alles, oder fast alles. Und was hatte er, Sigbjørn, dessen Geschäft es doch eigentlich wäre, Fakten zu sammeln, über diesen Mann erfahren? Nichts, oder so gut wie nichts. Also wirklich, er könnte jetzt nicht – der Mann saß schräg vor ihnen, er hatte das Licht ausgemacht und döste vor sich hin, und Sigbjørn sah bloß den undeutlichen Umriß seines Rückens –, er könnte jetzt nicht sagen, wie dieser Mann gekleidet war, wie groß er war – obwohl er in der Bar bemerkt hatte, daß er größer war als er selbst –, ob er dick oder dünn war, Amerikaner oder Deutscher oder gar Armenier. Er hatte nicht einmal ein Gesicht. Er bestand aus nichts als einer Stimme, einer ziemlich tiefen Stimme; und was so schrecklich daran war: Sigbjørn gab sich damit zufrieden, er war nicht im geringsten neugierig auf diesen Mann. Das einzige, woran er sich deutlich erinnerte oder worauf er vielleicht geachtet hatte, war die Flasche, und jetzt wünschte er, er hätte einen Schluck daraus akzeptiert, so wie er vorher gewünscht hatte, er hätte Primrose in der Bar nicht nur seinen halben Whisky nicht abgetreten, sondern sich noch einen zweiten bestellt. Womöglich hatte er den Drink nur wegen der Flasche abgelehnt; es war eine dieser ihm besonders widerwärtigen, in gelbes Leder gehüllten, verrückten Erfindungen, bei denen die Abnahme des Inhalts stufenweise in Bildern kommentiert wurde: halbvoll, viertelvoll, ein Männchen, das immer mehr borracho wurde, und ganz unten das Bild eines Schweins, mit der Aufschrift Verdammter Narr, was darauf hindeutete (obwohl Sigbjørn diese Flaschen wohl hauptsächlich deswegen verachtete, weil sie in der Regel weniger als ein Pint faßten), daß der Inhalt genauso billig und unergötzlich war wie seine Umhüllung. Und das war alles, absolut alles – abgerechnet, daß der Mann einmal in Kanada gejagt oder das jedenfalls behauptet hatte, und einmal etwas Nautik betrieben oder das jedenfalls behauptet hatte –, was Sigbjørn von ihm wußte. Nun konnte man den Mann aus der Synekdoche dieser Schweineflasche aufbauen, die ihm höchstwahrscheinlich, ein Gag, zum Abschied am Flughafen geschenkt worden war und wohl kaum eine Beziehung zu seinem Charakter hatte. Sigbjørn selbst hatte so eine mal vor Jahren aus einem wesentlich besseren Grund geschenkt bekommen. Aber wenn er schon ganz und gar nichts über ihn erfahren hatte, enthüllte eben dieses Versagen Sigbjørn nicht desto mehr über sich selbst? Denn Sigbjørn hatte den springendsten Punkt, daß er nämlich – obschon ein grandios erfolgloser und neuerdings verstummter – Schriftsteller war, nicht wirklich preisgegeben. Auf diese Weise wurden ihre Positionen gewissermaßen umgedreht; seine Stimme hatte sich benommen, wie man es von einem Schriftsteller erwartete, und er selbst sich wie sein potentielles Thema. Und wie leicht er in die Falle gegangen war! Wie einen Sohn hatte man ihn hineingelockt, und wie ein Vater hatte er dann gesprochen; oder wie ein Vater sprechen könnte, wenn er eher zu belehren als sich wichtig zu machen oder sich zu rechtfertigen trachtet. Der unreife Vater und der neugierige Sohn. Subjekt und Objekt. Ja, um sich zu rechtfertigen. Wofür? Denn es schien ihm jetzt, daß er nicht nur die Gelegenheit hatte verstreichen lassen, etwas über dieses Individuum zu erfahren; vielmehr hatte er sich geradezu verpflichtet gefühlt – und dies ging weit über seinen vorherigen Gedanken von dem Zwang, Rechenschaft über sich abzulegen, hinaus –, eine Entschuldigung oder Erklärung dafür zu liefern, daß er überhaupt auf der Welt war. Oder bildete er sich das nur ein? Zuerst hatte es ihm insgeheim ebenso geschmeichelt – ganz gleich, wie er später reagierte –, wie es ihn aufgebracht hatte, überhaupt angesprochen zu werden. Doch während es ihn freute, daß der Mann sich für sein Leben interessierte – war dies doch zugleich auch Interesse an seiner Arbeit –, befürchtete er gleichwohl stark, ihm könnten lästige Fragen gestellt werden; und darum hatte er reden müssen, um solche Fragen schon im voraus symbolisch zu beantworten, damit sie gar nicht erst gestellt würden; Fragen wie: «Haben Sie in der Armee gedient?» Er glaubte noch immer, daß zum jetzigen Zeitpunkt und in dieser Hemisphäre ein Mann für den größeren Teil der Menschheit, auch wenn ihr gerade vorhandener Repräsentant keinem Krieg je näher als tausend Meilen gekommen war, schlichtweg keinerlei erkennbaren Wert besaß, wenn er nicht in eben dieser Armee gedient hatte. Sigbjørn steckte sich eine Zigarette an und stieß wütend seine Schuhe weg. *Ohne Steuer in einem Boot sitz ich, auf hoher See und zwischen widrigen Winden, die auf ewig nicht zueinanderfinden.* Und diese widrigen Winde, was war das? Waren das nicht unwahrscheinliche Winde, der subjektive Wind und der objektive Wind, die aus wer weiß wieviel unwahrscheinlicheren Unendlichkeiten wehten? Objektiver Wind, wahrhaftig! Sigbjørn ging noch einmal seinen Vortrag durch, der ihm jetzt schmählich vorkam, und wenn auch aus keinem besseren Grund als dem, daß er ihn überhaupt gehalten hatte; und er versuchte sich vorzustellen, was er selbst daraus entnommen hätte, wäre er an der Stelle des anderen gewesen.

Er mußte über sich selbst lachen. Und all das nur, weil er nicht gesagt hatte, er sei Schriftsteller. Wenn man das wegnahm, schien sein Leben, objektiv betrachtet, überhaupt keinen Sinn zu haben. Ob alle kreativen Schriftsteller auf die eine oder andere Weise an dieser entsetzlichen Entfremdung litten? Falls ja, setzten sie heutzutage auf jeden Fall alles daran, es geheimzuhalten. Oberflächlich konnte man auf den Gedanken kommen, sie – und mit «sie» meinte er alle besseren Schriftsteller seiner Zunge, die ihm im Moment einfallen mochten – sie gehörten zu jenen Leuten, die früh aufstanden und lärmend Fasane vom Himmel schossen, gigantischer landwirtschaftlicher, technischer oder gar steinmetzerischer Taten fähig waren, Muskeln hatten wie Hantelschwinger, auf Motorrädern durch Belgien rasten, wie der junge Charlemagne im Krieg fochten, mit der gleichen Begeisterung zu Verrätern oder Volkshelden wurden wie Erikson, und die, selbst wenn sie wie Daniel Genies waren, ihre Werke so leichthin hervorbrachten, als kämen sie aus einer himmlischen Wurstmaschine gequollen. Und eines hatten sie gemeinsam: mit sehr wenigen Ausnahmen schienen sie alle im Grunde unverbesserliche Optimisten zu sein, und wenn ihre Werke noch so verzweifelt waren. Oder sie befleißigten sich jedenfalls, diese Erfahrung zu machen. Solche Leute mochten ins Exil gehen, gezwungenermaßen oder aus Protest, aber es war undenkbar, daß sie an irgendeiner Grenze zurückgewiesen würden, weil sie der Öffentlichkeit zur Last fallen könnten. Nein, man spürte, daß gerade die Überschwenglichkeit ihres verfluchten Optimismus sie durch jede Grenze schleusen würde, falls nötig auch ohne Reisepaß. Sigbjørn hatte kaum je ein ehrliches Buch über einen Schriftsteller gelesen. Wenn ein Autor über seine eigenen Schwierigkeiten schreiben wollte, kleidete er sie üblicherweise in die eines Bildhauers, eines Komponisten oder irgendeiner anderen Figur ein, als ob er sich seines Berufs schämte. Es war schon traurig. Denn wenn man etwas von der Mechanik der eigenen schöpferischen Tätigkeit erfuhr, erfuhr man dann nicht auch etwas über die Mechanik des Schicksals? Darin steckte geradezu ein ungeschriebenes Gesetz. In der Tat lernte man als erstes: von deinem abgelehnten Stück will der Leser nichts wissen. Das stimmte: und doch, warum nicht? Die halbe Welt glich einem Schriftsteller, dessen Stück man abgelehnt hatte. Ja, bisweilen glich die Welt selbst aufs verblüffendste einem abgelehnten Stück. Oder einem abgelehnten Roman, wie zum Beispiel Sigbjørn Wilderness' ‹*Das Tal der Todesschatten*›. Eine Welt in der Schwebe, eine Welt im Delirium, eine betrunkene, angsterfüllte Welt. Aber Angst, das war etwas anderes. Zu viele Ängste waren in ihm, so daß auch das Wort, wie er selbst, jeden Sinn einzubüßen drohte – es war höchste Zeit für ihn, sie zu klassifizieren.

In diesem Augenblick ging ein greller Blitz durch das ganze Flugzeug, die Maschine ruckte nach oben, machte einen Satz, ruckte wieder hoch, und gleichzeitig mit dem Aufleuchten des Zeichens vorne, das sie anwies, die Sicherheitsgurte anzulegen, ertönte ein einzelner, ungeheurer Donnerschlag. Aber wie ein guter Schriftsteller wiederholte der Blitz sich nicht. Das Flugzeug dröhnte weiter voran.

Ein Ballett. Sigbjørn konnte sich jetzt fast einbilden, er nehme durch seine halbgeschlossenen Augen etwas dergleichen wahr: über den an ihre Sitze gefesselten Passagieren schwebte unter den Deckenlampen, als seien plötzlich Luftpiraten in das Flugzeug eingedrungen, eine Art Ballett oder etwas aus einem alten Moritatenstück, oder eine geisterhaft belebte Karikatur. Da gab es einen Tänzer (a), alpha wie Akrophobie, die Höhenangst, dessen weiße Maske in einem unterdrückten Schrei erstarrt war, als ob er ständig mit einem fürchterlichen Absturz rechne; einen Tänzer (b), die Angst vor dem Ertapptwerden, ein Hanswurst – denn selbst Sigbjørn konnte es nicht ertragen, ganz und gar ernst zu sein; doch trug er eine Maske mit unerbittlichem Gesichtsausdruck und unter dem Arm Zeitungen mit Schlagzeilen wie Wilderness' Werke. Von Erikson Verfaßt, oder Schriftsteller Gesteht Alten Mord, oder Wilderness Anerkannter Lügner; ferner (y), eine grinsende tumbe Maske, die aber vertrauter war als alle anderen, da sie vielleicht schon am längsten mit ihm zusammen war, die Angst vor Krankheit; und ein Tänzer (z), mit einer weinenden Maske, die Angst, Primrose zu verlieren; dann die Angst vor Primroses Angst, mit einer schreienden Maske; und, mit Wilderness' eigenem, blutüberströmten Gesicht, die Angst vor sich selbst; und, mit ständig dantesk auf den Rücken gedrehtem Gesicht, Sombrero auf dem Kopf und Mescalflasche in der Hand, die Angst vor Mexiko; ein Gesicht wie ein Motor: die Angst vor Unfällen und Verkehr; schließlich das wahnsinnig brüllende Gesicht der Angst vor dem Feuer, das er keine Sekunde lang anzusehen vermochte; und alle diese Gestalten wurden herumgehetzt, versammelt, kommandiert und am Ende von einem Meisterchoreographen zu einem gemeinsamen Tanz geführt, einem Riesen in der brutalen, stiefelgesichtigen Maske eines Einwanderungsbeamten oder Grenzbeamten oder Konsuls oder Polizisten, obwohl seine Miene militärisch wirkte und er eine ordenbedeckte Uniform trug, dazu zwei Pistolen an der Hüfte: die Angst vor Autoritäten. Ein Tänzer war anscheinend nicht anwesend: die Angst vor dem Tod; das war schon seltsam, doch stellte er vielleicht gar nicht so sehr eine Angst dar als vielmehr ein Medium, in dem er ständig lebte. Oder er hatte sich womöglich als die Angst, Primrose zu verlieren oder als die Angst vor Kummer verkleidet. Obwohl andererseits die Angst vor dem Tod, sofern es sie gab, seine einzige selbstlose Angst war, denn es war die Angst vor Primroses Kummer. Eine entsetzliche Entfremdung, wahrhaftig! Wies irgend etwas in seinem Gesicht darauf hin, daß solch gräßliche Bilder sich unablässig vor seinem inneren Auge formten, selbst in den glücklichsten Augenblicken? Und war dies der wahre Grund, warum er vor all diesen Jahren als derjenige auserwählt worden war, den man an der Grenze abwies? Das Leuchtzeichen erlosch; Sigbjørn löste ihre Sicherheitsgurte, und obgleich sie dem Sturm entronnen zu sein schienen, schaukelte und sprang das Flugzeug noch immer. Sie waren höchstens noch eine Stunde von Los Angeles entfernt. Ob man dort irgendwelche Formalitäten zu erledigen hätte? Immerhin hatte die Stewardess gesagt, bei diesem Wetter sei es nicht sicher, daß der Flug Los Angeles–El Paso–Monterrey freigegeben würde, in welchem Fall sie direkt über Mazatlán fliegen könnten, und dann wäre Los Angeles ihr Ausreisehafen. Auch das würde eine Verzögerung bedeuten, denn er hatte sich um diesen Flug bemüht, da er der aufregendere von den beiden war, hatte aber keine Tickets dafür bekommen. Ach ja, lassen Sie das Grübeln, wie der liebe alte Fernando sagen würde. Es war nicht einfach. Nach einem gewissen skandinavischen Schriftsteller bleiben einem die trüben Gedanken, die einem bei sehr angestrengtem Nachdenken kommen, für immer im Gedächtnis.

Ein Vorfall, der sich an diesem Morgen auf dem Flughafen von Vancouver ereignet hatte, fiel ihm plötzlich lebhaft wieder ein. Als ihr Flughafentaxi am Eingang des Flughafens vorgefahren war, hatte draußen im Regen ein Polizeiauto gestanden; und vermutlich war es das, was ihn aus der Fassung gebracht hatte. Sigbjørn hatte nervös mit seinen Tickets gespielt, sie waren ihm zu Boden gefallen; er hatte vergessen, einen Koffer zum Wiegen abzugeben; er war völlig verwirrt gewesen, und erst als Primrose und er endlich auf einer Bank saßen und auf den Aufruf für den Flug nach Süden warteten, kam er auf die Idee, die Anwesenheit des Polizeiautos sei wahrscheinlich etwas ganz Selbstverständliches. Dann dämmerte ihm, daß vor Flughäfen praktisch immer Polizeiautos zu finden waren – eine Kriegsmaßnahme, die aufzuheben zweifellos von irgend jemand vergessen worden war oder immer noch galt, und zwar aus dem sehr guten Grund, daß der Frieden eigentlich noch gar nicht besiegelt war. Bei dieser Erkenntnis seufzte Sigbjørn vor Erleichterung und war eine Zeitlang imstande, sich ganz und gar Primrose und ihrer Begeisterung zu widmen. Unterdessen hatten sie durch die hohen Fenster des Wartesaals die Landung eines großen Flugzeugs aus Seattle beobachtet. Es manövrierte in die richtige Position, die Rampe wurde hochgefahren, und die Passagiere begannen durch den Platzregen hinabzusteigen, gingen über die Rollbahn auf das Drehkreuz zu, wo ihre Tickets von bemäntelten Beamten entgegengenommen wurden. Sigbjørn wurde sich jetzt plötzlich bewußt, daß er diese Passagiere scharf beobachtete, daß der ganze Vorgang ihrer Ankunft etwas außerordentlich Wichtiges für ihn geworden war. Viele der Passagiere waren offensichtlich Amerikaner, die also in einem für sie fremden Land ankamen. Wie würden sie, seine Vettern, seine Brüder von jenseits der Grenze, die Feuerprobe der Untersuchung auf dieser Seite überstehen? Größtenteils wohlgekleidet, heiter und trotz des Wetters eine ungewöhnliche Geduld zur Schau stellend, gaben sie ihre Tikkets ab und schritten so sorglos durch die Sperre, als gingen sie ins Kino. Und dann trat ein junger Bursche auf die Rampe, der der bevorstehenden Prüfung allem Anschein nach mit einer solchen Gleichgültigkeit entgegensah, daß er sich noch nicht einmal rasiert oder gekämmt hatte. Jetzt kam er, ohne Hut, kaugummikauend, heran; der Wind warf sein Blondhaar hin und her, während Sigbjørn sich fünfzehn Minuten vor der Landung nicht eine Sekunde lang wegen seines Haars hatte beruhigen können. Immer wieder war er in den Waschraum gerannt und hatte Primrose mit seiner Fragerei gequält, ob er auch «ordentlich» aussehe (genau wie er jetzt nur zu bald wieder damit anfangen würde, Primrose zu quälen, denn sie kamen nun Los Angeles immer näher); und während dieser Mann auf sie zukam, lässig mit seiner Freundin über die Rollbahn schlenderte, dann durch die Sperre schritt und ein paar Minuten darauf mit derselben Lässigkeit durch den Zoll spazierte und dabei gar zu rauchen wagte, da bemerkte Sigbjørn, daß seine sämtlichen Sinne sich auf ihn konzentriert hatten, so daß er für einen Augenblick seine ganze Welt erfüllte und alles andere in ihm auslöschte. In diesem Augenblick schien jener Mann ihm der Inbegriff all dessen zu sein, was er zu sein trachtete, und in diesem Moment *war* er dieser Mann. Es war das genaue Gegenteil von dem, was sich eben zwischen ihm und seinem Mitreisenden abgespielt hatte. Sein Dasein schien so vollkommen in das jener anderen, völlig von ihm verschiedenen und sorglosen Person einzugehen, daß dies jener Identität von Subjekt und Objekt nahekam, die das Ziel gewisser mystischer Lehren bildet; und Sigbjørn hatte fast das Gefühl, daß, wenn er sich nicht zusammenreiße, er sich gänzlich in Luft auflösen würde. Auch glich jener Mann, wie Sigbjørn jetzt auffiel, in dieser Hinsicht einem jener optimistischen Schriftsteller, über die er eben nachgedacht hatte: ein Mensch, der jeden Zoll, jede Grenze überwand, der tat, was er wollte, und das womöglich einfach kraft seines Willens und der Unmöglichkeit, sich irgendwelche Schwierigkeiten überhaupt auch nur vorstellen zu können.

War das ein gutes Zeichen? fragte Sigbjørn sich jetzt. Mit Sicherheit war es ein ziemlich minderwertiger Ehrgeiz, optimistisch sein zu wollen; aber lag nicht in alldem ein Hinweis darauf, daß zumindest ein Teil von ihm sich wieder zu schreiben imstande fühlte? Hatte er nicht, fiel ihm jetzt ein, seine Erfahrung von der Zurückweisung an der Grenze schon einmal dadurch überwunden, daß er darüber geschrieben hatte? Oder wenn nicht überwunden, so doch nutzbar gemacht, sie für sich *arbeiten* lassen. Das hatte er. Er hatte einmal ein Gedicht darüber geschrieben, und obwohl er seit Jahren nicht mehr an dieses Gedicht gedacht hatte, das nie von ihm verkauft und bei dem Feuer vollständig verlorengegangen war, fiel es ihm nun seltsamerweise wieder ein:

> Ein singender Teergeruch vom Highway
> Erfüllt den grauen Busbahnhof von Vancouver,
> Den träumerische Namen schmücken: Portland,
> New Orleans,
> Spokane, Chicago – und Los Angeles!
> Stadt der Engel und meines Glücks –

Wie ging es nur weiter? Wenn er die Energie dazu aufbrächte, würde er es aufschreiben, falls er sich auch an den Rest erinnern könnte. Wie Primrose sich über ihn freuen würde! Aber er fühlte sich jetzt schläfrig, und außerdem hinderte ihn auch etwas anderes daran, irgend etwas aufzuschreiben. *Ein singender Teergeruch vom Highway.* Das schien zu bedeuten, daß auch er einmal so sorglos gewesen war, was irgendwelche Schwierigkeiten an der Grenze betraf, wie dieser zerzauste Bursche aus dem Flugzeug aus Seattle. Seine Sehnsucht nach Primrose und seine Vorfreude, sie wiederzusehen, waren so groß gewesen, daß sie sogar die Angst davor weggewischt hatten, daß er sie, so sehr er auch vom Gegenteil überzeugt war, selbst als er sie sah, bald wieder würde verlassen müssen.

Ja, wirklich. Seine Freude war groß damals. Aber was für ein Gedicht hatte er da zu schreiben versucht? Eine Art Sestine, freilich kunstvoller als eine Sestine, mit acht Strophen zu je zehn Zeilen; wobei sich zunächst einmal die Schlußworte nicht wiederholen sollten, sondern dafür die letzte Zeile der zweiten Strophe sich mit der ersten Zeile der ersten reimen sollte, oder falsch reimen, oder einen Gleichklang anschlagen sollte. Aber was hatte er mit der Wahl einer solchen Form überhaupt bezweckt? Sigbjørn erinnerte sich, daß er den Eindruck hatte hervorrufen wollen, der Bus bewege sich in die eine Richtung, auf die Grenze, auf die Zukunft zu, während gleichzeitig die Schaufenster und die Straßen in die Vergangenheit enthuschten: das war das eine, was er gewollt hatte; aber mehr noch: da das Gedicht von seiner *Zurück*weisung an der Grenze handeln sollte, lagen diese Schaufenster und Straßen, die er so leichtfertig in die Vergangenheit projizierte, auch in der Zukunft, denn am Abend und am Ende des Gedichts würde er mit einem ähnlichen Bus genau dieselbe Strecke wieder von der Grenze *zurück*fahren; das heißt sowohl in entgegengesetzter Richtung als auch in entgegengesetzter Stimmung. Aber noch war er nicht an der Grenze angelangt, und daher machte er sich von neuem ans selbe Werk wie zuvor, mit einer weiteren Einheit von zwei Strophen.

Primrose schüttelte ihn: er sollte seinen Sicherheitsgurt anlegen. Mein Gott! Jetzt waren sie also wirklich in Los Angeles. Überall um sie her waren Lichter, und er würde keine Zeit mehr haben, sich zu kämmen. Aber das sei auch nicht nötig, meinte Primrose. Der Flug nach El Paso war freigegeben.

2

Die Wartehalle eines großen amerikanischen Flughafens wie Los Angeles glich zu dieser Zeit eher dem größeren Teil einer in Parzellen unterteilten Bühne, auf der eines jener symbolischen Stücke aufgeführt wird, deren Autoren es darauf anlegen, große Menschenmassen zu manipulieren, sich also mehr für Gruppen als für Individuen interessieren. In einem Moment scheint dieser Teil der Bühne voller Soldaten zu sein. Im nächsten sind es Seeleute. Dann fragt ein Mitglied einer Nomaden-Tanzkapelle am Schalter nach, ob genug Platz für seine Baßgeige da sei. Doch unterdessen zieht die Kaffeebar, von *Marines* besetzt, die Blicke an. Wieder im Wartesaal, sieht man ihn voller Priester auf dem Weg zu einer religiösen Versammlung. Doch gibt es da einen Unterschied. Zwar wechseln die Menschengruppen einander mit verwirrender Geschwindigkeit ab, aber spät nachts, wie jetzt, sind sie, nach ungeheuren Reisen von einer Unendlichkeit in die andere, größtenteils stumm. Den Dialog besorgt hauptsächlich der Lautsprecher, der in regelmäßigen Abständen bellt: «Passagiere des Flugs nach Denver und Salt Lake City bitte die Flugscheine bereithalten.» Beziehungsweise Chicago – Detroit – Cleveland –Boston. Oder El Paso–Monterrey–Mexico City, je nachdem.

Auf diesen letzteren Aufruf warteten die Wildernesses, doch ging ihr Flug erst um Mitternacht, so daß sie noch viel Zeit hatten. Da sie keinerlei Formalitäten zu erledigen brauchten, war Sigbjørn von einem angenehmen Gefühl der Freiheit erfüllt, dem er mit wiedererwachter Neugierde nachhing. Es war für sie beide, auch wenn er als Seemann bereits die ganze Welt umfahren hatte und sie früher einmal in Los Angeles gelebt hatten, eine neue Erfahrung. Auch der Flughafen war neu, aber das war gar nicht so interessant, obwohl sie ihn vorher noch nie gesehen hatten. Auch nicht, daß sich Los Angeles äußerlich so sehr von allen anderen großen Flughäfen auf ihrer Route unterschied. Auch das Fliegen war ihnen nicht ganz und gar fremd, obschon sie bisher nur über kurze Strecken geflogen waren. Neu war für sie, auf so großem Fuß zu reisen, und kein Flughafen hätte dies Neue vollkommener zum Ausdruck bringen können als Los Angeles, als dieser grau-tönende Ort mit seiner ungeheuren Bedeutung als *Knotenpunkt* von Verbindungen nach Norden, Süden, Osten und Westen. So mußte Herman Melville, als Redburn maskiert, vor über hundert Jahren Euston Station in London empfunden haben, dachte Sigbjørn, falls man Euston einen Knotenpunkt nennen konnte. Unterdessen waren sie offenbar die einzigen hier, die nicht müde waren; und sie spazierten, alles in sich aufnehmend, so glücklich auf dem Flughafen herum wie ein Pärchen Australier in seinem ersten Schneesturm.

«Ich lechze nach einer Tasse Kaffee», sagte Primrose schließlich.

«Weißt du noch, was für ungeheure Zerstreuungen diese Stadt immer bereithielt?» fragte Sigbjørn, indem er die Schwingtür für sie aufstieß. Die Kaffeebar, vor fünf Minuten noch überfüllt, war jetzt leer, so daß sie sich weiter die Beine vertreten und frei und ungestört reden konnten. Aber nach einer Weile setzte Sigbjørn sich hin, um seine Füße auszuruhen; den rechten stellte er auf einen Stuhl neben sich.

«Es ähnelt irgendwie ein bißchen zu sehr dem, was schon zu viele andere Schriftsteller gemacht haben», sagte er. «Mit abgezählten Silben statt fließenden Jamben. Hier, ich will's für dich zu Ende schreiben. Aber nicht übel. Fühle mich ermutigt. Natürlich nehme ich an, daß ich als Karikaturist oder als Wildhüter, wenn nicht gar als Brandwächter besser war, als ich es als Dichter je sein werde. Aber selbst nach all diesen Jahren scheint es etwas Originelles an sich zu haben. Ich weiß nicht, wieso es mir überhaupt wieder eingefallen ist – einfach so. Nichts dergleichen ist mir je vorher passiert.»

«Oh, Sigbjørn, ich bin so aufgeregt. Das *ist* ein gutes Zeichen. Ich habe dieses Gedicht schon immer gemocht.»

«Würde es dir was ausmachen – das soll kein Seitenhieb sein –, mir zu sagen, ob du dich noch daran erinnerst, daß ich es bei dem Feuer verloren habe?»

«Natürlich tu ich das», sagte Primrose. «Ich habe doch mit dir dran gearbeitet. Es hieß *‹Der an der Grenze abgewiesene Kanadier›*. Wie hätte ich das vergessen können?»

«Ganz einfach. *Ich* hatte es vergessen. Primrose, du siehst wunderbar aus … Ganz außerordentlich.»

«Wirklich, Liebling?» sagte Primrose, patschte auf ihren Haaren herum und schnitt Grimassen in den Spiegel. «Ich seh doch schrecklich aus. Im Flugzeug konnte ich nicht in den Waschraum, um mich zu schminken. Und im Flughafen kam ich auch nicht rein. Alles voller Waves oder Wacs* oder wie die heißen.»

«Du brauchst dich nicht zu schminken. Ein bißchen schmuddelig siehst du noch viel süßer aus. Achtung, da kommt deine zweite Tasse Kaffee.»

Ein rotgesichtiger junger Mann ohne Hut auf einem Drehstuhl fragte die Kellnerin: «Haben Sie diesen Film *‹Säuferwalzer›* gesehen?»

«Pff.»

«Handelt von einem Trinker. So was Tolles sieht man nicht alle Tage. Der größte Schlager hier in der Stadt. Die kriegen sämtliche Säufer und Antis dran. Bekehren sie zu Tausenden.» Der junge Mann bestellte nichts. Sigbjørn trank seinen Kaffee aus. Dann stand er auf, ohne Primrose anzusehen, und ging in den Waschraum. Ein großer Mann richtete im Spiegel seine Krawatte und sagte dabei zu einem Soldaten in Khakiuniform, der sich energisch mit einem Papierhandtuch die Hände abtrocknete: «Ich hab keinen Tropfen mehr getrunken, seit ich diesen gottverdammten Film gesehen habe … Ganz schön gut das … die Stelle, wo er dem Blinden die Sparbüchse klaut. Dolles Ding.» *Kilroy was here. El Grafe hat zugeschaut.*

* Marine- bzw. Armeehelferinnen in den USA (A. d. Ü.)

«Von diesem Jake Sawson, ja?»

«Für 'n Oscar nominiert.»

Sigbjørn sah aus dem Oberlicht: *Supreme Pictures Uraufführung ‹Säuferwalzer› – «Dieser Film schlägt alles» – Gabbler Hooples,* schrie ein Plakat, auf dessen Rückseite – es war eine pyramidenförmige Reklamefläche –, listig placiert, sich eine Reklame für Old Grand-Dad Whiskey befand: ein freundlich dreinblickender Cockerspaniel hielt seinem Herrchen die Pantoffeln hin, das seinerseits mit einfältiger Miene einen großen Schluck Old Grand-Dad zu sich nahm. Sigbjørn lachte.

Die Wildernesses begaben sich eine Treppe höher zur Cocktail-Bar des Flughafens, die jedoch anscheinend bald geschlossen wurde. Draußen regnete es leicht. Die beiden Anzeigen, hinten am Highway, waren von Neonlampen angestrahlt, vor denen die Regentropfen groß, glänzend und bedrohlich zu hängen schienen. Auf dem Betonfeld lagen geneigte Flugzeuge aus glitzerndem Aluminium verstreut. Nasse Lichter glänzten auf den Rollbahnen. Die Straße verlief zwischen unsäglich trostlosen Reklametafeln in die Dunkelheit – die öde Todeslandschaft von Los Angeles. Und doch: in dieser Hölle hatten sie sich kennengelernt.

«Was hast du, Liebling?»

«Och nichts. Hast's ja gehört.»

«Das ist doch nur eine klinische Studie; bloß ein kleiner Teil von deinem.»

«Von wegen, kleiner Teil! Auf alle Fälle soll es der beste Teil sein; und es ist der wichtigste Teil.»

«Es könnte auch alles andere sein, nicht nur das Trinken.»

Sigbjørn schwieg.

«Laß ihm doch seinen kleinen Triumph. Wo doch in deinem Buch noch soviel *mehr* steckt.»

«Ein Kunstwerk sollte nur ein einziges Thema haben, hat Yeats jedenfalls gesagt.»

«Jetzt weiß ich wahrhaftig, warum Fernando dich einen Tragödienmacher genannt hat.»

«Und für mich ist es alles andere als ein kleiner Triumph.»

«Oh, *Sig*bjørn!»

«Nein, nein, heut abend nicht», sagte Sigbjørn und sprang auf. «Nur das nicht heut abend. Trinken wir noch einen.» Er hob zwei Finger in die Luft; dabei stellte er fest, daß das Zeichen seiner Zunft, die kleine Blase innen an seinem Mittelfinger, noch nicht ganz verschwunden war. «Dos, por favor. Ich meine zwei.»

«Kannst du nicht einmal ungetrübt glücklich sein, nur dies eine Mal, am Abend vor unserem Hochzeitstag. Muß denn immer was –» begann Primrose, wie sie es zuweilen tat, indem sie gerade seine stillschweigende Entschuldigung dazu benutzte, den Streit zu verlängern, wenn er schon dachte, es hätte sich alles erledigt. Aber bei dem Wort ‹ungetrübt› lächelte Sigbjørn sie liebevoll an. Das kam davon, wenn man mit ihm verheiratet war. Nun war es nur noch eine Frage der Zeit, bis sich das Wort ‹ungetrübt› in eines ihrer Papiere über glaucionetta clangula einschlich. Oder über trogon ambiguus ambiguus?

«Ja, natürlich kann ich ungetrübt glücklich sein, wie du das nennst», kicherte Sigbjørn.

Der Barmann brachte die Drinks; er schien es jetzt, obwohl er schon die Rolladen heruntergezogen hatte, nicht mehr so eilig zu haben.

«Auf dich, Primrose, Liebling. Der Tag war wunderbar, und ich werde ihn mir durch nichts vermiesen lassen.»

«Auf dich, Schatz.» Aber Primrose war den Tränen nahe; sie ging, um sich die Nase zu pudern.

«Was hat denn die kleine Dame?»

«Haben *Sie* diesen *‹Säuferwalzer›* gesehen?» fragte Sigbjørn nach einer Pause.

«Hier kommen alle möglichen Leute rein», antwortete der andere, während er die Theke abwischte. «Verrückt in ’n Füßen, verrückt im Kopf, verrückt im Bauch. Komische Käuze. Tja, ich hab mal ’n Buch gelesen, haha.»

«Ich meinte nicht ein Buch, sondern den Film.»

Na ja, wenigstens *einer*, der ihn nicht gesehen hatte.

Aber, mein Gott, was für ein grausamer Streich, daß er genau zu dem Zeitpunkt herausgekommen war, und alles mit diesem Anstrich des Zufälligen obendrein! Natürlich hatte er von dem Buch gewußt; hatte es tatsächlich kurz vor dem Brand erfahren, gerade als er den letzten Schliff an ‹*Das Tal der Todesschatten*› legen wollte. Ob er das dem Barmann erzählen sollte? Der ewige Beichtstuhl der Bar. Nach den Statistiken wiesen die Barmänner die höchste Selbstmordrate auf. Vor vielen Jahren hatte er einmal zu Primrose gesagt, halb befürchtend, es könnte wirklich passieren, falls ein anderes Buch über dieses Thema veröffentlicht werden sollte – das heißt, um das Thema allein ging es nicht; sondern wenn es sich genauso ungeheuer weit, wie er sich schmeichelte, es getan zu haben, in die schrecklichen Qualen vorwagte, die das Trinken dem Trinker bereiten konnte –, dann würde er sich umbringen. Hatte ihn da die noch größere Katastrophe des Feuers gerettet, in der ‹*In Ballast to the White Sea*› vernichtet wurde, der dritte Teil seiner Trilogie, in dem er Erikson porträtiert hatte? Zum Glück hatte er vor dem Brand nur eine mittelmäßige Rezension von ‹*Säuferwalzer*› gelesen. Hätte er damals, wie er später in Niagara erfahren sollte, schon gewußt, daß das Buch geradezu zum geflügelten Wort wurde, hätte er sich wohl wirklich umgebracht, selbst wenn seine Drohung Primrose gegenüber nicht völlig ernst gemeint war. Hätte er das wirklich? Wahrscheinlich nicht. Und wenn er das Buch damals *gelesen* hätte? Seine isolierte Lage in Eridanus hatte ihn gerettet: dies und die beiden Dinge, die er stets bedauert hatte: den unsäglich ordinären Geschmack der Kanadier und deren barbarische und rohe Gesetzgebung, die, während sie alle möglichen Schundblätter zuließ, im Krieg die Einfuhr sämtlicher intellektuellen Zeitschriften verboten hatte. Und so war er durch das Wunder jener einen Rezension, während die Nachricht ihn in Schrecken versetzt hatte, nicht sonderlich ermutigt worden, das Buch zu kaufen, und erfuhr damit erst später von seinem wahren und für ihn herzzerreißenden Wert und Ruhm. Gilbert Reid in Niagara konnte auf Grund seiner beruflichen Privilegien die Grenze in beiden Richtungen überqueren, so daß sich sein Status kaum von dem eines Amerikaners unterschied. Er hatte seinen Finger überall am Puls. Am Puls von ‹*Säuferwalzer*›. Und, ganz besonders, am Puls von etwas anderem. Denn war es nicht Gilbert, der ihm erzählt hatte – und das sogar ohne zu wissen, daß Sigbjørn ihn kannte –, daß auch Erikson gestorben war? Ja, denn als sie nach ihrem Feuer in Niagara Zuflucht gesucht hatten, erfuhren sie dort als erstes, daß er wie das Buch, das sein Porträt enthielt, im Feuer umgekommen war; und wann war das passiert? Er war heute abend vor zwei Jahren, in einer Stunde, oder damals vor sechs Monaten, an ihrem Hochzeitstag, am 6. Dezember 1943 bei den großen Luftangriffen auf Berlin in einem Bomber umgekommen. Und so war ihr gemeinsamer Freudentag für ihn gleichzeitig immer ein Tag der Trauer. Konnte er das dem Barmann erzählen? Es Gott erzählen? Primrose daran erinnern? Es dem fröhlichen Geist Eriksons mitteilen, der es sehr ungern hören und ihm sagen würde, er solle diese Idee auf der Stelle fallen lassen? Das würde er, das wollte er versuchen, und so blieb ihm jetzt nur noch ‹*Säuferwalzer*›, um sich aufzuregen. Oh, laß das Grübeln, alter Tragödienmacher. Das Schreiben von ‹*Das Tal der Todesschatten*› hatte ihm alles bedeutet: das Gefühl, seine größte Schwäche – wie er diesen Ausdruck verabscheute – in seine größte Stärke zu verwandeln, und gemeinsam mit Primrose, die ihm dabei half, das Gefühl, daß er – den bis dahin immer der Verdacht gequält hatte, er werde nie etwas Eigenständiges schreiben können, er sei dazu verdammt, immer nur zu kopieren – sich in dieses entsetzliche Thema verbissen hatte, und daß er nicht bloß neuen Boden beakkerte, sondern eine terra nova bebaute, etwas Einmaliges zustande brachte, eine Art Ultima Thule des Geistes entwarf. Und nun, selbst wenn dieses Buch veröffentlicht werden sollte, und das war nach ‹*Säuferwalzer*› höchst unwahrscheinlich, würde man lediglich dazu sagen, wie es ihm ja auch schon von seinem Agenten und den beiden amerikanischen Verlagen, die es bis jetzt abgelehnt hatten, zart bedeutet worden war, daß es – und hätten die mal aufgehört zu denken, hätten sie ihren Irrtum erkennen müssen – bloß eine Kopie von ‹*Säuferwalzer*› sei! Ja wirklich, laß das Grübeln! Es war einfach zuviel. Das gleiche würde auch in England passieren. Die hatten ihm geschrieben, sie freuten sich schon darauf, das Buch zu lesen, und ihm ein Telegramm angekündigt, wenn sie es gelesen hätten. Das war Monate her, und bis zu ihrer Abreise war kein Telegramm eingetroffen. Es war hoffnungslos. Geradezu hoffnungslos hoffnungslos. Zumindest jetzt, nach dem Film. Substanz und Schatten! Das Buch und der Film. Von der Verfilmung hatte er auch gewußt, denn inzwischen war das Buch so berühmt geworden, daß es schon sehr sonderbar gewesen wäre, wenn der Ruf, der ihm vorauseilte, nicht auch bis an ihre Ohren in Kanada gedrungen wäre, ja selbst nach Eridanus, in die Ohren der Fischer; der Fischer, denen er nie mehr vom Thema von ‹*Das Tal der Todesschatten*› erzählen oder das Buch selbst geben konnte, was er so gerne getan hätte, um zu beweisen, daß er nicht so hilflos war, wie er es war, und genauso arbeitete wie sie, was er nicht tat. Er hatte es gewußt, doch war er überzeugt davon gewesen, daß Hollywood es verpfuschen würde. Er hatte sich bei der unfairen Hoffnung ertappt, der Film würde das Interesse an dem Buch nicht nur nicht wiederbeleben, sondern eher noch jedermann davon überzeugen, daß auch das Buch ohne jeden Belang sei. Nun konnte er nicht mehr so sicher sein. Schlägt alles, Gabbler Hooples. Selbst er war vor Gabbler Hooples nicht sicher. Aber daß das ausgerechnet heute abend und in dem Augenblick passieren mußte, wo er es so dringend nötig hatte, Primrose etwas Mitfühlendes und schön Fröhliches zu sagen! Hier hatten sie sich kennengelernt. Hier gab es Zärtlichkeiten, Erinnerungen und Gedanken, die gut waren. Gedanken daran, wie weit sie es seit jenen alten Tagen gebracht hatten. Und vor allem hätte er ein wenig Anteilnahme an *ihren* Gedanken zeigen müssen. Ein Wort hätte schon geholfen, aber dieses eine Wort hatte er noch nicht gesprochen. Als sie aus dem Flugzeug gestiegen waren, war er, da es keine Formalitäten auszustehen gab, viel zu glücklich gewesen, und jetzt fühlte er sich zu elend. Und jetzt haßte er Los Angeles auf einmal so ungestüm, daß er es sich nur als eine Hölle denken konnte. Ja, da draußen, hinter diesen Vorhängen, befand sich genau die Art von Hölle, in die sein Geist gewandert wäre, hätte er sich damals wirklich umgebracht, ja, in diese Todeslandschaft oder Reklamewände, wo ihn zweifellos ein weiteres Filmplakat empfangen hätte: Sigbjørn Wilderness in *Wilderness' Walzer.* In der Hauptrolle Primrose Wilderness. Mit Don Fernando Martinez und Bjørnson Erikson. Dazu eine nie dagewesene Fülle von Omen, Freuden, Schrecken, Wonnen, Dämonen, Dentisten, Ärzten und Zufällen. Hoch die Tassen, Gabbler Hooples. Hallo, alter Tragödienmacher. Machst noch mehr Tragödien? Allerdings. «Ja», sagte Sigbjørn, während er überlegte, daß all diese Gedanken, die ihm durch den Kopf gingen, mindestens eine Stunde erfordert hätten, sie aufzuschreiben. So wie einer dieser Träume, in denen man ein ganzes Leben in weniger als zwei Minuten durchlebt. Er zog sein kleines Notizbuch hervor und begann zu schreiben. «Wir fahren nach Mexiko», sagte er, ohne aufzublicken.

(a) Versuchen, Primrose so glücklich zu machen, wie sie es im Grunde bei mir versucht hat; also um Himmels willen ein bißchen mehr Freude ausstrahlen (Kraft durch Freude, haha).

«War mal in Tijuana», sagte der Barmann.

(b) Unbedingt Gründe für eine gewisse Selbstbeherrschung finden.

«Ausrauben wollten die mich da: Nie wieder, Mann. Hatten spitzgekriegt, daß ich 'n Scheck gefälscht hatte. Und wissen Sie was? –: das waren Polizisten! Ja, *Sir*!»

«Ich war auch schon einmal da und hatte nie viel Schwierigkeiten», sagte Sigbjørn so geistesabwesend, daß er kaum merkte, daß er log:

(b) Unbedingt Gründe für eine gewisse Selbstherrschung finden: ein dermaßen zweckloses Merkmal und Requisit der Selbsterhaltung, daß sie mir geradezu verabscheuenswürdig vorkommt.

«Die sehen's da gar nicht gern, wenn man trinkt.»

(c) Doch kann daraus Glück erwachsen, insofern es uns vor äußerem Zwang beschützt.

«Wie meinen Sie das: die sehen's da gar nicht gern, wenn man trinkt?»

«Na ja, nicht immer. Trinken ja selbst gern. Aber sie mögen es nicht, einen trinken zu sehen. Macht sie wahnsinnig», sagte der Barmann. «He, ich hab noch was Tequila hier: woll'n Sie 'n Schluck? Krieg manchmal was über die Grenze.»

Sigbjørn nahm undeutlich wahr, wie der Kellner eine mit einem Siphon bestückte Tequilaflasche von vertrauter Gestalt über sein Glas hielt, wie er selbst dann erst den Kopf schüttelte und darauf nickte: er nahm das Glas und trank es in einem Zug, ohne die Unterstützung von Salz und Zitrone; er reichte ihm das Glas zurück.

«Ihre Frau bleibt aber lange.»

«Sie hat eine lange Reise hinter sich», sagte Sigbjørn. «Wir halten Sie doch nicht auf?»

«Nein.»

(d) Die Angst vertreiben; dies ist völlig unmöglich ohne (1) Glaube an Gott, (2) vollkommene Hoffnungslosigkeit.

(e) Letzteres ist der Tod im Leben; also gib es auf.

(f) Das Problem des Egoismus.

(g) Hat Helge Krig mit seiner Behauptung recht, zwei Menschen, die sich lieben, bräuchten schließlich einen Grund, der außerhalb ihrer selbst liegt usw. usw.?

(h) N. B. Bedenke, daß man in erster Linie ein Spaßvogel ist.

«Ja, diese Typen würden glatt Christus vom Kreuz stehlen», sagte der Barmann. «Von Mexiko sollte man sich lieber fernhalten.»

«Mein Gott, sagen Sie das bloß nicht vor meiner Frau», erwiderte Sigbjørn; dann faltete er seine Notizen und steckte sie in die Tasche.

«Was soll er bloß nicht vor deiner Frau sagen?» fragte Primrose, die in diesem Augenblick wiederkam.

«Wir sprachen über anstößige Worte.» Sie wirkte jung und schlank und frisch in ihrem neuen blauen Reisekleid, und ihren großen und schönen blumengleichen Augen mit den langen Wimpern war nicht anzusehen, daß sie geweint hatte. Vielleicht hatte sie es schon vergessen, denn seit sie mit den Vorbereitungen auf diese Reise begonnen hatten, waren ihre Stimmungen immer so rasch umgeschwungen wie die Farbe ihrer Augen. Jetzt waren sie grün und zeigten einen Ausdruck von unschuldiger und kindlicher, ja fast erheiternder Aufgeregtheit. Am Anfang ihrer Ehe, und davor, zeugte es nur von Eigensinn, wenn sie eine finstere Stimmung lange ausdehnte. Nach dem Feuer aber war das ganz anders, da waren diese Stimmungen außer Kontrolle geraten, dunkler und anhaltender geworden. Jetzt war es beinahe wieder wie in den alten Zeiten. Sie war ganz Ungeduld, wie ein Kind; ihre Traurigkeit war so schnell verschwunden wie die Schatten an einem Sonnenmorgen. Er fühlte sich dadurch auf eine merkwürdige Weise verantwortlich, aber auch merkwürdig alt, ganz und gar nicht wie ein Ehemann oder Liebhaber, sondern eher wie ein Großvater, wie jemand, der vorübergehend mit den Träumen eines Kindes betraut wird und der versucht, die sonntägliche New York Battery damit zu verbinden. Zugleich kam es ihm vor, daß er in diesen Träumen, falls er in ihnen überhaupt auftrat, was er manchmal bezweifelte, eine Art fahrender Ritter war oder doch sein sollte. Er hatte sie aus dem Gefängnis Los Angeles befreit, wo sie sich mit der seelenlosen Arbeit des Trickfilmzeichnens fast zu Tode geschuftet hatte; er hatte sie durch eine Geheimtür aus diesem Burgverlies geführt, eine andere aufgetan, und dahinter lag Eridanus; dann eine weitere, und siehe, dort unten lag die Welt, die Berge, geschmückt mit Bächen und Strömen und kleinen Kirchtürmen – das zog sich immer weiter so hin über Berg und Tal bis hin nach Oaxaca, bis hin, weiß Gott, zu Gott. Seltsamerweise hatte er dabei das Gefühl, sie sei ihm gar nicht dankbar für diese hügelige Aussicht, so wie ein Kind nicht dankbar dafür ist, daß man es geboren hat. Man konnte dadurch kaum gekränkt sein. Es war Gerechtigkeit, und es war ihr Geburtsrecht. Gleichwohl grämte es ihn insgeheim ein wenig. Aber gerade diese Ungeduld in ihr war so rührend und so verwundbar auch, und das wollte er weder antasten noch verletzten. Was für unergründlich heitere Abenteuer des Geistes sie schauen würde, wenn diese gleichermaßen unergründlichen Augen Mexiko erblickten, wußte er nicht: aber er wollte dessen Glanz und Zauber auf keinen Fall durch irgendeine eigensinnige Schwermut zerstö-

ren oder mindern. Er überlegte, daß sie seine Frau war und daß ein Teil dieser Schwermut von der Liebe selbst herkommen konnte, falls er erst einmal anfinge, über ihren schrecklichen Ernst nachzubrüten. Denn mit der Liebe war es wie mit den Phasen der Venus. Wenn Venus zwischen Sonne und Erde steht, ist sie für uns dunkel. Voll und am hellsten ist sie erst hinter der Sonne. Daraus folgt, daß wir versuchen sollten, wenn es irgend geht, die Sonne zwischen uns und der Liebe scheinen zu lassen. Was unter den gegebenen Umständen – elf Uhr nachts im verregneten Los Angeles in einer trostlosen Bar – ebensogut möglich sein sollte wie irgendwo anders. Aber es kann schwerfallen.
«Und du hast ja nichts mehr im Glas», sagte sie.

«Schon gut, danke», antwortete Sigbjørn, «ich will auch keins mehr.» Er log nicht: er wollte nicht ein Glas: er wollte siebzig. Doch hätte er andererseits kaum etwas Falscheres sagen können; es war genau das, wovor er sich hatte hüten wollen. Jetzt war er ihrer Wärme frostig und verstimmt begegnet. Aber Primrose rüttelte ihn am Arm.

«Komm schon, alter Junge, es ist unser Hochzeitstag!»

«Rye und 'n Scotch», sagte der Barmann.

«Ich –» begann Sigbjørn in einer plötzlichen Aufwallung, sich heiter geben zu wollen, solange der Barmann ihnen den Rücken zuwandte, «ich wollte dich schon immer mal was über die Frauen-Toiletten fragen –»

«O *Sig*bjørn!»

«Was hast du denn?»

«Erst erzählst du mir, wie wunderbar schön ich aussähe, als ich in Wirklichkeit völlig verdreckt aussah; und jetzt, wo ich mir so viel Mühe gegeben habe, mich für dich wirklich schön zu machen, fängst du von Frauen-Toiletten an!»

«Tut mir leid, ich bin ein Blödmann. Ich hatte den Eindruck, ich hätte dir gerade eine lange Rede über dein entzückendes Aussehen gehalten. Ist es dazu jetzt zu spät?»

«Ganz bestimmt nicht.»

«Möchte meinen, der Tequila ist daran schuld. Ich habe geschummelt, während du weg warst – der Barmann hat mir einen

Tequila angeboten. Möchtest du auch einen? Obwohl ich glaube, er hat mir den letzten Tropfen aus der Flasche gegeben.»

«Nein», sagte Primrose, «das möchte ich mir für Mexiko aufsparen. Diesen Kitzel, meinen ersten Tequila zu trinken, will ich in einer von deinen Spezialkneipen haben.»

«Das sollst du auch», sagte Sigbjørn, als ihre Drinks vor ihnen standen. «Ich glaube, ich weiß da genau die richtige. Du wirst lachen, wenn du sie siehst.» Sie tranken sich schweigend zu. «Obwohl ich für den Kitzel nicht garantieren möchte.» Oder? fragte sich Sigbjørn. Und doch war das ein wichtiger Grund gewesen, warum er damals getrunken hatte. Nicht wegen des «Kitzels», nein, und Primrose hatte damit auch etwas anderes gemeint: sie würde einen Ort, der ihr bis jetzt nur vom Papier vertraut war, wirklich Gestalt annehmen sehen; aber bestimmt hatte es etwas mit Erregung zu tun oder mit Gefühlen zumindest, oder hatte sich, nachdem das Vergessen zu schwierig geworden war, dahin entwickelt. Aber meistens war er gar nicht aufs Vergessen aus gewesen: im Grunde war die Wahrheit oder ein Teil der Wahrheit über sein Trinken bei William James zu finden. «Es hat das metaphysische Bewußtsein des Menschen gestärkt», sagte er. Was auch immer das sein mochte, er ahnte jetzt vage eine solche Wirkung und wollte sie ausdehnen und vertiefen. Und hatte James nicht auch irgendwo gesagt, es sei die Symphonie des armen Mannes? Sigbjørn war dieser arme Mann. In seinen Grenzen ein guter Musiker: nur wußte er wenig über Musik. Die Symphoniekonzerte, die er besucht hatte, konnte er an den Fingern einer Hand abzählen. Von denen drei amputiert war. Bei dem einen Konzert hatte er Beethovens Neunte Symphonie gehört, deren mächtige Harmonien ihm beim Zuhören lediglich den Eindruck machten, genau so etwas in Prosa erreichen zu wollen. Aber abgesehen davon, daß ihm sein Gebrauch der Stimmen eine Negation der Art von Kunst zu sein schien, die Beethoven erstrebte, hatte die hölzerne Erscheinung der Sänger, die da steif und finster in ihren unbequemen Sonntagsanzügen herumstanden und wie alles andere, nur nicht wie Brüder aussahen, lediglich dazu beigetragen, seine Aufmerksamkeit auf die ehrfurchteinflößende Übersetzung von Schillers Worten im Programmheft zu lenken. Er war nicht stolz auf diesen Zustand; im Gegenteil, er war stets bemüht, ein echtes Verständnis für Musik zu erlangen, und er hatte sich entsprechende Bücher aus der Bibliothek geliehen. Aber auch unter diesen Umständen hatte er kaum eine Beziehung zu diesem Kerl in ‹*Säuferwalzer*›. Vom Leid abgesehen, verdammt. Ja, er hatte das Leid vergessen. Aber das galt andererseits auch für Beethoven und vielleicht für alle Menschen.

«Meinst du, dem Haus wird nichts passieren?» fragte er. «Genau in dieser Minute wird die Flut heraufkommen.»

«Aber natürlich, Quaggan wird sich doch drum kümmern. Jetzt gibt's eh nur halbe Fluten. Nach Neumond nehmen sie ab.»

«Wenn wir zurück sind, werden wir das Boot streichen müssen», sagte er.

«Hast du jetzt schon so große Sehnsucht danach, Sigbjørn?»

«So meine ich das nicht.» Er bot Primrose eine Zigarette an, dann eine dem Barmann; nahm selbst eine, gab den beiden mit einem Streichholz Feuer und machte für sich ein neues an. «Und morgen sind wir in Mexiko. Oblation!» bemerkte Sigbjørn und hob sein Glas. «Eine Oblation für die Götter des alten Mexiko! Vielleicht hat dieser Mensch, der sagte, Trinken sei ein Teufelskreis, ‹oblate› sagen wollen: an den Polen abgeplattet und flachgedrückt.»

«Welcher Mensch?»

«Der in diesem ‹*Säuferwalzer*›. Aber um noch mal auf die Frauen-Toiletten zu kommen: bei den Männern hab ich da eben was ganz Merkwürdiges gesehen. Du weißt ja, Männer-Toiletten sind immer voller obszöner Zeichnungen –»

«Woher soll ich das wissen?» lachte Primrose.

«Zum erstenmal hab ich's in Seattle gesehen, nur ein Kreidezeichen an der Wand: *Kilroy was here.* Hab mir nicht viel dabei gedacht, Kilroy war also da, na und? Tatsächlich fiel es mir erst wieder ein, als ich in Frisco mal aus der Bar mußte und sah, daß Kilroy auch dort gewesen war. Das war ja leicht komisch, aber hier in Los Angeles stand's schon wieder; diesmal hieß es *Kilroy hat hier ein Ei gelegt. El Grafe hat zugeschaut.*»

«Ach?»

«Diesmal fand ich's absolut bedrohlich. Und auch ein bißchen erschreckend, wie sich da der lateinamerikanische Einfluß bemerkbar zu machen beginnt, je näher man Mexiko kommt. Was ich dich fragen wollte, war, ob sich irgend etwas Ähnliches bei den Damen gezeigt hat?»

«Sigbjørn, du hältst mich aber auch in den komischsten Dingen für eine Expertin», kicherte Primrose.

Sigbjørn grinste, als er die Miene des Barmanns sah, die einen schockierten und etwas verletzten Ausdruck aufsetzte; tatsächlich zog er sich mit der Abendzeitung langsam ans andere Ende der Theke zurück. «Nicht allzu obszön, wie gesagt. Kam und kommt mir nur merkwürdig vor. Habe das Gefühl, von diesem Kilroy-Trottel die ganze Küste runter verfolgt zu werden. Und wie kann ein Mann, dem die ganze Welt zur Verfügung steht, seine Unsterblichkeit in einem öffentlichen Pissoir begründen wollen? Meinst du, das gäb's überall im Land? Und falls ja, wo hört es auf? Bedenke nur die Macht, die ein ansteckendes Schlagwort wie dieses ausüben könnte. Stell dir vor, statt Kilroy stände da Vergib Deinen Feinden. Oder etwa Lest *‹Das Tal der Todesschatten›*.»

«Oh, Liebling, gräm dich nicht», sagte Primrose. «Du wirst bald davon hören. Mach dir keine Sorgen, mein Lämmchen.»

«Hätte bestimmt nicht viel Sinn», sagte Sigbjørn, «in einer öffentlichen Toilette ein Plakat mit der Empfehlung aufzuhängen, ein Verleger solle es einfach mal lesen. Denn wenn deren Eingeweide auch nur entfernt so versteinert sind wie ihre Herzen, dann suchen sie solche Orte niemals auf – trotz Kilroys von El Grafe beglaubigter Tat.»

«Gott, was ist das alles für ein Gespinst von kompliziertem Leid und verwickeltem Unsinn», sagte Primrose.

Ding deng dong dang ... Plötzlich schlug hinter dem Tresen ein Radio: es schlug buchstäblich die Viertelstunde, wozu im Hintergrund tiefe Orgeltöne einer Ansage vorausbrausten, der eine Musiksendung oder die Nachrichten folgen mochten, eine Ansage, die man – der furchtbar tragischen Akkordfolge nach – für die des Jüngsten Gerichts halten konnte, obwohl in Wirklichkeit nur ein Sponsor die Welt dazu aufforderte, Coca-Cola zu trinken: es gibt nichts Traurigeres als dies unirdische Läuten, als diese kurzen, in einem leeren Lokal vernommenen Intermezzi; nichts Heimatloseres als diese Töne, die in so viele tausend Häuser schlagen, auch in dies einsamste von allen, eine leere Bar, oder schließlich auch in eine volle, denn auch dann ist sie einsam und heimatlos wie man selbst auch. Vielleicht weckt dieses Läuten im Hörer Erinnerungen an andere Klänge, an die liebe, vertraute Uhr zu Hause, die praktisch überall durch das unpersönlichere Radio ersetzt ist: oder, da dieses Läuten das Vergehen der Zeit selbst anzeigt, beschwört es vielleicht, zusammen mit dieser tragischen Musikbegleitung, dieser ganzen fauligen *morbidezza*, aus seiner Verlorenheit, indem es überall und doch an keinem Ort zu Hause ist, verlorene Zeiten, andere verlorene Zeiten, verlorene Liebe herauf. Später wird man auf diese Augenblicke mit solch verwirrter Sehnsucht zurücksehen, daß man denken wird, man sei damals glücklich gewesen. Was man ja, bei Gott, vielleicht wirklich war. Ja, wie Primrose und er es vielleicht wirklich waren, trotz Einsamkeit, schlechter Laune und allem, wie sie da mit ihren halbvollen Opfergläsern standen, die freundlichen Worte nicht aussprachen, und wie ihr Hochzeitstag für ihn kurz wieder zu einer Totenwache für Erikson wurde, der in einer dreiviertel Stunde vor zwei Jahren in einem brennenden Flugzeug ums Leben gekommen war. Elf Uhr fünfzehn.

Wie es in seinem Kopf widerhallte, in einer solchen Bar – es rief die Stimmen und Musikfetzen zurück, die an dem einsamen Trinker im Delirium vorüberwehten, wirkliche und eingebildete Stimmen und Töne, das abgehackte Gerumpel von Kirmesmusik, elend matte Marimbas in Oaxaca, dies dumpfe hölzerne Dröhnen und metallische Ballern – all das mischte sich mit dem gedämpften Schwatzen, das zugleich mit dem wirklichen Stimmengewirr in großer Ferne verschmilzt, und dem Murmeln des

Gewissens und der Zerknirschung, als ob diese Stimme, diese Musik nun aus der Erinnerung an verlorene Delirien dich riefen, mein lieber Sigbjørn, mein alter Tragödienmacher, und als ob, ja, als ob sie sich ohne dich ein wenig verloren vorkämen, dich beinahe lieb hätten, so wie du beinahe sie.

Wie würde dem Konsul, seinem aficionado in ‹*Das Tal der Todesschatten*›, diese Flughafenbar gefallen haben? Sigbjørn konnte sich nun mühelos vorstellen, wie er selbst von einem solchen Ort eingenommen würde, indem er ihn als exotisch betrachtete: ähnlich wie ihm ein Freund einmal gestanden hatte, daß er sich in Eisenbahnen immer zwanghaft an seine pubertären Gewohnheiten erinnert fühlte. Früher hatte es Sigbjørn selbst Spaß gemacht, in Bahnhöfen zu trinken. Diese Bar konnte er auch in seine Sammlung aufnehmen, neben dem Saloon am Busbahnhof von Washington, D. C., in dem er einmal mit Primrose gewesen war und wo man über der Tür von der Inschrift willkommen geheißen wurde: *Durch diesen Eingang schreiten die Verdammtesten dieser Erde.*

Solche Gedanken waren zweifellos die Folge seines übereilten Tequilas; sie waren freilich auch, wie ein entwickelter Film, das Negativ all des Freundlichen, was er Primrose unbedingt hatte sagen wollen. Aber nun standen sie schweigend da, ihre Drinks waren noch immer nicht ausgetrunken, die freundlichen Worte noch immer nicht gesagt, und er geriet unter Zeitdruck: jeden Moment konnten sie aufgerufen werden, und sie sollten jedenfalls gehen: sie lächelten, stießen an und tranken ihre Whiskies aus. Es war auch besser, wenn sie nichts sagten: ein falsch gebrochenes Schweigen konnte später ein noch längeres nach sich ziehen. Während er die Drinks bezahlte und Primrose in den Polarskunk-Mantel half, hoffte er nur, diese finstren Gedanken seien nicht das Ergebnis der Vorahnung einer künftigen Katastrophe; was, wenn sie zum Beispiel abstürzten? Was empfände man da? fragte er sich. Was hatte Erikson empfunden, als er wußte, daß sie abstürzten? Sigbjørn hatte einmal mit einem Freund, einem Wildhüter, an einer Suchexpedition nach einem vermißten Flugzeug auf einem Berg in der Nähe von Eridanus teilgenommen. Ein Paar auf Hochzeitsreise war an Bord gewesen. Die meisten Passagiere waren von Bären gefressen worden. Ein Hochzeitskleid, das an einem Felsen festhing, flatterte oben auf dem Berg im Wind.

Und nun, ohne ein Wort schon wieder versöhnt, hob sich ihre Laune mit dem Nachlassen der Aufregung, die sich beim Ertönen des Lautsprechers einstellte.

«Passagiere für den Flug der United Air Lines von Los Angeles über El Paso und Monterrey nach Mexico City bitte in die Wartehalle und zur Gepäckannahme. Halten Sie bitte Ihre Flugscheine bereit. Danke.»

Sie ließen ihr Gepäck wiegen. Sie hatten zuviel dabei und mußten nachzahlen. Sigbjørn hielt sich nicht für funktionstüchtig, aber er war es. Vielleicht waren es diese zwei fernen, dramatischen und unmöglichen Worte *Mexico City*, die fast alle schrillen Klänge in ihnen zu reiner Vorfreude zusammenfließen ließen. Er konnte sogar kurz und ohne allzu große Qualen darüber nachdenken, warum sie soviel Gepäck hatten, zu dem auch seine Gitarre und zwei Schreibmaschinen gehörten.

«Diesmal dürfen wir die Gitarre nicht mit reinnehmen. Was sollen wir machen, Primrose? Na gut», fuhr er fort, ohne eine Antwort abzuwarten, «wir wollen's riskieren. Müssen ja wohl», stellte er fest. In Vancouver hatte er noch viel Aufhebens davon gemacht, aber jetzt schien es ihm nichts auszumachen, trotz der Tatsache, daß er sehr an dem kleinen Instrument hing.

Alles wurde erledigt. Das heißt – er erledigte alles. Denn da sie das Flugzeug wechselten, mußte jedes einzelne Gepäckstück noch einmal überprüft werden. Die Flughafenangestellten kamen ihm träge vor, und Sigbjørn schuftete wie ein Schauermann, als er die Taschen selbst auf die Waage wuchtete. Sie hatten unter anderem deswegen soviel Mehr-Gepäck – obwohl sie das weder zugeben noch diskutieren würden –, weil sie sich über die wirkliche Dauer ihrer Reise im unklaren waren. Das lag nicht nur daran, daß sie kein fertiges Haus hatten, in das sie zurückkehren konnten. Es konnte sein, daß sie bei ihrer Rückkehr dort einen «Auto-Campingplatz für die gehobene Klasse», ihren wiederkehrenden Alptraum, vorfanden: der Wald gefällt, ihr Haus abgerissen; die Häßlichkeit städtischer Vororte auf dem Vormarsch. Ihre Taschen waren mit allen möglichen persönlichen Besitztümern, selbst mit Trödel vollgestopft, den man in einem kurzen Urlaub wohl nie brauchen würde. Aber hier war überraschenderweise Sigbjørn selbst der größere Bösewicht. Denn neben den wenigen Kleidern, die Primrose eingepackt hatte, befanden sich ganze Stapel von Manuskripten, sogar angebrannte und völlig ungereimte Manuskripte, die Sigbjørn nie wieder richtig zusammenzustellen hoffen konnte, die ihm aber doch zu kostbar schienen, als daß er sie zurücklassen oder irgend jemand anderem anvertrauen mochte. Selbst die verbrannten Reste des Manuskripts von *‹In Ballast to the White Sea›* waren dabei; in denen hatte einmal Eriksons Porträt gestanden: vier fast vollständige Serien von bruchstückhaften Seiten, und auf jedem einzelnen dieser verschossenen Typoskripte erschien, schrecklich genug, das Wort «Feuer».

«So, das hätten wir», sagte er. «Ja, alles klar bis Mexico City.»

Sigbjørn sah Primrose an, als wollte er sagen: «Siehst du, mit so was hab ich keine Schwierigkeiten», und als er sich zärtlich und dennoch gewandt daran machte, ihr in den Pelz zu helfen – ein Ritual, bei dem er sich in der Regel phänomenal unbeholfen anstellte –, den sie jetzt wie einen Umhang tragen wollte, sah er sich gleichzeitig in einem Spiegel; und ohne sich oder Primrose in diesem Moment zu erkennen, dachte er: wer mag nur dieses unglaublich hübsche Mädchen sein, das da zu dem netten jungen Burschen mit den reichlich deutschen Manieren spricht?

Sie stellten sich an einer Schlange an, die sich größtenteils aus Soldaten zusammensetzte. Woanders war der Wartesaal von kreidegesichtigen Matrosen in weiten Hosen besetzt, die riesige Seesäcke umklammert hielten, deren jeder ein Monte Cristo enthielt. Die meisten schienen Maschinisten zu sein, mit dem auf die Ärmel genähten Schiffsschraubenemblem. Oft lernten Matrosen nie die Tugend, ohne viel Gepäck zu reisen, so ordentlich sie sonst auch sein mochten. Allerdings waren diese Matrosen, oder doch viele von ihnen, offenbar auf dem Weg nach Hause; dann war es etwas anderes. Unschuldig und schmalschultrig, nur mit dem Notwendigsten versehen, waren sie einmal ausgezogen. Und schwerbeladen mit Kuriositäten, die ursprünglich in Japan hergestellt und dann aus Baltimore wieder in den Fernen Osten zurückexportiert worden waren, mit einem Wickelbär an der Leine und einem Tripper, kehrten sie heim, woher auch immer sie kamen. Und auch all das war ihm neu: flugzeugbeförderte Seeleute. Schön, schön. Allmählich rückten Primrose und er in der Schlange auf. Gemeinsam war Matrosen und Soldaten, daß sie todmüde aussahen. So viele herumreisende Menschen: sie fuhren nach Hause, in ihr kaputtes Zuhause, verließen die Heimat; Matrosen, die vor Heimweh nach dem nächsten Ozean halb krank waren; Soldaten, halb seekrank nach dem nächsten Krieg. All seine Reserviertheit und Zurückhaltung gegenüber jeglichen Uniformträgern half Sigbjørn nichts gegen sein Mitleid. Vor seinem zwanzigsten Lebensjahr war er selbst Matrose und Heizer bei der britischen Handelsflotte gewesen. Eine gute Ausbildung für Schriftsteller, hatte Erikson gesagt. Schon möglich: aber für einen Matrosen war es nur eine gute oder schlechte Ausbildung zum Matrosen. Oder auch eine gute, eine höchst aufgeklärte und fortschrittliche Ausbildung zum Sterben. Inzwischen aber machte es den Anschein, als habe der Krieg das Quecksilber menschlichen Lebens in alle Richtungen ausgestreut. Gott blickte abwesend durch sein Fernglas hinunter, kippte die geschlossene Schachtel noch einmal um, und die verstreuten Mercurium-Kügelchen begannen wieder in ihre angestammten Löcher zu rollen. Aber nein, hier war ein Paar glänzender kleiner Kügelchen, die sich weigerten, hineinzugehen ... Primrose und Sigbjørn drängten Schritt für Schritt voran. In gewisser Hinsicht war nun ein Zyklus ihres gemeinsamen Lebens abgeschlossen. Nachdem sie sich hier in Los Angeles kennengelernt hatten, machten sie sich nun wieder von Los Angeles aus auf den Weg. Um Mitternacht, hinter dieser Schranke, begann ihr gemeinsames Schicksal von neuem. Obwohl sie zurückkehren würden, war es eine Art Häutung gewesen, Eridanus zu verlassen. Und Sigbjørn spürte geradezu, wie sie in diesen Sog der

Zukunft, als ginge er von den Propellern des Flugzeugs da draußen aus, gezogen wurden.

«Oh, die Sturmtaucher», sagte Primrose plötzlich und nahm ihn begeistert beim Arm.

Sigbjørn lächelte. «Die guten Sturmtaucher», antwortete er und lehnte seinen Kopf an ihren.

Von seinem Standort aus konnte Sigbjørn ein paar Leute in einer Sprache reden hören, die ihm irgendwie transkribiert vorkam; doch war diese Sprache, wie alt sie auch sein mochte, plump und ausdruckslos im Vergleich zu der der Wildernesses. Und doch, überlegte er, war sie einer Deutung zugänglich.

Sturmtaucher waren die übernatürlichsten und geheimnisvollsten aller Vögel – Art und Schönheit ihres Flugs glichen dem des Albatros, sie glitten mehr, als sie flogen, indem sie sich auf ihren ungeheuer weiten und einsamen Reisen die Luftströmungen zunutze machten. Um den Sturmtaucher gab es eine bewegende Geschichte: ein englischer Wissenschaftler hatte einmal einen beringt und nach Rom gebracht und dort freigelassen: und er hatte den Weg in seine Heimat, vermutlich über die Alpen, zu seinem entlegenen Felsen in Dänemark in weniger als einer Woche gefunden; man hat ihn dort, in eine ernste Unterhaltung mit seinem Weibchen und den Küken vertieft, gefunden.

Aber obgleich Primrose durch die Erwähnung der Sturmtaucher all dies in ihm wachrief, gab sie ihm damit auch eine solche Fülle anderer Dinge zu verstehen, daß ihr Gespräch nun für jeden Zuhörer so unverständlich wurde wie das der Sturmtaucher selbst in ihrem Nest: es war, falls Worte jetzt nötig waren, das Wort ihrer Versöhnung, ihres «Aufeinanderzugehens»; in einem Zug gratulierte es Sigbjørn zu seiner übernatürlichen Leistung mit dem Gepäck, und den beiden, daß sie es überhaupt geschafft hatten, bis hierhin zu kommen: es vergab Sigbjørn, falls Vergeben nötig war, die Taktlosigkeit, mit der er ihre Probleme mit ihrem ornithologischen Werk zur Sprache gebracht hatte, die übrigens, er kam um das Gefühl nicht herum, aus seinen eigenen Problemen entstanden waren; denn wäre Sigbjørn nicht Schriftsteller gewesen, hätte Primrose sich vielleicht damit zufriedengegeben, empirische Ornithologin zu bleiben, und sich nie darum bekümmert, ein Buch über Vögel zu schreiben, und sich somit unsägliche Qualen erspart: die «Sturmtaucher» nahmen, auf einer ernsteren Ebene, an dem Drama der ungestümen Reise teil, die vor ihnen oder auch schon hinter ihnen lag. Da das Wort im Plural stand und da sie beide auf Grund der besonderen Realität dieser Art von Privat-Esperanto, totemistisch gesprochen, bei Gott, selbst fast Sturmtaucher waren, erinnerte es sie daran, wie weit draußen «auf See», wie weit weg von zu Hause sie tatsächlich waren, und damit rechtfertigte es, indem er wehmütig daran Anteil zu nehmen schien, Sigbjørns Verrat an seinem Heimweh. Und da Sturmtaucher ihren Weibchen treu sein sollen, begründete es die Einheit ihrer Ehe in ihnen *bewußt* aufs neue. Und vor allem, dachte Sigbjørn, ließ es einen die Absurdität erkennen, fünf Seiten Prosa für etwas zu brauchen, das auch mit einem einzigen poetischen Wort gesagt werden konnte.

«Die bewundernswerten, die klugen Sturmtaucher», wiederholte er. «Sieh nur, wohin sie geflogen sind.»

Vermutlich bildet sich bei den meisten Ehepaaren, die so lange und im großen und ganzen so glücklich vereint sind wie die Wildernesses, eine solche Privatsprache heraus, wenn auch vielleicht keine so doppeldeutige; eine Sprache, die uns, wenn wir sie einmal zufällig vernehmen, eine Spur zu niedlich und ekelhaft vorkommt, die aber, denkt man freundlicher über die Sache nach, lediglich von dem gegenseitigen Eingeständnis der beiden zeugt, daß sie einander für einzigartig halten. Hier endet in vielen Fällen vielleicht schon die Einzigartigkeit. Auch die Wildernesses waren zweifellos nicht einzigartig. Aber mochten die Wildernesses dies mit anderen Ehepaaren gemeinsam haben – so war es doch auch ein Maß für ihre Isolation, daß sie gerne darüber lachten.

Denn sicherlich fügten sie sich nicht ein, zumindest nicht in diese Schlange Menschenleben. Obwohl sie selbst vielleicht zum «amerikanischen Plan» gehörten, zu dieser besten Bewegung, die Amerika erbaut hatte, waren sie fast noch amerikanischer als diese Amerikaner hier. Die Mehrheit dieser Leute ging, wenn sie nach Hause fuhren, falls sie nach Hause fuhren, symbolisch und größtenteils in genau die Vorstädte, die die Wildernesses bedrohten. Sie besaßen Telefone, elektrisches Licht, Toiletten im Haus; und die meisten hatten ein Auto. Es würde keinen großen Unterschied machen, wenn es Bergleute und nicht Soldaten und Matrosen wären. Aber wieviel geringer dachten alle diese Menschen hier, dieser sprichwörtliche Querschnitt von Amerika, von einem Haus, wie es die Wildernesses besaßen? Wie viele der Menschen in dieser Schlange hier dachten, wenn sie an ein *Haus* dachten, an den Ozean, der darunter brandete, oder an den grünen Wald, der sich unter einem Chinook beugte? Sie träumten vielleicht davon. Gewiß sangen sie in ihren Liedern davon. Aber wie viele von ihnen *kannten* den Segen einer Öllampe, schleppten und hackten ihr Holz selbst oder hatten das Privileg, täglich von ihrer Veranda aus ins Meer tauchen zu können? Oder, um bei diesem Bild nicht lyrisch zu werden und es so auf andere Weise zu verschandeln, wie viele von ihnen hatten das Privileg, *kein* elektrisches Licht anmachen, *kein* Telefon klingeln hören zu müssen, außer vielleicht alle Jahre einmal? Oder, wie Primrose in einem Augenblick der Verbitterung sagen könnte, *keine* Feuerwehr zu haben, die einen rettet, wenn das Haus Feuer gefangen hat; oder, wenn die Frau krank war, *nicht* in der Lage zu sein, rechtzeitig einen Arzt zu holen?

Es war leicht, ihr Leben zu romantisieren. Aber oft schien es Sigbjørn so viel besser für sie als jedes andere, trotz seiner Nachteile, daß ihm geradezu körperlich schlecht wurde, wenn er ein anderes auch nur erwog. Leider galt auch dies umgekehrt. Nur wenige konnten verstehen, warum ihnen gefiel, was sie taten. Und manchmal konnte Sigbjørn selbst nicht verstehen, wie etwas, was aus purer ökonomischer Notwendigkeit begonnen hatte, am Ende zu einer geistigen Notwendigkeit geworden war. Und manchmal verstanden sie es beide nicht. In Wahrheit sahen sie es aber von beiden Seiten: ohne einen gelegentlichen Sprung in die Zivilisation hätten sie das, was sie hatten, nicht so sehr genossen. So, wie andere Leute ans Meer fuhren, fuhren sie in die Stadt. Das galt selbst für die Sturmtaucher, die, wie es schien, geradezu aus Spaß, und nicht so sehr aus Gefräßigkeit, sich nicht zu schade waren, in die Stadt zu fliegen, wobei sie nur so taten, als ob sie, manchmal tagelang, einem Dampfer folgten. Aber sogar die Sturmtaucher auf ihrem Felsen hatten mehr Sinn für Geselligkeit als die Wildernesses.

Sigbjørn fiel ein, daß der Wald, den er sich so urwaldhaft vorgestellt hatte, zu Beginn dieses Jahrhunderts als Park geplant war. Früher einmal war da, wo ihr altes Haus gestanden hatte, eine japanische Schindelfabrik gewesen. Wo jetzt Dschungel war, hatte ein Musikpavillon gestanden. Und die *Eridanus* selbst hätte vor all den Jahren, als sie Schiffbruch erlitt, bei eben dem damals florierenden Sägewerk anlegen sollen, aus dessen abgerissenem Holz Sigbjørn und Primrose sich ihr Haus gebaut hatten. Und Primrose und er fingen wieder von vorne an, oder? Starteten in die Zukunft, oder? Irgendwie schon, Primrose jedenfalls. Es schien freilich eine ungewöhnlich seltsame Methode, dies anzupacken, indem man geradewegs in die Vergangenheit startete. Und doch, vielleicht war dies nur eine leise Andeutung von dem, was seiner Meinung nach jeder andere auch auf seine Art zu tun hatte, diesmal nur *bewußter*. Genau das, was Nietzsche sagte: man trat einen Schritt zurück, um einen Sprung zu machen. Oder die Schiffe: sie fuhren rückwärts vom Kai, ehe sie ins offene Meer steuerten. Auf einmal wurde Sigbjørns Aufmerksamkeit von zwei Leuten gefesselt, die sich unmittelbar vor ihnen unterhielten. Der eine, ein großer, leger, aber teuer gekleideter Mann, hager und bebrillt, merkwürdigerweise in abgetragenen Schuhen, schien nicht in der Schlange zu stehen. Der andere, der in der Reihe stand, trug einen enganliegenden, makellosen Anzug, dessen Hose unten äußerst eng war, und einen steifen Kragen mit reichlich auffälliger Fliege; eine Kombination, die Sigbjørn hier vor Jahren einmal modern gewesen zu sein schien und nun vermutlich, wie auch die altertümliche Hose – so kam sie Sigbjørn jedenfalls vor – wieder in Mode war.

Das erinnerte Sigbjørn daran, daß er, mit Ausnahme einiger Kleidungsstücke, auf denen Primrose für diese Reise bestanden hatte, und einer Kattunhose seit Kriegsausbruch überhaupt nichts zum Anziehen gekauft und das übrige bei dem Feuer verloren hatte. Was er jetzt trug – einen gutgeschnittenen braunen Cordanzug – Gott weiß, wie alt der war!, war ihm vom Anwalt seines Onkels geschenkt worden, der während des deutschen Blitzkriegs gegen London mit seiner Familie in Kanada Zuflucht gesucht hatte. Der Anzug hatte dem Bruder des Anwalts gehört, einem aktiven Anhänger der Christian Science, der an progressiver Paralyse gestorben war. Tatsächlich gehörte Sigbjørn von dem, was er anhatte, nur der hübsche Obermantel aus irischem Tweed, die braunen Schuhe, die er vor sieben Jahren in Los Angeles gekauft hatte, und die Krawatte, die ihm von Primrose zu Weihnachten geschenkt worden war. Sein weißes Hemd gar war ein Relikt aus Mexiko, und es war ein sehr gutes Hemd, denn es war, wie er sicher wußte, über sieben Jahre alt und immer noch so gut wie neu. Es gehörte Stanford. Der Hoteldirektor des Tarleton in Mexico City hatte es Sigbjørn mit etlichen anderen Habseligkeiten Stanfords übergeben, nachdem er, ehe er vor mehr als sieben Jahren Mexiko verließ, sowohl Stanfords als auch seine Rechnung in diesem Hotel beglichen hatte. Und als er Stanford in Acapulco kennenlernte, trug Sigbjørn, wie er sich jetzt erinnerte, den weißen Leinenanzug, den Juan Fernando Martinez ihm zum symbolischen Preis von fünf Pesos überlassen hatte. Näher waren Stanford und Fernando sich nie gekommen. Seltsam – denn die beiden waren sein guter und sein böser Engel in dieser ganzen Geschichte: wobei Stanford, und zwar ganz erheblich, überlegte er, der böse war. Jetzt hatte er ein komisches Gefühl bei dem Gedanken, das Hemd des Bösen zu tragen. Aber nun bekam er allmählich ein noch komischeres Gefühl bei der Vorstellung, den Cordanzug dieses anderen armen Teufels zu tragen, den Anzug von einem, von dem er sicher wußte, daß er tot war; und auf welche Weise er gestorben war! Und wo mochte Stanford sein? Vermutlich war auch er tot, irgendwo im Südpazifik, seinem Quidproquo für Acapulco. Er hatte Mexiko vor Sigbjørn verlassen und ihm so die Hotelrechnung aufgehalst; er gehörte zu diesen Sturköpfen, die im Krieg umkamen oder es jedenfalls sollten. Nichtsdestotrotz gab es Sigbjørn einen unvermeidlichen Stich. Unheimlich war auch, daß ihm all diese Kleider so perfekt paßten. Und jetzt, als er den frischen steifen Kragen und die Fliege des Mannes vor sich sah und den neuen, knappsitzenden Anzug mit der engen Hose, da spürte Sigbjørn, in seinen Kleidern von Toten und wahrscheinlich Toten, wie das Gefühl von Isolation überwältigend wieder auf ihn zurückstürzte.

Ja, selbst seine Gedanken beschäftigten sich nur noch mit seinen eigenen Lösungen; aber es half nichts, das zu wissen. Plötzlich kam es ihm genauso vor, als sei er eben aus einer Höhle gekommen: ja, so war es, Primrose und er hatten fünf Jahre lang in einer Höhle gewohnt. Die Moden hatten gewechselt, waren wiedergekommen, hatten nochmals gewechselt und waren nochmals wiedergekommen, der schlimmste Krieg der Geschichte war geführt worden, ganze Völker waren ins Chaos gestürzt und enteignet worden, ein neues Zeitalter, in dem die Seeleute flogen, war aus der Taufe gehoben worden – und sie waren, aller dieser Dinge durchaus bewußt, aus ihrer Höhle aufgetaucht, und doch kam es ihnen so vor, als wäre nichts geschehen. An diesem Wachstum – welch phantastische Änderungen allein in Los Angeles! –, an diesem Leid hatten sie nicht den geringsten Anteil genommen. Er kam sich dabei ein wenig wie Rip Van Winkle vor, dieser glückliche Mann, der nach zwanzig Jahren aufgewacht war, um festzustellen, daß zumindest noch ein Teil seines Hauses existierte. Das galt übrigens auch für Shakespeares Grab. Aber ihr Haus war völlig abgebrannt … Ah! Das Feuer war's also, das ihnen wieder zu Hilfe gekommen war; das also war's, was sie wieder angeschlossen hatte. Und es stimmte: der Krieg war oft barmherziger.

Die größte Schwäche zur größten Stärke machen! Wieder fiel ihm dieser Ausspruch ein, stammte auch von Yeats. Irgendwie war es aber noch mehr als das, falls es ein Mehr überhaupt geben konnte. Denn dieser Satz, der wie eine abgespulte Springleine aus ‹*Eine Vision*› auf ihn losgefahren war – einem Buch, in das er mal einen Blick geworfen hatte –, konnte auch an einen Mann mit schwachen Bauchmuskeln denken lassen, der es nach wenigen

Jahren schafft, den Weltrekord im Dauerliegestütz zu holen. Er verlangte von einem nichts weniger, als sich organisch umzustülpen, als das Ingangsetzen der ganzen ungestüm abwärtsrasenden Maschinerie einer kolossalen tödlichen Orgie in die entgegengesetzte Richtung. Ein solches Buch zu schreiben, war in der Tat eine Art ausgedehnter, konzentrierter Orgie, mit dem großen Unterschied, daß man während der ganzen Zeit verpflichtet war, die Wahrheit zu sagen. Kurz, es war das Höchste, was – unter Berücksichtigung all der Unzulänglichkeiten eines Bewußtseins, das eine solche Absicht hegen konnte, und der Schrecken, schieren Notwendigkeiten und brutalen Fakten, die einen überhaupt soweit gebracht hatten, so etwas zu tun – ein Künstler dieses Schlags beginnen konnte.

Wahrhaftig ein Gespinst von kompliziertem Leid und verwikkeltem Unsinn! Besonders komisch an alldem war, daß es, wie er erkannte, durchaus nur der Alkohol gewesen sein konnte, der ihm die reizende Idee in den Kopf gesetzt hatte, er *könne* das überhaupt je überwinden. Und wenn das so war: wie?

Hier stand er also in einer Schlange mit einer Gruppe von Leuten, von denen die meisten mehr denn je vom Mond gekommen zu sein schienen, er, ein Schriftsteller, der nicht nur nicht mehr schreiben konnte, sondern auch nichts hatte, dachte er, worüber er schreiben konnte, es sei denn, er schriebe über seine Höhle oder über Primroses Probleme oder über den Akt des Schreibens selbst. Seine Erinnerung an dieses Gedicht von der Grenze schien ihm jetzt, obwohl auch dieser Gedanke nicht schmerzlich war, mehr als alles andere zum Heulen kläglich. Wenn er sich etwas, was er vor langer Zeit geschrieben hatte und was ohnehin nicht sonderlich gut war, in toto ins Gedächtnis zurückrufen mußte, offenbarte das nur seinen entsetzlichen Mangel an Kreativität und den Tiefpunkt, den er erreicht hatte. Möchten Sie meine Radierungen sehen? Ja, ich habe keine Radierungen, sie sind mir bei einem schlimmen Unfall, von dem ich nicht sprechen will, abhanden gekommen, aber wenn Sie ein wenig Geduld aufbringen, werde ich versuchen, mich an ihre Themen zu erinnern, und vielleicht können wir sie dann sogar ein wenig wiederherstellen. Mit den abscheulichen Fragmenten von ‹*In Ballast to the White Sea*›, die er aufbewahrt hatte, verhielt es sich kaum anders. Hier stand er, aus seiner Höhle gekommen, in seinem Sonntags-Ausgehanzug, der einem Mann gehörte, der an progressiver Paralyse gestorben war, und die dramatischsten Ereignisse der Geschichte waren wie ein Schiff im Nebel an ihm vorbeigezogen.

Aber was war mit dem Autor von ‹*Säuferwalzer*›? Mußte nicht auch er in einer Art Höhle gelebt haben, wenn auch nicht gerade in einer brennbaren? Wieviel interessanter noch als das Buch, das er geschrieben hatte, wäre ein Buch über den wirklichen Kampf gewesen, den er führte, womit auch immer er zu kämpfen hatte, und sei es nur mit seinem Stoff, denn was an ‹*Säuferwalzer*› wirklich merkwürdig war, war, daß es nicht autobiographisch zu sein schien. Das war ein neuer Gedanke. Hatte Proust sich nicht bei Dostojewski dasselbe gefragt? Und Gide bei jemand anderem? Welcher Art war die Beziehung zwischen Sigbjørn und dem Konsul? Genügte es zu sagen, daß er in ‹*Das Tal der Todesschatten*› seine Schuldgefühle auf eine Amtsperson übertragen hatte, die eben zufällig Konsul war, genausogut aber auch ein Einwanderungsbeamter hätte sein können, und daß er in einer nüchternen Phase, die in etwa mit der Trunkenheit der Welt zusammengefallen war, das Schicksal und sein Unbewußtes das übrige hatte machen lassen?

So simpel war das nicht. War übrigens seine Beziehung zum Protagonisten oder Verfasser von ‹*Säuferwalzer*› so simpel? Nein. Es gab noch andere Leute, zu denen er komplexe Beziehungen hatte, zum Beispiel diesen Mann, der mit eigenen Augen den Beweis für eine furchtbare und tödliche Krankheit an sich gesehen, sich aber mit einem Teil seines Verstandes beharrlich eingeredet hatte, dies wäre lediglich ein Hinweis auf die morbiden Tätigkeiten eines anderen Teils seines Verstandes oder auf einen Irrtum – was ja durchaus sein mochte, denn dergleichen will mit Ehrfurcht behandelt werden, genau wie die religiöse Überzeugung eines jeden anderen; aber ach, dieser vernichtende Beweis blieb immer noch! – dieser arme Mann also vielleicht, dachte Sigbjørn, plötzlich von einem unbestimmten, nicht stechenden, sondern eher fast komischen Angstgefühl beschlichen, dieser Mann, dessen Hose er trug und an den er kaum zu denken wagte. Nicht daß diese Beziehungen oberflächlich von Bedeutung waren, das waren sie nicht. Furchterregend wurden sie erst, wenn man sie logisch zu Ende dachte; denn das Ergebnis schlug mit einem Hieb alles, was gemeinhin Vernunft genannt wird, vor den Kopf und in Stücke.

Sigbjørn lächelte und steckte sich eine Zigarette an, eine Operation, bei der er sich wie auf einem Reklamefoto von Arthur Koestler vorkam: ein gewinnendes ungarisches Wesen plus britischer Tommy, immer am Ball. Koinzidenzen, ja, die Art von Koinzidenzen in seinem Leben, die kein Ende zu nehmen schienen. Aber waren es eigentlich Koinzidenzen? Waren sie weniger oder mehr? Ein Gespinst von kompliziertem Leid und verwikkeltem Unsinn! Ja, und doch: welch ein über-pirandellosches Thema lag darin, wenn auch nicht für ihn. Jedermann sein eigener Laokoon! Wie Daniel sagen könnte. Und darin bestünde wohl die Kunst, dachte er, sich im Leben, bei der Arbeit von diesen Zufällen unterhalten zu lassen, sie zu studieren und sie objektiv zu deuten. Denn nähme er sie alle ernst, und noch dachte er bloß an einen Bruchteil, könnte er gleich den Weg jenes Protagonisten oder des toten Besitzers seiner eleganten Cordhose gehen.

Die ganze Zeit, die sie in der Schlange standen, hatte Sigbjørn immer wieder besorgt auf seine Uhr geschaut, in der Furcht, er könnte in der Konfusion beim Durchschreiten der Sperre den genauen Zeitpunkt verpassen – Mitternacht –, da er Primrose endlich einen «Frohen Hochzeitstag» wünschen konnte: noch knapp fünf Minuten: aber jetzt schien es, als ob mit dem Voranrücken des Sekundenzeigers seine beiden Aufregungen, die des bevorstehenden Abflugs und die andere, zu einer einzigen würden: und sich zusammen mit den anderen Anspannungen dieses Tages und seinem Bemühen, seine Qual zu unterdrücken – *denn irgendwo tief in seinem Innern spukte unter anderem auch immer das Gefühl: «damals, vor dem Feuer» und «als ich das Feld für mich allein hatte»* –, in etwas anderes verwandelten, in ein Gefühl, fast als sei er an den Rand einer Entdeckung gestoßen: mehr noch als das, er sah plötzlich vage etwas strömen, wie einen ewigen Fluß: er schien zu sehen, wie das Leben in die Kunst strömte: wie die Kunst dem Leben Form und Sinn gibt und weiter ins Leben strömt, und doch ist das Leben nicht stehengeblieben; das wurde immer übersehen: wie ein durch die Kunst verwandeltes Leben weiteren Sinn suchte durch von Leben verwandelte Kunst; und nun war es, als ändere sich dieses Strömen, dieser Fluß, scheinbar ohne sich zu verändern; wurde ein Strömen von Bewußtsein, von Geist, so daß es schien, als läge auch für sie beide, Primrose und ihn, gleich hinter dieser Schranke etwas Bedeutungsvolles oder der Schlüssel zu einem Geheimnis, das ihrem Erdenwallen einen Sinn geben konnte: es war, als stünde er am Rand einer Erleuchtung, dicht vor etwas Gewaltigem, das jenseits, in dieser mitternächtlichen Finsternis, erklärt werden würde, in das aber sein Bewußtsein hineinströmte, mit dem es zusammenhing, so wie auf unerklärliche Weise das Bewußtsein aller anderen damit zusammenzuhängen und in es hineinzuströmen schien; und dieser fließende Strom erschien ihm jetzt in der Gestalt von etwas Unumkehrbaren, wie jene Strömung im Fraser River bei New Westminster zu Hause in British Columbia, die so stark ist, daß nicht einmal die hereinkommende Flut, die wie Gottes Wille vergeblich gegen den des Menschen kämpft, sie umkehren kann; und es glich auch dem schwarzen, sternenreichen Strom Eridanus selbst: plötzlich krachte der Lautsprecher in seine Gedanken, und seine Stimmung sank, als Primrose hinter ihm sagte: «Ich wußte es. Der Flug wird abgesagt.» Nun begann sich die ganze Schlange geschlossen auf die Sperre zuzubewegen: «Nein, doch nach El Paso.» Sie lachten, konnten nicht aufhören zu lachen; Sigbjørn hielt die Tickets bereit, und unbekümmert um die anderen küßten sie sich, so froh waren sie über diese Ansage.

Bitte legen Sie Ihre Gurte an ... Nicht rauchen ... Ihre Stewardess ist Miss Gleason.

Und nun kam wieder eine Stewardess – deren Name ohnehin

in Leuchtschrift erschien – mit starrem, mattem Lächeln auf sie zugeweht, wurde zwischen diesen Sitzen hinabgetragen, die einen in eine Art tyrannischen Menschenfixativs zu kippen schienen: wieder das Packen und Zerren wilder, unbändiger Erregung, und wieder die Donnerstimme des abhebenden, tanzenden Flugzeugs ...

«Frohen Hochzeitstag.»

«Frohen Hochzeitstag.»

Es war Mitternacht, Mitternacht vorbei auf Primroses Geschenk, der französischen antimagnetischen Armbanduhr aus zweiter Hand, Gold auf Blei gelötet; vielleicht war sie ihm darum noch kostbarer, weil er sich in den heimlichen Träumen des Nichtkämpfers ausmalte, sie habe die Ardennenschlacht mitgemacht; das Zeichen für die Sicherheitsgurte war ausgegangen, ohne daß sie es gemerkt hatten, und nun war es an der Zeit, daß er sein eigenes Geschenk zum Hochzeitstag herausholte, ein Flacon Chanel-Parfum, das er seit seiner letzten mühsamen Fahrt in die Stadt versteckt gehalten hatte. Mit welcher Liebe er es ihr schenkte! Jetzt holte Primrose mit geheimnisvoller Miene ihr Geschenk aus der Tasche des Vordersitzes, der ihm in diesem Moment mit voller Wucht ins Gesicht kippte; und beide lachten, während Sigbjørn das Paket auspackte. «Ich weiß, das wird dich an einen Charles Addams-Cartoon erinnern», sagte sie, als er sie küßte. Sigbjørn war entzückt. «Wunderbar. Danke, Liebling, herzlichsten Dank.» Sigbjørn sammelte Erstausgaben in bescheidenem Maße, jedenfalls vor dem Feuer, und dieses Buch, die Erstausgabe der englischen Übersetzung von Julien Greens ‹*Léviathan*› – ‹*The Dark Journey*› –, die Primrose in einem Antiquariat in Vancouver entdeckt hatte, war eins von denen, die er schon seit langem suchte. Daß es zufällig ein Werk von monumentaler Trübsal war und kaum als ein heiteres Vorzeichen angesehen werden konnte, schien nicht nur nebensächlich zu sein, sondern aus irgendeinem Grund auch den ganzen Anlaß fröhlicher zu machen. Ich habe mich oft gefragt, welche Mühe die Frauen von Leichenbestattern haben müssen, ihren Männern etwas Passendes zu schenken, kam ihm zu sagen in den Sinn. Das

Buch war auch, seltsamerweise, ein Bindeglied zu Erikson und damit zu ‹*In Ballast to the White Sea*› – aber ob sie das wußte? Konnte er es ihr gesagt haben? Es war ein Bindeglied zu allem, in der langen Kette der Höllenmaschine seines Lebens. Und er dachte wieder daran, wie er es vor vierzehn Jahren zum erstenmal gekauft hatte, nicht die Erstausgabe, sondern eine von Tauchnitz, bei seiner ersten, dramatischen Zusammenkunft mit Erikson, kurz nachdem sie auf der Straße auseinandergegangen waren, auf der dunklen, stürmischen, von Bäumen wogenden Bygdø Alle in Oslo, in einem kleinen Buchladen nahe der riesigen Biblioteket. In den seitdem wie viele Teutonenstiefel getrampelt sein mochten? Was für eine Anspielung auf jene Zeit, welche Botschaft für die Zukunft lag nun darin? Sie umarmten sich liebevoll; vielleicht umarmten sie sich selbst, sie waren einander so nah (das dachte er), diese zwei kleinen Leute.

«Ich liebe dich.»

«Ich liebe dich.»

Lange Zeit saßen sie schweigend, zu glücklich und aufgeregt, um sprechen zu können. Sigbjørn fragte sich, wie man all dies jemand anderem erklären könnte, falls man das wollte. Daß die düstere Anatomie von der Not des Menschen, wie ‹*The Dark Journey*› hier, und das ganz ohne jede Ironie, zu einem Symbol der Aufmerksamkeit und der Liebe geworden war. Nur große Herzenseinfalt konnte sie dazu bewegt haben, auch wenn ihr die schmerzlich komische Seite dieses Geschenks durchaus bewußt war. Nein, die Sitten und Gebräuche von Liebenden entzogen sich fast ganz der Mitteilbarkeit, was auch für die Bedeutung galt, die das Buch für ihn hatte; und er glaubte auch, daß dieser Vorfall seinem Verfasser, dessen Leben für Sigbjørn eine ganz andere Bedeutung hatte, sicherlich gefallen hätte, wenn er, Green, irgendwie davon hätte erfahren können. Das Flugzeug donnerte weiter in die Dunkelheit: im Fenster zog tief unten das Supreme Pictures-Kino vorbei, in dem ‹*Säuferwalzer*› gezeigt wurde; und Nuestra Señora de la usw., deren Einwohnerzahl um soundsoviel zugenommen hatte, entschwand langsam in die Dunkelheit.

‹*The Dark Journey*› ... Nun, dasselbe konnte man auch in böser Absicht tun. Kurz vor seiner ersten Reise nach Mexiko hatte Ruth ihm mit beißendem Spott und zu einem üblen Zeitpunkt Arthur Schnitzlers ‹*Flucht in die Finsternis*› geschenkt. Jetzt hatte die Spirale sich eine Windung höhergeschraubt, wie Erikson sagen würde. Übrigens war eines seiner von ihm am höchsten geschätzten Besitztümer zu Hause in Eridanus ein anderes Geschenk von Primrose – ein alter Halbliter-Zinnkrug, für den Primrose, als sie ihn suchte, Himmel und Hölle durchstöbert haben mußte. Was, wenn Ahabs junge Frau, die von seiner Vorliebe für Pfefferkuchen wußte, ihm am Vorabend seiner Abfahrt an Bord der *Pequod* einen Pfefferkuchenwal geschenkt hätte? Mit solchen und anderen, fröhlicheren und triumphaleren Phantasien beschäftigte Sigbjørn sich, während er in Schlaf versank. Und doch wurde er, als die Wirkung der Drinks allmählich nachließ, immer unruhiger.

‹*Léviathan*›, so hatte ‹*The Dark Journey*› im französischen Original geheißen; Leviathan, der auf der Lauer liegt, der Krokodil-Wal-Drachen; und war heute nicht auch – fiel ihm wieder ein – der Jahrestag des Todes von Erikson, von Sigbjørns Tod, und würde er das je vergessen können, o Tragödienmacher? Und warum sollten Bücher wie ‹*The Dark Journey*› einem gerade dann ins Gesicht springen, wenn man versuchte, eine Reise ins Leben zu unternehmen, fragte er sich, während Primrose ihm im Schlaf an die Schulter rutschte und das Flugzeug sarkastisch weiter in die Nacht hinaus dröhnte und knatterte, nichts als Nacht, und immer tiefer hinunter; oder jedenfalls schien es so – denn tatsächlich hielten sie schräg auf Arizona zu (sie saßen hinten, um nicht gesehen zu werden); man bietet Kaffee an – was möchten Sie? Mescal vielleicht? – halb weigert man sich, und halb trinkt man ihn.

Jetzt wußte Sigbjørn, daß er eine ganze Weile nicht würde schlafen können. Solange er sich erinnern konnte, hatte Sigbjørn seine Augen jede Nacht mit der Vorstellung zugemacht, daß genau vor dem Einschlafen das vollkommene Gedicht in ihm auftauchen würde: tatsächlich tauchte auch jedesmal etwas Gedichtähnliches auf, und dieses Gedicht, irgendwie von Lewis

Carroll beeinflußt und fast immer im selben Wortlaut wie jetzt, kam auch jetzt wieder: aber noch ehe es begann, wußte er, daß es nicht funktionieren würde, zumindest nicht als Schlafmittel:

Das Bummbumm Gammgamm Abumbumm
und Tudelitu dazu
und Täderä Twäm di Twimtwam
in dem Bummbumm buh juhu

Bingtwumm am Twimtwot Twicktwack
Twingtumm Twingtäderä Twock
Twingtwick Twäcktwock, Twicktwick Tack
Twing Ruckedi Twackedi Plock

Und dann Twackedi Perplock da Plumplamm
oder Plompli Plomplam pli plu
das Bummbumm Gammgamm A bumbumm
und das, bei Gott, bist du.

Warum gingen Leute auf Reisen? Weiß Gott, auf einmal haßte Sigbjørn es wieder von Herzen. Reisen bedeutete ihm die Steigerung aller Ängste, die der Mensch dadurch loswerden wollte, daß er sich ein ruhiges Zuhause erwarb. Ein immerwährendes Fieber, ein endloses Telefonklingeln, ewige Herzattacke. Ständige Angst. Nie endenden Feueralarm. Einen ungeheuer verlängerten hysterischen Anfall. Ist mein Paß in Ordnung? Wie verhindere ich, ausgeraubt zu werden? Wie kann ich in dieser Haltung meine Papiere aus der Tasche holen, ohne dabei mein halbes Geld fallen zu lassen? Aber es ist zu dunkel, um etwas zu sehen. Wie komme ich an meinen Mantel? Wieviel Trinkgeld muß ich irgendeinem widerlichen pickligen Bastard dafür geben, daß er mich durcheinanderbringt und belästigt und quält? Nicht unbedingt, weil er widerlich ist, glaube ich sozusagen an die Bruderschaft der Menschen. Oder picklig, so wie ich früher: oder ein Bastard, wie ich in mehr als einer Hinsicht einer bin. In mancher Hinsicht wäre es vermutlich besser, wenn ich wirklich ein

Bastard wäre, aber wie kann ich mir selbst ein Trinkgeld geben? Solche Probleme ergeben sich zum Glück in einem Flugzeug nicht, obwohl sich das gleich ändert, sobald man ausgestiegen ist. Aber sind mir nun sämtliche Pässe auf den Boden gefallen? Ich kann mich nicht bewegen, kann nichts sehen. Wie kann ich mich daran hindern, mich zum Narren zu machen? Gänsehaut. Fingerabdrücke – und, ah, das war's gewesen, diese Fingerabdrücke im amerikanischen Konsulat, die einem den letzten Rest an Freiheit genommen hatten. Konsulate. Zollämter. Und wieder die ganze Hysterie. Doppelte Hysterie. Bestechung und Hysterie. Dreifache Hysterie. Es ist eine Fahrt in die Hölle, man fordert sie heraus, begibt sich aus der Gesellschaft von Leuten, von denen man nicht genau weiß, ob sie einen mögen, unter Leute, von denen man genau weiß, daß sie einen verachten; daß sie es – wissentlich – tun würden? Aus einer Umgebung, mit der man nur wenig zu tun hatte, in eine, mit der man gar nichts zu tun hatte. (Als Seemann brauchte man über dergleichen natürlich nicht nachzudenken. Oder man war zu jung dafür gewesen.) Primrose wußte natürlich auch nicht so ganz, wie er sich fühlte; und so schlimm wie jetzt war's ohnehin nicht immer; Sigbjørn würde selbstlos sein und es nicht zeigen: dazu hatte er sich ja auch schon vorhin entschlossen. Aber das Reisen ist eine Neurose, wie sollte man da erwarten, daß es einen nicht zum Neurotiker machte? Und wenn man kein Zuhause hat oder nur ein halbes neues Zuhause – das andere abgebrannt –, war's etwas anderes, murmelten ihm seine Gedanken zu. (Und außerdem war dies die erste richtige Reise, die sie in ihrem Leben unternahm.)

In Phoenix, Arizona – Phoenix – und hatte der Phönix mit den Flügeln geschlagen? Daniel hatte ihm geschrieben – Phoenix, ein einsamer, sauberer neuer Flughafen, eine klare Frostnacht, und hell die Sterne, Jupiter hoch oben, ein Cowboy, den man plötzlich durch die Tür des gekippt dastehenden Flugzeugs sieht, in strahlendes elektrisches Licht gestochen, sein Gesicht unter dem grauen Stetson, jung und wetterhart; er ging für immer davon, genau wie Hugh in ‹*Das Tal der Todesschatten*›, verloren, unter einer großen staubigen Palme.

3

Sigbjørn machte mißmutig sein Licht aus und versuchte noch einmal einzuschlafen. Aber gleich darauf knipste er es wieder an und nahm sogar von Miss Gleason, die eben vorbeikam, das Angebot, einen neuen Kaffee zu bringen, an. Sie sagte, sie hätten sich in Phoenix verspätet und würden deshalb nicht in Tucson zwischenlanden, sondern direkt nach El Paso durchfliegen. Allmählich begann Sigbjørn sich unruhig und aufgeregt zu fühlen, zugleich aber von neuem äußerst nervös und besorgt. Obwohl sie tatsächlich noch immer in Amerika waren – soweit er wußte, überflogen sie gerade Arizona – und es in gewisser Hinsicht auch in El Paso noch sein würden, schien diese neue Grenzstadt ihm jetzt viel zu nahe. Als sein Kaffee kam und er daran nippte, versuchte er wieder an die extreme Höflichkeit zu denken, mit der sie von den amerikanischen Beamten in Seattle behandelt worden waren, und wie sehr sich dies von der Art und Weise unterschieden hatte, in der man 1939 in Blaine mit ihm umgesprungen war. Sigbjørn hatte, obwohl er nie dort gewesen war, den Eindruck, El Paso wäre keine Grenzstadt in dem Sinne, wie man das etwa von Blaine oder vielleicht selbst von Nuevo Laredo behaupten konnte, und eine kurze Überlegung erinnerte ihn daran, daß die Formalitäten auf einem Flughafen etwas ganz anderes waren als eine wirkliche Grenzüberschreitung per Bus. Nun suchte er Trost aus der Tatsache zu schöpfen – er glaubte sich zu erinnern, das gesehen zu haben –, daß der Rio Grande in Wirklichkeit bei Ciudad Juárez überquert wurde, berühmt für seine Tamale-Kuchen, und daß die Formalitäten dort viel schlimmer sein müßten als in El Paso. Gleichwohl änderte das nichts daran, daß ihre Papiere in El Paso zweimal überprüft werden müßten, dachte er, und zwar einmal auf der amerikanischen Seite und einmal (obwohl sie dann noch immer in Amerika wären) auf der mexikanischen. In ein paar Jahren, wenn Flugreisen dieser Art erst einmal üblicher und kein Luxus mehr waren, würden sich die beiden Grenzbüros in ihrer Grobheit zweifellos kaum noch voneinander unterscheiden.

Aber El Paso lag ohnehin in Texas, und Sigbjørn war zugunsten der Texaner voreingenommen. Sein Vater hatte in Texas ein paar Ölquellen besessen, und an die herzlichen Texaner, die er in England getroffen hatte, hatte er nur angenehme Erinnerungen. Vielleicht waren auch sie grob, aber seine Erfahrung schien ihm Grund zu der Annahme, die übrigens angeblich auch die Texaner hegten, zu geben, sie seien eine besondere Rasse. Schlimmstenfalls waren sie immer noch Gentlemen. Doch war es ohnehin nicht die amerikanische Seite, vor der er sich jetzt fürchtete – oder? –, sondern die mexikanische ... Wie würden die Mexikaner auf sein Formblatt H reagieren, auf dem die abschreckenden Worte standen: *Einreise verweigert in Blaine, Washington. Person, die der Öffentlichkeit zur Last fallen könnte. 15. September 1939*. Der Gedanke an irgendwelche Schwierigkeiten, weit mehr aber noch an Primroses Enttäuschung, falls er wirklich von Mexiko abgewiesen werden sollte, entnervte ihn dermaßen, daß er nicht einmal fähig war, seine Hand in seine Jackentasche zu stekken, um festzustellen, ob dieses Formblatt überhaupt noch da war. Vielleicht hoffte er halb, er hätte es verloren. Er merkte, daß seine Hände zitterten, als er Miss Gleason die Kaffeetasse zurückreichte, und wenn er auch nicht genug getrunken hatte, um dies zu rechtfertigen, fragte er sich, was er wohl machen würde, wenn seine Hand so zitterte, wenn er irgend etwas Wichtiges zu unterschreiben hätte, und um sich von einer solchen Möglichkeit abzulenken, langte er in die Sitztasche nach ‹*The Dark Journey*› und schlug es aufs Geratewohl auf.

Düstere Passage, dachte er. Das war wirklich genial, vielleicht, doch Genialität in ihrer verwirrendsten und tragischsten Form, Genialität auf dem Weg zu einer Art Heiligkeitsmystik vielleicht, wenn man nach Greens späteren Büchern ging. So wie

Eriksons Genialität zu politischer Heiligsprechung kam und Daniels Genialität sich bis zur Erringung des Nobelpreises steigerte. «Ihm schien», las er, «die Zeit gehe rückwärts, und alle Angst und aller Schrecken der letzten Monate würden ins Nichts zurücksinken. Vielleicht war nichts geschehen, da er da war, da das Haus, da die Steine wie immer waren. Würde er sich an einen Ort wagen, wo jeder bereit war, ihn anzuzeigen, wenn er wirklich ein Verbrechen begangen hätte?»

Sigbjørn klappte das Buch schaudernd zu und steckte es wieder in die Tasche; er zitterte noch immer, zumal ihn dies an die Stelle in ‹*Das Tal der Todesschatten*› erinnerte, wo er Yvonnes Rückkehr in den Turm mit der Rückkehr eines Mörders an den Ort seiner Tat verglich. Das Flugzeug begann zu holpern, das Zeichen zum Anschnallen leuchtete auf; er entspannte sich, und es gelang ihm, Primrose anzuschnallen, ohne sie aufzuwecken. Nun, in El Paso war er nicht bekannt, und genaugenommen hatte er (obwohl ihm dieses Thema unbehaglich war) nie ein Verbrechen begangen – oder doch? – und ganz bestimmt keins in Mexiko – oder? Warum sollte er sich überhaupt vor El Paso fürchten? Zumal er angeschnallt war? Er hatte Mexiko schon einmal verlassen, und, Gott, all dies Hin und Her damals im Juli 1938 – vor über sieben Jahren –, von Sonora, Mexiko, nach Douglas, Arizona, wobei er in eben den Staat eingereist war, den sie jetzt diagonal überflogen, nach dieser unsäglich schrecklichen, wahnsinnigen Zugfahrt in dem Pullman-Wagen *Aristotle* aus Mexico City. Und selbst damals, als er dieses Zittern hatte – weil ihm dieser unmögliche mexikanische Pullman-Steward, zweifellos aus falsch angebrachter Freundlichkeit, um sieben Uhr morgens und gerade als die Einwanderungsbeamten an Bord kamen, einen weiteren Tequila verweigert hatte –, selbst da war er nicht abgewiesen worden. Es mochte zwar kein Texaner gewesen sein, aber ein gutes Herz hatte der Amerikaner, der zu ihm sagte – und bei dieser Gelegenheit hätte er einiges Recht gehabt, ihm die Einreise zu verweigern, da Sigbjørns Zustand damals mit Sicherheit Anlaß zu Zweifeln gegeben hatte –: «Na schön, eigentlich wollte ich Ihnen ja die Einreise verweigern, aber unter diesen Umständen habe ich beschlossen, sie einreisen zu lassen, falls Sie versichern, daß Sie nur sechs Monate bleiben wollen.» Sigbjørn hatte sein Versprechen nicht ganz halten können, da er erst fast ein Jahr später nach Kanada ausreiste. Aber das hatte kaum an ihm gelegen, sondern an seiner Scheidung, dem sich anbahnenden Krieg, und daran, daß er Primrose kennengelernt hatte. Und unter diesen Umständen! Gott, was für Umstände das waren! Selbst jener Mann, der in eben jenen Stunden – das hatte er in den amerikanischen Zeitungen gelesen und behalten, da es sich an seinem neunundzwanzigsten Geburtstag zugetragen hatte – auf der Brüstung eines New Yorker Hotelfensters gestanden hatte, unter ihm die Gesichter und die Dächer der Taxis, und überlegte, ob er springen sollte oder nicht, selbst der war ihm glücklicher und verständlicher vorgekommen als er selbst; und bestimmt weniger einsam. Erst als er Los Angeles näher kam – wo er bei der Ankunft feststellte, daß er Ruths Adresse vergessen hatte –, fiel ihm wieder ein, daß sein Tabakbeutel außer dem Balbao Screme auch noch einen Haufen Marihuana enthielt, den er dann in die Toilette kippte. Wie töricht! Welcher Gefahr er da entgangen war! Nicht daß er gewohnheitsmäßig Marihuana rauchte – vielleicht hätte er es sich angewöhnt, wenn sein einziges Erlebnis damit auch nur die geringste spürbare Wirkung gehabt hätte –; tatsächlich war ihm das von irgendeinem Schwachsinnigen gegeben worden, als Gag, als Abschiedsgeschenk, und er hatte gesagt: «Schon recht, werd's mir in die Pfeife stecken, in meinen Tabaksbeutel.» Bedenklich war vielmehr, daß er zur Wirklichkeit nur noch einen dermaßen flüchtigen Kontakt gehabt hatte, daß ihm der Gedanke nicht gekommen war, in welche Gefahr er sich begab, wenn er damit über die Grenze ging; wäre er damit erwischt worden, säße er wahrscheinlich jetzt noch im Kittchen; und bedenklich war auch, daß sein Verlangen nach einem Drink an diesem glutheißen Morgen im Zug an der Grenze in Douglas, Arizona, so heftig gewesen war, daß er nicht ein einziges Mal an das Marihuana in seiner Tasche gedacht hatte. Nun ja, damals war er noch in den Zwanzigern gewesen, und all das lag hinter ihm. Als Sigbjørn merkte, daß das Zeichen jetzt gelöscht war und sie wieder ruhig flogen, suchte er nach weiterem Lesestoff. Er hatte sich nicht die Mühe gemacht, seinen Mantel auszuziehen, und in der Tasche fand er jetzt, zusammengefaltet, die Zeitung aus Vancouver von heute morgen; oder sollte man sagen, von gestern? Was für ein merkwürdiger Gedanke, daß sie heute morgen noch fünftausend Meilen weit weg gewesen waren. Wie schnell sich, und zwar auf mehr als einer Ebene, die Verhältnisse eines Menschen ändern konnten. Und wenn es fünftausend Meilen waren – genauso hatte er einmal seine Zwanziger fünftausend Meilen weit hinter sich gelassen; seine späten Zwanziger, deren Extrakt und Landschaft er sich nun wieder auf so geheimnisvolle Weise näherte.

Sigbjørn knipste das Licht aus und nahm Primrose fester in den Arm; er lauschte dem Dröhnen des Flugzeugs, das jetzt wieder einen arrhythmischen Anfall bekam und in einem Luftloch herumruckte, und er hoffte, daß das Warnzeichen zum Anschnallen nicht anginge und Primrose nicht geweckt würde. Das arme Mädchen hatte vor Aufregung nächtelang nicht geschlafen. Das Zeichen ging an, und er machte sie fest. Das Flugzeug rumpelte in ein richtiges Unwetter. Sigbjørn dachte an ihre Hochzeitsnacht in Eridanus am 7. Dezember 1940, an die Ungewißheit damals; und jetzt, als er sie wie damals an sich drückte, kam er sich vor, als schütze er sie vor den Schrecken der Welt da draußen. Und doch, was für eine fröhliche, gewaltige Nacht das gewesen war, und was für ein Erwachen in der Dämmerung in der Hütte im Wald: die graue See mit weißen Schaumkronen fast auf Höhe der Fenster, der Regen schlug daran, die See krachte und rauschte unter dem Haus am Strand hoch und veranstaltete mit dem Treibholz ein ohrenbetäubendes Getöse, das regnerische Blau des Rauchs aus der Fabrik drüben in Barnet, die während des Kriegs Tag und Nacht arbeitete, Blätter wehten ins Meer, ihr Boot war in schrecklicher Gefahr zu kentern, der Lärm brechender Äste im Wald, der grüne Ahornbaum tobte und brüllte, die Fenster rappelten im Wind, während der Regen überlaut dagegentrommelte. Unerträglich, an ihr neues kleines Haus zu denken, das sie einsam im Meer und ungeschützt in dem furchtbaren Wetter zurückgelassen hatten.

Wie wach er jetzt war! Das Erlebnis, das nun folgte, war völlig neu für Sigbjørn. Denn von dem Augenblick, da es begann, konnte ihn – in Träumen, ja Halluzinationen befangen, wie er war – nichts davon überzeugen, daß es wirklich ein Traum war. Es war, als habe er, und dies sollte mit dem Erlebnis selbst geschehen, seine Augen in einer anderen Wirklichkeit aufgeschlagen.

Draußen war nichts als die Wüste zu sehen, selbst wenn man nur so tat, als sehe man hinaus; und so beschäftigte Sigbjørn sich, während Primrose glücklich an seiner Schulter döste, mit der New Orleans Times Picayune, *die er in El Paso gekauft hatte; ehe er allerdings noch einmal die Schlagzeilen las* – 15 Milliarden Dollar für die Rote Armee, Übertreffen U.S. –, *fragte er sich, warum er eigentlich, da doch New Orleans Tausende von Meilen von El Paso entfernt war, ausgerechnet diese Zeitung und nicht den* El Paso Herald *gekauft hatte. Sigbjørn empfand für einen Augenblick ein kompliziertes Gefühl – etwas wie Liebe, ja, wie mehrere Arten von Liebe auf einmal: zu Primrose, zu Mexiko und auch zu New Orleans, wo sie jetzt, wären sie wie ursprünglich geplant nach Haiti gefahren, die Eisengitter im Franzosen-Viertel betrachten und auf ein Schiff nach Port-au-Prince warten würden. Sigbjørn sah kaum auf die Phrase* Kältester Dezembertag seit 31 Jahren – *denn wen aus British Columbia interessierte es, wie kalt es in New Orleans war? –; er wußte, der Kauf hatte mit Fernando zu tun, der seine Dankbarkeit stets mit dem Satz erwidert hatte: «Tja, eines Tages werden wir in New Orleans 'nen Teller Bohnen essen, wenn ich mal nicht so perfectamente borracho bin, hombre.» Es war ein Schlagwort, es hatte auch etwas von einem Lied an sich. «Aber ich schulde dir sechzig Pesos, Fernando, und mein Leben dazu.» – «Mach dir nichts draus, eines Tages werd ich dich in New Orleans zu 'nem Teller Bohnen einladen.» Sigbjørn blätterte, knüllte die Seiten wieder zurück, wie es sein Vater immer getan hatte. Kanada war in den amerikanischen Schlagzeilen. Genauer genommen British Columbia.* Medos zum Strang verurteilt. *Kanada schien Amerika durchweg über zu sein, bis auf einige Ausläufer, so daß es sogar seine Morde beging. Nie zuvor hatte es dort, wie in dieser unmittelbar auf den Krieg folgenden Periode, so viele Verbrechen gegeben, und besonders in Vancouver, nur fünfzehn Meilen von Eridanus.* Medos zum Strang verurteilt. *Er hatte in Vancouver ein paar Polizisten erschossen, anscheinend weil er furchtbar mit einem Kellner aneinandergeraten war, den er davon überzeugen wollte, daß ein kanadischer Dollar genausogut sei wie ein amerikanischer. Nun, ohne dies gutzuheißen, empfand er so etwas wie trotzige Billigung. Da wanderte Sigbjørn das Haar auf kalten Füßen den Hinterkopf hinunter. Zugleich kicherte er auf eine Art, die er nur für ziemlich obszön halten konnte. Dieser verdammte Wilderness – und er hätte es natürlich wissen sollen, da jedermann wußte, daß er zu dieser Zeit in New Orleans war –, dieser Frauenmörder, der jetzt, nachdem er gestanden hatte – vorige Nacht, schien es Sigbjørn –, wieder schlafen konnte, war auch wieder in den Schlagzeilen.* Wilderness zum Verhör zurückgebracht, *las er.* Kanadische Polizei ignoriert U. S.-Bann. Bringt Mordverdächtigen im Flugzeug zurück. *Sigbjørn, der mit den Augen ein bißchen weiter die Seite hinuntergewandert war, steckte sich auf so bedächtige Weise die nächste Zigarette an, daß er sich fast wie ein Schauspieler vorkam, der dabei fotografiert würde; er drückte die Zigarette fest zwischen seine beiden ziemlich stummeligen Finger und preßte geradezu selbstbewußten, filmreifen Rauch in einer Wolke aus, die von der, da es im Flugzeug sehr warm war, voll aufgedrehten Lüftung weggeweht wurde.* Sigbjørn Wilderness, *las er,* der beschuldigt wird, am 6. Juni in Eridanus seine neununddreißig Jahre alte Frau ermordet zu haben, wurde heute nach Vancouver zurückgebracht, wo ihn das Todesurteil erwartet … Wilderness, glattrasiert, in einem faltigen *(zuerst hatte er ‹feurigen› gelesen)* blauen Zweireiher, offenem Hemdkragen und nicht dazu passender Hose, flog incognito von New Orleans in Begleitung von Dt. Col. Geoff Elmsley von der Provinz-Polizei. Entgegen den amerikanischen

Luftfahrts-Vorschriften, die die Beförderung von Gefangenen in Passagierflugzeugen untersagen, wurde Wilderness durch drei verschiedene Fluggesellschaften hierhergebracht. Stewardessen und Passagiere erfuhren erst bei der Landung, daß Wilderness seine Frau mutmaßlich mit einem Hammer auf den Kopf geschlagen und siebenundsechzig mal auf sie eingestochen hat. *Sigbjørn las es noch einmal. Da stand, daß er siebenundsechzig mal auf sie eingestochen hat.*

Aber im nächsten Augenblick schien er schon wieder wach zu sein. Plötzlich kam er noch mehr zur Besinnung; er streckte seine Hand aus, um Primrose, die neben ihm saß, zu streicheln. Die meisten Lichter waren an, die Leute redeten mit gedämpften Stimmen. *Er erinnerte sich an nichts.* Andere gingen zum Waschraum; aber sie konnten noch nicht in El Paso sein, erst vor einem Augenblick schien er noch die ganze Nacht vor sich gehabt zu haben. Primrose schlief noch, und als die Stewardess ihn leise fragte, ob er jetzt sein Frühstück haben wolle, schüttelte er den Kopf.

«Wie lange noch bis El Paso?» flüsterte er.

«Ungefähr anderthalb Stunden, Sir.» Miss Gleason sah auf ihre Armbanduhr. «Möchten Sie einen Kaugummi, Sir?»

Sigbjørn schüttelte den Kopf. «Also in etwa anderthalb Stunden; ist das richtig so?» Die Stewardess nickte und entschwand.

Morgendämmerung in El Paso, Venus leuchtete am roten Horizont aus einem darüber noch schwarzblauen Himmel; die unglaubliche Reinheit und Kälte dieser Dämmerung, die Hoffnung, aber war diese Hoffnung nicht eine Lüge? Vermutlich war sie eine Lüge; die Berge, die sich direkt aus dem Flachland erhoben, dunkelrot vor kobaltnem Himmel, und die silbernen Flugzeuge auf dem Rollfeld, die im Sonnenaufgang glitzerten, und vor dem kühlen, klaren, köstlichen Blau ein olivgrünes Militärflugzeug, daneben ein winziges orangerotes, sein Vorreiter. Doch jetzt stand wieder einmal die Quälerei mit den Papieren, den Pässen bevor; und dann unmerklich, unglaublich, ominös, unschuldig, waren sie im alten Mexiko angelangt: denn es hatte keine Schwierigkeiten gegeben, keine Schwierigkeiten, nur eine Verzögerung, an der irgendein Maschinenschaden schuld hatte; niemand wollte sein Formblatt H auch nur ansehen – «Und soll ich Ihnen was sagen, der wollte mein Formblatt H sehen», hatte eine Frau gesagt, «was für ein Gedanke!» –, eine Verzögerung, die sie mit einem Rundgang hinbrachten. Aber jetzt waren sie im alten Mexiko, dem Land, wo Pulque und Wanzen fließen (Daniels Ausdruck vor all den Jahren: «Wir kommen runtergezukkelt, um euch in dem Land zu besuchen, in dem Pulque und Wanzen fließen», hatte er geschrieben); der kleine Schatten des großen Flugzeugs folgte ihnen durch die Wüste, sie flogen über Schluchten und Canyons, über die Barrancas und Flußbetten, und dann über nichts, über ein grenzenloses, unvergleichlich fahles, keksfarbenes Nichts.

In der Ferne verliefen samtene Gebirgsausläufer in einen klaren türkisfarbenen Himmel; unter ihnen Gebilde, die wie Eidechsen oder Giraffen aussahen: Alkali wie brechende Wellen, Straßen wanden sich wie Marskanäle durch die Wüste. Fliegen, fliegen über Chihuahua hin – und immer der brüllende Propeller, die Tragfläche – eine Mondlandschaft unter ihnen.

Schieferblauer Rauch eines Zugs, oder Rauch wie Krähenflügel – er sah den Rauch des Zugs und den darunter kriechenden Schatten, aber kein Zug war zu sehen; links, am östlichen Horizont noch mehr Rauch, wie von einem himmlischen Trampdampfer.

Und jetzt wirbelnde Muster unter ihnen, Flußläufe, trockene geschwungene Dünen, wollig wie eine gewisse weiche Tweedsorte; oder in Fischgrätmuster; Flußläufe, ausgetrocknete Ströme wie geplante Pfade, arroyos secos, und knotiger lachsfarbener Sand.

Eine Landschaft wie unzählige gestreifte Sphinxe lag hinter ihnen, eine Landschaft in Frost erstarrter Wogen, ein Land von unfaßbarer Öde – und mitten darin an einem Wasserloch eine einzelne Farm, mit Feldern, die glatter waren als die Golfplätze von Hoylake in England.

Eingesunkene Wasserlöcher in der Wüste, ferne Felsenformationen wie Inkastädte, Alkaliteiche wie zugefrorene Flüsse; die runzlige Rhinozeroshaut der Gebirgsausläufer, die ebenfalls Pyramiden glichen, ein zartblauer Himmel mit einer einzigen langen reglos ruhenden weißen Wolke, ein gütiger wachsamer Schwertfisch; Verwischung von Dunst und Purpurwüste am Horizont, die fast regenbogenhafte Effekte hervorbrachte, und fern im Westen Wolken wie Polarbären, bläulich gefärbt, Rauchballen, die überm Horizont hingen, als stammten sie vielleicht von demselben Dampfer, den sie überholten oder der sie überholte, so wie sie die Zeit überholten oder umgekehrt, oder beides, und noch immer der winzige Schatten des Flugzeugs auf der Wüste, das winzige Kreuz, die Schluchten und Canyons, und dann wieder nichts – nichts – nichts.

«Die Gegend hat sich nicht sehr verändert in den acht Jahren», sagte Sigbjørn.

In der Ferne ein See. Blau? Grün? Oder eine Luftspiegelung? Plötzlich tauchte mitten in der Wüste unter ihnen eine geometrische Gruppe von Farmen auf, die rechtwinklig von schwarzen Straßen durchschnitten wurden, grüne Felder, die Häuser hübsch in den Ecken placiert; die Straße verlief gerade durch die Wüste und verschwand scheinbar hinter dem Rand der Welt. Und das war das Land seines Freundes Fernando, das Land – konnte das sein? –, in dem er sterben wollte.

Im Flugzeug betrachtete Sigbjørn Primrose: so hübsch, so lebhaft fasziniert, so hypnotisiert von etwas, das schließlich nur eine Wüste war, so voller Leben: schon war ihr anzumerken, daß sie von der Reise zu profitieren begann. War es möglich, daß jemand, der so fröhlich war, so anpassungsfähig, so tapfer und gleichzeitig so anziehend und intelligent – obwohl scharfsichtig noch treffender war –, existieren konnte, ganz davon zu schweigen, daß so jemand seine Frau sein konnte? Gütiger Himmel, was für eine schauderhafte Beschreibung. Und doch dachte er so. Beschreibungen waren sein schwacher Punkt, und vermutlich sollte er überhaupt kein Schriftsteller sein. Er narrte sich selbst. Außerdem war dies, oder etwas Ähnliches, wirklich das, was er dachte, während sie ihr Eis genoß, das in Kanada noch immer nicht zu bekommen war. Nun, es stimmte ja auch, bis zu einem gewissen Grad. Und, bei Gott, ganz sicher stimmte es, daß er glücklich war. Wer sonst hätte auf sich genommen, was sie in den letzten Jahren auf sich nehmen mußte? Wieder dachte er an sie – ihr Brunnen gab auch im Herbst noch kein Wasser, trotz des scheußlichen Wetters, der Geisterbrunnen, der, abgesehen von ihrem geliebten Pier, ihrem ersten Versuch in der Baukunst, so ziemlich alles gewesen war, was von ihrem alten Haus überlebt hatte; und sie schleppte die schweren Wassereimer vom Laden durch den Wald, machte das Wasser für seine Fußbäder auf dem fürchterlichen Gebraucht-Ofen heiß, in einem Haus, das sie nicht einmal für den Winter hatten bewohnbar machen können. Und Sigbjørn sah das neue Haus wirklich schon ganz richtig. Ja, er sah es wirklich, gab nicht bloß vor, es zu sehen, und sah es auch nicht mit irgendwelchen Hintergedanken. Sigbjørn sah das unfertige Haus hilflos dastehen, so gut wie ungeschützt, den Wracks und dem wütenden Wetter preisgegeben, irgendwie ihrer Liebe zueinander ähnlich.

Nun folgte Sigbjørn dem Beispiel eines Mannes mit Dienstabzeichen auf der anderen Seite des Gangs, der einer gewichtig aussehenden Aktentasche ein paar Zeitungen entnommen hatte, und tat desgleichen: das heißt, auch er holte etwas aus seiner Aktentasche, ebenfalls ein Geschenk von Primrose, nämlich ein ziemlich kleines, schwarzes Notizbuch, in dem er mit einer Miene bewußter Verwirrung zu blättern begann, als wünschte er, und das war tatsächlich der Fall, daß alle hier im Flugzeug wissen sollten, er habe hier genausoviel Recht wie sie; ein Gefühl, das er so wenig empfand, daß er meinte, sich auf der Stelle ins Schreiben vertiefen zu müssen, um es herzustellen: ah, die entsetzliche Entfremdung der Schriftsteller; er wußte augenblicklich, daß er das Geschriebene nicht aufnahm, sondern bloß hoffte, man würde ihn bei seinem intelligenten Dreinblicken, bei seinem normalen Verhalten beobachten – Gott sei Dank waren keine GIs mehr da, Flammenwerfer in Uniform –; er, der perfekte Gentleman, oder zumindest rechtfertigte er sich als dessen perfektes Gegenteil –: dies Gefühl wurde so heftig, daß ihm heiß wurde und er, als er merkte, daß er nicht das geringste gelesen hatte, aufblicken mußte, um die Anspannung zu mildern: niemand sah ihn an; das gab ihm Mut, und er lenkte seinen Blick zu dem Mann mit der Aktentasche, den er jetzt ungeniert ein Horoskop aufstellen sah; und da dies nicht unbedingt als ganz normales Verhalten oder als das eines perfekten Gentleman bezeichnet werden konnte, wandte Sigbjørn sich nun weniger verlegen wieder seinen Notizen zu: das schwarze Notizbuch und seine Aufzeichnungen darin hatten eine besondere Geschichte, bemerkenswert aber war daran, daß es, während er so vieles andere verloren hatte, einige Beobachtungen enthielt, die er bei früheren Besuchen in Oaxaca gemacht hatte und die er in der einen oder anderen Form, hauptsächlich im ersten Kapitel, in *‹Das Tal der Todesschatten›* eingebaut hatte: einer von ihnen beiden (Primrose natürlich) hatte es aus ihrer Feuersbrunst gerettet, doch hätte er es mit Sicherheit vollkommen vergessen, wenn Primrose es nicht tags darauf hervorgeholt hätte; seitdem hatte er sich, immer wenn ihn seine Füße schmerzten, damit unterhalten, hier gewisse Zusätze anzubringen, als ob dies wirklich nur eine Art Vorspiel zu dem Buch war, das er jetzt schrieb, oder das ein anderer durch ihn kraft seiner Rückkehr schrieb: da es jedenfalls kein Horoskop war – oder doch? –, las Sigbjørn mit einigem Interesse, was er da geschrieben hatte:

Juan Fernandos Vorfahren: Fernando führt seinen Stammbaum – zuweilen unter dem Einfluß von Mescal – mütterlicherseits auf einen Zapotekenkönig namens Cosijoeza zurück, was beim Anblick seiner königlichen Haltung auch jeder glauben würde. Dieser König wurde nach der Legende über gewisse Kaufleute ungehalten, die zum Handeln aus anderen Königreichen gekommen waren; er ließ sie in Mitla töten. Der Aztekenherrscher, von den Chalca-Händlern benachrichtigt, ließ nach Mitla schicken, um Rache zu nehmen; er steckte die Stadt in Brand und tötete die Einwohner, ohne auch nur einen einzigen zu verschonen.

Sein Urgroßvater war reinblütiger Spanier, ein Ingenieur, der zu der Zeit in Kalifornien lebte, als es an Amerika verlorenging; hatte eine Amerikanerin geheiratet. Aus Armut in den Süden getrieben, hatte er sich zunächst in Tabasco, später in Mexico City niedergelassen, wo seine Frau einen Sohn zur Welt brachte, Fernandos Großvater; der heiratete eine Engländerin, die Tochter eines der Direktoren der Eisenbahngesellschaft von Oaxaca; das war übrigens die Schmalspurbahn, die die Engländer über die längstmögliche Route bauten, weil sie nach Kilometern bezahlt wurden. Fernandos Vater siedelte sich in Oaxaca an, wo er eine reinblütige Zapotekin heiratete, die für Fernandos königliche Abstammung sorgte.

Wichtig ist aber, daß sein Vater ein Mann von geistiger Überzeugungskraft und seine Mutter eine reinblütige Zapotekin war und daß sich irgendwo in seiner entfernten Verwandtschaft ein englischer Renegat befand, der sich in Oaxaca zu Tode getrunken hatte; er hatte dort bleiben dürfen, weil er unter dem Schutz des britischen Konsuls stand, mit dem er ebenfalls verwandt war. Fernando hatte man zum Apotheker ausgebildet. Aber dieser schreckliche Vorfall, als er seine eigene Schwester operieren mußte, für die sein Vater keinen Arzt holen wollte – sein Vater, der die Operation sogar hatte abbrechen lassen, ehe Fernando fertig war –, führte dazu, daß er seine Heimat für immer verließ.

Mescal. Mexikanische Getränke sind verleumdet worden; Tequila ist ein reines Getränk, ihm wohnen die Übel des Whiskys nicht inne, obwohl vielleicht andere, schlimmere; auch Mescal ist ein reines Getränk. Verzehr: aus kleinen Gläsern; das Ritual erfordert eine ruhige Hand und nüchterne Geselligkeit; das Mescaltrinken ist somit ein kultiviertes Trinken. Doch soll Mescal ins Gehirn gehen – jeder Barmann wird einem demonstrieren, während er den nächsten einschenkt, wie das vor sich geht (obwohl man nicht davon ausgehen darf, daß die Indios, denen früher für Trunkenheit die Todesstrafe drohte, das Trinken bei anderen als sich selbst gutheißen). Dabei gebietet das Gehirn dann sehr oft, wie bei jedem anderen Getränk, den Mescal nicht rituell, sondern aus der Flasche zu trinken. Ochas: gekochte Orangenblätter, sollte man heiß und mit unverdünntem Alkohol trinken. Aber mit daruntergemischtem Mescal ist es noch aufregender. So wie mexikanische Getränke verleumdet worden sind, so wird die Freundschaft zweier Leute mit ähnlicher alkoholischer Trinkfestigkeit, die durchaus jede Schale bis zur Neige leeren und doch dabei vernünftig bleiben wollen, durch nichts so sehr besiegelt wie durch den Alkohol. Sie wird zu einer Art Blutsbruderschaft. Dies gilt für Freundschaften, die beim Bier, weniger für solche, die beim Whisky geschlossen werden. Im Mescal aber liegt die Quelle jener gottähnlichen oder dämonischen Kraft Mexikos, die, wie jeder weiß, der einmal dort gelebt hat, bis zum heutigen Tag unbesänftigt geblieben ist. Unter dem Einfluß von Mescal werden Leute, die im nüchternen Zustand die besten Freunde sind, alles aufbieten, einander umzubringen. Doch eine vom Mescal gezeugte Freundschaft, die das überlebt, wird alles überleben.

Und ihre Freundschaft hatte mehr als überlebt. Er las:

6 Enero 1938: Sigbjørn: ich war um 8 Uhr da und habe dich nicht angetroffen. Jetzt, um diese Zeit, kann ich nicht fort und mit dir reden, sei also so nett und schreib mir. Erzähl mir von den Tragödien dieses Tags, und erzähl mir auch, ob du betrunken bist. Ich werde dich morgen um 8 Uhr abends dort sehen, aber versuche pünktlich zu sein. Warst du auf der Post, wie ich dir geraten habe? Hast du mit Lomillo gesprochen? Hast du dich heute des Trinkens enthalten? Gibt es kein anderes Mittel, als unsere Freundschaft zu beenden, wenn du so weitertrinkst? Herzlich dein Fernando.

Soweit diese Notizen von vor acht Jahren. Sigbjørn rauchte jetzt seine ziemlich stinkige Pfeife und las die Notizen, die er im letzten Monat in Eridanus gemacht hatte:

Für eine lange Kurzgeschichte oder einen kurzen Roman: anfangen 1936–37–38 mit dem Material aus dem mexikanischen Notizbuch, was alles ist, was der Protagonist über Mexiko usw. weiß; jetzt aber, nachdem er das Buch über Mexiko (unveröffentlicht) geschrieben hat, fährt er Ende 1945 wieder dahin. Brief vom Verleger aus England: «Nie habe ich mich erwartungsvoller auf die Lektüre eines Buches gefreut als auf ‹*Das Tal der Todesschatten*›. Sobald ich es ausgelesen habe, werde ich Ihnen ein Telegramm schicken.» Auf dieses Telegramm warten, das nicht kommt. Spannung steigt ins Unerträgliche. Nebenhandlung sollte wieder der Kampf mit dem Trinken sein, analog dazu der Mißbrauch mystischer Mächte – diesmal aber ein *echter* Kampf.

Sigbjørn lächelte, obwohl ihm eher nach Weinen zumute war.

Unter diesen Notizen standen noch ein paar Bemerkungen zu einer Kurzgeschichte, die «Via Dolorosa» heißen sollte und davon handelte, wie er Ruth zum letztenmal in seinem Leben gesehen hatte, ehe sie ihn im Dezember 1937 im Hotel Cornada in

Mexico City verließ. Diese Erzählung hätte den Zeitraum unmittelbar vor seiner zweiten Fahrt nach Oaxaca behandelt. Vieles von diesem Material hatte Sigbjørn tatsächlich – wie er zum zweitenmal überlegte; daß er dies schon einmal gedacht hatte, war ihm entfallen – in ‹*Das Tal der Todesschatten*› verwendet, und einen Augenblick lang, als das Flugzeug plötzlich wie eine verbogene Feder nach oben sprang, staunte er über den Mangel an Phantasie, der ihn wieder auf so altes und gebrauchtes Material gebracht hatte; aber zweifellos hatte er gar nicht die Absicht gehabt, diese Erzählung zu schreiben; tatsächlich war er überhaupt nicht sicher, ob er je wieder etwas schreiben würde; und so war das vielleicht – aber was war mit Primrose? – auch gar nicht so wichtig.

«Primrose», sagte Sigbjørn plötzlich, steckte das Notizbuch wieder in die Aktentasche und diese in die Sitztasche, «haben wir der Bücherei das Chaliapin-Buch zurückgegeben?»

«Aber ja», sagte Primrose. «Weißt du nicht mehr, daß ich alle Bücher zurückgebracht habe, als ich letztes Mal in der Stadt war? Wieso?»

«Nur so. Hab gerade ein paar Notizen entdeckt, die ich mir dazu gemacht hatte. Diese alte Bücherei von Vancouver gefällt mir. Das war immer sehr schön, dort Bücher auszuleihen, dann mit dem Bus nach Hause zu fahren und dich in Eridanus auf mich warten zu sehen. Und dann vor dem Tee noch vom Pier aus eine Runde zu schwimmen.»

«Was hast du, mein teurer Geliebter? Jetzt schon Heimweh?»

«Nein, nur eine grundlose, unbegreifliche Sehnsucht. Ich machte mir Sorgen wegen Pushkin. Ich meine die kleine Katze.»

«Ach ... Aber Quaggan wird doch gut für sie sorgen. Sie liebt Quaggan.»

«Quaggan wird Pushkin zuviel Fisch geben. Und dann wird sie zu sehr an Quaggan hängen und uns nicht mehr im Wald entgegenlaufen. Und vorher, fürcht ich, wird sie uns vermissen und sich grämen und neurotisch werden oder so was. Was liest du da eigentlich?»

«Liebling, wie lange würden wir von Mexico City bis Taxco brauchen?»

Sigbjørn las die Broschüre mit dem Bild von Taxco, die sie studierte, mit: *Sie betreten eine andere Welt, sobald Sie an Bord eines Klippers gehen, der ins Wunderland Mexiko fliegt ... Der Zauber der Hochebenen und Bergstädte Mexikos und Guatemalas lockt ... Verlockt Sie 1946 zu einem ganz* besonderen *Urlaub ... Und dieser Zauber beginnt in dem Augenblick, da Sie in Miami, New Orleans, Houston, Brownsville oder Nuevo Laredo an Bord Ihres Klippers gehen.* «Möcht wissen, wie viele Leute, die diese Reklame lesen, sich noch daran erinnern können, was ein Urlaub in Friedenszeiten ist», sagte Sigbjørn ins Leere. «Nein, nach Taxco kommt man ziemlich leicht. Ungefähr drei oder vier Stunden mit dem Bus von Mexico City aus. Von Cuernavaca höchstens ein oder zwei Stunden. Das erste Mal bin ich mit dem Schiff nach Mexiko gekommen, bin in Acapulco an Land gegangen. Da war Taxco die erste interessante Stadt, die ich gesehen habe. Die Straße von Acapulco nach Taxco war einfach schauderhaft, aber ich möchte meinen, daß inzwischen der Highway fertig ist, den sie damals angefangen haben zu bauen.»

«O Sigbjørn, können wir *wirklich* nach Taxco fahren? Es sieht traumhaft aus.»

«Hübsche Zinnsachen gab's da.» Unter dem Farbfoto von Taxco, das sie betrachteten – die churrigueresken Zwillingstürme von Bordas Kathedrale, darauf die Kuppel mit siebenzakkigen – sieben! – weißen Seesternen auf blauem Hintergrund, das Ganze vor einem spanisch gedeckten Gebäude – La Asturiana soundso de Abarrotes –, sah Sigbjørn, als suche er vielleicht die fraglichen Zinnsachen, aufmerksam ein Pärchen an, das offensichtlich auf Hochzeitsreise war: der Mann in braunen Hosen und einem weißen hawaiischen Sporthemd mit grünen und orangen Spirochäen drauf; das Mädchen in Cuernavaca-Ausstattung und spanischem Rock. Der Mann machte ein Foto (vermutlich mit ruhiger Hand). *Taxcos unvergeßliche Schönheit ist für das mexikanische Hochland im Sommer typisch ... Es liegt 5600 Fuß hoch.* Unterdessen ließ Hart Crane in Sigbjørns Kopf das schreckliche Geläute der Glocken hoch oben in dem Kirchturm erklingen, *und all meine Landsleute eilen zum Stall* – man sah den fraglichen Stall geradezu vor sich: Doña Bertas Cantina –, während Sigbjørn selbst 1936 auf den Kirchenstufen schlief; er schlief auch auf dem Balkon des schäbigen Hotels mit den großen Türen, wobei ihm die Tauben in der Sonne über Hände und Füße liefen; wohingegen die Höhe besagte: *Exil ist daher Fegefeuer; nicht wie es Dante besang, sondern Flickwerk nur, ohne Zusammenhang.* Und die Glocken: *Die Stunden, die sie zu schlagen vergessen, seh ich klar, wie jemand, der einmal nicht auf ihrer Höhe war.* Auf einem anderen Bild waren dieselben Hochzeitsreisenden zu sehen, wie sie an einer Art Weinprobe in der Nähe der Brustwehr von Los Arcos, oder war's Rancho Selva, teilnahmen – oder war das etwa dieses Restaurant mit alldem Delirium tremens überall an der Wand? –; sie wurden von einem spitzkinnigen Mexikaner bedient, der aussah wie ein Kapitän in voller Offiziersmontur auf einem französischen Kriegsschiff in einem Film über Indochina und dies offensichtlich sehr gern tat und sie nicht im Innern verachtete, sie nicht von ganzem Herzen haßte; Bordas Kathedrale mit ihren Zwillingskreuzen auf ihren Zwillingstürmen war hier ebenfalls deutlich zu sehen, jedoch weiter im Hintergrund. *Moderner Luxus in antiker Umgebung,* hieß es dazu. *Genießen Sie im gemäßigten Klima dieser Hochlandschaft moderne Hotels mit alten Kathedralen im Hintergrund. Esel klettern enge Pflasterstraßen hinauf, an denen weiße Häuser mit roten Ziegeldächern stehen ...* Ach ja, Sigbjørn spürte, wie Primrose sich bereits mit diesem hübschen Mädchen auf dem Foto identifizierte, und ihn, Sigbjørn, mit dem fotografierenden Mann. Vielleicht stellte sie sich auch schon in einem solchen kunstvoll gewebten Tihuana-Rock vor – und warum auch nicht? –, der auf dem Bild darunter zu sehen war: ein tehuacanisches Mädchen hatte ihn an: es machte das Ganze glaubwürdig und hieß einen gleichzeitig mit perfekter Heuchelei willkommen. *Sie betreten eine andere Welt, sobald Sie an Bord eines Klippers gehen, der ins –*

«Sigbjørn, sind wir wirklich in Mexiko, Liebling? Sag mir, daß wir wirklich *in* Mexiko sind!»

Sigbjørn drückte ihre Hand; gleichzeitig nahm er wahr, daß

der Mann sein Horoskop weggesteckt hatte. «Vielleicht sind wir nächste Woche um diese Zeit in Taxco», sagte er. «Und du wirst ein Tihuana-Kostüm tragen –»

Und dann scheinbar aus dem Nichts Kälte und Nebel und ein pfeifender Luftzug und Berge: er hatte das Gefühl, langsam, viel zu langsam zu fliegen – *Schnallen Sie sich bitte an* –, das Gefühl von Gefahr, von Instrumentensteuerung. Nebel, Nebel, Nebel. Ab und zu erhaschte er einen Blick auf etwas wie Bergflanken. Das Flugzeug bebte und hüpfte. Es war, als taste man sich im Blindflug voran; das Flugzeug schien ungeheuer langsam zu fliegen und wie ein Schiff zu rollen. Aber vielleicht würden sie sich durch den Nebel verspäten und brauchten dann in Monterrey nicht durch den Zoll zu gehen – Sigbjørn kämmte sich trotzdem vorsorglich die Haare für den Zoll –, oder vielleicht, noch besser, würden sie abstürzen und überhaupt nicht in Monterrey ankommen. Plötzlich war es auch viel kälter, man erwartete jeden Moment einen Eisberg durch die treibenden Nebelschwaden segeln zu sehen. *‹In Ballast to the White Sea›*? Was war mit den Schiffen, den wirklichen Schiffen, die untergegangen oder gescheitert waren, während er dieses jetzt verbrannte Buch geschrieben hatte? Die *Ariadne N. Pandelis*, die *Herzogin Cecelia*. Diese schauderhafte Koinzidenz mit Erikson! Ah, der Tragödienmacher. Die Ungewißheit, überlegte er, bestand nun schon so lange, daß jedermann zumindest von der Vorstellung irgendeiner Art von Entsetzen besessen sein mußte, und wenn auch nur, sozusagen, weil man dergleichen von ihnen erwartete. Und etwa nicht? Auf alle Fälle war dies der schlimmste Monat in der Geschichte der zivilen Luftfahrt gewesen.

Ein langes ständiges Stöhnen – ein wilder Chor, der zum Himmel kreischte. Tränen für die Toten, die nie mehr an irgendeiner Küste nach Hause kommen würden. Den Überlebenden der *Titanic* wird man eine Tafel enthüllen. Darauf wird die Oratorio Gesellschaft Damrosch Brahms' *‹Deutsches Requiem›* aufführen und so den ersten Teil des Programms beenden. Den zweiten wird man mit einem passenden Orchester-Potpourri einleiten: dem «Liebestod» folgen Mr. Rinaldo Strappo und Mary Garden, die, sagen wir, «Es geschah eines Nachmittags im Dezember in Monterrey» singen. Signor Ernest Consolo wird das Lied «Get With Child a Fallen Constellation» zum Vortrag bringen ... hierauf ein Bach-Konzert in d-Moll (erster Satz); Enrico Caruso wird «The Lost Chords» von Sullivan auf englisch singen. Prinz Pierre Troubetzkoy hat ein Gemälde «Triumph des Geistes» vollendet, das auf Postkarten vervielfältigt und auf der Veranstaltung heute abend an die Überlebenden verkauft werden soll. Das Bild zeigt eine schöne Frau, die mit triumphaler Miene aus dunklen Wassern steigt, während im Hintergrund die brennende Silhouette eines Schiffes ragt. Wieso brennend? ... Sigbjørn versuchte sich darauf zu konzentrieren, wie er Eridanus das letzte Mal gesehen hatte: das kleine neue, noch immer unfertige Haus unten, die Zeder, der perspektivisch verkürzte Pier, ihr Boot, zur Sicherheit während ihrer Abwesenheit auf die Terrasse hochgezogen und umgedreht; aber da hatte es geregnet, gestürmt, und er brauchte ein ruhiges Bild davon vor seinem inneren Auge; doch aus irgendeinem Grund dachte er auf einmal an Kristbjorg, der auch wieder störende Gedanken aufwühlte. Schlimmer noch, nun leuchtete vorne im Flugzeug das Schild *Nicht Rauchen* auf, und Sigbjørn drückte gehorsam seine Zigarette aus. Bald wurde jedoch klar, daß dies keineswegs der Landevorbereitung dienen sollte. Hatten sie sich verflogen? Sie tasteten sich mit noch größerer Ungewißheit und noch langsamer voran.

Sie kippten seitwärts ab, machten vielleicht eine Notlandung. Nein, obwohl das Flugzeug der ganzen Länge nach bebte wie ihr Haus, wenn Sturm und Wogen einen störrischen Baumstamm gegen die Fichtenpfähle rumpeln ließen, gewannen sie jetzt ganz offensichtlich an Höhe ... Er stellte sich Kristbjorg vor, wie er nicht allzu überrascht tun würde, wenn ihn schließlich die Nachricht erreichte, daß ihr Flugzeug abgestürzt war und er und Primrose dabei ums Leben gekommen waren. Er würde darauf beharren, daß er es irgendwie vorausgesehen und dies auch geäußert habe, oder wenn das nicht geschehen wäre, dann eben etwas anderes; er hätte es geahnt, daß er sie nie wiedersehen würde. Genau das würde er sagen; vermissen würde er sie freilich. Aber auch Kristbjorg war auf seine Art ein Tragödienmacher. Tatsächlich hatte Sigbjørn sich mit ihm in Eridanus über dieses Thema gestritten. Ja, hätte er sich nur besser mit ihm ausgesöhnt, es tat ihm jetzt leid; denn dies war der einzige Streit, den er je mit ihm hatte, der einzige Streit, außer mit Primrose, den er je in Eridanus hatte. Ja, er hätte sich gern ausdrücklicher mit Kristbjorg versöhnt, ehe sie abreisten, auch wenn sie am letzten Tag zu ihm in die Hütte gekommen waren und zusammen ein Bier getrunken hatten. Was, wenn es nun zu spät wäre, dies völlig beizulegen, wo Kristbjorg doch so freundlich gewesen war? Wenigstens konnte er sich damit trösten, daß er es teilweise getan hatte. Der Streit war so zustande gekommen: Kristbjorg war, wie Glaukos, ein Fischer. Wenn er ging! Ja, aber da, in diesem Augenblick völligen Verzeihens, in diesem Augenblick, da Sigbjørn wie Endymion erkannte – obwohl es vielleicht subtiler wäre, Endymion für den Schluß aufzusparen –, daß es in seiner Macht lag – so ist das Leben derer, die nur am Fenster des Daseins wohnen, das Leben derer mit endlosen Gedanken, gewissermaßen haarscharf am Rande der Ewigkeit –, Kristbjorg womöglich todunglücklich zu machen, daß er aber diese Macht nicht gebrauchen würde; in diesem Augenblick, da er dem Auf und Ab des Boots zusah, hatte er sich entschlossen, mit Primrose nach Mexiko zu fahren ... Ja, in diesem Augenblick war die Entscheidung gefallen, wobei sich die eine Entscheidung direkt aus der anderen ergab, das Handeln aus dem Verzicht auf Handeln; und vor den gewaltigen, von der Sonne angestrahlten Bergen über dem blauen glitzernden bewegten Wasser schwankte immer weiter das Kreuz ... Hatte er richtig gehandelt? Quién sabe?

Wieder sackte das Flugzeug ab, und Sigbjørn malte sich den Absturz aus, ja er durchlebte ihn geradezu. Zuerst setzte der Motor aus und rasselte fürchterlich; dann fielen sie atemlos mindestens zweihundert Fuß. Erst dieses Absacken – dann das Ausbalancieren – irgendwie funktionierten die Notaggregate; dann der Sturz zum Boden hin und die Gewißheit, daß man zerschellen würde; der Schmerz wegen Primrose, das Schreien und Kreischen der Passagiere, die alle noch angeschnallt waren – dann streiften sie ein Wohnhaus, kippten um, streiften etwas anderes, den Boden, die Maschine raste dahin; dann plötzlich der Alptraum aus Feuer, die Hilflosigkeit, die Ungewißheit, ob man tot oder lebendig war, oder ob man aus dem Flugzeug herauskäme; man hing noch immer kopfüber in den Sitzen, doch bemühte er sich weiter, Primrose zu befreien; dann die heroische Rettung Primroses und der anderen Passagiere, die sich kriechend durch Löcher wanden, andere zappelten, während die Flammen um sie leckten; Leichen und Wrackteile übers ganze Feld verstreut; helfen wollen, aber nicht dazu fähig sein; aber Primrose war in Sicherheit, heroisch gerettet. Dann die Flasche Tequila und der Orden der Königlichen Lebensrettungsgesellschaft, überreicht von Alemán oder dem Innenminister.

Erleichterte Rufe und Seufzer gingen durch das Flugzeug, als es jetzt aus dem Nebel tauchte. Der Klipper flog immer noch dieselbe Schlucht zwischen den Bergen entlang wie zuvor, obwohl er rapide sank. Durch das Fenster konnte Sigbjørn sehen, daß die Schlucht eine leise, überraschende Biegung nach links machte, der sie seitwärts gekippt folgten; und nach jedem Abkippen zog das Flugzeug wie ein Drachen ein wenig hoch, ging in die Kurve und begann wieder steil abzusinken, immer weiter nach links; so näherten sie sich einem langen, ziemlich versumpft aussehenden Tal, an dessen hinterem Ende eine kleine Stadt aus Gaswerken und Eisenbahnschienen, die über den Sumpf liefen, und ein paar hohen, in Regen gehüllten Fabrikschornsteinen zu liegen schien; das Ganze war von riesigen grauen buckligen Bergen in Dunst und Regen umgeben, so daß es ihm mit diesem Chaos aus Nebel und Sturm im Hintergrund einen Augenblick fast vorkam, als seien sie wieder in Kanada.

Zweifellos waren alle dermaßen erleichtert, aus dem Nebel zu kommen, daß niemand bei ihrem holpernden Abstieg auf die Idee zu kommen schien, daß sie trotzdem noch eine Notlandung machen könnten. Das war nicht der Fall: Sigbjørn kämmte sich hastig. Jetzt zeichneten sich unten ein paar einzelne Flugzeuge ab, die anscheinend in Schilf standen; das war der Flughafen von Monterrey, und an den Zoll dachte er erst wieder, als sie aus dem

Bauch des Flugzeugs auf die Rollbahn kletterten, wo man ihnen sogleich versicherte, daß sie auf Grund der Verspätung erst in Mexico City durch den Zoll zu gehen brauchten, was ohnehin das üblichere Verfahren sei. Sie würden nur einen kurzen Aufenthalt haben. Das Flugzeug stand auf der Rollbahn vor einem Gebäude, das wie das Clubhaus eines neunlöchrigen Golfplatzes aussah; an den Fenstern war zu lesen: *Carta Blanca, Cerveza Monterrey.*

Es regnete in jähen, böigen Stößen; der Wind heulte und wimmerte trostlos um das Clubhaus. Es war eiskalt, weshalb sie sich in das Clubhaus begaben, wo sie sich mit den anderen Passagieren die Beine vertraten; aber es war spät am Nachmittag und die Bar geschlossen, also gingen sie auf die Terrasse. Welch ein trauriger Anblick! Die Berge standen einsam im Regen, und nur diese paar Fabrikschornsteine, ein paar Hütten und Buden und die versumpfte Landschaft à la Gogol waren von der Metropole zu sehen, wie das bei Flughäfen größerer Städte so üblich ist. Als er das letzte Mal in Mexiko war, hatte ihm jemand empfohlen, hierher zu fahren; vermutlich lag es daran, daß es ihm nun plötzlich so vorkam, als sei er schon einmal hier gewesen, was nicht stimmte, und als hätten sie sich in tödlicher Gefahr befunden und Primrose wäre weggelaufen und hätte sich verirrt: er nahm sie schützend beim Arm, wobei er auch irgendwie ihre Enttäuschung mildern wollte, denn hier hatten sie doch endlich das dunkle, geheimnisvolle Land selbst betreten. Aber Primrose wies treu – treu, da sie sie bestimmt schon in Kalifornien bemerkt hatte – auf ein paar Vögel hin, die da oben wie schmutzige fliegende Spüllappen in trauriger Prozession langsam flappend ihre Kreise zogen.

«O Sigbjørn, deine Xopilotes!»

«Noch ein Charles Addams.» Sigbjørn kicherte, aber diese Anspielung auf *‹Das Tal der Todesschatten›* erwärmte ihn; dort sollten diese prometheischen Wesen eine Rolle spielen, die vielleicht eine Spur weniger augenfällig war als in jedem anderen Buch über Krieg, Mexiko oder den Tod. «Sag doch: ‹O *Lieb*ling, unsere ersten Geier!›»

Aber sie wurden an Bord gerufen und mußten zum Flugzeug laufen. «Es soll heim in den Stall!» rief Primrose Sigbjørn, der hinter ihr die Rampe hochhumpelte, begeistert über die Schulter zu.

«Ich habe eben mitbekommen, daß sie nach den mexikanischen Gesetzen vor Sonnenuntergang in Mexico City landen müssen.»

«Wer, die Geier?»

«Nein, das Flugzeug, Dummkopf.»

Sie stiegen höher, höher, immer höher in die Sierra Madre hinauf, Berge über Berge über Berge; Bauern säten auf diesen Bergen ihr Getreide und ließen es auf den scheinbar unzugänglichen Gipfeln allein – tief unten waren sogar Anzeichen von Ackerbau –, auf denen, wie die Stewardess ihnen erzählte, die Bauern ein einziges Mal säten und dann ihr Getreide einfach reifen ließen, ohne sich auch nur die geringste Mühe zu geben, darüber zu wachen, ein ganzes Jahr kümmerten sie sich nicht darum; erst dann träten sie die schwierige Wallfahrt nach oben an, machten dies zweifellos zu einem festlichen Ereignis; erst dann stellten sie fest, wie prächtig alles gediehen war, genau wie Parzivals Blumen während seiner Abwesenheit. Und was für eine Lehre darin für einen Schriftsteller lag! Es war ein Aufstieg in den Himmel selbst.

Sigbjørn hatte links gesessen, nun ging er auf die rechte Seite, um zu sehen, wo die Aussicht besser war. Immer wieder wechselten sie von einer Seite zur andern und von einem Sitz zum andern; Miss Gleason, gegen die Landschaft abgestumpft, wies sie zurecht, aber Sigbjørn achtete nicht darauf; der Weggang so vieler Passagiere hatte ihn befreit, hatte seine Seele frei gemacht und ihn kühn und unbefangen werden lassen. Allmählich zahlte es sich aus, dachte Sigbjørn, und er empfand einen heiteren Stolz, während er über diesen gigantischen Abgründen sein Rumpsteak aß; denn war es nicht er, bei dem Primrose sich für die Ermöglichung all dieser Wunder zu bedanken hatte? Und was für ein Unterschied, was für ein triumphaler Unterschied im Vergleich zu der Art und Weise, wie er es verlassen hatte.

Berge über Berge, Schluchten über Schluchten erstreckten

sich dort unten, während der ganze Himmel – Sonnenstrahlen, von Wolken getrübt, zartblaue Risse und Nebelfetzen – auf sie zugerollt kam, als habe ihn ein gewaltiger Wirbelsturm gepackt, riesenhafte ätherische Steppenläufer, eine nordwärts gerichtete Odyssee der Ewigkeit. Später, in achtzehntausend Fuß Höhe, als sie wie verrückt dahinstürmten, über einem Wolkenozean aus kochender Baumwolle in den Sonnenuntergang rasten, trunken sprinteten, über Himmelsfindlinge stolperten, ohne je ihr Tempo zu mindern, als die Gipfel mächtiger Vulkane im Westen erschienen wie kleine Hügel, deren Sockel jenes weiße Brodeln umspülte, das die Seeleute weißes Wasser nennen, und in dem man jeden Augenblick jenen himmlischen Trampdampfer sich an den schwarzen Felsen in Trümmer schlagen zu sehen erwartete, da war dies Fliegen ganz und gar dem Leben entrückt – auch wenn es nach Bergson den Ablauf eines Lebens widerspiegelte –, es war, als segelte man in die Seiten Shelleys – oder segelte man letzten Endes etwa in die Seiten des eigenen Buchs? –, in seinen ‹*Entfesselten Prometheus*›, so daß man sich geradezu erleichtert wieder daran machte, seinen Mais mit Süßkartoffeln zu essen, selbst wenn man deshalb den Winterpalast des Demigorgon nicht sah, der eben gegen den Wind vorbeikreuzte. Hier, von diesem erhabenen Standpunkt aus, konnte man auf sein Leben zurückblicken, ohne allzu großen Schmerz oder Triumph zu empfinden: man stand darüber: aber er wäre wahrhaftig kein Mensch gewesen, wenn er, als sie wieder nebeneinander saßen, nicht über den Gegensatz zwischen diesem triumphalen Einzug und seinem gräßlichen betrunkenen schmachvollen Abgang, damals vor über sieben Jahren in dem Pullman-Wagen namens *Aristotle*, nachgedacht hätte; sonderbar war aber – wie aufgeregt Primrose zu seinem Entzücken nach Popocatepetl und Ixtaccihuatl Ausschau hielt: «Ist es der? Ist es *der*?» – «Ja … ja … ja … Nein … nein …» – «Da … da …» – «Nein, wir müssen noch was warten. Oder vielleicht können wir sie gar nicht sehen.» – Sonderbar war die Vorstellung, daß unter dieser kochenden Baumwollmasse, unter diesen Riffs und wilden weißen Wolkenmeeren, weit weit unter diesen Vulkanspitzen und sagenhaften

Gipfeln, weit weit dort unten Mexiko noch immer da war, zweifellos im großen und ganzen unverändert, all die Jahre da gewesen war, ohne ihn, Sigbjørn, weiterexistiert hatte: ja, als sei er ein Gott und könne diesen Wolkendeckel heben, sah er es vor seinem inneren Auge: dort unter ihm lag dies alles; als sei er ein Gott, der eben den Deckel einer Spielzeugschachtel aufgehoben hatte: die Esel, die Blumen, die Tortillas, die kleinen Schweine, die Indiofrauen, die Tänzer in scharlachroten Fransen (sie hatten ihre Ankunft auf die Feierlichkeiten für die Jungfrau von Guadelupe in der Basilika von Guadelupe abgestimmt), die verstreuten Dörfer und die ungeheuren verschleierten Hänge, die Cargadores, die gewaltige Lasten trugen, die Busse nach Tlalpán oder die Bahnen nach Xochimilco, und Cuernavaca, die Stadt seines Romans: alles war da, und wie verschieden von Vancouver es war. Er war so von Freude für sich selbst erfüllt, über das Wunder seiner Rückkehr, daß er kaum wahrnahm, daß Primrose endlich den Popocatepetl entdeckt hatte: «Da ist er –» – «Ja ... ja ... das ist er», und Sigbjørn küßte sie begeistert: innerlich war er ein wenig enttäuscht, denn der heilige und majestätische Gipfel wurde durch die enorme Höhe, in der sie flogen, beträchtlich verkleinert; tatsächlich war er kaum größer als ein Schlackenhaufen, aber andererseits würden sie schließlich auch in Mexico City auf hohem Niveau landen, und hier waren sie nicht mehr weit davon entfernt, eben dies zu tun; sie kamen aus den Wolken, ja, hier war sein Seebett, sein Vulkanbett, häßlich über die Maßen; bald würden sie landen – landeten in Wirklichkeit jetzt schon, der Sonnenuntergang war für sie stehengeblieben, seit sie in einem amerikanischen Flugzeug saßen; und jetzt wollte er es gar nicht mehr, wollte nicht durch den Zoll gehen müssen –, als kämen sie auf einen halb überfluteten Planeten herunter, auf dem irgendeine große Katastrophe stattgefunden hatte; doch vorher schien dort keine Landschaft schwimmender Inseln und üppiger Phantasie gewesen zu sein, und auch nicht jene quasi-venezianische, barbarische Zivilisation der Tatsachen, sondern eine verwüstete Glasfabrikenstadt wie in Lancashire; jetzt nahm man den Fuß vom Gashebel, sie sanken, sie waren gelandet.

4

Es war sehr kalt, was Sigbjørn daran erinnerte, daß Mexico City immerhin achttausend Fuß hoch in den Wolken lag, so daß Primrose auch nicht allzuviel Grund hatte, über die relativ kleine Größe (noch, dachte er ziemlich grimmig) des Popocatepetl enttäuscht zu sein. Am Zoll hatte es die übliche Spannung gegeben, nichts Besonderes; der Ober-Zollbeamte sehr freundlich, machte wortlos ein Kreidezeichen auf ihr Gepäck, während andere, zum Beispiel ein Amerikaner, der ganz dreist eine Flasche Whisky mit sich führte, nicht soviel Glück hatten. Sicher, der Hilfs-Zollbeamte, ein reines Kind noch, hatte ein wenig Verdruß bereitet, indem er geradezu boshaft immer wieder schrie: «Eine Moment, Chef! Eine Moment, Chef! O. K. Chef, weiter!» Ärgerlich war auch gewesen, daß sie sich auf der Stelle entscheiden mußten, in welches Hotel sie gehen wollten; doch genausogroß war der Triumph, daß sie den Versuchen, ihnen am Flughafen ein teures Hotel aufzureden, widerstanden hatten: «Nosotros no somos americanos ricos», hatten sie gesagt, und wie oft würden sie das noch wiederholen, fragte Sigbjørn sich (als das Taxi eben an einer halb vertrauten Pulquería namens The Line of Fire vorbeifuhr, dann in eine Seitenstraße einbog und auf der Hauptstraße herauskam), ehe sie nach Kanada zurückkämen. «Nosotros somos canadianos *pobres*»; und es war ihm ganz natürlich vorgekommen, als ob sie wirklich einem vorherbestimmten Weg folgten, daß sie am Flughafen das letzte Taxi bekommen hatten, mit dem sie nun in der zunehmenden frostigen Dämmerung durch die gespenstische, pfefferkuchenhafte, von Vorstädten ruinierte und Alemán-vernarbte Landschaft zum Hotel Cornada fuhren. Auch das Geldwechseln war nicht allzu schlimm gewesen; ohne Schwierigkeiten wechselten sie im Flughafen ein paar Reiseschecks ein, die Sigbjørn sogar ohne Schwierigkeiten unterschrieb; wie Miss Gleason es ihm geraten hatte, verschob er das Komma, und er war stolz darauf, daß er diese Angelegenheiten intelligent und geschickt erledigte (um nicht opernhaft zu sagen; denn, wie in Italien, hatten in Mexiko auch die unbedeutendsten Transaktionen immer etwas latent Opernhaftes an sich, was man noch steigern konnte, falls es ernst zu werden drohte), ohne Primrose allzusehr damit zu belasten. Zugegeben, es war überaus schwierig, so wie sie gelebt hatten, so sparsam wie sie in Kanada gelebt hatten, und nach der relativ teuren Dollarwährung, wieder in Pesos zu denken: zum Beispiel verbitterte Sigbjørn, indem sie durch den Sonnenuntergang fuhren, ein wenig der Gedanke, daß ihnen am Flughafen bereits zehn Pesos im voraus für das Taxifahrgeld abgezwungen worden waren: jedoch gelang es ihm mit Hilfe des listigen Kommatricks von Miss Gleason, eine Weile den Gedanken festzuhalten, daß dies lediglich zwei Dollar waren: außerdem kannte Sigbjørn das alles doch schon – vor sieben Jahren war der Peso zusammengebrochen, wöchentlich im Wert gesunken –, und er hätte daher der Währung «Peso» nicht zu viel Bedeutung beilegen sollen: nichtsdestoweniger, damals hatte er in Pfund gedacht, er hatte mehr Geld gehabt, als er auszugeben wußte, und es gewöhnlich so schnell wie möglich verpulvert: nun hatte sich die Lage geändert, es war jetzt seine Sache, um Primroses willen soviel er konnte aus dem Geld zu machen, und obwohl er wußte, daß er am Ende, trotz aller seiner Vorsätze, wahrscheinlich alles Primrose überlassen würde (dann könnte sie praktisch soviel ausgeben, wie sie wollte, ohne daß es ihm etwas ausmachte, solange er nichts davon erführe), aber fürs erste war er der Verantwortliche. Daß er das sein sollte, war tatsächlich Teil ihres Plans, daß er ihr Führer, ihr Vergil, durch diese verworrenen Regionen voller antiker Feuer- und Reinigungsstätten und überweltlicher Schönheiten sein sollte, und wenn sie die Rollen tauschten, käme das einem sehr beträchtlichen Versagen seinerseits gleich. Ihr Taxi jaulte langsam und doch wild durch die engen Straßen wie ein durch Nebel behinderter Dampfer. Ach ja, Mexico City, es war gerade Hauptverkehrszeit, schien sich kaum verändert zu haben: Gerüche, Lärm, offene Verdecke; all dies lud gleich wieder dazu ein, so schnell wie möglich von hier zu verschwinden: Pulquerías, genau wie er sie sich ausgemalt hatte; dieselben Peons; Frauen in Rebozos; Cantinas; bucklige Kirchen; soweit zumindest kaum ein Unterschied, außer daß es jetzt mehr Bierläden gab als früher, und diese Unmasse von übelberatenen Reklameschildern, die einem befahlen, eiskalte Coca-Cola zu trinken. Und obgleich jede verstopfte Straße ein krabbelnder Tausendfüßler der Erinnerung war – am Ende war dies doch nur eine Verkettung von Gefühlen, die man nicht zu bemänteln brauchte, auch wenn sie durchaus unerfreulich waren, besonders angesichts Primroses nahezu sprachloser Begeisterung; denn ihm stockte wahrhaftig der Atem, als er sich an den vertrauten Straßennamen wundrieb, Isabel la Católica, Cinco de Mayo und all die anderen, und als er endlich am Hotel Cornada vorfuhr, dessen Name, in Leuchtschrift über dem Eingang, mit ziemlich komplexer Bedeutung – und vielsagend, wie sich noch herausstellte – um drei seiner roten Buchstaben vermindert war, so daß sie – man hätte glatt so von ihrer Ankunft träumen können – lediglich von den Worten *Hotel Nada* willkommen geheißen wurden.

«Veinte pesos son todos, señor. Todos son pagados», hatte Sigbjørn gesagt, während er noch immer über diese Posse des Schicksals kicherte.

«No, señor. Diez pesos mas.»

«Pero – Primrose, ich hab anscheinend Schwierigkeiten mit meinen Ohren.»

«Genau, Liebling, das kommt vom Fliegen. Wir sind noch nicht richtig wieder auf der Erde.»

«Kann man wohl sagen. Hotel Nada – hahaha! Hui! Es todos, señor. Por favor, mon bagliagli –»

«Sie müssän zahlän extra für Gepäck», sagte der Taxifahrer.

«Aber wir haben schon bezahlt.»

«Americanos?»

«No, hombre. Nosotros no somos americanos ricos. Nosotros –»

«Nosotros somos canadianos *pobres*», half Primrose ihm loyal aus, wobei sie das *pobres* mit einer vielsagenden Geste begleitete.

«Noch zehn Pesos.»

«Na schön.» Sigbjørn bezahlte fröhlich den Fahrer. «Nieder mit den nordamerikanischen Tyrannen! Ach was, Primrose, das ist unsere erste Nacht hier, und die wollen wir uns nicht verderben lassen.»

«Bagliagli, ha! Du bist mir einer!» kommentierte Primrose.

«Tut mir leid, hab mein Mittellatein vergessen. Wollte impedimenta sagen. Und jetzt auf in unser Winterquartier!»

Aber nach diesem Flug war selbst das Hotel Cornada in Mexico City keine Enttäuschung. Immer noch ein schmieriges kleines Hotel, wo es doch vor wenigen Jahren so modern gewirkt hatte (billig war es immerhin – und zentral gelegen), glich es einer Kreuzung aus einer verfallenen Baumwollbörse und einer Mietskaserne. Die Straße, Cinco de Mayo, ergoß sich in eine finstere Vorhalle ohne Teppiche, in der sich Schuhputzer und sogar Bettler schamlos unter Straßenhändler mischten, die hier ihre Waren feilboten. Dieser lobenswerte demokratische Eindruck, falls er nicht ganz und gar trog, besagte jedoch nichts. Sigbjørns Restaurant seines letzten Morgens, als Ruth ihn verlassen hatte und er nach Oaxaca gefahren war – danach hatten sie sich nie mehr wiedergesehen –, das Restaurant neben der Vorhalle, durch die jetzt ein Mann mit der Miene eines Scharfrichters kreischende Rehkitze schleifte, um ihnen hinter der Tür zur Bar die Kehle durchzuschneiden, war noch immer ein Restaurant, obgleich es nun respektabler aussah mit seinen weißen Tischdekken, wie man sie auch in manchen ländlichen Bahnhöfen Amerikas sieht; die Bar war jedoch vollständig entfernt worden. Der Verfall der modernen Ausstattung oben machte einen komischen Effekt. Wäsche hing aufgereiht draußen vor den Fenstern wie eine Einstellung in einem alten sowjetischen Film. Ganze Familien bewohnten in offenbarer Armut einige der Zimmer, schienen zum Teil sogar auf den Fluren zu kampieren. Andererseits tauchte auch immer wieder einmal ein prunkvoll gekleideter Mexikaner auf, verschloß seine Tür, stand wartend am Aufzug – gegenüber einem dieser billigen, gepolsterten und modrigen, mit knallblauem Samt bezogenen Diwane, die einen in jedem Stockwerk begrüßten – und rauchte, mit allen Anzeichen von Wohlhäbigkeit und als lebe auch er hier, eine Zigarre. Die Warmwasseranlage in den Zimmern, die man ihnen vorführte, funktionierte natürlich nicht; das hatte sie nie getan. Überraschend war nur das Ausmaß an Verwahrlosung in einem Haus, das noch keine zehn Jahre alt war, so daß, wie gesagt, die Einrichtung – früher war dies ein Gebäude voller schroffer Rechtecke, riesiger Fenster mit Stahlrahmen, voller Klötze und scharfwinkliger Farbkontraste gewesen, so daß es Sigbjørn damals an irgendein supermodernes und doch so wacklig gebautes Wohnhaus in Wien oder Berlin erinnert hatte, das wegen Geldmangels unvollendet geblieben und dann nach einem billigeren Entwurf zu Ende gebaut worden war, wobei jedoch diese Illusion des «Modernen» beibehalten wurde – bereits vor Altersschwäche auseinanderfiel. Hotel Nada, allerdings! Das Hotel Cornada war im Grunde eine Kopie einer amerikanischen Kopie einer miesen deutschen Kopie ihrer eigenen typischen Berliner Architektur. Augenscheinlich war es nicht einmal dem Verfall angepaßt, wie es bei einem älteren oder solideren Gebäude hätte der Fall sein können. Sigbjørn hatte Familien gesehen, die sich aus einem völligen Trümmerhaufen, der einmal ein kleines Zimmer in einer Sommerresidenz Maximilians oder Teil eines niedergebrannten Hauses auf einer alten Hacienda gewesen war, ein wirklich behagliches Zuhause zurechtgemacht hatten. Obwohl die Leute dergleichen aus welchen Gründen auch immer taten, konnte man sich nicht vorstellen, daß hier irgend etwas Ähnliches getan würde, wenn dieser Laden einmal vollkommen zu Bruch ginge.

Es gelang ihnen trotzdem, sich eins der besseren Zimmer im obersten Stockwerk zu sichern. Das Licht im Schlafzimmer war zu trübe, im Badezimmer dafür zu grell; aber dies schien belanglos. Primrose war bester Laune und Sigbjørn dermaßen benommen, daß es ihn, auf sich allein gestellt, vermutlich geradewegs in die Stadt getrieben hätte, ohne vorher auch nur auszupacken; wenn da nicht diese Vorhalle gewesen wäre.

«Wäre nett, jetzt was zu trinken», sagte Primrose.

«Wollten wir nicht sowieso ausgehen?»

«Ich meine hier.»

Sigbjørn, der, womöglich um eine solche Antwort zu provozieren, bereits erwähnt hatte, daß er gleich neben dem Hotel einen Schnapsladen bemerkt habe, steckte seine Pfeife an. «Weißt du, Primrose, es ist ganz komisch, aber irgendwie habe ich das Gefühl, ich könnte es im Augenblick nicht ertragen, noch einmal durch diese Vorhalle zu gehen.»

«Na, dann geh ich.» Primrose hatte sich schon ihren Polarskunk-Pelzmatel wie einen Umhang übergeworfen. «Das wird ein Abenteuer. Was soll ich holen?»

«Sag einfach: ‹Por favor, dame Berreteaga›, kostet bloß vier Pesos, stand auf der Flasche, und ist gut.»

An der Tür brach Primrose in Lachen aus. «Mir fällt gerade ein, daß du irgend*wann* einmal durch diese Vorhalle wirst gehen müssen, Liebling», sagte sie, «es sei denn, du willst die ganze Zeit hier in diesem Zimmer bleiben, solange wir in Mexiko sind.»

«Dasselbe habe ich auch eben gedacht, meine Liebe. Ich weiß nicht, was in mich gefahren ist. Achte darauf, daß an der Flasche so 'n kleines Dingsbums ist, oder laß sie dir aufmachen; sonst werde ich doch noch runter müssen, um einen Korkenzieher zu holen, und das Wort dafür habe ich vergessen. Danke.»

Warum habe ich das getan? fragte er sich, als sie weg war. Was er wirklich meinte war: ich habe einfach das Gefühl, ich kann es nicht ertragen, jetzt hinunter in diese Vorhalle zu gehen, durch diese Vorhalle zu gehen oder, am allerschlimmsten durch diese Vorhalle mit einer Flasche unterm Arm, falls man mich sieht, zurückzukommen, ohne vorher etwas getrunken zu haben. Ein bezeichnender Anfang, obwohl Primrose vermutlich nichts Bezeichnendes darin sehen würde. Als sie weg war, besah er sich im Spiegel. Warum, fragte er sich laut, mußte ich sie ausgerechnet *hier*her, ins Hotel Cornada bringen? Was *zog* ihn hierher? Das erste war eine Frage, die sich nicht beantworten lassen würde, selbst wenn, wie eine gewisse philosophische Schule behauptet, die Antwort zweifellos darin enthalten war. Aber was bedeutete das alles? Warum *hatte* er sie hierher gebracht? In dieses häßliche, verdammte, verfluchte, ungemütliche – machte ihr das Spaß? Irgendwie glaubte er das schon, bis jetzt noch, aber jeder rücksichtsvolle Mensch hätte sie ins Reforma oder Regis oder wenigstens ins Tarleton gebracht, irgendwohin, wo sie erst einmal und vor allem duschen oder ein heißes Bad nehmen konnte. Ihm fiel ein, daß auch die teuren Hotels für ihn mit bitteren Erinnerungen verknüpft waren, besonders das letztere, wo er nach Oaxaca und Acapulco mit Stanford gewohnt hatte. Und er konnte sich damit rechtfertigen, daß das Cornada nicht «anerkannt» war – Sigbjørn haßte «anerkannte» Hotels, und dies um so mehr, wenn sie am Flughafen von irgendwelchen Beamten unter dem Deckmantel der Gastfreundschaft anerkannt wurden; abgesehen von der Provision vom Taxifahrer und dem Hotel selbst war vermutlich der einzige Grund, warum sie von einem verlangten, sein Hotel anzugeben, oder eins empfahlen, daß sie einen im Auge behalten wollten – und daß er angenommen hatte, es sei immer noch relativ billig; und es lag auch praktisch. Er konnte ja nicht wissen – zum Teufel! – wie auch immer, die Fragen verzweigten sich jetzt zu sehr –: er hätte im Flugzeug nur seine Notizen für die geplante Erzählung «Via Dolorosa» zu lesen brauchen, um nur zu viele gute Gründe dafür zu finden, warum er nie wieder einen Fuß in das Hotel Cornada hätte setzen dürfen; er hätte es nur zu lesen brauchen. Er glaubte buchstäblich daran zu ersticken und drückte gegen das Fenster, das sich verklemmt hatte und sich eigentlich wie ein Visier nach außen öffnen lassen sollte – und wie hieß noch dieses Glas: triplex? duplex? homo triplex? –, obwohl ihr Zimmer im Hotel Cornada nicht geheizt war. Aber er brauchte ein wenig Luft, draußen war plötzlich starker Wind aufgekommen, jetzt da die Sonne untergegangen war. Das war also das erste, was er getan hatte: sie in den Sturm hinausschicken, um eine Flasche zu kaufen – er konnte das Fenster in seinen kaputten Scharnieren kaum gegen den Wind nach außen drücken, weshalb er es wieder zumachte. Homo duplex, immerhin, dachte er …

Natürlich war das Hotel Cornada ein Ort der Entscheidung gewesen, der Schauplatz der vielleicht am reinsten destruktiven und negativen Entscheidung, die er je in seinem Leben getroffen hatte, falls es nicht doch – denn wenn er sie nicht gefällt hätte, wäre er Primrose wohl nie begegnet und hätte mit Sicherheit nie *‹Das Tal der Todesschatten›* geschrieben – eine auf grausamste Weise konstruktive und positive gewesen war. Aber ob nun konstruktiv oder destruktiv, sie war traurig, ihre Folgen schienen endlos, es war vielleicht die tiefste Ebbe seines Lebens – und steckte in dieser Platitüde nicht ein Hinweis: wurden die Gezeiten unseres Lebens nicht auf irgendeine Art unerbittlich zu dieser tiefsten Ebbe zurückgezogen? Es war, als sei der Geist eines Mannes, der sich erhängt hatte, zum Schauplatz seines Selbstmordes zurückgekehrt; nicht aus einer morbiden Neugierde heraus, sondern aus der schieren Sehnsucht, noch einmal die Drinks zu trinken, die ihn dazu ermutigt hatten, und sich vielleicht darüber zu wundern, daß er überhaupt je den Mut dazu aufgebracht hatte. Hier, im Hotel Cornada, hatte er sich damals von Ruth getrennt, hier hatte er sein Leben endgültig, wie mit einem Fleischbeil, entzweigehauen; und hier kam Primrose fröhlich mit der Flasche Habanero.

Das Hotel Cornada! Komischer Gedanke, der ihm jetzt kam, nachdem sie ihren ersten Berreteaga genossen hatten, daß er in dieses Hotel, der ersten Station, nachdem er für immer, wie er damals glaubte, Cuernavaca mit Ruth verlassen hatte, nun mit ihr gekommen war, und wenn auch aus keinem besseren Grund als dem, daß dies das allererste Hotel war, in dem er und Ruth in Mexico City gewohnt hatten: daß er von hier aus, nachdem Ruth fortgegangen war, nach Oaxaca aufgebrochen war: daß er nach Oaxaca, nach Fernando, in dieses Hotel Cornada zurückgekehrt war: daß er von hier aus jenes zweite und verhängnisvolle Mal nach Acapulco gefahren war und nach Stanford und dem Tarleton wieder hierher, in dieses Hotel Cornada, zurückgekommen war, und ebenfalls von hier aus Mexiko auf so demütigende

Weise vor über sieben Jahren, in dem Glauben, nie wiederzukehren, verlassen hatte. Und noch etwas anderes: seine Jugend. Kein Wunder, daß er nicht mit dem Aufzug hinunterfahren wollte! Es glich einer Station des Kreuzwegs in dem unfertigen Oberammergau seines Lebens, und selbst hierin war er nur ein schattenhafter Ersatzschauspieler; es war geradezu so, als habe er hier sein Kreuz zurückgelassen, als er eines Abends ausging und sich mit Pilsener betrank und dann einfach etwas anderes tat, und die Rolle, die er spielte, vergessen: und nun hatte er hierher zurückkommen müssen, um es wieder aufzunehmen und zu Ende zu bringen, was immer er auch angefangen hatte. Oder hatte er sein Kreuz in Oaxaca, c/o Fernando Martinez, auf Abruf zurückgelassen?

«Du hattest doch keine Probleme?»

«Nein, der Mann war reizend. O Sigbjørn, ich weiß, ich werde mich in Mexiko verlieben ... Und das kleine Dingsbums ist auch an der Flasche, wie du gesagt hast, und er hat sie für mich aufgemacht.»

Und ihre scheue, naive, reizende Vertrauensseligkeit! dachte Sigbjørn, während er die beiden Wassergläser vollschenkte: kein Wort über das lausige Hotel, kein Wort darüber, daß sie in den Sturm hinausgeschickt wurde, um eine Flasche Habanero zu kaufen, noch ehe sie sich auch nur hatte waschen können – und das in einem fremden und gefährlichen Land –, sondern sie machte das Ganze einfach zu einem kleinen Abenteuer und ‹ich weiß, ich werde mich in Mexiko verlieben›.

«Habanero, herrliches Zeug!» lachte Primrose. «Auf unsern Aufenthalt in Mexiko!»

«Auf ihn», sagte Sigbjørn.

Eine der Besonderheiten des Hotels Cornada in allen besseren Zimmern war noch immer, wie Sigbjørn bemerkte, eine Duschvorrichtung, die direkt über dem Toilettensitz angebracht war; man mußte daher entweder im Sitzen oder auf dem Klo stehend duschen, eine Unternehmung, die in jedem Falle mit der völligen Überschwemmung des Badezimmers endete, als sei dies ein sardonischer Kommentar zu solch praktischen Einrichtungen im allgemeinen. Die Toilette ihrerseits ließ sich, bei all ihrer Feuchtigkeitsentwicklung, nicht spülen; damals war die Brause nie ganz abzustellen gewesen, und zumindest hier hatte die Zeit eine subtile Gnade walten lassen, wenn nicht gar eine Verbesserung bewirkt: denn nicht nur war die Dusche selbst kaputt, auch der Kaltwasserhahn funktionierte nicht mehr.

Genausowenig – auf einer anderen Ebene, in der dunklen Vorhalle, an der nur zu vertrauten Rezeption unten, hinter der noch immer das rätselhafte Bild von den kanadischen Rocky Mountains hing, wo aber das Bild von Präsident Cardenas durch eins von Präsident Camacho ersetzt war, und ein anderes mit dem mexikanischen Adler, der an einer Naziflagge nagte – genausowenig wie ihre fast einheimische Ausrede «Nosotros no somos americanos ricos, nosotros somos canadianos *pobres*» funktionierte, der Sigbjørn in der Meinung, einen der beiden Direktoren zu erkennen, ein ernstes «y *amigos*, hace mucho tiempo» hinzufügte, da er den Zimmerpreis drücken wollte, falls sie eine Woche blieben, und jetzt, nach dem Habanero, als Gast in vorteilhaftem Licht erscheinen wollte; doch dies geschah nicht, überraschte ihn auch nicht: damals hatte er hin und wieder einen Bart getragen, und auch da war er, wenn er hier vorbeikam, nicht selten mit einem Freistilringer verwechselt worden, der ein Stockwerk über ihm wohnte. «Pero un otro vaso, por favor, señor», verlangte er streng. «Sí, señor.» Der Direktor, der nun so aussah, als habe er ihn doch noch erkannt, lächelte. «Noch eine Glas.»

«Na ja, in einer Hinsicht kann man ihnen keinen Vorwurf machen, daß sie nichts Dauerhaftes bauen», sagte Sigbjørn zu Primrose, als sie durch die Schwingtür gingen.

«Wieso?»

«Mexico City versinkt in dem Seebett, und Mexiko selbst wird in ein paar hundert Jahren Wüste sein. Sagt man jedenfalls.»

«Wie fröhlich du bist.»

«Genau das bin ich.»

Draußen blies der Wind mit dunklem, melancholischem Klagen. Sie stülpten ihre Mantelkrägen hoch und gingen Arm in

Arm. Unmerklich zogen ihn seine Füße zu seinen alten finstren Schlupfwinkeln, obwohl auch dies vernünftig war; so gingen sie zum Opernhaus und zum Paseo de la Reforma. Die Straßen waren dunkel und viel weniger bevölkert, und die noch in der Stadt waren, schienen in großer Eile nach Hause unterwegs zu sein. Straßenbahnen klingelten durch den Wind. Sigbjørn wurde es unheimlich, als tue er mehrere Dinge auf einmal, oder eher, als nähere er sich mehreren Schwellen und überschreite sie zugleich. Einerseits ging er einfach glücklich mit Primrose die Straße entlang, froh über den Abschluß des ersten Teils ihrer Reise; sein Triumphgefühl war um kein bißchen geringer, und er freute sich auf die Zukunft, auf einen hinreißenden Urlaub mit ihr, vor allem auf die Gelegenheit, ihr Mexiko zu zeigen, auch wenn sie heute nacht nicht viel sehen würden. Andererseits, und wesentlich ernster, schritt, ging Sigbjørn über ein geistiges Schlachtfeld, auf dem er, wie Cortez, der Eroberer war und seine entsetzlichen Erlebnisse hier, die er bis jetzt durch die Vollendung seines Buchs und überhaupt durch seine Anwesenheit in Mexiko überwunden hatte, den geschlagenen Feind darstellten. Noch einmal andererseits hatte er das Gefühl, daß er womöglich Truppen aus dem Hinterhalt gebraucht hatte, um seinen Sieg herbeizuführen – er hätte nicht recht sagen können, wie und warum –, und indem er nun geradewegs in seine Vergangenheit marschierte, forderte er das alles praktisch dazu auf, Revanche zu nehmen. Auf diesem Niveau existierte die Zukunft kaum, und je mehr er dies im Geiste herumwälzte, desto weniger schien es ihm irgendeine Art von Sieg zu sein. Tatsächlich kam es ihm hier eher wie eine Niederlage vor, eine fürchterliche Niederlage, eine noche triste – nur schwand jetzt auch noch die Empfindung eines Schlachtfelds.

Fast war es, dachte er, als sie beim Bach – einem Kellercafé, dessen Eingang sich hinter einem Kiosk befand, der eben für die Nacht geschlossen wurde – anlangten und die Treppe hinabzusteigen begannen; fast war es, als sei er durch diesen Eintritt in die Vergangenheit ohne einen Faden, der ihn führte, in ein Labyrinth gestolpert, in dem überall der Minotauros drohte, und das nun obendrein mit jeder Biegung unausweichlich auf einen Abgrund zuführte, in den man jeden Augenblick stürzen konnte und an dessen Grund sich die Hölle befand. Das Bach war wirklich ein trübes Lokal: eine lange Theke und hohe schwarze Holznischen; es war fast niemand da, außer einem mexikanischen Offizier mit einem Mädchen auf dem Schoß; es erweckte in Sigbjørn etwa dieselben gemischten Gefühle wie, stellte er sich vor, eine leere Arena in einem ausgedienten Stierkämpfer oder, überlegte er, als sie in einer der Nischen Platz nahmen und er die Aufmerksamkeit des Kellners auf sich zu ziehen suchte – die ewige Trauergestalt mit weißem Tuch überm Arm, die an einer Million verschiedener Orte in sechs Dutzend Ländern ebenso wie er hier gähnend überm Tresen mit der Abendzeitung beschäftigt war –, wie in einem ausgedienten Golfspieler, der sich einem leeren Clubhaus gegenübersieht, nachdem er gänzlich unbeobachtet ein Loch in zwei Schlägen geschafft hat. Aber es hatte auch eine etwas subtilere Wirkung.

«Ist das eins deiner alten Lieblingslokale?» fragte Primrose.

Sigbjørn lachte verhalten, abwartend. «Hm, wohl kaum. Aber manchmal habe ich tagelang hier gesessen und mit dem komischen Sonett gerungen. Was sollen wir nehmen?»

«O Sigbjørn, ich will trinken, was du getrunken hast, und alles tun, was du getan hast.»

«Bloß nicht ... Wie wär's dann mit Tequila ... Die Mexikaner lassen in die Hälfte ihrer Cantinas keine Frauen rein», fügte er hinzu, als die Tequilas endlich gebracht wurden. «Und nun sollte ich dir wohl das Ritual mit Salz und Zitrone erklären.»

«Du liebe Zeit!» hustete Primrose. «Der ist *wirklich* überzeugend. Schnell, gib mir die Zitrone! Ich glaub, der schmeckt mir nicht so gut wie der Habanero. So was würde also der Konsul eine Cantina nennen?»

«Nein, aber ich werde dir später ein paar zeigen können.» Sigbjørn steckte seine Pfeife an und verfiel dann in Schweigen.

Der Tequila, eine scharfe und würzige Sorte, war so gut oder schlecht wie immer. Es ist ein Getränk, das, wenn es einen nicht schnell betrunken macht, zum Nachdenken anregt, allerdings, besonders nach Habanero, nicht unbedingt auf fröhliche Gedanken bringt.

«Ich sehe dich gern Pfeife rauchen, Sigbjørn. Das hast du seit dem Feuer kaum getan.»

«Daniel pflegte zu sagen, das sei immer ein gutes Zeichen bei einem ehemaligen Pfeifenraucher, der sich auf Zigaretten verlegt hat. Für ihn bedeutete das, wenn er mal eine Flaute hatte, daß er bald wieder zu schreiben anfangen würde.»

«Ich hoffe, bei dir bedeutet es das auch, Liebling.»

Warum war ihm jetzt Daniel eingefallen, fragte sich Sigbjørn. Er kannte den Grund. Hatte er sich nicht mit einer Figur Daniels identifiziert – wenn nicht gar mit Daniel selbst? Und etwas Ähnliches war mit Erikson passiert, der heute vor zwei Jahren gestorben war. Mein erster Todestag, hätte er zu sich sagen können. Gott, wie tief das Dasein war. Tief, tief, tief. Tiefen über Tiefen über Tiefen. Und wieder spürte Sigbjørn, wie er in einen Abgrund blickte.

«Du bist so schrecklich loyal.»

«Hast du sie so sehr geliebt?» fragte Primrose plötzlich.

«Ich –»

«Aber darüber haben wir noch nie gesprochen. Es wird mir nicht weh tun.»

«Darum geht's nicht», stöhnte Sigbjørn.

«Woran denkst du, Sigbjørn?»

«Wenn du's wirklich wissen willst: ich habe gedacht, daß ich mich vor Oaxaca fürchte wie vor nichts anderem auf der Welt.»

«Dann fahren wir nach Oaxaca», sagte Primrose spontan und heiter, als hätten sie nicht schon vorher daran gedacht.

«Außer vor Cuernavaca.»

«Dann fahren wir so bald wie möglich nach Cuernavaca», sagte Primrose genauso heiter.

In diesem Augenblick begann mit abruptem Krachen und Wimmern die Musikbox zu jaulen: «I'm dreaming of a white christmas.» – «Amerikanisch Lied!» verkündete der mexikanische Soldat fröhlich, während er sich wieder an seinen Platz schlängelte. «Sie möchten amerikanisch Musik.»

«Muchas gracias, señor», sagten Primrose und Sigbjørn, und dann flüsterten sie sich über den Tisch zu: «Pero nosotros no somos –»

Aber das lepröse Ärgernis dieser halbschönen rührseligen Melodie trieb sie wieder in den Sturm hinaus; lachend überließen sie den mexikanischen Soldaten seinem Mädchen. Doch hatte sich, mit dem halb im Scherz gemeinten Eingeständnis der Angst, diese Angst – als hätten all die anderen Sorgen und kleineren Ängste im Zusammenhang mit ihrer Reise und die anderen Gründe und Anwandlungen von Ängsten, die sich dahinter auftürmten, sie ihm voll ins Bewußtsein gedrängt, gestoßen – hier breitgemacht? Sie gingen über die Gante (was sich, wie ihm jetzt zum erstenmal auffiel, auf Dante reimte), um nach einem alten deutschen Restaurant namens Münchener Kindl zu suchen, wo es früher gutes Essen gegeben hatte. Es existierte nicht mehr – war jetzt zu einer Cantina umgebaut, wie sie der Konsul mochte, wo Frauen nicht zugelassen waren. Allerdings war sie grell angestrahlt, und gleich hinter der Tür dröhnte eine Musikbox. Sie sahen, wie ein aufsässiger Betrunkener, der bei ihrem Nahen wüst um Einlaß gepoltert und dann auch gewährt bekommen hatte, jetzt wieder an die Luft gesetzt werden sollte. Nein, er wollte nicht gehen, und auch er bedeutete Angst oder Sigbjørns Angst: nur ein Drink würde ihn bewegen, für eine Weile zu verschwinden, und selbst dann käme er immer wieder durch eine andere Tür zurück. Fürchte den Klopfer! Sie sahen sich die Szene eine Minute lang an. Idiotische Nostalgie! Wie oft hatte er sich genauso aufgeführt wie dieser Betrunkene oder im Münchener Kindl mit seiner Neurose, seinem Schmerz, seiner Einsamkeit geredet. Oder mit seiner Nemesis, dem elenden und verdammten, sturen Kerl aus San Francisco, Stanford, dessen weißes Hemd er heute anhatte. Und auch gearbeitet – man stelle sich vor – gearbeitet, während er den Kelch des Staunens und der Trostlosigkeit trank, ja während er im Wirbelsturm seiner Selbstzerstörung dem Schlagen seiner Stunden lauschte. Ja, Sigbjørn konnte darüber glatt biblisch werden. Als er einmal gerade pleite gewesen war, hatte er Stanfords Hut dort als Sicherheit dagelassen, und Stanford hatte deswegen ein fürchterliches Theater gemacht, obwohl er Sigbjørn noch einen ganzen Haufen Geld schuldete. «So was *mag* ich nicht», hatte er gesagt. Wie war diese sinnlose übernatürliche Anziehung zu erklären, die sich darin äußerte, daß er sich, trotz des Windes von dem ehemaligen Münchener Kindl geradezu wegreißen mußte? Sie kamen zum Paseo de la Reforma, und hier war es dasselbe. Es war ein Gethsemane gewesen oder eine Parodie davon, und doch erweckte es fast das Gefühl in ihm, als betrete er einen lange ersehnten Boden. Er würde das besser verstehen, wenn es auch nur eine einzige glückliche Erinnerung gäbe, an die er sich halten könnte. Aber es gab keine. Seine Erinnerungen bestanden aus nichts als Leiden, aus scheußlicher Angst beziehungsweise aus der Flucht davor, oder genauer, in diese hinein mit Hilfe von Tequila oder Mescal – bestanden aus der Gewißheit, daß sein Leben in Stücke brach, vorbei war; vor allem aber aus Einsamkeit oder einer Gesellschaft, die noch schlimmer war als Einsamkeit. Fernando war das einzig Gute an Mexiko, oder Fernando und zwei quijotische Taten, aber Fernando gehörte zu Oaxaca, nicht hierher. Das hatte auch etwas Lächerliches an sich. Da drüben stand der Palacio de Bellas Artes, das alte Opernhaus, das er Primrose mit einem so wissenden Gebaren erläuterte, als ob es irgendeine wohlgehütete Erinnerung bewahre, was es, bei Gott, auch tat. Und zwar diese: dort, in diesem riesigen Opernhaus, hatte er einmal vollkommen allein mit einer Flasche Tequila volle zwei Stunden lang vor dem gläsernen Vorhang mit der kunstvollen und absurden Abbildung der beiden Vulkane gesessen und auf den Beginn dieses surrealistischen Films gewartet, der oben im Vestibül die ganze Zeit über gelaufen war. Und doch zeigte er mit soviel Stolz auf das Bellas Artes, als habe er dort einmal eine erfolgreiche Ausstellung seiner Bilder veranstaltet. Immerhin, soviel konnte er, dank Primrose, nutzbringend anwenden, und er nahm sie fester beim Arm. Aber, Gott, diese Alleen, diese melancholischen Glocken! Die Straßen waren dunkel und ziemlich leer jetzt, erinnerten eher an Cambridge an einem Sonntagabend; der sternenlose Himmel darüber war ebenfalls dunkel, bis auf ein milchiges Stück vor dem Mond, der im zweiten Viertel seinen trüben Weg entlangtrieb. Unterdessen stellte sich ein weiteres deutsches Lieblingslokal jetzt als Juweliergeschäft heraus – Wiener Architektur und gutes Essen, damals von einem freundlichen Neger mit viel Geschick geführt; jetzt war es für immer geschlossen, wie auch das unvergleichliche Broadway jenseits des baumumstandenen Platzes. Gleich daneben war ein kleines mexikanisches Restaurant, das Sigbjørn im Sinne hatte, offen; obwohl es nicht mehr denselben Namen trug, das heißt, es hatte überhaupt keinen Namen mehr. Und es war größer, und greller beleuchtet. Sie gingen hinein, und Sigbjørn bestellte Rührei mit Chorizos, Frijoles und Bier. Es hatte eine neue Geschäftsleitung, die hauptsächlich aus Chinesen zu bestehen schien, so daß sie genausogut in Vancouver hätten sein können. Obwohl sie im Flugzeug gegessen hatten, waren sie beide hungrig, und Primrose war ganz entzückt von den Chorizos. Aber die Tür wehte andauernd auf, und es war so kalt, daß sie in ihren Mänteln essen mußten.

«Hier», sagte Sigbjørn, «gab's immer eine Musikbox. Stanford ließ da dauernd ein Lied laufen, das hieß ‹Tipitipitin›, bis ich fast wahnsinnig geworden bin.»

«Auch ein Café Nada?» Primrose lächelte.

«Nein, damals hieß es El Petate», sagte Sigbjørn mit vollem Mund. «Erinnerst du dich nicht an das Gedicht des Konsuls, das Yvonne und Hugh auf der Speisekarte des alten Popo fanden – kurz vor Yvonnes Tod, als sie zum Farolito aufbrachen? *Manch einer bot Höllenmärchen dieser armen gestrauchelten Seele, die einst gen Norden floh.* Tja, das hab ich hier auf die Speisekarte geschrieben, die mit der Lotterie-Frau drauf, die nach dem Feuer aufgetaucht ist und die wir dann in Niagara wiedergefunden haben.»

«Oh, mein Gott, ja!»

«Und das ist alles. Da sind wir nun. Den Namen El Petate haben wir in Kapitel elf für eine andere Cantina aufgespart, in der Hugh und Yvonne den Konsul verpaßt haben; die Cantina, die der einzige Rest des «abgebrannten Anochtitlán» war – womit ich in Wirklichkeit Nochtitlán in Oaxaca gemeint habe, wohin ich mit Fernando gefahren bin, um für die Ejidal in den beiden Dörfern Andoa und Chindoa Geld abzuliefern, die sich über die Schlucht hinweg bekämpften. Anochtitlán liegt nicht weit von Parián, wo Fernando und ich uns auf Wiedersehen sagen mußten. Oder Dr. Vigil und ich, Juan Cerillo und ich, ganz wie du willst. Fernando mußte nach Cuicitlán zurück, wohin er von Oaxaca versetzt worden war, und ich nach Oaxaca ins Hotel La Luna. All das wird in ein paar Monaten acht Jahre her sein. Wenige Tage danach bin ich ganz aus Oaxaca abgereist und hierher nach Mexico City ins Hotel Cornada zurückgekehrt. Und Jahre später, Primrose, haben wir die Speisekarte des alten El Petate mit dem Gedicht des Konsuls drauf als die Speisekarte des El Popo verwendet, wo Yvonne sich betrunken und Hugh die Gitarre gekauft hat. Ich weiß noch, wie ich das Gedicht, die paar Zeilen, hier um ungefähr fünf Uhr nachmittags geschrieben habe; im Hintergrund lief ‹Tipitipitin›, Stanford war da, und ein Haufen Betrunkener prügelte sich.»

«Das war dann ja nicht lange, bevor du selbst gen Norden geflohen bist.»

«Gewissermaßen.» Aber der Konsul war nicht gen Norden geflohen, dachte Sigbjørn; er war nach Parián ins Farolito geflohen, um dort ums Leben zu kommen. Und sie, Primrose und er, waren auch nicht gen Norden geflohen, bis jetzt wenigstens nicht. Sie waren gen Süden geflogen, ungeheuer weit nach Süden, und ziemlich bald, «so bald wir können», würden sie noch weiter nach Süden fliehen, auch zum Farolito – wer wußte das schon? –, denn das Farolito lag nicht in Parián, sondern in der Stadt Oaxaca, in dem Teil natürlich, der nicht El Bosque in Oaxaca oder La Universal in Cuernavaca war; und sollten sie auch dorthin «sobald wie möglich» fahren, würden sie ebenfalls gen Süden fliehen. Und in Oaxaca könnten sie im Hotel La Luna absteigen, falls es noch existierte, von wo Sigbjørn um vier Uhr morgens immer zum Farolito getorkelt war. Und inzwischen würden sie, nach ihrem Wurst- und Eiermenü, ins Hotel Cornada zurückfliehen, ohne daß der Hoteldiener in der dunklen

Vorhalle irgendein Anzeichen dieses Dramas in ihren Mienen lesen könnte. Es war schon einzigartig.

«Erzähl mir mehr von Stanford; du mußt ihn sehr gemocht haben», sagte Primrose.

«Nein, ich habe ihn verabscheut... Andererseits werde ich ihm ewig dafür danken, daß er ‹*In Ballast to the White Sea*› gerettet hat.»

«Und ich habe es nicht retten können.»

«Fangen wir nicht wieder davon an, Primrose... Das war nicht deine Schuld. Außerdem: schulde ich nicht dir die Existenz von ‹*Das Tal*›, und zwar in mehr als einer Hinsicht?» Sigbjørn schob seinen Teller weg und begann sich seine Pfeife zu stopfen. «Außerdem war das Schicksal, oder was auch immer. Und außerdem: *das* hier ist das Buch.»

«Was für ein Buch?»

«Das wirkliche Buch. Nun, es ist, als wäre alles, was wir tun, ein Teil davon. Ich kann es natürlich nicht schreiben.»

«Aber wenigstens rauchst du wieder deine Pfeife, Sigbjørn, Liebling.»

«Und wenn ich es täte, wäre es vermutlich unlesbar. Aber so ist das: sogar unsere Fehler scheinen zum Plan dieses Quälgeistes zu gehören – und vielleicht sind das die Stellen, die er am nächsten Morgen ausstreicht, wenn er sich wieder an seinen kostbaren, zwischen zwei Sternen aufgehängten Schreibtisch setzt. Falls er überhaupt schläft oder ißt. Ich selbst glaube, er trinkt nur.»

«Wovon *redest* du, Sigbjørn?»

«Er ist auch kein Quälgeist, ganz und gar nicht. Nur sind seine Vorstellungen von Kunst einfach weiter gefaßt, auch wenn sie unseren manchmal vielleicht ähnlich sind. Daß er nicht nur ein Quälgeist ist, weiß ich, weil ich spüre, daß er von mir, von uns verlangt, Gutes zu tun, gut zu sein. Das Problem ist nur – es ist auch sein Problem –, daß wir in Gefahr sind, außer Kontrolle zu geraten, indem wir den Zaum seiner Sätze selbst in die Zähne nehmen. Dann werden wir von einem falschen Selbstvertrauen erfüllt, und dies wiederum erfüllt ihn mit Verzweiflung, da wir tatsächlich völlig von ihm abhängig sind und ihn allenthalben um

Hilfe bitten müssen, anstatt uns selbst helfen zu können. Das ist wirklich sein größtes Problem, denn indem er uns so etwas wie Leben gegeben hat, hat er uns auch einen Willen gegeben. Ob der nun konstruktiv arbeitet oder nicht, wie wir das nennen, ist vollkommen nebensächlich. Oder ohne das, was wir in unserer Sprache Verlangen nennen. In seiner aber ist es wichtig: denn wenn unser Wille weiblicherseits stark genug ist, kann er ihn nie unterwerfen. Wir könnten auf einem tragischen Ende bestehen und es bekommen, auch wenn er ein glückliches im Sinn hatte. In solchen Momenten brennt er dann unser Haus nieder oder vernichtet drei Viertel unserer Lebensarbeit, bloß um uns daran zu erinnern, daß er auf dem Posten ist. Befriedigt *das* eure tragischen Instinkte, scheint er zu fragen; dann wollen wir doch mal sehen, was ihr jetzt macht. Vielleicht glaubt ihr, das sei das Ende. Für mich aber ist das erst der Anfang. Nicht daß er Demut im engsten Sinne verlangt, aber wenn wir nicht demütig sind, kann er nichts tun; demütig -: ein Wort, das neu definiert werden muß, da Uriah Heep es anscheinend verdorben hat.»

«Das hört sich an, als ob du von Gott sprächest.»

«Mag sein. Vielleicht bin ich religiös. Oder vielleicht sind wir hier, damit wir entdecken, daß wir ohne Gott nicht leben können. Aber ich hatte nicht vor, über Gott zu sprechen. Ich dachte, ich spräche über jenen Schutzherrn, der den Schriftstellern als der Dämon bekannt ist, und ich stellte mir vor, mein Dämon übe seine Hand, indem er selbst ein Buch schreibe, anstatt mich das machen zu lassen. Denn seit dem Feuer bin ich ziemlich stumm gewesen, und außerdem ist es mir beachtlich mißlungen, *das* witzig zu finden, ob es nun sein oder Gottes Werk war.»

«Ich hätte nicht gedacht, daß dein Dämon auf glückliche Ausgänge spezialisiert sei.»

«Ich glaube, ich habe mit dem Dämon angefangen und bin dann im Laufe meiner ziemlich selbstgefälligen Konversation auf Gott zu sprechen gekommen.»

«Und wenn dein guter Quälgeist beschließt, du solltest versuchen, dieses unlesbare Buch zu schreiben?»

«Dann werde ich wohl versuchen es zu schreiben.»

Auf dem Rückweg vom alten El Petate verirrten sie sich und kamen auf der Via Dolorosa heraus, einer Querstraße, die in beiden Richtungen absolut gleich aussah. Sigbjørn vermochte nicht mit endgültiger Sicherheit zu sagen, in welche Richtung sie gehen müßten. Aber aus irgendeinem Grund litt er nicht darunter. Mehrere der spärlichen Passanten hatten höflich versucht ihnen die richtige Richtung zu zeigen; Sigbjørn hatte so getan, als verstünde er sie besser, als er es wirklich tat, um sein mangelhaftes Spanisch nicht zu verraten, und es war mehr als Glück, was sie zum Hotel Cornada zurückführte. Primrose war todmüde und schlief bald ein. Sigbjørn konnte überhaupt nicht schlafen. Es war, als setzte er das Selbstgespräch fort, das er vorhin gehalten hatte und das durch Primroses Rückkehr mit der Flasche Berreteaga, die jetzt im Badezimmer stand, unterbrochen worden war. Ja, warum hatte er sie denn nun ins Hotel Cornada gebracht? Und doch spürte er, daß er sie kaum woandershin hätte bringen können.

Im Cornada hatte er einen wichtigen konkreten Entschluß gefaßt, der den ganzen Verlauf seines Lebens verändert hatte: es war der Turm, in dem er den Konsul – Konsul! –: das war genauso komisch wie Hotel Nada – einen ähnlichen Entschluß fassen versuchen ließ: aber es war noch mehr: hier hatte er sich von Ruth getrennt. Dieser Entschluß war bis zur allerletzten Minute in der Schwebe gehalten worden, war seit ihrer Abreise aus Cuernavaca in der Schwebe gewesen; währenddessen hatte er mit Hölscher seine dunklen und schwierigen Vorkehrungen getroffen, um von Salina Cruz aus nach Spanien zu fahren, beziehungsweise sich eingebildet, diese Vorkehrungen zu treffen; während dieser Vorkehrungen hatte er mit einer Prostituierten nach der anderen geschlafen, und das mit einer Leidenschaft, wie er sie bis dahin nicht gekannt hatte – um sein Leiden loszuwerden, es durchzuplanen oder mit irgend etwas anderem zu verbinden; in der Schwebe während dieser ganzen furchtbaren Nacht in der Via Dolorosa, bis zur allerletzten Minute hatte sie die Entscheidung offengehalten, ob sie nicht doch bleiben und nicht nach Amerika zurückfahren würde.

Aber das hatte seinen Preis, einen Preis, den er nicht zu zahlen gewillt war; den Preis des Konsuls, einen Preis, der, wenn man jetzt darüber nachdachte, nie hätte verlangt werden dürfen, so wie er sich enthalten hatte, eine Figur zu erfinden, die so unsympathisch gewesen wäre, daß sie ihn hätte verlangen können. «Liebling, wenn ich bei dir bleibe, wirst du dann mit dem Trinken aufhören? ...» – «Gleich von heute an?» Ein Leiden, das sich so lange hinzog wie die Anspannung wegen der Syphilis beim Arzt, die er von ihr bekommen zu haben glaubte. «Ja, jetzt.» – «Nun, meine Antwort darauf ist nein. Was denkst du denn? Ich werd deinen Koffer runtertragen.» (Primrose würde wenigstens nie wegen seines Trinkens einen Streit vom Zaun brechen, falls es je wieder zum Problem werden sollte; tatsächlich hatte er getrunken, als er sie kennenlernte, und selbst wenn er sich nicht zufällig in sie verliebt hätte, wäre es noch immer beinahe der Mühe wert gewesen, sie zu heiraten, weil sie nicht zu den Menschen gehörte, die großes Getue machten; oder anders ausgedrückt: wäre sie ihm nicht so vorgekommen, hätte er es überhaupt niemals für der Mühe wert gehalten, mit dem Trinken aufzuhören.) Und er hatte den Koffer – sein erster und letzter Dienst an Ruth, dachte er – zu dem Auto mit den beiden Amerikanern gebracht, das sie nach Kalifornien bringen sollte; an der Bar unten hatte er noch schnell einen Mescal getrunken. Diese Szene spielte sich immer wieder ab, immer und immer wieder wie ein gerissener Film (und auch dieser gerissene Film war beunruhigenderweise ein Bild seiner selbst): die Abfahrt im Lift mit dem Koffer, das Gefühl von Unwirklichkeit, die Amerikaner, die vor dem Cornada auf der gegenüberliegenden Straßenseite in ihrem Zweisitzer mit dem offenen Notsitz warteten, daß Ruth herunterkäme, und dann, als sie erschien: «Bist du sicher, daß du es dir nicht noch anders überlegst, Liebling? – es ist auch jetzt noch nicht zu spät. Wir könnten nach Yucatán fahren.» – «Völlig sicher. Mit dem Geld, das werd ich regeln.» – «Sigbjørn –» – «Es geht nicht darum, daß ich es mir anders überlege, Ruth. Oder falls doch, dann darum, daß ich's mir *so* anders überlegen müßte, daß du es billigst.» Aber einen Augenblick lang hatte

Ruth noch auf der Schwelle des Cornada gezögert, nahezu sprachlos, einen Finger an ihren Lippen, verwirrt, wie ein Kind, und es war vielleicht nur der Gedanke an die Tyrannei der Kinder oder an seine eigene tote, deren Mörderin sie war, der ihn davon abhielt nachzugeben. «Aber wird das nicht dein Leben zerstören?» fragte sie. «So etwa.» – «Du weißt, es wird dir leid tun.» – «Und wenn schon, du wirst nichts davon wissen. Überhaupt: auch wenn du bleibst: ich fahr nach Spanien.» – «Nach Spanien, huh!» platzte sie verächtlich heraus und wandte sich ab. «Und du scheinst es vergessen zu haben – aber ich *ar*beite!» – «Arbeite – *hü*!» – «Aber geh doch nicht so», sagte Sigbjørn ihr, den Tränen nahe, hinterher. «O Liebling, du liebst mich nicht, hast mich auch nie geliebt. Aber trotzdem: Auf Wiedersehen, und gehab dich wohl. Viel Glück.» – «Auf Wiedersehen.» – «Sigbjørn, ich mach mir Sorgen um dich.» – «Laß die Sorgen. Ich hab genug an mir selbst, und», rief er ihr nach, «ich freue mich, wenn du genug andere Dinge im Ärmel hast, damit ich mir wegen dir keine Sorgen zu machen brauche.»

Und dann die Mescals und die geschlachteten Rehkitze: Hölscher und Oaxaca und Fernando Martinez: und später Stanford und Acapulco. Die Trennung hatte fast auf den Tag, auf die Stunde genau vor acht Jahren stattgefunden, denn das war auch an einem Morgen gewesen. «Du liebst mich nicht, hast mich auch nie geliebt.» Das stimmte; keiner von beiden hatte den andern wahrhaft geliebt – wenn man nach den Kategorien ging, in denen dergleichen wahrgenommen wird –, um Lukrez, den Konsul und sich selbst zu zitieren. Er hatte diese ganze Angelegenheit nie mit Primrose besprochen, aus Angst, sie zu verletzen, ebensowenig wie sie etwas ähnlich Schmerzhaftes mit ihm besprochen hatte: sie beide konnten, soweit es ihre Vergangenheiten betraf, zwischen den Zeilen lesen; besonders Primrose, da sie, wie er einfühlsam erklärte, soviel von seinen Sachen tippen mußte. Aber auch wenn sie die Wahrheit erfahren hätte, hätte sie das kaum gequält: ganz im Gegenteil, höchstens seinetwegen.

Dies alles erklärte nicht sein Leiden, nicht, daß die Tage in Oaxaca, dann später in Acapulco und danach auch wieder hier in

Mexico City, ehe er Mexiko auf so demütigende Weise im Zug verließ, für immer, wie er glaubte – die traurigsten seines Lebens gewesen waren. Wenn Sigbjørn an eine Liebe dachte, wie es sie zwischen Primrose und ihm gab – oder wie es sie zwischen seinen Eltern gegeben hatte, oder etwa zwischen seinen Brüdern und deren Frauen –, dann sah er stets etwas wie eine Steineiche vor sich: dunkel, schwer, hart, aber auch biegsam, von der Sonne beglückt, licht oder düster je nach der Jahreszeit; aber sie überlebte Blitz und starken Regen und andere Plagen, und irgendwie, geheimnisvoll, wuchs sie ständig. Oder sie glich, wie er auch häufig dachte, ihrem tapferen Pier, auf sonderbarste und verwerflichste Weise jenem sehr tapferen Pier, der keineswegs ein seichtes Symbol war, wie es zunächst scheinen konnte; denn er war, wenn auch nicht unendlicher, so doch ständiger Erweiterung fähig, überdies mußte er immer wieder ausgebessert werden; und während er ein sehr starkes Fundament hatte, war er selbst von überaus leichtem Bau, und doch hatte er den heftigsten Stürmen widerstanden. Und er war auch nicht ganz und gar mit Liebe erbaut worden: das ist die Liebe nie. Oft hatten sie beim Bau geflucht wie die Heizer und sich scheußlich gestritten. Genau wie bei dem Haus, das ein noch besseres Symbol war, da es noch offensichtlicher unfertig war; das heißt, es wäre ein besseres gewesen, wenn sie es nicht gewissermaßen leichtsinnig im Stich gelassen hätten, wenn auch nur vorübergehend. Aber andererseits stellte dieses Leiden, oder sein Wiederaufbrechen – und das war vielleicht die einzige Erklärung –, eine *Verlagerung* dar, hatte immer eine Verlagerung dargestellt: es kam in seinem Leben nie an der richtigen Stelle; und mit Schrecken kam ihm der Gedanke, daß dies vielleicht eine Warnung war, die einem Ereignis vorausging, das er um jeden Preis verhindern mußte; es liefe darauf hinaus, daß er, wenn auch noch stärker durch eigene Schuld, Primrose verlieren würde.

Aber wenn das mit der Liebe stimmte, das heißt, falls es sie in jenem Fall nicht gegeben hatte: was hatte es dann mit dem Leiden auf sich? Hatte sich das, was nicht Liebe war, in Leiden verwandelt, oder war es möglich, durch den Verlust dessen, was hätte sein können, sein Herz nicht, wie es so einleuchtend heißt, an das Leiden zu verlieren, sondern sich im Leiden zu verlieren, wie man sich auch in der Liebe verlor. Die Zeit hatte mit ihrem stumpfen Meißel, mit ihrem nützlichen Nageltreiber diese Qualen unter die Oberfläche seines Geistes getrieben. Jetzt tauchten sie in großer Zahl wieder auf. Gedämpft und verhärtet steckten sie noch immer mitten in ihm drin: aber jetzt waren sie gleichwohl da, was sie, wie er klar und deutlich wußte, jahrelang nicht gewesen waren; und sie taten weh. Aber Leiden, zumindest das des Geistes oder der Seele, entzieht sich jeder konkreten Beschreibung. Nägel, ja selbst das Kreuz, woran wir unsere Hoffnung heften, sind irdisch. Doch das Leiden schien woanders herzukommen, stammte von woanders und wollte sich nicht beschreiben lassen; es scheint in ewiger Metamorphose begriffen, eine wahnsinnige gemischte Metapher und ein unmögliches Gleichnis zu sein. Wie Blut, wie Rauch, wie Feuer, das durch den Boden hochleckt, durchs Fenster blüht und ihn in Krämpfen der Qual, der Trauer und der Beklemmung ertränkt und erstickt und dann wie Wassertosen, das niemals nachläßt, auch wenn es steigt und fällt wie das Meer, das in eine Höhle kracht. Ähnlich, doch nicht dasselbe. Und auch nicht ähnlich, sondern etwas, was solche Worte aus ihrer Konfusion heraufbeschwören konnten, aus, ja, aus der Unzulänglichkeit ihrer Anordnung schlechthin, als gehörte das Leiden in eine Klasse, in der Unzulänglichkeit ein gültiges Charakteristikum war; wahrhaftig, es war – und wieder bewahrheitete sich die Phrase – mit überhaupt nichts auf der Welt zu vergleichen.

Wenn ein Mann sich von einer Katastrophe vollkommen überwältigen läßt, wird er dazu neigen, auch wenn er ihnen noch unwillkürlich nachweint, die Höhen, die er vorher erklommen, und die Hindernisse, die er zur Erreichung dieser Höhen überwunden hat, zu vergessen: und das alte Ich straft das neue mit so abgrundtiefer Verachtung, daß letzteres über die Jahre ängstlich seinem schrecklichen Blick ausweicht und ihm am Ende praktisch verzeiht. Und obwohl das gnädige Gehirn für dieses Ausscheiden der Erinnerung verantwortlich ist, gibt es in diesem

Prozeß, im tiefsten Sinne, absolut keine Gnade. Und was für Rechtfertigungsgründe es auch geben mochte, hatte er sich nicht beinahe überwältigen lassen? Und Primrose später dann auch? So betrachtet, war diese Reise wirklich eine Versuchung des Schicksals; sie war nicht schädlich, auch wenn man ausklammerte, was er sich als Selbstlosigkeit Primrose gegenüber einreden konnte. Und wenn er da ein gewisses Eingeständnis seines Versagens machte, dann war es nur, wie er sich überzeugend klarmachen konnte, mit höchsten Maßstäben zu messen. Es war, als hätte sich der Scheiterhaufen als dem Phönix unangemessen herausgestellt und als müßte er sich in den Tiefen der Vergangenheit nach einer anderen Art von Opferung umsehen. Hier in Mexiko, wenn überhaupt irgendwo, würde er sein altes Ich wiederfinden, wenn auch nicht genau das alte Ich, das er im Sinn hatte: hier, wenn überhaupt irgendwo, würde er sowohl mit Fernando, wie er hoffte, als auch mit alldem, was dieses Ich nur unvollkommen überwunden hatte, zusammentreffen.

«Laß das Grübeln», sagte die Stimme seines Blutsbruders mit ihrem vertrauten ersterbenden Klang zu ihm: «Überleg, was du zu tun hast. Was wirst du jetzt tun, noch mehr Tragödien machen? Mein armer Freund!» Das war alles schön und gut, dachte Sigbjørn; ja, dann will ich nach Oaxaca fahren, Fernando, ich sehne mich wirklich danach, dich zu sehen, mein Blutsbruder, mehr als nach allem anderen in der Welt.

Hatte der Phönix, wie Daniel ihn vergnügt gefragt hatte, mit den Flügeln geschlagen? Ach, nein, Sigbjørn konnte die Frage jetzt leider beantworten: das hatte er nicht. Noch nicht. Sicher, er konnte Mexiko als das Verderben schlechthin betrachten, es war eine durch und durch verkohlte Ruine, aus deren Verdammnis er phönixgleich emporgestiegen war, um seine Trilogie zu schreiben. Aber *‹Das Tal›* nur geschrieben oder es jetzt als fait accompli da zu haben, war offenbar nicht genug. Was sonst noch von ihm verlangt wurde, blieb im dunkeln, aber man konnte kaum von ihm behaupten, er sei emporgestiegen, solange sein Haus noch nicht fertig war. Doch es war, als sei er in eine andere Katastrophe zurückgekehrt, aus der er sich ebenfalls noch nicht erhoben hatte. Vielleicht war sein Aufenthalt in Mexiko gewissermaßen die geistige Entsprechung der zweiten Katastrophe, dem Brand seines Hauses; auch aus dieser Feuersbrunst hatte er sich noch längst nicht erhoben: geistig stand er noch immer mitten darin. Heute abend hatte er an die Straßen gedacht, die dunklen dunklen Straßen, an die melancholischen Glocken, die ihn in Mexico City zuweilen an Cambridge erinnerten, und selbst jetzt konnte er nur in alkoholischen Bildern die herrlichen klaren klaren sonnenerleuchteten Morgen heraufholen, die er an jener geschwungenen Theke mit ihrer rissigen braunen Farbe in der Nähe des Bahnhofs beobachtet hatte; Mädchen und Studenten gingen zu den Rennen, der Wind wehte, und als einzigen Gefährten Angst, jene langanhaltende Angst, die das Abwarten der Inkubationszeit einer gefürchteten Krankheit begleitet. Er dachte an seine ersten Gedichte, die alle verloren waren; aber so konnte er sich der außerordentlichen Konzentration jener Zeiten erinnern, der so erstaunlichen Verengung auf einen einzigen Gedankenpunkt hin, daß bei einer Gelegenheit einmal eine runzlige Zitrone in einem Aschenbecher für ihn das Aussehen einer alten Frau mit Kopftuch angenommen hatte, die zitternd im kalten Schneeregen saß. Fernando war das einzig Gute an alldem, und doch symbolisierte er ganz Mexiko. Was um alles in der Welt zog ihn dann daran an, worin bestand sein übernatürlicher Einfluß auf ihn?

Es hatte ein kurzes Gewitter gegeben (der Jahreszeit nicht angemessen, genau wie in seinem Buch), wovon Primrose aufgewacht war; und als er seine Arme um sie legte und Primrose, wie sie es gern tat oder von ihm erwartete, ihm eine Geschichte erzählte, hatte er gedacht, es wäre, als ob jemand in ihm selbst – gleich dem Freund Roderick Ushers, als Usher entgeistert an dem in den Sturm aufgestoßenen Fenster stand, entsetzt über den Wirbelsturm, die Geschwindigkeit, mit der die von unsichtbaren Blitzen erleuchteten Wolken von allen Seiten um das verdammte Haus Usher aufeinander einjagten – zu ihm sagte: «Du sollst – du darfst dir das nicht ansehen! Hier hab ich einen deiner Lieblingsromane – ich lese vor, und du hörst zu – und so wollen wir diese gruselige Nacht herumbringen, ja?», und das, obwohl die Nacht überhaupt nicht gruselig war, sondern recht vergnügt. Über diesen Freund Roderick Ushers, über dieses «Ich», mußte er die Oberhand zu behalten versuchen, ja er versuchte es bereits, sowohl um Primroses als auch um seiner selbst willen. Da er aber ohne dieses «Ich» die Angst nicht verjagen konnte, begann es hier leider wieder so auszusehen, als könne er es ohne zu trinken nicht an die Oberfläche bringen. Immerhin war bis jetzt noch nichts richtig schiefgegangen. Und der Abend war ein Erfolg gewesen. Einerseits? Andererseits aber war ihm im Verlauf der Nacht, ihrer ersten Nacht in Mexiko, die reale, positive, psychische, wenn auch dunkle Gefahr allmählich bewußt geworden, in der er sich befand und in die er sich freiwillig, ja sogar begeistert begeben hatte, in die er sie freiwillig und begeistert gebracht hatte; auch Primrose war sich dessen in gewisser Weise bewußt. Immerhin kannte sie *‹Das Tal des Todesschatten›* in- und auswendig: für sie war das Ganze, in ihrer Sorge um ihn, ein Bannen von Geistern. Aber für ihn war es etwas ganz anderes. Freilich war der mächtigste Geist, mit dem er es aufzunehmen hatte, er selbst, und er hatte ganz beträchtliche Zweifel, ob er überhaupt gebannt werden wollte.

5

Ihr Bus nach Cuernavaca, mit offenem Verdeck und dem Lärm reißender Segel, legte kleine Spurts ein bei seinen letzten Versuchen, die Stadt wie Nietzsches Schutzwehr der Ideale abzuschütteln (obwohl Mexico City weit davon entfernt war, ein Ideal zu sein), ihre äußere Hülle (aus gräßlichen Pariser Vorstädten), ihre Maskerade (aus Pulquerías) und ihre provisorische Verhärtung (aus dem Mörtel neuer Wohnhäuser), Versteifung wie von skelettartigen Strukturen, die nie fertig würden, und Dogmatisierung der Alemán-Moralización. Und jetzt begann der Bus seinen beschwerlichen gewundenen Aufstieg zu den Tres Marías; es ging durch eine Landschaft, die der von New Hampshire oder Cotswold nicht unähnlich war; eingeklemmt in diesen Zweiter-Klasse-Bus wagte er kaum zu atmen, und ihm kam der Gedanke, ihre Reise könnte eine größere Bedeutung für sie haben, wenn er darüber nachdachte. Waren sie nicht auf einer Pilgerfahrt? Gewissermaßen zum Heiligtum oder zum Orakel des Mirakels, um dort am Fuß des Kreuzes demütig ihre Unwissenheit niederzulegen und zu fragen, ob ihr Leben nach alldem, was geschehen war, noch einen Sinn hatte. Seltsame Dinge waren ihnen in den vergangenen Jahren dermaßen häufig zugestoßen, daß es fast so wirkte, als hätte irgendeine Macht versucht, ihnen etwas Wichtiges einzuhämmern. Aber die Tatsache blieb bestehen, daß etwas fast Unmerkliches sich in ihnen verändert hatte. Er überdachte noch einmal die letzte Woche. Sie waren häufig in Kirchen gegangen, und selbst heute, ehe sie mit ihren Koffern und Brummschädeln zur Plaza Netzalcuayatl aufbrachen, hatten sie in der Kirche Isabel la Católica inbrünstig zu der Heiligen für Gefährliche und Verzweifelte Anlässe gebetet. Aber was –

fragte sich Sigbjørn (der zu heuchlerisch gewesen war, um etwas in die Sammelbüchse zu stecken), als sie wieder einmal den Gang wechselten und langsam die nächste Haarnadelkurve zu durchfahren begannen, an dem vertrauten Schild Euzkadi, noch eine Vulcanización, vorbei – aber was war an alldem gefährlich und verzweifelt? Ja, was war denn der Anlaß oder die Anlässe? Eine Teilantwort schien sich aus der Straße vor und über ihnen zu ergeben, die sich immer höher und höher zu den Nebeln und den spanischen Reitern der Tres Marías hochschlängelte. Kein Wunder, daß es einer Heimkehr glich. Denn hatte er nicht früher in Cuernavaca gelebt und diese Fahrt, hin und zurück, schon oft gemacht, glücklich und bekümmert, und später dann, auf der Fahrt von und nach Acapulco, seine Augen jedesmal in absolut niederschmetternder Verzweiflung von Cuernavaca abgewandt, wenn er dorthin kam, als ob seine Seele, wie er geschrieben hatte, an den Schwanz eines durchgehenden Pferdes gebunden gewesen wäre? Jenes letzte grausame Mal, als er mit Stanford aus Acapulco gekommen war – nein, er wollte nicht daran denken: vielleicht war das noch nicht ganz das letzte Mal gewesen: jedenfalls wollte er sich jetzt nicht vergewissern, was das allerletzte Mal gewesen sei. Und doch hatte er das rätselhafte Gefühl, daß diese Straße von Mexico City nach Cuernavaca ihn etwas zu lehren hatte – ach, oder Gott sei Dank, auch sie beide; Primrose war dem auf Gedeih und Verderb ausgeliefert –, irgendeine dunkle Lektion, die er, als er früher hier war, noch nicht zu lernen vermocht hatte; und daß er diese Strecke noch viele viele Male bereisen mußte, hin und zurück, ehe er sie zur Zufriedenheit welcher Macht auch immer, die seine Wege leitete, gelernt hätte. Aber gleichwohl – ein gefährlicher und verzweifelter Anlaß.

Es lag zum Teil an seiner Störrischkeit, daß sie in einem Zweiter-Klasse-Bus und nicht in einem turismo fuhren. Diesmal hatte der Ärger auf der Plaza Netzalcuayatl durch ein Mißverständnis Sigbjørns angefangen. Er wollte den Flecha Roja oder einfach den Flecha, den Zweiter-Klasse-Bus *nicht* nehmen, da sie zuviel Gepäck hatten und wahrscheinlich keinen Sitzplatz bekommen hätten; das heißt, er *wollte* einen Erster-Klasse-Bus, den Estrella de Oro nehmen, für den man wie in alten Zeiten einen Sitzplatz buchte, woraufhin man, da die Passagiere hier nicht stehen durften, einen Anspruch auf diesen Platz hatte und sich darauf setzte. Das war eine gute Regelung. Obwohl er einen solchen Platz gebucht hatte, wurde ihm gesagt – was eine offensichtliche Lüge war; ehe er den Streit beigelegt hatte, war der Estrella de Oro gekommen und ohne sie abgefahren –, der Erster-Klasse-Bus führe nicht, und er müsse einen Reisebus, einen turismo, nehmen: laut Gesetz war der Preis nicht viel höher, aber dank ihrem Gepäck und der ominösen Erscheinung von Primroses Pelzmantel – der jetzt auf ihrem Schoß lag; sie freuten sich jetzt fast darüber, da sie sich den Tres Marías näherten – betrug er das Dreifache. Fast unmittelbar darauf schlug man noch einmal ein halbes Dutzend Pesos auf, die im voraus zu zahlen waren. Obwohl es nur um sechzig Cents ging, amerikanische oder kanadische, weigerte sich Sigbjørn, sie zu zahlen; und diesmal regte Primrose sich noch mehr auf als er.

«Pero, señor, nosotros no somos americanos ricos», sagte sie empört, und Sigbjørn fügte hinzu: «No – nosotros somos canadianos *pobres*.»

Obgleich zwei teuer gekleidete Mexikaner, ein fast italienisch wirkender Mann und eine Frau mit marmeladefarbenem Haar, sich höflich zu ihrer Verteidigung erhoben hatten, wurde ihr Gepäck – seine Gitarre hielt Sigbjørn zum Glück fest – rüde vom Wagen geschmissen, und zwei andere Mexikaner nahmen ihre Plätze ein. Der Fahrdienstleiter für den Flecha, der auf der anderen Straßenseite abfuhr, hatte nebenan eine Limonade getrunken und kam jetzt, offenbar auf das Wort *canadianos* hin, herübergeschlendert, um zu sehen, was los war.

«Winnipeg – kennen Sie Winnipeg?»

«Sí, sí, conozco Winnipeg un poco»: sie hatten diese merkwürdige Fata Morgana von einer Stadt auf ihrem Weg zu den Reids, nach dem Feuer, besucht. Das war schon ihre ganze Unterhaltung; aber er wollte sie nun gern in seinem Bus mitnehmen (dessen Nummer Sigbjørn vor Erschöpfung nicht wahrnahm); er schlug sogar vor, daß zwei andere Passagiere, Indios, ihre

Plätze aufgeben sollten, was sie auch voller Güte und auf eine Art, die keinen Widerspruch duldete, taten. Und um gar noch sicherer zu stellen, daß sie nicht weiter belästigt würden, schrieb ihnen der Fahrdienstleiter, der in Winnipeg gewesen war, den Preis, einschließlich des Extra-Gepäcks – er belief sich auf etwa ein Drittel des anderen – auf ein Stück Papier, das er ihnen durchs Fenster zureichte, wobei er ihnen einschärfte, genau diesen Preis und nicht mehr zu bezahlen. Und in diesem Augenblick kassierte man ihr Fahrgeld, genau wie in ‹*Das Tal*›, von draußen: er zahlte dies und nicht mehr, und der Mann gab ihnen eine eingerissene Fahrkarte, auf der ein mächtiger Steingott aufgedruckt war.

Unterdessen fuhren sie nach Cuernavaca.

Die Busfahrt von Mexico City nach Cuernavaca war trügerisch, wie Sigbjorn von früher wußte. Es waren zwar nur vierzig oder fünfzig Meilen, aber das sagte kaum etwas aus. Eine lange, trostlose, staubige Straße führt aus Mexico City, und dann, eine halbe Stunde später, beginnt der lange und weitschweifige Anstieg nach Tres Marías. Nachdem man in achttausend Fuß Höhe gestartet ist, steigt man auf eine Höhe von zehntausend. Am höchsten Punkt der Strecke, einem desolaten Bretterhaufen verfallender Hütten namens Tres Cumbres in den Tres Marías, wo man schon mal in einen Blizzard geraten kann, beginnt, rückwärts spulend, der Abstieg auf einer ähnlich weitschweifigen Straße, bis man sich in Cuernavaca auf einer Höhe von einigen dreitausend Fuß wiederfindet: das heißt, an einem reichlich tiefer gelegenen Ort als dem, wo man losgefahren ist; in dieser Beziehung war die Fahrt Sigbjørn immer wie eine Art Lebenslauf vorgekommen. Wiederholt man diese Fahrt viele Male, bekommt man das unheimliche Gefühl, als ob man immer wieder eine Existenz wiederhole, was, obwohl es vielleicht für jede Reise zutrifft, aus irgendeinem Grund für diese besonders zuzutreffen scheint. Auf Grund der Höhe und des jähen Temperaturwechsels fühlt man sich leicht erschöpft und, wenn man endlich in Cuernavaca ankommt, ziemlich ausgelaugt. Aber Sigbjørn und Primrose liebten beide, obgleich nicht das Reisen schlechthin, so doch ceteris paribus das Reisen im Bus, was ihnen jetzt zugute kam.

Und Sigbjørn spürte, daß Primrose sich gut unterhielt: sie besah sich die schöne Landschaft, die Pflanzen, die verstreuten Lehmziegel-Dörfer, die kleinen Schweine, die zierlichen Fesseln der Mexikanerinnen. Vor ihnen ragte ein riesiger verschleierter Hang, die Tres Marías. Sie erreichten Tres Cumbres, wo sie kurz haltmachten und Sigbjørn ihr zu ihrem Entzücken ohne jegliches Feilschen, vor dem es ihm allmählich graute, durch das Fenster von einer schimpfenden Frau eine torta kaufte. Dies war für ihn eine große Leistung, die obendrein auch noch selbstlos war: denn irgend etwas in seinem Wesen verabscheute die Unterbrechung eines Rhythmus; aber mehr noch als das Anhalten haßte er das Weiterfahren, wenn er in eine gewisse Stimmung eingelullt war. Rechts zeigte ein Wegweiser eine windige Straße hinunter: *A Zampoala*. Das war ein See, sehr hoch in den Bergen; Sigbjørn fiel ein, daß er ihn noch nie besucht hatte, und er beschloß, Primrose dorthin mitzunehmen. Dort lag vielleicht ihr Glück: Seen, Höhen, Überirdisches und Unterseeisches zur Auswahl.

Als sie wieder vorwärtsrollten, dachte Sigbjørn an den Besuch, den sie vor einigen Tagen der Basilica de Guadelupe abgestattet hatten. Sie waren beim Bellas Artes in den Bus gestiegen, und in der Basilika hatte Sigbjørn die kleine Nebenaufführung begeistert: *La Maldición de Dios ... ¡ No deje de ver este asombroso aparato de óptica! La cabeza que babla su cuerpo fue devorado por las ratas.* Der Fluch Gottes! Hereinspaziert, Damen und Herren, sehn Sie sich das Schauspiel an: den Kopf, dessen Körper von Ratten aufgefressen wurde! Primrose war von den Frauen bezaubert, die, wie arm sie auch sein mochten, erlesene silberne Ohrringe trugen, reizende Fesseln und Hände und häufig prächtige Rebozos besaßen und die Haltung von Königinnen hatten; und von den Tänzern: ein Mann in scharlachroten Fransen und mit zwei Fuß langen Federn auf dem Kopf, der andere mit einer schrecklichen grinsenden Maske auf dem Hinterkopf.

An einem kleinen Stand gegenüber der Basilika tranken sie herrliches Bier: die Statue der Jungfrau sah aus wie eine Schaufensterpuppe in einem amerikanischen Warenhaus von 1917 oder so; sie trug ein helles Kattunkleid und in einer Hand eine Lampe – neben ihr stand ein etwa sechzehnjähriger Knabe an ihre Schulter gelehnt. Sie sahen den kleinen Familien zu, die, freundlich und lebhaft lächelnd, unter den Bäumen saßen; dann schlenderten sie durch die Basilica de Guadelupe – sie, die seit zwanzig Jahren in keiner Kirche mehr gewesen waren. Sigbjørn empfand das Gefühl vollkommenen Glaubens, als Primrose am Altar niederkniete und betete, und er beobachtete den Ausdruck leidenschaftlicher Aufrichtigkeit in den Gesichtern der Leute: des Vaters, der seinem Töchterchen zeigte, wie man sich bekreuzigte; der alten Frau, die den gläsernen Schrein berührte und das Gesicht des Babys daran rieb; mexikanische Babies, im Bewußtsein des tragischen Endes der Menschen, weinten nicht: «Hier hab ich mal geschlafen», sagte Sigbjørn nicht; nämlich besoffen, in einem geliehenen Mackintosh, auf dem Boden der Basilika, im Dezember 1936. Sie rochen den Geruch Mexico Citys, den ihm so vertrauten Geruch von Benzin, Exkrementen und Orangen, und tranken wunderbares Saturno für fünfundvierzig Centavos.

Dann geschah etwas, oder ging beinahe etwas schief, auf jeden Fall schief genug, so schief, daß er sich dies, hätte er darüber geschrieben, als die «erste Baßsaite» aufbewahrt hätte. Sie bummelten herum, mischten sich in Guadelupe unter die Menge, wußten kaum, wohin sie gingen; es war tatsächlich ein solches Gedrängel, daß sie nicht mehr vorwärtskamen und sich daher in eine kleine tiendita wandten, in der, was es dort häufig gibt, Bier und Spirituosen verkauft wurden. Am Tresen redeten und tranken Leute, doch machte man ihnen höflich Platz. Sie bestellten Carta Blanca und tranken glücklich, beobachteten aber eher die Szene draußen als drinnen. Eine blinde Frau, die einen toten Hund bei sich trug, wankte vorbei. Plötzlich begann ein borracho, der in einem geradezu einzigartigen Zustand von Betrunkenheit war, ohne den geringsten Anlaß, soweit Sigbjørn das ausmachen konnte, brutal mit seinem Stock auf sie einzuprügeln; dann schlug er den toten Hund, der mit gräßlichem Klatschen aufs Pflaster fiel. Die blinde Frau tappte wütend, in widerlichem Schmerz nach dem toten Hund, und als sie ihn gefunden hatte, preßte sie ihn wieder an ihren Busen. Inzwischen hatte sich die Menge geschlossen vom Tresen entfernt und drängte dem offenen Eingang zu, um zu sehen, was sich da abspielte; dabei wurde Primroses Flasche Carta Blanca, die auf der Theke gestanden hatte, von einem backenbärtigen Indio umgestoßen, und die Flasche zerbrach. Der Indio entschuldigte sich weitschweifig und begann die Scherben aufzulesen, wobei Sigbjørn ihm half; dann meinte er, wegen des Chaos hier sei es, um Primroses willen, nun wohl an der Zeit, die Rechnung zu bezahlen.

«Nosotros no somos americanos ricos», fing Sigbjørn an, denn nach der Preisliste an der Wand wurde ihnen pro Flasche ein Peso zuviel für das Fünfundsiebzig-Cents-Bier berechnet. Dies war jedoch für den borracho das Signal, sich ihm und Primrose zuzuwenden. Sie müßten die zerbrochene Flasche usw. bezahlen. Americanos! Abajo los tiránicos americanos! Sigbjørn weigerte sich, aber als er sah, daß der Backenbärtige sich zu zahlen erbot, wollte er selbst bezahlen. Nun aber bestand der borracho darauf, sie müßten weitere fünf Pesos zahlen, und schon schrie jemand «Policía!». Übrigens waren bereits Polizisten da, die aufgebracht auf die blinde Frau einredeten. Und während sich noch alles stritt, machten sie sich, so gut es ging, aus dem Staub.

«Es ist unsere Schuld», sagte Primrose. «Die Amerikaner kommen hierher und werfen mit Geld um sich. Was kann man da erwarten?»

«Pero nosotros no somos americanos», sagte Sigbjørn freundlich; im selben Moment merkte er, daß ihm sein Tabaksbeutel gestohlen worden war: zweifellos hatte ihn jemand für seine Geldbörse gehalten. «Nosotros somos canadianos *pobres.*» Trotz seiner Ruhe jedoch – jetzt, da sie in Sicherheit, obgleich in einer anderen tiendita waren – hatte die grausame und barbarische kleine Szene einen furchterregenden Eindruck auf ihn gemacht. Er wußte nur zu gut, wozu in Mexiko Derartiges führen konnte. Und ihr Verbrechen hätte darin bestanden, daß sie nicht muy correcto gewesen wären, indem sie, dem äußeren Benehmen nach Amerikaner, in einer einfachen Cantina getrunken hätten. Tatsächlich hatten sie auf subtile Weise nicht einmal das Recht, das Bild der Jungfrau von Guadelupe anzusehen. Der tote Hund gefiel Sigbjørn auch nicht viel besser, er schien ihm aus dem ‹*Tal der Todesschatten*› exhumiert zu sein. Zumindest war dies ein Vorfall, wie er ihn womöglich verwendet hätte, und vielleicht war es dazu noch nicht zu spät.

Um die Basilika herrschte eine sehr merkwürdige, turbulente Szene: Karussells und obszöne oder grausige Nebenaufführungen, schattige Zelte in der ungeheuren Hitze (früher hatte er die Basilika nur nachts besucht), die Rufe: «Hereinspaziert, Damen und Herren, sehn Sie sich das erstaunliche Schauspiel an: der Kopf, dessen Körper von Ratten aufgefressen wurde!», wilde Heidentänze, das gleichzeitige Gefühl von Freiheit und Gefangenschaft, das Gefühl, daß man eindeutig zu dieser Basilika *wallfahrtete*, ohne doch tatsächlich auch nur einen Schritt voranzukommen, das heißt, man spürte, daß man auf dem Platz immer nur im Kreis herumging; das Gefühl, inmitten dieses ganzen Chaos werde ein heiliges Wunder bewahrt; im Gegensatz dazu der sprechende Bischof, eigentlich machte er nur stumm den Mund auf und zu, so daß er Mynheer Peeperkorn hätte sein können, wie er kurz vor seinem Selbstmord im Getöse des Wasserfalls im ‹*Zauberberg*› seine letzte Rede hielt, soweit man etwas davon hören konnte, und inmitten dieses Durcheinanders sprach er seinen Segen, fast als sei er seine Enzyklika zu einer Ordensversammlung, über alle Anwesenden, auch über Primrose und Sigbjørn, während die brüllenden Musikboxen immer lauter auf englisch «I'm dreaming of a white christmas» jaulten und kreischten – all dies war absurd und schauderhaft und hätte sich schon durch die überwältigend absurde und häßliche Wirkung als ein Erlebnis gerechtfertigt, wenn es nicht auch gleichermaßen überwältigend etwas allgegenwärtig Erhabenes zum Ausdruck gebracht hätte, den Glauben.

Man konnte nicht sagen, es sei ein einfacher Glauben, allgegenwärtig wie die Musikboxen und ein seltsamer Spruch, den er allenthalben bemerkt hatte: *Kilroy was here*; man konnte es überhaupt nicht festnageln. Was das betraf, wäre selbst ein frommer Katholik – Primrose stammte von einem glühend katholischen Bischof ab und Sigbjørn von echten Hexen von der Insel Man – des üblichen westlichen Zuschnitts genauso angeekelt gewesen und hätte viel kritischer als er den geschmacklosen Votiv-Bildern dieses Glaubens gegenübergestanden, während er in Sigbjørn selbst – der vermutlich wesentlich abergläubischer und unkritischer war, sich aber trotzdem weigerte, sich der Disziplin irgendeiner Kirche zu unterwerfen und den öffentlichen Gottesdienst glattweg ablehnte – vermutlich eine Spur von Stolz ausgemacht hätte (so demütig er auch war, tatsächlich in mancher Hinsicht so demütig wie Uriah Heep), womit er ihn unverzüglich in die Reihe der Verdammten gestellt hätte. Und doch war da wieder das überwältigende Gefühl von etwas unabweislich Erhabenem, von Glauben oder komplexem Glauben.

Als sie nun mit dem rückspulenden Abstieg nach Cuernavaca begannen, mußte Sigbjørn an die merkwürdige Vagheit ihrer Pläne denken. Eigentlich hatten sie gar keine Pläne, falls man nicht Sigbjørns Vorhaben, sobald wie möglich etwas zu trinken, einen Plan nennen konnte: vielleicht bildete Primrose sich ein, er hätte Pläne, aber er hatte nicht einmal darüber nachgedacht, wo sie in Cuernavaca absteigen sollten; und soweit er wußte, würden sämtliche Hotels dort entweder besetzt oder unerschwinglich teuer sein. Wie an einer unsichtbaren Schnur wurden sie weitergezogen. Doch wurden diese Gedanken fürs erste von der ungestümen Begeisterung beim Wiedersehen mit den Vulkanen beiseite geschoben; denn Primrose wollte sie loyal genau so sehen, wie sie in seinem Buch erschienen. Wenn man dieses Gefühl überhaupt mit irgend etwas vergleichen konnte, dachte Sigbjørn, dann seltsamerweise nur mit dem beim Lesen eines Buchs, Ja, genau, eines Buchs, das, während es das Terrain so lebhaft schildert, daß es einem vertraut vorkommt, ja das einem beim Lesen tatsächlich vertraut wird, den Leser dadurch in Rage bringt, daß es ihn ständig durch die Vorstellung (Überzeugung) aufhält, er selbst könnte es viel besser machen. In diesem Fall war es, vermutete er, wenn auch nicht ganz genauso, als sei dies

Buch teilweise sein eigenes und als würden die fraglichen Stellen, die mit diesen Dörfern hier oder mit diesem Berggipfel dort gleichbedeutend waren, entweder von dem Gefühl ihres Weglassens oder ihrer Unsinnigkeit oder auch von einer Phrase über die Pflanzen, ein verstreutes Dorf, die Neuheit der tortas, ein kleines Schwein heraufbeschworen. Das habe ich nicht geschafft! Verdammt, wie kann ich das nur versäumt haben? Wenn er in diesem Augenblick fest daran geglaubt hätte, daß er je wieder schreiben würde, hätte er sich die Freude gleich dadurch verdorben, daß er sich Notizen an den Rand geschrieben hätte oder in das Notizbuch, das er, ach, nicht mehr bei sich trug.

Andererseits, und wesentlich eindringlicher, glich dieses Buch, das er da las, paradoxerweise einem Buch, das noch gar nicht ganz geschrieben war und wohl auch nie ganz geschrieben würde, das aber auf irgendeine übersinnliche Weise geschrieben *wurde*, während sie hier fuhren. Wenn Sigbjørn es in diesem Licht betrachtete, war das, was er las, sogar noch fesselnder. Es gab jedoch, aus Sorge um das, was den Protagonisten zustoßen würde, die Versuchung, einfach weiterzublättern und nachzusehen. Da dies aber unmöglich war und zumindest teilweise dem Schicksal anheimfiel und da sie selbst die Protagonisten waren, auch wenn Selbstversunkenheit vielleicht nicht viel weiter gehen konnte, sah die Wirklichkeit anscheinend so aus, daß sie zuweilen kurz davor zu sein schienen, gänzlich zu verschwinden; ein derart angenehmes Gefühl, daß man darüber seinen Kater vergaß und es in alle Ewigkeit ausdehnen wollte.

In diesem Augenblick kehrte er jedoch mit der Vergegenwärtigung seines Katers auf die Erde zurück; gleichzeitig stieg wieder Entsetzen in ihm auf (vielleicht suchte man deswegen freiwillig den Kater, weil dieser Zustand dem von hilfloser Liebe verursachten Gefühl am nächsten kam): denn nun erkannte er, daß ein Drink, sobald wie möglich getrunken, das beste Mittel war, diese Empfindung auszudehnen. So oder ähnlich jedenfalls konnte Sigbjørn sich die Vagheit seiner Pläne erklären; genau wie er sich sein Widerstreben erklären konnte, in Tres Cumbres auch nur einen Schritt zu machen, um Primrose ein Sandwich zu kaufen. Auf der klarsten Gedankenebene war es immerhin überaus seltsam, in diese Stadt zurückzukehren; so seltsam, daß Sigbjørn völlig unfähig gewesen wäre, diese Gedanken logisch zu interpretieren; vermutlich waren sie wirklich so wirr, daß Sigbjørn allmählich die Vorstellung gewann, ihr Hauptmerkmal sei einzig und allein dieser Drink. Doch wurden diese Gedanken fürs erste durch Primroses liebevolle und doch echte ungestüme Begeisterung über die Aussicht, die Vulkane wiederzusehen, beiseite geschoben; sie würden von der Seite zu sehen sein, die Sigbjørn ihr als die herrlichste beschrieben hatte: genauso wie sie in seinem Buch erschienen. «Sieh, nein, da, nein da»; sie hielt so aufgeregt danach Ausschau wie vorher im Flugzeug. Sie waren jedoch verborgen. Vielleicht, dachte er, betonte dies noch, daß ihr Leben jetzt an einer Art Schattengrenze stand: sie beide ließen ihre Jugend hinter sich. Jedoch konnte nichts trügerischer sein als diese düstere und logische Vorstellung, denn wie in dem Lied in ‹*The Maid of the Mountains*› eröffnet einem vielleicht die Jugend in diesem Augenblick all die Möglichkeiten, die wahrzunehmen man vorher nicht reif genug gewesen war. Weit häufiger als in der Adoleszenz erleben wir da Blamagen, die wir eigentlich dem Alter zurechnen. Und im Alter selbst erlangen wir jenes Staunen zurück, das man gewöhnlich mit der Kindheit in Verbindung bringt, wenn wir in Wirklichkeit, immer noch blind wie ein hungerndes Kätzchen und noch immer genauso unerwünscht, ständig in Gefahr sind, in einem steinbeschwerten Sack auf den Grund des Ozeans geschickt zu werden. Es war schwer, Primrose dies zu erklären. Wie oft liest man: «Sie war eine Frau mittleren Alters» oder näherte sich den Vierzig. Haben wir dies bemerkt, um so häufiger vielleicht, wenn wir selbst uns den Vierzig nähern, und nie ohne zu schaudern. Faß dir ein Herz! Es ist nicht wahr, denn zumindest in dieser Hinsicht hat die Welt Fortschritte gemacht. Vor zehn Jahren reichte es noch aus, wenn ein Protagonist sich den Dreißig näherte. Bei den Viktorianern reichte die Bemerkung «Sie würde nie mehr fünfundzwanzig sein», um anzudeuten, daß der Apfel kurz davor war, vom Baum zu fallen. Und was ihn, Mitte Dreißig, betraf, dachte Sigbjørn:

sollte er je einen autobiographischen Roman schreiben, würde er ihn so anfangen: «Ich näherte mich dem kritischen fünften Lebensjahr.»

Obwohl Cuernavaca jetzt tief unter ihnen in regelmäßigen Abständen deutlich sichtbar auftauchte, wenn sie um die Kurven fuhren, waren die Vulkane von einem violetten Dunst, der über dem ganzen Tal hing, vor ihren Blicken verborgen. Und obwohl der Tag schön und warm war und es immer heißer wurde, je tiefer sie kamen, schien es Sigbjørn nach dem, was er von dem Klima hier noch in Erinnerung hatte, daß dieser Dunst nicht mehr rechtzeitig aufsteigen würde, so daß sie die Berge nicht mehr vor Sonnenuntergang zu sehen bekämen. Doch war bald Vollmond, und vielleicht würde Primrose sie heute nacht bei Mondlicht sehen, was noch besser wäre. Eine Andeutung von etwas Massivem, ein Hauch einer schräg abfallenden Form in diesem Dunst ließ Sigbjørn dort etwas Großes ahnen, ließ ihm die Berge in ihrer Abtrünnigkeit noch beeindruckender erscheinen.

Die Straße wurde jetzt gerade, und sie begannen durch die Außenbezirke von Cuernavaca zu fahren; ein wenig später tauchte, gegenüber einer riesigen Mietskaserne, ein Schild *Quauhnahuac* auf, Cuernavacas aztekischer Name, mit der spanischen Übersetzung: Am Walde. Das war eine Neuerung. Vor neun Jahren hatte Sigbjørn, der damals Prescott noch nicht gelesen hatte, sich bemüht herauszufinden, was dieser aztekische Name bedeutete, und er hatte geglaubt, die Tatsache, daß sein Buch hauptsächlich in Cuernavaca spielte, würde dadurch verschleiert, daß er diesen Namen verwendete. Und jetzt – falls das Buch erschien; und trotz der Verzögerung der Nachrichten aus England und den enttäuschenden Berichten aus Amerika waren seine Hoffnungen noch nicht völlig zerschlagen – würde es jeder, der in letzter Zeit einmal in Cuernavaca gewesen war, sofort merken. Man würde auch annehmen, er habe wegen seiner mangelhaften Beobachtungsgabe die geographischen Details falsch beschrieben, während die Wahrheit doch war, daß der Teil seines Terrains, der nicht völlig erfunden war, gleichermaßen auf der

Stadt Oaxaca und sus anexas beruhte. Immer noch abwärts fahrend kam der Bus am Cuernavaca Inn vorbei, an das gerade gewisse obskure Anbauten gefügt wurden. Scheußliche Gebäude schossen jedoch überall empor, Bebe Coca-Cola, die mächtige steinerne Statue; die neue Bushaltestelle – seine alte Terminal Cantina gab es nicht mehr; und wo mochte Señora Gregorio sein? – war unterhalb des Cortez-Palastes, so daß sie beim Aussteigen fast unmittelbar mit dem Anblick der Rivera-Fresken konfrontiert wurden, die er in Kapitel VII von *‹Das Tal›* beschrieben hatte. Die Mauer unten am Cortez-Palast wurde jedoch neu befestigt, und der Pfad über den Schutthaufen, den Yvonne und der Konsul genommen hatten, als sie zu ihm zurückkam, existierte nicht mehr; jetzt würden sie ein paar Steinstufen heruntersteigen müssen.

Nach einigen Schwierigkeiten gaben sie ihr Gepäck, bis auf Primroses Pelzmantel, an der Haltestelle ab und spazierten auf Sigbjørns Vorschlag zum Platz. Am Cortez-Palast hielten sie an, um noch einmal vergeblich nach den Vulkanen zu sehen. Er lenkte ihre Schritte zu einer Cantina namens La Universal, von der er sogleich wahrgenommen hatte, daß sie noch da war; den damaligen Inhaber hatte er gekannt, einen Spanier, mit dem er gewürfelt hatte und der den Einsatz immer auf seinem Kopf erhöhte. Mindestens zwanzig Musikboxen, wie es schien, ließen eine endlose Katzenmusik ertönen. Im Universal hatte er einiges von dem Dialog mitbekommen, den er in Kapitel XII eingebaut hatte, das er allerdings in einem schrecklichen Lokal namens Farolito in Oaxaca hatte spielen lassen – es war teils das Farolito und teils ein anderes Lokal in der Stadt Oaxaca, das El Bosque hieß, was ebenfalls Der Wald bedeutete.

Das Universal war immer ein Straßencafé gewesen; und das war es auch noch. Müde setzten sie sich an einen runden Tisch, und nachdem Sigbjørn zwei Bier bestellt hatte, drapierte er Primroses Mantel auf einem Nachbarstuhl. Mit einer Vorsorge, die er während der vielen Jahre, in denen er nichts getrunken hatte, oft hatte vermissen lassen, hatte er darauf bestanden, daß sie ihn mitnahm, denn ihm war eingefallen, daß es einige Zeit dauern könnte, ehe sie das Universal verließen; die Nächte waren kalt, und die Gepäckaufbewahrung am Busbahnhof könnte geschlossen haben. Das Bier war dunkel und köstlich; sie prosteten sich zu und bestellten noch eins. Der Dom gab ab und zu ein schrilles Glockengeschnatter von sich. «Ich wünschte, jetzt käme zufällig Juan Fernando hier vorbei.» Eigentlich hatte er hinzufügen wollen, daß er dann nicht nach Oaxaca würde fahren müssen; doch ließ er es sein, da es Primrose verletzen würde, die etwas dergleichen bemerkte; und Sigbjørn sagte: «Nun, nach Oaxaca würden wir sowieso fahren. Vielleicht mit Fernando.»

Primrose wies darauf hin, daß auf dem Platz zu seiner Begrüßung sogar ein Riesenrad und ein paar Karussells, die nicht in Betrieb waren, stünden; obwohl dieses Riesenrad eher wie ein fester Bestandteil wirkte als wie ein Zubehör – in seinem Buch gehörte es zu einer Fiesta –, wimmelte es dort von Amerikanern in allen möglichen Kostümen, die alle Geld wie Heu zu haben schienen. Viele waren in Uniform. Viele kehrten jedoch im Universal ein; offenbar bevorzugten sie es und ein weiteres kleines Straßencafé zwischen ihnen und dem Hotel Bella Vista. Amerikanische Luxusautos kamen langsam vorbei, gelegentlich auch ein einzelner Tourist, oder ein Paar, in Shorts, mit Bündeln auf dem Rücken und staunenden Blicken: wenn er doch auch nur so sein könnte, dachte Sigbjørn. Und doch, vielleicht, warum nicht, denn zweifellos hatte er erstaunlichere Dinge zu betrachten als jeder dieser Touristen. Die Musikboxen brüllten.

Das zweite Bier kam an, und sie warteten auf den Eintritt des Schicksals. Unterdessen schien sich jedoch der Anblick der Dinge für Sigbjørn zu ändern. Er wurde allmählich aufgeregt. Wie konnte man nur die ungeheure Dramatik, die all dies für ihn hatte, kommunizieren – oder seinetwegen auch exkommunizieren. Es mußte einen Weg geben: aber welchen? Andererseits war das vielleicht, außer für ihn, uninteressant. All diese Gedanken, die ihm vorhin – kurz davor, erkannt zu werden – so formlos durch den Kopf gegangen waren, nahmen jetzt konkrete Gestalt an. Ab und zu fuhr der kleine Chapultepec-Bus vor, hielt an, fuhr weg. In seinem Buch war das der Bus, der nach Tomalín fuhr. Vor ihm, auf dieser Parkbank, hatte der Konsul gesessen. Und drüben hinter dem Cortez-Palast, in einer Richtung, an die er bis jetzt kaum zu denken gewagt hatte, am Ende jener Straße lag – ob es noch da war? – dieses Irrenhaus von M. Laruelle, das selbst Yvonne tatsächlich *vergessen* hatte, nachdem Sigbjørn sie hatte zurückkehren lassen. Ob es immer noch da war? Und ob noch immer an der Wand stünde: *No se puede vivir sin amar*? Und ob die Calle Humboldt noch genauso aussah, wie Yvonne sie vorgefunden hatte? Und ob das Haus des Konsuls, Nummer 65, das einmal seines, Sigbjørns und Ruths, gewesen war, noch stand? Großer Gott! Laruelles Haus, in dem der Konsul seinen Entschluß gefällt hatte.

Sigbjørn ging hinein, um den Preis für das Bier herauszufinden – Nosotros no somos americanos ricos –, und als er zurückkam, sah er die Spanierin mit den marmeladefarbenen Haaren und ihren Mann bei Primrose sitzen. Sie waren Zeugen gewesen, wie die Wildernesses auf der Plaza Netzalcuayatl betrogen worden waren. «Wir schämen uns für mein Land.»

Sie fingen an, eine richtige Party zu haben, und der Tag nahm sich jetzt prächtig aus. Señor Kent, der Inhaber des Cafés, kam dazu und wurde vorgestellt. «Habe ich Sie nicht schon mal gesehen?»

Sigbjørn hatte sich höflich erhoben. «Nun, ja ...»

«Erinnern Sie sich nicht an mich?» Señor Kent gab ihm seine Karte, doch in diesem Augenblick wurde seine Aufmerksamkeit gleichzeitig von einem Passanten in Anspruch genommen, und als Sigbjørn aus dem Gleichgewicht geraten nach dem Tisch griff, kippte er dem Mexikaner den Tequila in den Schoß und ließ gleich darauf die Karte fallen. Eine reichlich schlampige Kellnerin, die ihnen später zuviel berechnete, half ihnen. Von allem anderen ganz abgesehen: das Kontinentale in Sigbjørn verlangte, genau wie Don Quijote, nach einem anständigen Café als Mittelpunkt seines Kreises; so etwas brauchte er auf Reisen, wenn er schon reisen mußte, und La Universal – gewissermaßen ein gespaltenes Wesen, das ein Doppelleben führte: außen Dr. Jeckyll und innen Mr. Hyde, wobei die beiden sich nachts zuweilen vereinigten – war dies offensichtlich nicht. In Sigbjørns Kopf begannen die Dinge sich nun sehr schnell abzuspielen.

«Weißt du was, Sigbjørn», sagte Primrose aufgeregt, «er sagt, er denkt, er wüßte von einem Zimmer in der Calle Nicaragua, das wir mieten könnten – ich meine in der Calle Humboldt.»

«Wie bitte!» Sigbjørns Herz begann laut zu pochen. «Gütiger Himmel, also damals gab's da keine Zimmer. Nur Privathäuser.» Sigbjørn fühlte sich wirklich sehr merkwürdig.

Primrose zog los und kam zurück, entzückt von allem, was sie gesehen hatte: die Massen von Blumen, die Männer auf Pferden und Eseln, die ungeheuren Lasten, die sie trugen.

Und dann sagte Primrose noch viel aufgeregter: «Ich war in der Calle Humboldt; sie sieht noch genauso aus, wie du sie beschreibst ... Und weißt du was: M. Laruelles Turm ist auch noch da – genau wie du sagst, nur ist nicht soviel Flitterkram dran, und draußen an der Wand ist nichts geschrieben. Aber drinnen ist es wunderbar.»

«Ich bin nie drin gewesen. Hab alles erfunden.»

«Und weißt du, ich war so aufgeregt, fast hätt ich vergessen, es dir zu sagen. Der Turm ist in Apartments aufgeteilt, und wir können eins haben. Es gibt einen Swimmingpool und einen riesigen Garten, und es heißt Quinta Dolores.»

«Bist du ganz sicher?»

«Sicher worüber?»

«Sicher, daß nichts an der Wand geschrieben steht.»

«Absolut sicher.»

«Schon in Ordnung. War nur ein Witz von mir.»

Aber Sigbjørn war niemals darinnen gewesen. Gütiger Himmel, was für ein Gedanke! Was, wenn er, nachdem er in gewisser Weise so lange darin gelebt hatte, jetzt dort hineinginge, *in* diesem Turm lebte, sollte dieser Turm für eine Weile ihr Zuhause werden; und dies wiederum schlichtweg durch eine sogenannte Koinzidenz, denn er hatte nicht einen Muskel in dieser Richtung bewegt, hatte sich überhaupt nicht bewegt, abgesehen davon, daß er sie nach Cuernavaca bewegt hatte – und das war die einleuchtendste, die logischste, die, wahrhaftig, nahezu unausweichliche Bewegung für jeden, der überhaupt etwas von Mexiko wußte und die Stadt nicht ertragen konnte und keine allzu festen Pläne hatte. Was, wenn das geschähe? Wie wäre das? Bestimmt würde es die Phantasie zerstören oder sie wenigstens mit Kräften versehen, die man gewöhnlich als jenseits von ihr liegend betrachtete, falls sie nicht in Wahrheit so weit darunter und dahinter lagen, daß es auf das Gleiche hinauslief: es reichte, um einen verrückt zu machen, oder einen auf den Gedanken zu bringen, man sei einer neuen Wahrheit auf der Spur, die bisher noch jeder übersehen hatte und die doch irgendwie eng mit einem fundamentalen Gesetz des menschlichen Schicksals verknüpft war.

Das Quinta Dolores war zum großen Teil ein Garten, der sich direkt von der Calle Humboldt bis zur Barranca erstreckte. Der Hang war ungepflegt, und an seinem Fuß befand sich zu ebener Erde ein Swimmingpool. Am ehesten entsprach dieses Anwesen in Amerika oder Kanada tatsächlich einem jener «Drive-ins» oder «Autocampingplätze für die gehobene Klasse», die Primroses und Sigbjørns Existenz in Eridanus bedroht hatten und noch immer bedrohten. Dies war jedoch dem Quinta Dolores gegenüber unfair. Ein grotesker Bau, dem es an Installationen fehlte, geräumig und ungemütlich zugleich, besaß das Ganze gleichwohl eine Schönheit, um nicht Glanz zu sagen, die seinem tauglicheren amerikanischen Gegenstück normalerweise völlig abgeht.

Für hundertfünfzig Pesos pro Woche zogen sie ein, und danach machte Sigbjørn mit Primrose einen Spaziergang durch die Calle Morelos, über die sie am frühen Nachmittag schon mit dem Bus gefahren waren: der Blick durch den Torbogen auf den alten Mann und den Jungen auf der Bank; zur Rechten der gepflasterte Hof und das Steingebäude; dann wogende Hügel und Felder und das Gefühl von Licht und Raum bei der tiefstehenden Nachmittagssonne und prächtigen Haufenwolken: später die schwarzen Pferde, die über die abschüssigen Felder rannten; die herrliche Gestalt des Popocatepetl; eine Wolke, die aussah wie ein Hut, der sich in eine Wolke verwandelte, strömte aus seinem

Gipfel wie bei einem Ausbruch; dann die Barranca! – *die* Barranca: genau wie er sie beschrieben hatte.

Primrose sagte: «Etwa nicht? Ich muß es doch wissen.»

«Es ist natürlich nicht *die* Stelle.»

Wenn dies auch nicht *die* Stelle war, gewaltig war sie, bedrohlich, düster, finster, angsteinflößend: der fürchterlich steile Abhang, die Dunkelheit da unten. Sie stromerten herum, und Primrose bemerkte schön: Straßen, die genau von Ost nach West liefen, hätten den ganzen Tag Sonne; Straßen hingegen, die von Norden nach Süden liefen, bekämen die Sonne erst später und verlören sie schon um drei Uhr nachmittags. Wie ein Gedicht. Es war schwer zu sehen, wie daraus irgendein Glücksgefühl entstehen konnte – für den Konsul, seinen Helden entstünde es nicht –, doch es geschah, schwebte ätherisch umher. Es war jenes Glück, das, seltsam genug, von der Arbeit selbst erzeugt wird, von der Umwandlung des ruchlosen poetischen Höllenschlundes in nüchterne oder aufrechte Prosa, wenn auch gelegentlich von Calderón verdrängt; oder es war das Glück, das erzeugt wird von der Erinnerung an vollendete Arbeiten, an glückliche Tage, andere Abendspaziergänge, oder eher, genauer, an die Erinnerung an ihre Flucht – vor dem einen oder anderen Teil dieser Umwandlung, nach dem Tee, als sie diese bis zu einem gewissen Abschluß erörterten, und zwar mit Bedacht in dem Sinn, daß sie Böses in Gutes verwandelten – zu Mauger, dem Fischer mit seinen Geschichten vom Lachs, der Adler ertränkte, oder von wilden Stürmen, die ganze Tage lang die Flut oben zu halten schienen, oder von Schnabelfischen mit grünen Gräten.

Oder an andere Spaziergänge in Eridanus: als sie zum Beispiel einmal den alten William Blake, auch ein Engländer, besucht hatten, der am Wald einen Garten hatte. Sein Haus war sehr sauber, mit neuen Schindeln und roten Fensterbrettern. «Das bestgebaute Haus hier am Strand», sagte er stolz. «Ja, und innen ist es auch gut. An der Küste», fügte er hinzu, «habt ihr sie gesehen? Da gibt's *Krebse, die springen*!» Seine Sprache war so, oder jedenfalls redete er sich das ein, wie Wordsworth sie aufzuzeichnen erträumt hatte: demütig und brav wie die Teller im Regal einer Bauernküche. Er fütterte die Backenhörnchen, dann zeigte er ihnen die Quelle, an der die Hirsche trinken kamen. «Die Hirsche kommen bis zum Leuchtturm, schwimmen schnurstracks übern Sund.» Im Winter waren sie ganz zahm, man konnte sie füttern. Dann zeigte er ihnen – da ihr Leben in Eridanus gerade erst begann und Primrose und er den Weg noch nicht gut kannten – ihren Pfad, den Pfad, der jetzt von groben Holzfällern ausgetrampelt war; grob nicht deshalb, weil es Holzfäller waren, sondern weil ihre exzentrische Art des Holzfällens nichts als abscheuliche Kahlschläge hinterließ. «Haltet euch links», sagte er, «denn der Pfad biegt ab, und wo die Bäume dünner stehen und ihr den Himmel durchscheinen seht, seid ihr schon fast an eurem Haus.» Dann, lange vor ihrem Feuer, und es schwang sogar Glück in seiner Erinnerung mit, weil es eben diese Zeit *war*, stießen sie im Wald auf ein niedergebranntes Haus: die Dachtraufen lagen quer; ein zerschmetterter Baum, den die Besitzer gepflanzt hatten, und zerschmetterte Pintflaschen in einem Tümpel, schlaffe Kattunsachen; die Wäscheleine war mit Weinlaub überwuchert. So lautete die wortlose Botschaft der Katastrophe.

Jetzt gingen sie höher in die Stadt hinauf, um den Mond über den Vulkanen aufgehen zu sehen; danach wollten sie im Cuernavaca Inn einkehren, das von Señor Pepe betrieben wurde, der Sigbjørn noch von früher kennen mußte. Als sie dem Inn näher kamen, ging der Vollmond über einer orangefarbenen Müllhalde voller kaputter und rostiger Blechdosen schon über Ixtaccihuatl auf. Um seinen Gipfel wogte ein Wolkenschleier im Mondlicht. Als sie das Inn betraten, sagte Sigbjørn:

«Hier war es, wo Hugh dem Konsul wirklich das Strichnin angeboten hat. Aber das ist eine lange Geschichte, und ich weiß nicht, ob ich sie dir je erzählt habe.»

Aber Don Pepe wußte nichts zu sagen als «mucho tiempo, mucho tiempo». Nach acht Jahren erinnerte er sich nicht mehr richtig, und Sigbjørn war mehr als nur halb erleichtert. Das Inn hatte sich sehr verändert, der alte Swimmingpool lag jetzt hinter einer hohen Mauer, niemand lebte in dem baufälligen alten Gebäude.

Als Sigbjørn und Primrose aus dem Inn kamen, sahen sie etwas Außerordentliches. Über Ixtaccihuatl begann eine Mondfinsternis, die, während sie zum Quinta Dolores gingen und den ständig wachsenden, furchtbaren Schatten von Tellus, der Erde, auf dem Mond ab und zu zwischen den Häusern zu sehen bekamen, eine totale wurde. Sie sahen den Mond rätselhaft am Ende schmaler Gassen auftauchen, und indem sie Ausschau haltend weitergingen, zog der Schatten der alten Erde ganz allmählich über ihn hin; alle anderen beachteten das nicht, bis auf einen Chinesenjungen auf dem Zócalo mit einem Opernglas und einen Mann, der ein Baby die Calle Humboldt hinuntertrug, die seine alte Calle Nicaragua war. Wie unheilvoll und doch erregend erschien Laruelles Haus, das Quinta Dolores, in diesem Schatten, der schwärzer war als die Nacht! Welch unheilvolles Omen hielt es für sie bereit, als sie sich nun auf das Grundstück dieses Hauses vortasteten; und welch glorreiche silberne Ankündigung danach? Sie hörten die reine Stimme eines Mexikaners, der irgendwo auf einem Balkon sang, als frohlocke er darüber, daß die Welt ihren Schatten abgezogen hatte und der Mond wieder bei ihnen war. Und nach der Finsternis, als sie auf dem Dachgarten standen, das Gefühl von Raum und Licht, als schwebten sie beinahe im Himmel. Lange Reben schwankten und warfen Schatten auf die Markisen. Sterne blinkten wie Juwelen aus weißen Schäfchenwolken, Silberwolken; und der weite, *nahe* Himmel, saphirblau und weiß, ein weißer Ozean aus Fell, und der strahlende Vollmond, der durch dieses Saphirblau hinabglitt.

6

Enchiladas mit Mole-Sauce ... Fama est enceladi seminstrum fulminecorpus, Urgeri mole hac, ingentemque insuper aetnam ... Enchiladas – Enceladus, gleich Typhon oder Typhoeus, der unterm Berge Aetna eingekerkert ward; denk an ‹Das Tal› – und die tausend Köpfe und Stimmen. Dolles Ding! Frau Luna schläft mit Endymion ... Wütenden Golfspielern gleich schleuderten die Zyklopen ihre Schläger ins Meer ... Während Endymion so eine Möglichkeit erhält, sich aus seiner fatalen Selbstversenkung zu erheben, um einem andern zu helfen, wirft das Schicksal von Glaucus zusätzliches Licht auf das Problem, das Keats durch sein ganzes Gedicht hindurch im Auge hat: der Beziehung von Liebe in ihren verschiedenen Formen zu den höheren Bestrebungen der Seele ... La Luna ilumina la noche. Von ihrem Licht umhüllt, schlüpfte er noch einmal mit ihr in die totale Finsternis. Dann fiel der schreckliche Schatten der Erde über sie.

Allmählich begannen sich die Dinge halbwegs zu ordnen, wie bei einem Seemann, nachdem er in der Nacht zuvor betrunken aufs falsche Schiff gestiegen ist. Sigbjørn lag da, und das Licht eines einen Monat jüngeren Mondes strömte über ihn. Allmählich wurde ihm bewußt, daß er halb träumte, und gleichzeitig, daß er tatsächlich in Cuernavaca war. Quauhnahuac! Und nicht nur in Cuernavaca, sondern – wirklich? – wirklich? – er versuchte, sich auf den Ellbogen aufzustützen, merkte aber, daß er sich nicht bewegen konnte – sondern auch in Laruelles Turm, in Jacques' Irrenhaus, in dem Turm von Kapitel VII. Wo zum Teufel war er wirklich? Durchs Fenster fiel grelles Licht, und er schloß die Augen. Blendendes Licht – woher? Schlief er am Morgen? Was für ein blendendes Licht? Ihm war schlecht, er war betrunken. Er war betrunken; das heißt, er war betrunken gewesen. «Und ich nahm diesen Stekel; Stekel heißt Stock; und schlug diesen Mann, und dann schickte ich meinen Mantel nach Berlin.» Wer hatte das gesagt. Nun, er, Sigbjørn Wilderness und niemand anderes hatte das in irgendeiner Erzählung gesagt oder geschrieben. Und doch, ja, so ein Stekel war das nicht. Es war – er hatte Stekel, den Schriftsteller, *gelesen*, vorm Einschlafen, falls man das überhaupt Schlafen nennen konnte. Schlafen heißt, seine Vergangenheit noch einmal erleben, seine Gegenwart vergessen (was ihm bestimmt gelungen war) und seine Zukunft vorahnen, hatte er gelesen: stimmte das? Er konnte nicht direkt behaupten, daß er geschlafen hätte; vielleicht war es auch die Wirkung von Hippolytes Phenobarbital, das er genommen hatte. Aber was das Wieder-Erleben der Vergangenheit betraf, war es durchaus vertretbar. Das alles war wirklich geschehen – Plötzlich schlug er die Augen auf, dieses Licht mußte der Vollmond sein, fiel ihm ein; höchst abgeneigt, voll zu Bewußtsein zu gelangen, schloß er die Augen wieder. Andererseits war er hellwach. Draußen ertönte Musik; sie kam von der Posada, die noch zugange gewesen war, als er ins Bett ging; auch Hundegebell, auch andere Geräusche, Gott, was für Geräusche; selbst mit den Ohrenpfropfen, die er sonst beim Schwimmen in Eridanus trug, konnte er sie noch hören. Cuernavaca war nachts eine infernalisch laute, rohe Stadt. Der Traum – falls es denn ein Traum war, aber es war kein Traum, er war wach gewesen – war durchaus echt, stimmte völlig in jeder Einzelheit.

Der Vollmond – bei Vollmond waren sie in das Haus eingezogen; das war demnach einen Monat her – war das Licht. Und das Licht oder der Lärm hatte ihn aufgeweckt. Ihm schien, sein Leben nehme mehr und mehr den Charakter eines Traums an. Auch darüber dachte er ein wenig nach. Im ganzen gesehen war es viel zu einleuchtend. Vielleicht war das Leben wirklich für die meisten ein Schlafzustand, und während es Gott sei Dank nicht zutraf, daß aus diesem Grund das meiste von dem, was die Menschen Träume nennen, sozusagen eine wertvolle Funktion hatte

– sein Verstand blieb vollkommen stehen. Das Schlimme war, daß er ein bißchen mehr Zeit hatte als die meisten Leute, um über den wahrhaft außerordentlichen Charakter des menschlichen Schicksals nachzudenken; und es sah dem Schicksal durchaus ähnlich, einem Mann ohne jedes philosophische Talent einen solchen Streich zu spielen, einem Mann, mit einem Wort, der so dämlich war, daß das Schicksal ziemlich sicher davor sein konnte, daß er die Wahrheit je enthüllen würde. Es war einfach zu dumm: vielleicht hing das Gefühl des Schreibens, das er bei dem Brief empfunden hatte, mit einer halben Erinnerung zusammen, die jetzt an die Oberfläche zu treiben schien, als habe er das alles aufgeschrieben, als schreibe er es tatsächlich gerade auf oder als schreibe jemand anderes es gerade, und zwar durch ihn, auf.

Ein entsetzlicher Gedanke; und ohne abzuwarten, ob ihm noch einfiele, inwieweit er die Zukunft vorgeahnt – schreckliches Wort – haben könnte, machte er eine enorme Anstrengung, wach zu werden, ohne jedoch ein Auge aufzuschlagen; denn er konnte das wilde Licht des Monds geradezu seine Lider durchbohren spüren. Nun, vielleicht hatte Jupiter ihm, wie Endymion, das Geschenk ewigen Schlafs wie auch das ewiger Jugend verliehen. Sigbjørn kam sich wirklich manchmal vor wie Endymion. Auf jeden Fall war mittleres Alter etwas, worüber er unmöglich nachdenken konnte, so daß er, mittleren Alters, nicht darüber nachdachte. Mit Sicherheit hatte er noch nie etwas so Dramatisches erlebt wie diese Mondfinsternis genau an dem Tag, da sie zum erstenmal zur Quinta Dolores gegangen waren. Das war ein Augenblick reiner Ekstase gewesen, und Sigbjørn sah ihn nun vor seinem inneren Auge wieder, erlebte ihn noch einmal. Er lag vollkommen ruhig; und da ihm die Ohren weh taten, nahm er die Pfropfen heraus; ganz behutsam, Primrose nicht zu wecken, und sorgfältig darauf bedacht, nicht die Augen aufzumachen.

Himmel. Großer Gott, was für ein Tumult! Es war, als ob er durch das Herausnehmen der Ohrenpfropfen die Tür zu einem Maschinenraum aufgestoßen hätte und der volle, betäubende Krach der Maschinen mit einemmal über ihn hereingebrochen wäre. Oder als ob er nicht ganz bei Bewußtsein während eines Hurrikans in einer abgeschotteten Schiffskabine gelegen und jemand ein Bullauge geöffnet hätte, durch das er plötzlich das volle Tosen der See vernahm, vermischt mit Donnern, Geschirrsplittern und Hilfeschreien und -rufen. Sigbjørn lag da wie betäubt. Der Lärm ebbte ein wenig ab. Und da die alte Stadt Cuernavaca hoch umwallt war, ergossen sich die Geräusche in hohen, widerhallenden Wogen über ihn, während sie zugleich wimmernd schwächer wurden. Es war jede Nacht dasselbe. Das Wiehern schlafloser Geier, die auf den Dächern Wärme suchten, und dieser kleineren, noch schlimmeren Vögel, die sich anscheinend in der Rolle der Geier übten und deren Herold jener Vogel war, den er am ersten Tag gesehen hatte; jeden Abend flog er durch dieselbe himmlische purpurne Passage des Sonnenuntergangs, denselben verfluchten blutrünstigen Sonnenuntergang, vor dem sich die goldene Kathedrale oder deren goldene Kuppel abzeichnete – ihr Turm stand Nacht für Nacht vor dem reinen bleichen Türkis und den goldenen Sternen und dem Licht, das von den Vulkanen schwand, indes das Licht im Wachturm des Gefängnisses anging, und den schäbigen schlichten Arkaden des Cortez-Palastes und dem großen grauen steinernen Golem, den man daneben meißelte –, er flog, von diesen winzigen, hüpfenden, lyrischen Vögeln begleitet, nach Hause zum Platz, um dort zu übernachten: in seinem Bett versunken wie in einem Schützenloch, dachte Sigbjørn: was für ein Spektakel diese schrecklichen, abscheulichen, langschwänzigen, schwarzen Vögel machten, deren Flug so häßlich war: sie wackelten wie stümperhaft gefahrene Fahrräder, eine Kreuzung aus Staren und irgendwelchen widerlichen Insekten. Ja, und besonders entsetzlich war es, wenn die Sonne in einem Strahlenmeer versank, Staubwirbel die Straße entlang fegten und darüber ein Regenbogen im tiefblauen Himmel stand – kann es sein, daß ich auf die Elemente einwirke? Denn seit Menschengedenken hatte es hier in der Januarmitte keine so stürmischen, wenn auch gelegentliche Wetterumschwünge gegeben – und wenn Wolkenmassen wild vom Wind getrieben wurden und diese verfluchten Vögel vom Himmel fielen; und dieser

Wind, Wind, Wind! Auf der Straße schlugen die Leute mühsam die Krägen hoch, und vor dem eigentlichen Sonnenuntergang kam ein kurzer, harter, prasselnder Schauer, der kleine Regen, Lluvia; dann ließen sich diese Vögel massenhaft in den Bäumen des Platzes nieder und schnatterten und quakten mit einem mechanischen, unglaublichen Kreischen wie Myriaden wahnsinniger Grillen gegen die Lautsprecher an, und die Lautsprecher selbst – sie klangen ihm noch immer in den Ohren – Himmel, Musikboxen und Radios auf voller Lautstärke, ein irrsinnig machender äolischer Alptraum, der es ohne weiteres geschafft hätte, selbst seinen armen Konsul von einer Cantina fernzuhalten, wie sehr er einen Drink auch nötig gehabt hätte: alle diese Geräusche, die nicht nachgelassen hatten, oder selbst wenn sie nachgelassen hätten, hallten noch in seinem Hirn und in der alten deliriösen Stadt wider: ja, er schien sie alle auf einmal zu hören, all diese Geräusche der tosenden Finsternis all dieser Frostnächte: und jetzt ging's los: die Truthähne, die einem glatt das Gewebe der geistigen Gesundheit zu zerreißen schienen, so wie sie das blaue Gewebe jedes Nachmittags zerrissen – Rumpelpumpelpapakriegtesfläschl! – großer Gott, was für Vögel: halb Geier, Pfau, und der Rest Pavian: außerdem schienen sie manchmal fast zu bellen; dazu das Heulen, das Jaulen, ja das Miauen gewisser Hunde, die Explosionen der Raketen: all dies zusammen mit dem Pandämonium von Leierkästen, Autohupen, Auspuffklappen und dazu wieder dieses Gebrüll von offenbar fünf Millionen voll aufgedrehten Lautsprechern, zusammen mit dem suchenden Stöhnen des ewigen Zugs unten im Tal, den man anscheinend mit der Sirene der *Lusitania* ausgestattet hatte, und den Hähnen und, soweit er wußte, auch den Hennen, die um acht Uhr morgens zu krähen anfingen (oder um zwanzig nach acht, wenn es der Zug war) und bis zum Abend weiterkrähten (jetzt war es noch früh, dachte er), und das endlose Ticken der Termiten oben im Dach, in den Stützbalken, unter dem feuerfesten Verputz; das war immerhin etwas Gutes an diesem Haus: es würde nicht niederbrennen, selbst wenn man es in Brand steckte. Aber die Termiten durfte er nicht vergessen, nicht als solche, noch sie Señora Trigo gegenüber zu erwähnen, oder eher, da er immer mehr Angst davor bekam, irgend etwas zu erwähnen, Primrose dazu zu bringen, sie zu erwähnen.

Sigbjørn versuchte sich im Bett zu bewegen, sich nach seiner Frau neben ihm auszustrecken, aber er konnte es nicht: er konnte nicht einmal den kleinen Finger rühren. Obgleich unablässig Teile der Decke auf ihn niederbröckelten, rieselten, bewegte er sich dennoch nicht; er konnte es nicht.

Die Stadt gehört der Nacht, doch nicht dem Schlaf. Hin und wieder stützte er sich auf, soll heißen, er glaubte, einen Augenblick nachdem er sich auf seinen Ellbogen aufgestützt hatte, ganz laut etwas zu sagen wie «Gott hilf!» oder «Es war nicht, als ob –» oder «Das Ding» oder «Die Blase» oder «Nimm das Thema auf, Emily»; sein Kater hatte ihn mitten in der Nacht eingeholt. Nun aber glaubte er sich wieder zu erinnern. Es war nicht mitten in der Nacht. Es war noch ziemlich früh, so früh, dachte er, wobei er noch etwas wacher wurde, daß die Geräusche des Fests, der Posada nebenan oder jenseits der Barranca oder wo auch immer durchaus noch anhalten konnten: die Klarinette dudelte. «Smoke gets in your eyes.» (Kann man wohl sagen.) Der Klarinettist hatte ein recht ordentliches Solo eingelegt; es war ein bedeutsames Lied, ja, es war Ruths Lieblingslied gewesen, sagte er laut. Dann kam er, in der Hoffnung, Primrose hätte es nicht gehört, noch mehr zur Besinnung und streckte seine Hand nach ihr aus, um sie zu berühren. Aber dafür lag sie nicht nahe genug bei ihm, es war ein breites Bett, und er fühlte sich nicht imstande, näher heranzurücken. Ah, meine Geliebte, mein Schatz, warum, wer bist du? Das hatte an der Mauer in dem düsteren Borda-Garten gestanden, durch den er und Primrose am Sonntag darauf, dem Sonntag nach der Finsternis, spaziert waren, weil er nur sonntags geöffnet war; und indem er wieder halb in Schlaf versank, begannen die schwarzen toten Äste und die leeren toten Brunnen des Gartens, den auch die dem Untergang geweihten Maximilian und Carlotta, bleiche königliche Geister des Konsuls und Yvonnes, durchwandert hatten, ein Muster trauriger Musik durch sein Bewußtsein zu weben: um so trauriger, da dies während eines Katers die Erinnerung an einen anderen Kater war, denn er, das heißt sie beide hatten, seit sie in dem Turm wohnten, ihr Trinken beträchtlich gesteigert, wenn auch halb gegen ihren Willen. Tatsächlich erschien ihm der Borda-Garten fast genauso, wie Poe das Haus Usher erschienen war; finster, keine Blumen, kein Gras, selbst die Bäume waren düster, die Blumen starben hier schon im Keim, selbst die Topfgeranien blühten nicht, die Pfeiler trugen nichts, und die Wurzeln der alten Bäume stießen das Pflaster in gebrochenen Wellen hoch; in dem seichten langen Teich schwammen ein paar Enten, hier und da saßen ein paar einsame alte Frauen, amerikanische Touristen kicherten und redeten laut und dümmlich herum, ein Künstler stellte scheußlich grelle Drucke zur Schau, und Primrose und er wanderten an den trockenen Springbrunnen vorbei und lasen an den niedrigen leprösen Mauern: *3/24/16 Recuerdo Julián Medina, el amor es la excelsa sonrisa del espíritu, miradme compasivos ojos claros que por el vasto mar del amor mío de mis deseos al gentil navio providente guiáis como dos faros.*

Was aber hatte er zu vermeiden gesucht, was sollte sie nicht sehen, was zog ihn zu diesen Mauern hin und jagte ihm gleichzeitig Angst davor ein, wenn nicht die Angst, er – oder sie – würde am Ende, bei der Laube, an dem Baum die dort vor neun Jahren eingeschnitzten, inzwischen gewachsenen Worte erblikken: *Recuerdo Ruth und Sigbjørn, November 1936.*

Denk an mich.

Am Nachmittag jenes Tages, an dem sie im Borda-Garten gewesen waren, hatte Sigbjørn sie, wie zur Ergänzung des folgenden Erlebnisses, am Haus des Konsuls vorbei zum Palast Maximilians geführt. Die alte Fortsetzung der Calle Humboldt war unterbrochen worden, die Straße verlief geradeaus weiter in neue Alleen mit frisch gepflanzten Bäumen, sogar ein Bus fuhr hier lang; die alte Fortsetzung über die Brücke, auf die Hugh gesprungen war und von der aus Yvonne die Pferde gesehen hatte, war jetzt einfach ein Pfad, obwohl die Schlucht, jetzt eher ein tiefer Spalt, noch immer furchterregend war; am Palast Maximilians ein Schild:

Quinta de Maximiliano
Vivero de la
Comisión Nacional de Monumentos Históricos.

Ofen und Dach waren weg, die Mauern an den oberen Kanten mit Gras und Weinranken bewachsen, kleine Bäume wuchsen in den Zimmern, Bougainvillea, rötliche Ziegel, mehr Namen und von Pfeilen durchbohrte Herzen an den Wänden, in einem Zimmer hing Wäsche zum Trocknen, in einem anderen ein Bündel Mais ... Sigbjørn dachte an Carlotta und den Papst und ihre Definition der Hölle.

Sigbjørn Wilderness war jetzt völlig wach. Warum war seine Frau nicht da? Weil sie im übernächsten Zimmer war. Und warum war sie im übernächsten Zimmer? Oh oh, oh ho, die Mädels singen so laut.

Dann fiel ihm alles wieder ein. Oder fast alles. Schwäche und Mangel an Wirklichkeitssinn sind das Schlimmste; Scham überlief ihn in dichtgedrängten Schauerwellen. Wie konnte er nur so tief gesunken, sein eigener «Protagonist» geworden sein, nein, noch viel schlimmer. Ein so quälendes Gefühl von Schmach und Schande – als würde seine ganze Seele auf einer Folterbank gestreckt ... Doch wer war dieser *andere* Wilderness! Ein Gefühl der Angst vor ihm; völlig gnadenlos war dieser Wilderness ... Dieser Wilderness, nicht er, brauchte – wozu? – den Turm. Auch ein Gefühl von Verschleiß: als ob auch sein Leben von Flammen verzehrt würde; wie bei dem Mann auf dem Jahrmarkt von Guadelupe, an dessen Körper die Ratten nagten. Das Schuldgefühl über seine Lügen, denn er log in der Tat fast immer, sobald er nur den Mund aufmachte. Und Schuldgefühl, auch in dieser anderen, unheimlichen Form: als beobachte man ihn ... Zu beten versuchen, das Herz schlägt so wild. Was, wenn es aufhörte? Schon aufgehört hätte? Das pathetische Gefühl war beinahe obszön. Er versuchte zu beten, brachte aber nur Obszönitäten zustande. Wie kann man mit dem Tode ringen, wenn der Tod selbst einwandfrei in der Schwäche und Feigheit liegt, die einen umklammern? Und das Gefühl, Primrose da mit hereinzuziehen. O

Gott, warum war er nur nach Mexiko zurückgekehrt? Warum bin ich zurückgekommen, schrie er tonlos die unaufhörlichen Termiten und die Gespenster an, die sich anscheinend schon um das Zimmer herum aufzustellen begannen. Meine Geliebte, mein Schatz, warum, wer bist du? Sigbjørn merkte, daß er ein einmaliges Erlebnis hatte – er war tatsächlich so verängstigt, daß er nicht aufstehen und sich einen Drink holen konnte. Und dieses Gefühl von absoluter Panik war vielleicht das Schlimmste.

Irgendwie gelangte Sigbjørn Wilderness aus dem Bett: mit aufgerissenen Augen sah er aus dem Fenster auf die Straße, die Calle Frey de las Casas, die Calle Humboldt. Die Straße aus dem ‹*Tal der Todesschatten*›! Seine Straße! Die Straße des Feuerlandes!

Da lebte er also in diesem Turm, natürlich. M. Laruelles Turm. Die berühmte Calle Nicaragua und die Calle Tierra del Fuego. Einen Augenblick lang war es, als sei er selbst der Konsul, und als nächstes würde sich Dr. Vigil am Telefon melden und ihn bitten, nach Guanajuato zu fahren. Ein Verlangen nach endlosem Trinken, nach endlosen Gesprächen mit jemandem, irgendwem, überwältigte ihn. Dr. Vigil! Fernando! Fernando würde er ja bald sehen. Zum erstenmal bemerkte er, daß wie durch Zauber ein Drink neben seinem Bett stand: er kostete ihn. Komisch – wie war der dahingekommen? Immerhin fiel es ihm ein: genaugenommen war das gar kein Drink, sondern ein Aufguß aus gekochten Apfelsinenblättern, den Dr. Hippolyte ihm gegen Schlaflosigkeit verschrieben und den die Schwester ihm verabreicht hatte. Die Schwester! Nein, das war lange her; wie lange? Es war Primrose, die ihm nun den Ochas verabreichte, denn genau das war es: Ochas oaxaceñanisch-farolitanischen Gedenkens, aber ohne den reinen Alkohol. In seiner unmittelbareren Erinnerung war jedoch eine Lücke: schlimm; so was gab's früher nicht. Er spürte, wie der Ochas ihn ein wenig einlullte, den Schmerz aufweichte. Die Dämmerung war aber noch nicht angebrochen; er sah – einfach irgendein Mondlicht. Nun, das hatte er auch schon vorher gewußt, vielleicht vor nur ein paar Minuten, danach schien wieder eine Synkope, eine Lücke aufgetreten zu sein. Es war wirklich grelles, höllisches Mondlicht – das zweisprachige Mondlicht, das gleichzeitig in der Sprache der Liebe und des Wahnsinns redete! –, in dem vor der Panadería, dem Laden, wo sie ihre Frühstücksbrötchen kauften, unter den Kruzifixschatten der Telegrafenmasten noch immer dieselben drei Hunde, zwei Rüden und eine Hündin, rasend kopulierten, die damit schon zugange gewesen waren, als er zu Bett ging: sie hatten, wie die Posada, weitergemacht, bis er sich hinlegte, und sie mußten seitdem ununterbrochen weitergemacht haben; nur kam jetzt, zu diesem infernalischen Lärm, das schreckliche Heulen und Kläffen eines weiteren Hundes, der den Auflauf aus der Ferne gewittert haben mußte: erneutes Gebrüll, Lachen, Tanzen, Stampfen – sie spielten jetzt die Raspa, und wie gut dieser raspelnde Name zu Mexiko paßte – kam nun auch von der Posada selbst, vom Hof hinter der Tintotería. Was zum Teufel trieben sie da, und warum konnten sie nicht schlafen? Aber warum konnte er es eigentlich nicht? Es würde nichts helfen, auch wenn er es tatsächlich wüßte, und wenn er nach dem Ochas tatsächlich wieder schlafen wollte. Di *bumm*! Di *bumm*! di bummtitty bumm di *bumm*! Ti *bumm*! Ti *bumm*! Ti bummtittybummti *bumm*! Die Raspa, der mexikanische Sir Roger de Coverley; man hatte bloß eine Note an dem alten mexikanischen «Hoch soll er leben» geändert und einen Ragtime daraus gemacht. Um dibombditty bummditty bummditty bummditty, bummditty bummditty bummditty *bomb*! Das war der Mittelteil, die Leute stampften und schrien; und wie das schauderliche eintönige Stück wieder an zu rumpeln fing!

Di bomb!
Di bomb!
Di bombditty bomb di bomb!
Di bomb!
Di bomb!
Di bombditty bomb di bomb!

Sigbjørn begann jetzt, unter dem Eindruck, er habe sich gleich nach dem Aufstehen eine Zigarette angesteckt, im ganzen Zimmer danach zu suchen. Die Menschheit heutzutage war so, überlegte er, wie ein Mann, dem plötzlich einfällt, daß er irgendwo eine brennende Zigarette hat liegenlassen und nicht mehr weiß wo. Wer hatte gesagt: Das Leben ist wie alles mögliche, wenn man es so betrachtet. Copperfield. Gott, reichte es noch nicht, das Haus und sein Buch, vor allem aber ihr Haus, ihr liebes kleines Haus im Feuer verloren zu haben; mußte er denn auch noch diese entsetzliche Angst vor dem Feuer haben – und Gott: wie das Feuer ihn zu verfolgen schien.

Reichte es nicht, das überwunden zu haben – nachdem man es freilich förmlich heraufbeschworen hatte –, den Mut aufgebracht zu haben, zurückzugehen und eigenhändig ihr Haus wiederaufzubauen – und hier war wieder das Ding, dieser Gedanke, diesmal nicht so sehr ein Gedanke, sondern eher die verstümmelte Exposition des Romans, an dem der Dämon schrieb –, obwohl leider schon jemand einen Teil ihres alten Grundstücks bebaut hatte; es eigenhändig und mit Hilfe der Fischer in sechs Monaten wieder aufgebaut zu haben, und dann das Ganze vielleicht aufgeben, weggeben und zusehen zu müssen, wie der Wald, den sie gerettet hatten, in Auto-Campingplätze für die gehobene Klasse aufgeteilt und sie als unerwünschte Squatter vertrieben würden? –: kein Wunder, daß das arme, unfertig zurückgelassene Haus ihm zuwinkte, ihn an ein anderes Haus und auch an das allerletzte Haus, das Grab, denken ließ.

Ja, reichte es denn nicht, all dies erduldet zu haben; mußte man sich auch noch weiteren – *übernatürlichen*, anders war's nicht zu nennen – Qualen aussetzen. Übernatürlich. O Gott. Sigbjørn hatte die Zigarette nicht gefunden; er setzte sich laut stöhnend aufs Bett und wünschte, das Haus würde mitsamt ihm selbst verbrennen; nur war dies ein Haus, das nicht brennen würde. Ins Bett sprang ein kalter, kitzelnder Schrecken, und er klammerte sich darin fest. Ah, ans Bett gefesselt – ein Wunsch, der schon oft, wie von Stendhal und später von Gide, ausgesprochen worden war – ans Bett gefesselt, daran gekettet sein! Nicht weil er bettlägerig sein wollte, sondern damit die Ketten, die Seile ihm die Pein seiner Gedanken ausquetschten. *Ein Hosenscheißer keifte und lief. Durch den Raum. Und Karthago schlief.*

Und alle Rigadons ruhten. Und Gott schlug die Harfen. Im Aquarium versank der Karpfen. Sodann stieg er empor und fand. Sich unsterblich auf dem barbarischen Land. So ein Unsinn: unglaublich bei einem gebildeten Menschen, dachte er. In der Küche stand die Tequilaflasche – warum nicht? Er hatte nicht die Absicht, das Trinken aufzugeben. Das war sein einziger Trost. Alles was er über das Trinken geschrieben hatte, war geheuchelt. Diesmal aber, ja, war es zu weit weg.

Aber darüber, daß seine Qualen übernatürlich oder zumindest in gewissem Sinne unmenschlich waren, bestand für ihn kein Zweifel. Es war keine hohe Kunst, aber es war die Wahrheit. Jemanden zu finden, der beschissener dran war als er, dachte er, dürfte auf diesem Planeten so gut wie unmöglich sein. Was hatte Gott sich dabei gedacht, als er einen solchen Menschen erschuf; und was bezweckte er damit, wenn er ihn am Leben erhielt, falls man das Leben nennen konnte? War Er so nett, dies für seine Frau zu tun? Doch was für eine fremde Macht wirkte in ihm, fremd, und doch konnte sie nur böse sein – Allerdings: war er nicht gut, waren sie nicht gut, hatten sie nicht ihr eigenes Haus, ihre Arbeit dem Wald, zum Wohle anderer aufgeopfert? – das hatte er vergessen, das war wieder etwas anderes – war dies eine Macht, die sich im Schreiben vergeudete und die nach Gottes Ratschluß in irgendeinem Sinne dem Chaos dienen mußte?

Sigbjørn stand auf, ging zu dem Fenster und sah in den Garten hinaus. Der Briefkasten war das Hellste im ganzen Garten, heller als alle Blumen; tagsüber wie ein oranges Vogelhäuschen, konnte man nachts nur das eine Rechteck des spitzen Dachs sehen, noch immer hellorange unter dem Licht … Darunter nachts breite Cannas-Blätter: darüber ein Jakaranda-Baum, der im Nachthimmel verschwand; und über seinem Wipfel ein Stern – nein, es war das Licht im Gefängnis-Wachturm. «Ich will mich nicht erinnern.»

Aber im Gefängnis von Oaxaca hatte es keinen Wachturm gegeben. Niemand konnte dort ausbrechen. Oder doch? Er dachte an die Zeit, als die Polizei ihn in Covadonga verhaftete, nicht weil er betrunken war, sondern weil er in einer francofreundlichen Spelunke seine wahre politische Meinung zum Ausdruck gebracht hatte. Er hatte seine Papiere nicht bei sich, und sie hatten die Gesetze auf ihrer Seite, als sie ihn festnahmen.

Aber das Gefängnis von Oaxaca: das «schlimmste» Gefängnis: der blutbefleckte Mörder, ins Loch geworfen, bekam vom Wächter Mescal; er wischte die Flasche höflich ab, doch war noch Blut daran – Blut, nicht an seinen Lippen, sondern am Arm, mit dem er die Flasche freundlicherweise abgewischt hatte ... Sigbjørn Wilderness hatte dieses Blut geschmeckt.

«Sí, hombre.»

«Sí, hombre.»

«Noche buena.»

«Fröhliche Weihnachten.»

«Feliz Navidad.»

«Es sangre.»

«Es verdad.»

Dann dieser kleine Alkoholiker, ein Junge von höchstens sechs oder sieben Jahren, den man zu ihnen hereingeworfen und den der Mörder die ganze Nacht getröstet hatte, während der Schatten des mescalspendenden engelgleichen Polizisten bei seinen endlosen Runden am Weihnachtsmorgen an der Mauer entlangmarschierte; und dann der blaue Himmel und die herrliche Landluft, die in diesen Schweinestall von einem Gefängnis hereinströmte; draußen spielte der Springbrunnen, und ein Schmetterling taumelte von den Weihnachtsglocken belebt umher, schwarzsamten mit saphirbesetzten Flügeln. Dann ging die Zellentür auf für alle bis auf ihn, und statt Weihnachtsglocken dröhnte wilde heiße Musik aus dem Gefängnisradio.

Dann, als man ihn zum excusado ließ, der Lockspitzel. Überall waren hier diese Spione mit ihren dunklen Brillen, die er auch vor dem Hotel La Luna gesehen hatte, wo er mit Hölscher abgestiegen war. Sie bekamen ihre Befehle, machten sich von dannen und mischten sich unter die wütend drängelnde, schützende Menge in der Sonne. Dann versuchte er etwas zu gehen. Für einen einzigen Schritt schien er eine Minute zu brauchen.

Dann hatte der Polizeihauptmann ihn aus dem Knast gezerrt

und ihm in der Cantina gegenüber einen Drink spendiert. «Wir finden heraus, du ein Verbrecher sein und durch sieben Staaten geflüchten ... Du sagen, du sein – ein-ah Schriffsteller. Wir-ah lesen dein Schriffen und die sein ohne Sinn.» Ja, seine Verleger und die oaxaceñanische Militärpolizei waren Brüder im Geiste. «Du sein kein-ah Schriffsteller, du sein-ah Spinntzel und wir-ah-schießen die Spinntzel in Mexiko ... Wo sein dein Freund?»

Keine Antwort.

«Wo ist er hin?»

Schweigen. Das Schweigen Sidney Cartons – Sigbjørn Wilderness.

Vorher hatte Sigbjørn abgestritten, Hölscher überhaupt zu kennen; jetzt hielt er die Situation für ziemlich gefährlich, zumal der Kommunist seinen Paß benutzte.

«Du woll-ah flüchten. Flüchten! Hau ab!»

Zum Glück – oder zum Unglück – hatte er das nicht getan; sonst wäre er, nach dem Gesetz der ley fuga, die der Hauptmann unbedingt heraufbeschwören wollte, jetzt nicht hier.

Über all das hatte Sigbjørn nicht geschrieben; doch sollte er versuchen, das zu tun, würde ihm jedes Wort genauso schwerfallen wie damals jeder Schritt zum excusado. Was für Lügner Schriftsteller manchmal sind und was für schwächliche Berichte sie von ihren Verzweiflungen erstatten. Seine Qualen waren ganz bestimmt nicht einmalig, und doch schien ihm, daß, wenn auch nur ein einziger Mensch so etwas überlebt hätte, um danach reinere Luft zu atmen und das Licht zu lieben, für die Menschheit noch Hoffnung bestünde. Denn die Qual eines Menschen gehört allen Menschen und Gott.

Sigbjørn spürte einen leichten pochenden Schmerz im linken Handgelenk und nahm auch zum erstenmal wahr, daß es mit einem Pflaster bedeckt war. Er trank noch etwas Ochas, dann machte er das Licht an. Er machte es wieder aus. Nun, ich *will* mich nicht erinnern. Das Licht flackerte aus und kam dann noch wie üblich zweimal, ehe es erstarb. Obwohl er es kaum nötig hatte, betrachtete er sich in dem zersprungenen Spiegel: etwas Entsetzliches blickte ihn an. *Kleiner Stümper, wer hat dich er-*

schaffen; weißt du, wer dich erschaffen hat? Er wollte sich nicht erinnern.

Er wollte Primrose nicht aufwecken und huschte, verwirrt, auf Zehenspitzen durchs Wohnzimmer. Die Tür von Primroses Zimmer links stand halb offen – von einer Schnur gehalten –, Mondlicht strömte durchs Fenster, und er konnte ihre ruhigen Atemzüge hören. In der Küche glänzte im Zwielicht die Tequilaflasche, und Sigbjørn stand regungslos daneben und wagte kaum zu atmen. Sie hatte sich inzwischen an die Raspa, die Hunde, all die Explosionen, die Musikboxen, die hühnermäßige Kakophonie, das Stimmengewirr, an das nächtliche Cuernavaca gewöhnt; all das war Teil ihres Schlafs geworden, wie auch immer sie schlief, doch das leiseste Geräusch innerhalb des Hauses könnte sie stören. Was, wenn sie aufwachte und ihn mit dem Tequila erwischte? Aber der Tequila war mit Wasser verdünnt, und wenn er davon trank, würde er mit Sicherheit husten müssen, und in diesem Fall würde Primrose bestimmt aufwachen. So wie er am Nachmittag, während Primrose auf dem Markt war, dagestanden und versucht hatte, ihn nicht zu trinken, so stand er auch jetzt da; und es war irgend etwas unsäglich Scheußliches daran, wie er einfach so hier neben der Flasche stand und einen finsteren Trost aus ihrer Nähe gewann, fast schon zu schwach, der Schwäche nachzugeben, was ja immerhin eine Tat erfordert hätte. Jetzt stand er, wie vorhin, während in dem erbitterten (und puerilen) Kampf in ihm selbst, wieder so wie zwischen Heeren in der Nacht, eine Feuerpause eingetreten zu sein schien, wie ein Geist neben der halbleeren Flasche. Aus dem Zimmer nebenan vernahm er noch immer Primroses ruhige Atemzüge. «Schreib und erzähl mir, ob du dich noch immer nicht mit dem Trinken umgebracht hast.» Er hatte Fernandos Worte laut wiederholt, ehe er es noch verhindern konnte, und er lauschte wieder, schritt sachte auf die Flasche zu, so daß er sie berühren konnte; und wenn er sie geweckt hätte, könnte er nun, ohne daß sie es mitbekam, im Schutz des Geräuschs, das sie beim Umdrehen oder Aufstehen machte, einen raschen Schluck zu sich nehmen. Aber sie atmete gleichmäßig fort, und Sigbjørn stand noch immer wie angefroren mit seiner Hand an der Flasche. Vor acht Jahren, in seinen Fernando-Oaxaca-Tagen, hätte er bedenkenlos getrunken; vor drei oder vier Jahren, in Eridanus, wäre er, hätte er sich so scheußlich gefühlt wie jetzt, gar nicht auf den Gedanken gekommen: er wäre schwimmen gegangen; und einen Augenblick dachte er daran, wie er ans Ende des Piers in Eridanus lief, in das grüne, kalte, köstlich labende Element eintauchte und dann wieder über die Leiter hinausstieg; wie er triefend schnell in die Wärme des Hauses zurücklief – seine stets gleiche Bemerkung: «Gott, wie herrlich, das jagt einem den Unsinn aus dem Kopf» –, denn sie hatten den Steg so gebaut, daß er direkt an der Vordertür endete. Welche verdrießlichen Probleme auch immer ihn sich in die Bucht hatten stürzen lassen: sie lagen jetzt auf dem Grund oder waren vielleicht ihrer Lösung nähergebracht.

Aber was war schiefgelaufen? Einen Moment lang fand er es abscheulich und unfair, daß so etwas überhaupt passieren konnte, daß so etwas je ein Problem werden konnte. Denn es funktionierte in beiden Richtungen. Ein guter und heiterer und erfinderischer und bewundernswerter Freund – es lag nicht an ihm, daß er so böse war wie ein unwürdiger Feind. Doch da er seine Herausforderung zumindest teilweise akzeptiert hatte – sein Gedankengang schwächte sich ein wenig ab –, seine gemeine Herausforderung, konnte er die Sache nicht ohne einen indirekten moralischen Verrat beilegen – und du auch nicht, Geoffrey Firmin. Kurz, er konnte nichts trinken, wenn er es am dringendsten nötig hatte, und wenn es ihm, so wie jetzt, am meisten «gut» tun würde (Was auch immer «gut» bedeuten mochte.).

Di bomb!
Di bomb!
Di bombtittybombtittybomb!
Di bomb!
Di bomb!
Di bombtittybombtittybomb!

Gleichwohl war die Tatsache, daß der Tequila mit Wasser verdünnt war, in einer Hinsicht ganz und gar kein gutes Zeichen: es kam nämlich daher, daß er gestern – den ganzen Nachmittag allein im Haus; tatsächlich hatte er es seit mehreren Tagen nicht mehr verlassen – schließlich kapituliert und etliche Drinks zu sich genommen und dann die Flasche wieder bis zu ihrem vorigen Stand aufgefüllt hatte, da er nicht wollte, daß Primrose merkte, daß er etwas getrunken hatte, ehe sie um sechs Uhr abends mit ihrem regulären Habanero angefangen hätten – wo war der eigentlich? – (aber nicht mit Tequila, und erst recht nicht mit Mescal; daran wollte er gar nicht denken; er ging einen halben Schritt auf die Flasche zu und legte eine Hand darauf). Andererseits *war* es ein gutes Zeichen: daß nicht noch mehr Wasser in dem Tequila war, war ein gutes Zeichen. Und daß trotz des Wassers überhaupt noch Tequila da war, war ein noch besseres Zeichen, oder nicht?

«Krankheit sein nicht nur im Körper, sondern auch in dem, was man nennt: Seele», murmelte er wieder unwillkürlich, und diesmal ging er noch einen Schritt näher und packte die Tequilaflasche fester; ja, wirklich, Fernando hatte recht gehabt. Genauso war es: wenn auch Fernando, Dr. Vigil oder Hippolyte selbst in Verlegenheit gewesen wären zu diagnostizieren, an welcher komplizierten Krankheit er, Sigbjørn Wilderness, litt. (Ah, auf einem alten Frachter sein, durch die tiefblaue See nach Pijijiacic fahren, mit einer Ladung von eingesalzenen Kirschen, altem Marmor und Wein.) Ah, alter Tragödienmacher, machst mehr Tragödien? Letzten Abend hatten Primrose und er eine ganze Menge Habanero getrunken. Sie tranken offiziell, während sie das Abendessen machte, so wie sie tatsächlich alles machte; der Haken an dieser Art zu trinken war aber, daß die Stunden vor sechs Uhr sich mit jedem weiteren Tag immer länger dehnten und immer unerträglicher wurden, so daß er sich später sogar darauf verlegt hatte, seine Uhr vorzustellen; das hatte nun zur Folge, daß er sich fast wieder wie im Flugzeug vorkam: es war vier Uhr, im nächsten Moment fünf, es war fünf, aber hey presto – wie schnell in Mexiko die Zeit vergeht – Gott sei Dank: es war sechs. «Letzte Nacht war ich so voll schrecklicher Betrunkenheit; ich werde drei Tage durchschlafen müssen, um mich zu erholen.» Nein, so war das nicht, das durfte er nicht denken.

Denn in diesem Augenblick hatte er die Tequilaflasche auf der Spüle erblickt: sie war noch halb voll. Aber doch seltsam, wie er Fernandos Worte über all diese Jahre behielt und sie zweifellos auch dann behalten hätte, wenn er ihn nicht zu einer seiner Figuren gemacht hätte: noch seltsamer aber war die Vorstellung, daß er Fernando in wenigen Tagen wirklich leibhaftig wiedersehen könnte – denn hatte er nicht beim Abendessen vorgeschlagen, sie sollten am Morgen mit dem Bus nach Oaxaca aufbrechen?

«Primrose, ich habe nachgedacht», hatte er plötzlich beim Essen gesagt; «ich werde dir, verdammt noch mal, die Ferien nicht noch einmal mit so was verderben. Ich habe in diesem Prospekt, diesem *Guía de Turístas* gelesen und eine tolle Fahrt für dich im Ärmel.»

«Oh, wirklich, Liebling?»

Dann hatte Sigbjørn aus dem Prospekt eine Möglichkeit skizziert, wie sie über Land von Cuernavaca nach Oaxaca fahren könnten; über eine Straße, die vorher nicht dagewesen war und für deren Bau man so lange gebraucht hatte wie er für die Niederschrift seines Buchs; eine Tatsache, die vielleicht einige Beziehung zum Streben des Menschen hat. Auf alle Fälle führen sie über Yautepec, das für ihn glückliche und komplizierte Erinnerungen verbarg, nach Cuautla, und von dort nach Matamoros. Bis dahin nur über schauderhafte unbefestigte Straßen und in einem Zweiter-Klasse-Bus; in Matamoros aber könnten sie, hatte er ausgerechnet, mit etwas Glück in einen Erster-Klasse-Bus aus Puebla und Mexico City umsteigen und nach Oaxaca weiterfahren; eine Strecke, die zumindest auf der Landkarte unbedeutend erschien.

Primrose war begeistert gewesen und er auch, als er sich frühzeitig ins Bett legte – zu betrunken, um mit Primrose, die allerdings selber ziemlich betrunken war, in diesem anderen Schlafzimmer zu schlafen, worin dieser fleckige Spiegel stand, in dem alles kaputt und nicht ganz in Ordnung erschien, und unter all den Umhängen und Parfumflaschen und Wanzen und dem Sägemehl der Termiten, das die ganze Nacht in unaufhörlichem Schauer herunterregnete; die Idee schien gut, geradezu glänzend und erwärmend, aber jetzt wurde er plötzlich von Entsetzen gepackt bei der Vorstellung, holpernd und polternd in diesem fürchterlichen Zweiter-Klasse-Bus zu sitzen; vor allem aber war ihm der Gedanke unerträglich, Initiative ergreifen zu müssen, Höflichkeiten von sich zu geben, por favor, perdone me, dónde esté el salón oder los camiónes para Zuxtepec, adiós; der Zwang, an allen Ecken und Enden davor auf der Hut zu sein, betrogen zu werden – wie etwa von diesem fetten Kerl in der öden Cerveza Barril, der ihm gesagt hatte, ein Bier koste bloß sechzig Cent, ihm aber unter dem Vorwand, er habe kein Wechselgeld, nur drei Pesos auf seine zehn für das eine herausgab und dann sein Glas wieder vollmachte, ehe er es noch ganz ausgetrunken hatte, wobei er so tat, als wolle er ihm dies spendieren, und sich selber Cognac einschenkte; und Sigbjørn verhinderte gerade noch scheinheilig, daß er ihm den Cognac ins Bier schüttete, den er für diesmal nicht trinken wollte; und immer noch kein Wechselgeld; und als er sich dann zu gehen anschickte, berechnete er ihm fünfzehn Pesos, und als er dagegen protestierte, neunzehn, und als er dann der Kellnerin drei Pesos hinwarf, verlangte er fünfundzwanzig Pesos und drohte, die Polizei zu rufen, hing tatsächlich schon am Telefon – da war Sigbjørn getürmt. Oder ausgeraubt zu werden! Ja, wahrhaftig – der Zwang, sich mit dem außerordentlichen Gemisch von Ritterlichkeit, Haß, Furcht, Grazie, Bewunderung, Schikane, buckelnder Zuhälterei und grenzenloser Verachtung auseinanderzusetzen, das sich in der Haltung des Mexikaners dem Gringo gegenüber zeigt und das so oft, wenn nicht fast immer – hatte er geschrien – «von euch blöden Amerikanern verschuldet wurde, weil ihr versucht, euren barbarischen, mythenlosen, lieblosen Lebensstil und euren billigen teuren Flitterkram allen anderen aufzudrängen» – Primrose stand an der Tür, und er schüttelte seine Faust nach ihr – «und Coca-Cola bien fria, die immer warm ist, und Massenprodukte lärmender Entsetzlichkeiten und eure seichte egoistische Philosophie und schwachsinnigen Filme und abscheulichen Manieren einer Welt aufdrängen wollt, die euch eher vor der Nase explodieren würde, als all das zu akzeptieren!»

«–»

«Alles eure Schuld, die Schuld von euch blöden Amerikanern, die sich aus irgendeinem Grund für ganz was Tolles halten! Ständig versucht ihr euren verfluchten schäbigen Lebensstil allen anderen aufzudrängen –»

«Nosotros no somos americanos ricos», sagte Primrose.

«O Himmel, lassen wir das. Es bringt mich um. Es bringt uns beide um. Denn Christus hat gesagt, o Gott, es ist furchtbar. Fahren wir nach Hause. Wir sollten machen, daß wir hier wegkommen ... Warum sind wir bloß in dieses gottverdammte Land gefahren?»

«Aber du mußt dein neues Buch schreiben. Du mußt, Sigbjørn, du mußt! Und ich dachte, du wolltest Juan Fernando Martinez besuchen.»

«–»

«Und außerdem haben wir wahrscheinlich sowieso kein Zuhause.»

«Wieso *sagst* du das?»

«Aber, Sigbjørn –»

«Es ist deine Schuld. Du hättest tun sollen, was ich dir gesagt habe», schrie er.

«Du weißt, daß du selbst das Haus hast niederbrennen lassen.»

Aber das war zuviel für einen Scherz. Er wollte sich nicht erinnern.

Ping! Bing! Schwirrwarr! Dängbängbing kam's von der Kathedrale.

«Gott, hilf mir», sagte Sigbjørn jetzt, «Gott, hilf mir. Ich brauche deine Hilfe nicht, ich brauche nur was zu trinken. Aber hilf mir trotzdem.»

Primrose beugte sich über ihn und küßte ihn so stumm, so sanft, als ob ein Vogel sein Auge an seiner Wange geschlossen hätte.

«Keine Post gekommen», sagte er und streckte seine Hand nach ihr aus, «kein Schiff –»

Ping-bäng-bing-däng-schwirrwarr-däng-bing.

«Sie ist die Jungfrau für die, die niemanden mit hatten.»

«– die niemanden mehr haben mit –»

«– die niemanden mit –»

«– die niemanden mehr haben mit –»

«Ich arbeite gern ihnen mit.»

«Dann bete zu ihr.»

«Aber ich bin kein Katholik, ich bin ein Ketzer, Kommunist, Konservativer, Engländer, habe mich vorm Kriegsdienst gedrückt und den Hunden ihr Essen geklaut – Gott weiß, was ich alles bin.»

«Dann bete zu ihr.»

Sein oder nicht sein, das ist die Frage. Das war jetzt nicht die Frage, so sehr sie es auch früher gewesen sein mochte; jetzt war sie nebensächlich. Daß er aufgestanden war, symbolisierte gewissermaßen den Kampf zwischen Leben und Tod. Nun fiel ihm alles wieder ein: heute nacht vor fünf Tagen hatte er einen fast erfolgreichen Selbstmordversuch begangen, eigentlich zwei Versuche: bei dem einen wollte er sich mit dem Gürtel seines Bademantels erhängen, bei dem anderen sich den Puls aufschneiden; der erste war wegen eines unbewußt (vielleicht absichtlich) falsch geknüpften Knotens danebengegangen, und darauf hatte er den zweiten Versuch gemacht.

Gleichzeitig fiel sein Blick auf seine Badehose, sie war trokken; heute war der fünfzehnte, und seit dem zehnten war er nicht mehr schwimmen gegangen; ihm kam eine glänzende Idee: er könnte seinen Kuchen haben und ihn essen, er könnte jetzt schwimmen gehen und dann etwas trinken, oder eher umgekehrt, er würde etwas zu trinken brauchen, um zum Schwimmen fähig zu sein. Und, verdammt, nun hatte er Primrose doch noch aufgeweckt: im Schutz der Geräusche ihrer Bewegungen schnappte Sigbjørn sich schnell wie ein jagender Tauchervogel die Flasche, nahm einen schrecklich-wunderbaren Schluck Tequila und stellte die Flasche geräuschlos wieder auf die Spüle zurück; während er seinen Ekel unterdrückte, machte er als Alibi das Licht an, falls sie das verräterische Glucksen gehört haben sollte.

«Was hast du, Liebling?» hörte er sie sagen.

«Nichts. Ich vertreib mir nur die Zeit. Kann nicht schlafen.» Sigbjørn machte die Tür auf und sah zu ihr hinein. Primrose, vom Mond beleuchtet, hatte sich auf einen Ellbogen aufgestützt.

«Geht's dir gut, Liebling?»

«Ja – und dir?»

Primrose ließ sich aufs Kissen zurückfallen. «Ich bin nur so schrecklich erschöpft, das ist alles. Gott, dieser entsetzliche Lärm.»

«Wie schön du bist.»

«Bin ich das?»

«Vergiß nicht: morgen fahren wir nach Oaxaca.»

«Oaxaca.» Primrose schien etwas sagen zu wollen, war aber gleich wieder eingeschlafen, ohne das Licht anzumachen.

Sigbjørn zögerte auf der Schwelle. Grelles höllisches Mondlicht war hier kaum die richtige Beschreibung. Dieses Zimmer – das mit den degenerierten Gußerkern, die in seinem Buch eine so unglaubliche, außerordentliche Bedeutung hatten – war mit bunten Glasfenstern ausgestattet, die in die Gußerker eingesetzt waren – jene winkelförmigen Fenster aus seinem Kapitel VII, beziehungsweise was von ihnen noch übrig war; er sah sie jetzt von innen: das Mondlicht ergoß sich durch blaue, gelbe und rote Filter: wenn man durch das Rot sah, hatte man einen Augenblick lang den Eindruck, als sehe man die Straße da unten mit den kopulierenden Hunden nicht so sehr wie durch einen Film als vielmehr wie durch einen Schleier – flammend vom Höllenfeuer, schwarz wie Ruß und leichenblaß –, durch die in der spirituellen Welt Swedenborgs diejenigen, die einen festen Glauben an die Natur allein erworben hatten – und deren Verständnis für spirituelles Licht dort oben verschlossen blieb – aus dem «Himmel» auf die Erde hinabblickten (auch wenn sie trotzdem dunkel und infernalisch war); es war unwirklich; nein, Sigbjørn konnte gar nicht in *diesem* Zimmer sein.

In diesem Augenblick erblickte er auf dem Feliz Año Nuevo-Kalender, der ironischerweise aus dem Schnapsladen stammte, der Casa de la Vega – es war der einzige Kalender, den man ihnen geschickt hatte –, das Bild von Pátzcuaro. Ob auch Begräbnisunternehmen und Henker Neujahrsgrüße verschickten?

7

Plötzlich rappelte es leise an der Vordertür, und Sigbjørn fuhren Schreckensbilder durchs Gehirn. Auf Zehenspitzen schlich er in den Alkoven des Speisezimmers, blieb wieder einen Moment schreckensstarr bei der Tequilaflasche stehen und spähte dann aus dem Fenster in der Nische (das Haus schien heute mehr solche kleinen Nischen zu haben als sonst): es war Eddie – Eduardo Kent –; und leise machte er die Tür auf und legte einen Finger an seine Lippen; Eddie war offensichtlich völlig besoffen, perfectamente borracho.

«Ich sah Licht, und da dachte ich, ihr beide wärt vielleicht noch auf. Ich weiß, daß ihr manchmal so spät noch lest, und du hast mich ja gebeten, mal vorbeizukommen.»

«Primrose schläft da drinnen.»

«Na, dann komm runter und trink einen mit mir ...»

Sigbjørn hielt einen Moment lang die Luft an. Wenn sie doch nur so vernünftig wäre und sein Trinken so behandelte wie Dostojewskis zweite Frau dessen Spielleidenschaft. Immerhin leistete er (womöglich ein Riese) Widerstand, um eines Tages daraus Gewinn zu ziehen. Die größte Stärke ist der größten Schwäche gleich. Oder, überlegte er, als er erkannte, daß er eben im Begriff war, die Frage zu stellen, die Eddie gerade triumphierend mit Ja beantwortete – «Ist es was Wichtiges?» – er könnte sie fragen: «Hast du was dagegen?», und sie könnte antworten: «Nein, Liebling – natürlich nicht – geh nur und amüsier dich.» Er könnte es tun, aber damit würde er sie aufwecken.

Sigbjørn nahm seinen Mantel aus irischem Tweed, Man of Aran – niemand außer ihm wußte, was in seinen geräumigen Taschen verborgen gewesen war –, er holte diesen, im Gegensatz zu ‹*In Ballast*› aus dem Feuer geretteten Mantel rasch hinter der Tür hervor und zog ihn über seinen Schlafanzug; die Tür ließ er angelehnt, damit sie seine Rückkehr nicht hörte, und ohne mehr als einen flüchtigen Gedanken an mögliche Diebe zu verschwenden, stiegen sie die geschwungenen Stufen aus gebranntem Ton der Turmwohnung, in M. Laruelles Turm, hinunter: Sigbjørn spürte einen Stich, als sie an dem Steinguttopf mit abgekochtem Wasser vorbeikamen, den Primrose jede Nacht zum Abkühlen auf das Geländer stellte; er schob sich durch das Tor, das die ganze Nacht über klapperte, ein Relikt von Eddies Vormieter: Sigbjørn hatte es, vielleicht in der Annahme, es könnte sich eines Tages noch als nützlich erweisen, nie entfernt, sich nie Señora Trigos Erlaubnis bedient, es zu entfernen: am Ende der Treppe mußten sie über eine Pfütze springen, die das aus dem auf dem flachen Dach stehenden zylindrischen Tank überfließende Wasser gebildet hatte; normalerweise stürzte hier auch Wasser herunter, aber heute nacht war es versiegt.

«Wieviel Uhr ist es?» fragte Sigbjørn, der seine Armbanduhr vergessen hatte. Er wandte sich um und blickte durch das offene Tor der Quinta Dolores auf die Straße des Feuerlandes, die ziemlich verlassen war, trotz des Krachs von der Posada und des verliebten Lärms der Hunde und einer einzelnen konfus und traurig dreinblickenden und schrecklich alten Frau, die an der Ecke der Calle Nicaragua – in Wirklichkeit die Calle Humboldt – unter einer einsamen trüben Straßenlaterne stand. Straßenkreuzungsrätsel.

«Gleich elf ... Das ist vielleicht ein höllischer Lärm ... Mir schleierhaft, wie man da schlafen kann.»

«Nicht später?» sagte Sigbjørn und dachte merkwürdigerweise, dann müsse jetzt etwa der Zug abfahren. «Du kannst doch nicht schon so früh zugemacht haben.»

«Ich habe jetzt 'ne Aushilfe, hab die *ganze* Nacht auf. Hab ich dir das noch nicht erzählt? Wie geht's dir eigentlich, habe gehört, dir ging's nicht allzugut.»

«Ich fühlte mich etwas mitgenommen.»

«Hoffentlich nicht der alte Ärger.»

«Alte Ärger? Was – nein, dieser alte Ärger nicht, Gott sei Dank. Übrigens war es schlau von dir, das Licht im Turm zu sehen.»

«Wieso?»

«Weil keins an war.»

«Dann muß es der Mond sein. Wenn man jetzt hinsieht, sieht's aus, als ob da ein Licht an wäre.»

Sie gingen über die Einfahrt durch den gespenstischen Garten, vorbei an dem gnomenhaften gespenstischen Springbrunnen; nur im Zimmer des armen Dr. Parragas, der überhaupt keine Patienten hatte, war noch trübes Licht; dann das gespenstische Auto von Dr. Hippolyte, der zu viele Patienten hatte, seit neuestem auch Sigbjørn (laut Hippolyte hatte Sigbjørn nie eine ernstere Krankheit gehabt als Krampfadern, die er wieder erfolgreich verödet hatte, so daß Sigbjørn jetzt ohne Schwierigkeiten gehen konnte), vorbei an dem gespenstischen Briefkasten mit seinem traurigen, gespenstischen Licht, in dem nichts als Verzweiflung eintraf, während Sigbjørn – indem er die Silhouette der Engel auf Señora Trigos Haus betrachtete, die diejenigen ergänzten, die man von ihrem Turm entfernt hatte – sich fragte, ob diese letzteren jetzt einzig in seinem Werk existierten oder ob sie nur versetzt worden waren; sie stiegen von dem holprigen Mäuerchen auf den dunklen kleinen feuchten Rasen und in den von Weihnachtssternen umsäumten Garten von Eddies Bungalow; hinten lag der laubbedeckte Swimmingpool, in dem der Mond unterm Wasser schwamm; sie gingen in den Bungalow, und Eddie machte das Licht an.

«Für mich ist er jetzt zu groß.»

«Ich sah, man hat dir die Leiter weggenommen», sagte Sigbjørn. «Aber vielleicht gehst du ja nicht oft aufs Dach.»

«Lieber Himmel, warum sollte ich?» Sigbjørn spürte, wie Eddies braune Augen ihn anstarrten. Dann lachte er. «Oh, ich verstehe, was du meinst. Nein, zuviel Sonne vertrag ich nicht ... Wirklich, wenn ich den ganzen Tag in der Sonne sitzen würde wie du, wär ich nach einer Woche tot.»

«Ich auch nicht», sagte Sigbjørn geistesabwesend. Ihm ging,

nicht unerfreut, die Komik dieser Vorstellung durch den Sinn: daß er den Eindruck von jemandem machte, der den ganzen Tag gesund in der Sonne saß, während er in Wahrheit, was niemand wußte, vor nur fünf Tagen versucht hatte, sich umzubringen. Während Eddie über die Veranda zur Küche ging, die auf der dem Turm zugewandten Seite der Veranda lag, um Gläser zu holen, untersuchte Sigbjørn die Flasche Four Roses Whiskey auf dem Tisch.

Plötzlich kam aus dem Tal ein schreckliches Heulen und Jammern. Es war der wichtige kleine Zug – Sigbjørn durchzuckte ein Gefühl von Liebe, weil dieser Zug von Primrose so geliebt wurde –, der mit einem Rattern und Schnaufen, das bis zum Popocatepetl zu schallen und mit doppelter Lautstärke zurückzuhallen schien, jeden Abend pünktlich um zwanzig nach acht im Bahnhof von Cuernavaca einlief; das hatte er zweifellos in seinen wüsten Träumen bereits gehört, und um elf Uhr fuhr der Zug wieder ab: nach Mexico City brauchte er vier Stunden – es war zum Teil die mäandernde egoistische kleine Eisenbahnstrecke seines Romans –; der Zug, mit dem Hugh nach Vera Cruz hätte fahren sollen. Und da fuhr er – tschuk! tschuk! tschuk! tschuk! Der mondhelle Zug auf der mondhellen Spur durch den mondhellen Kaktuswald unter den mondhellen manischen Bergen. Nun, jedenfalls würden Primrose und er, wenn sie zurückfuhren, nicht den Zug nehmen, sondern, falls sie es sich leisten konnten, wieder das Flugzeug. Dostojewski (und er hätte sich mit der Erinnerung trösten können, die ihm aber bis jetzt noch nicht gekommen war, daß auch er einmal ein Buch über das Trinken geplant hatte – ‹*Die Säufer*› hatte es heißen sollen –; es war dann zu ‹*Schuld und Sühne*› geworden, so daß der Held nicht Marmeladow, sondern Raskolnikow wurde – der Sohn der Pulquería), Dostojewski hatte seine Reisejahre als «schlimmer als eine Verbannung nach Sibirien» bezeichnet. Und was hätte denn für ihn besser sein können als Sibirien? dachte Sigbjørn. Verdammt, er könnte sich glatt eine Art stellvertretender Sehnsucht nach Sibirien einreden: das stilvolle Sibirien. Keine Verantwortung tragen müssen; und wozu sich davor füchten, «beobachtet» zu werden, wenn man mit dem Generalstaatsanwalt über die Steppe galoppierte, sich in die Frau von Captain Issayew verliebte, mit besagtem Generalstaatsanwalt, dem engelhaften Baron Vrangel, am steilen Ufer des Flusses Irtich schwimmen ging oder im Baumwollhemd die Blumenbeete wässerte und dann in sein kleines, fensterloses, rauchgeschwärztes Zimmer zurückging, um die infernalische Badezimmer-Szene im ‹*Totenhaus*› zu schreiben, wo die armen Juden und Polen heulen und kotzen und mit ihren Ketten rasseln, während sie immer höher und höher dem Pestdunst entsteigen; danach Schnee schaufeln und Schneeballschlachten veranstalten – notfalls konnte man auch einen Schneeball auf einen Polizisten werfen – oder mit Alabaster arbeiten: das ideale Leben, besonders für einen Schriftsteller, zumal einem, da man kein einziges Wort veröffentlichen durfte, die ständige Qual des Abgelehntwerdens erspart wurde. Wieder suchten Sigbjørns Augen den geisterhaften orangenen Briefkasten, und als Eddie zurückkam, merkte er, daß er tatsächlich einen Schritt auf die Four Roses-Flasche zugegangen war.

«Chin-chin.»

«Lhiat myr hoillin!»

«Was heißt das?»

«Wünsche viel Erfolg ... Wie läuft das Geschäft?» fragte Sigbjøorn; innerlich kicherte er über Eddies höflichen Blick bei seinem gälischen Satz.

«Flaut ab ... Liegt an der Milch. Ich kriege von der Molkerei keine Milch mehr.»

«Primrose wird das bedauern ... Aber ich wußte gar nicht, daß dein Umsatz von Milch abhängt.»

«Und meine Mädchen kann ich auch nicht mehr halten.»

«Wer kann das schon? tz tz, wer kann das schon. Na ja ... jedenfalls ... ist das keine so ganz neue Geschichte. Warum kaufst du dir nicht eine Pulquería und hängst ein Schild raus ‹Hier spricht man Englisch›», schlug er vor. Sigbjørn dachte wieder an Dostojewski.

«Eine Pulquería! Jesus, Maria und Joseph!»

«Ich meine das ernst. Sämtliche Pulquerías hier sind von morgens bis abends voll, da geht's wenigstens rund, die ganze Zeit wird Gitarre gespielt, und billig sind sie – du würdest die Amerikaner zu Tausenden loswerden. Und du brauchtest dich wegen deines Umsatzes nicht mit Milch herumzuschlagen.»

«Die Polizei würde es nicht gestatten –»

«Aber bist *du* denn nicht die Polizei?»

«Ich habe eine Konzession für zwanzig Spielautomaten ... Und ich stelle eine Musikbox auf», sagte Eddie würdevoll; und Sigbjørn dachte, er klinge ziemlich beleidigt. Eduardo Kent, angeblicher Mörder, fünfmal verheiratet und Hochstapler («Wenn ich was hasse, dann Hochstapler», sagte er gern), war auch, wenn man ihm glauben konnte, Polizist («Ich brauche dieses Restaurant einfach zur Tarnung für – nun ja, nicht genau zur Tarnung – hört sich ein bißchen faul an, nicht?»), tatsächlich war er der Chef der Gerichtspolizei von Cuernavaca; seine Arbeit bestand zum einen darin, amerikanische Touristen gegen Kaution aus dem Gefängnis zu holen, zum andern hatte er Mörder zu verfolgen; und er war Züchter preisgekrönter Nelken, eine Nebenbeschäftigung, die etymologisch gar nicht so ungereimt war, denn, so unwahrscheinlich es klingen mag, deren englischer Name *carnations* stammt von *carne*; und, ebenfalls nebenbei, führte er die laute, ungemütliche Straßenbude namens La Universal auf dem Marktplatz, die hauptsächlich von Amerikanern besucht wurde, denen er teure Hamburger vorsetzte, die er selbst mit zitternder Hand zubereitete. Primrose und Sigbjørn, die dort ihr agua selice und Milch, aber nicht ihre Drinks kauften, weil sie zu teuer waren, mochten ihn sehr, und tatsächlich war es ihm zuzuschreiben, daß sie überhaupt in die Quinta Dolores gekommen waren.

Sigbjørn hatte eine Geschichte über Eddie gehört. Als er neunzehn war, hatte er in Puebla einmal mitangesehen, wie eine Frau von einer Straßenbahn überfahren wurde. Der Frau waren beide Beine abgeschnitten worden. Alles stand, wegen der gesetzlichen Vorschriften, zögernd herum, und dieses Problem mit den Gesetzen, Sigbjørn hatte ja eine ähnliche Szene dramatisiert, hatte die ganze Geschichte ins Rollen gebracht. Eddie hatte sich in die nächste Tiendita gestürzt, eine Rolle Bindfaden gekauft und der armen Frau Aderpressen auf die Stümpfe gebunden. Trotz dieser Tat entging er nicht dem Gesetz, obgleich der Richter ihn für seine Nächstenliebe belobigte. Was Sigbjørn und Eddie tatsächlich gemeinsam hatten, war die Unwirklichkeit ihrer Leben: und doch war seltsamerweise diese Geschichte wahr, davon war Sigbjørn überzeugt – wenn auch aus keinem besseren Grund als dem, daß er sie bis jetzt noch nicht von Eddie selbst gehört hatte.

«Hast du dich schon von Taxco erholt?» fragte Eddie nach einer Weile lächelnd, während sie sich mit dem Four Roses hinsetzten.

«Hängt davon ab, was du unter ‹erholt› verstehst.»

«Helen und Guido konnten über euch zwei gar nicht hinwegkommen. Sie sagten, ihr wäret einfach das glücklichste Paar, das sie je in ihrem Leben gesehen hätten.»

Sigbjørn nahm einen langen Zug. «So was hört man immer gern.»

«Ich war fünfmal verheiratet ... Ich habe einen Jungen von Zwanzig, und mit Zwanzig habe ich das erste Mal geheiratet; demnach bin ich also Vierzig, stimmt's?»

«Nicht unbedingt. Will's dir aber glauben.»

«Kann trotzdem nicht behaupten, daß ich je besonders glücklich gewesen bin; immer kam was dazwischen – weißt schon», fuhr Eddie nachdenklich fort. «Aber mit euch Leutchen zusammenzusein, ist mir wirklich ein Vergnügen. Ja, ich habe das gern – Leute glücklich zu sehen.»

Sigbjørn dachte, wie wenig glücklich die arme Primrose wirklich auf dieser Fahrt mit Eddie nach Taxco gewesen war. «Ich weiß nicht, ob dir ganz klar ist, was du uns da eingebrockt hast, als du Primrose dieses Haus für uns besorgt hast», sagte er.

«Deine Frau hat gesagt, sie würde gern hier in Cuernavaca eine Wohnung mieten. Ich lebe gern hier, ich spreche Englisch, also führte ich sie an dem Tag hierher, und sie sagte: ‹Ich trau meinen Augen nicht ...›»

«Sie hat dir nicht gesagt, *warum*.»

«Die Sache hab ich nie ganz verstanden. Warst du früher schon mal hier? Oder hat es was mit dem Buch zu tun, das du geschrieben hast?»

«Beides, gewissermaßen. Ich sagte ja, vor zehn Jahren war ich schon mal hier. Das heißt, nicht genau ... Wart mal, jetzt haben wir Januar 1946. Ich war hier von September 1936 bis Ende Juli 1938.»

«Hast aber nicht in diesem Haus gewohnt?»

«Nein, mit ‹hier› meinte ich Mexiko», erwiderte Sigbjørn, «obwohl ich teilweise auch in Cuernavaca war. Eigentlich den größten Teil der Zeit. Ich habe da weiter unten in der Calle Humboldt gewohnt. Weiß nicht, ob du das Haus kennst – jedenfalls hat's jetzt eine andere Nummer.» Sigbjørn schwieg eine Weile; er dachte daran, wie er Primrose kürzlich dorthin geführt hatte, um ihr das Haus des Konsuls zu zeigen, Nummer 65, jetzt 55, in seinem Buch 52; das Tor war repariert worden, die Bougainvillea noch da, der Gärtner hatte in der Einfahrt gearbeitet und überrascht aufgeblickt, als sie sich plötzlich eines Besseren besannen, sich umwandten und ohne einmal zurückzublicken wieder hinausgingen, obwohl sie von der anderen Seite der Barranca noch einen verstohlenen Blick darauf warfen. Das Haus schien unverändert, abgesehen von einem neuen kleinen Anbau. «Ich hatte nie einen Fuß in die Quinta Dolores gesetzt, bis Primrose mich vor einem Monat hierher brachte», fuhr er fort, «und sagte: ‹Ich hab eine Überraschung für dich!› Andererseits hatte ich in dieser Straße gelebt und darüber geschrieben, war also so vertraut damit, als ob es mein eigenes Haus gewesen wäre. Natürlich hieß es damals nicht Quinta Dolores.»

«Ich weiß nicht, ob ich dir folgen kann», sagte Eddie.

«Ja, mit ‹Haus› habe ich den Turm gemeint», sagte Sigbjørn, «die Wohnung, in der Primrose und ich jetzt leben. Der Turm war damals auch schon da, eigentlich war er so ziemlich alles, was man von der Straße aus sehen konnte. Aber soweit ich weiß, konnte man damals dort keine Zimmer mieten. Er gehörte einem Künstler, und ich hielt den unteren Teil für sein Atelier, da er ganz verglast war.»

«Das war Señora Trigos Bruder; aber der ist tot.»

«Vor Jahren», sagte Sigbjørn halb zu sich selbst, nahm eine Bohemios und ging unruhig auf und ab, «waren es zwei Türme, dazwischen eine Art Steg, der sie an den Dächern verband; auf dem einen, der wohl als Balkon benutzt wurde, standen alle möglichen Engel und andere runde Dinger aus rotem Sandstein. Die komischen winkelförmigen Fenster sind noch da, aber damals stand darunter eine Inschrift in Blattgold, die man von der Straße aus lesen konnte. Anscheinend hat man einen der Türme abgerissen, obwohl ich bemerke, daß einige der Engel auf Señora Trigos Haus wieder aufgetaucht sind.»

«Und der Turm hat dich also inspiriert?» sagte Eddie. «Er befeuerte deine Phantasie, so sagt man doch wohl?»

«Oder meine Phantasie befeuerte den Turm ... Aber leider traf das Feuer unser Haus in Kanada: doch das ist eine andere Geschichte ... Was ich sagen wollte, Eddie, ist folgendes: aus irgendeinem Grund habe ich eine ziemlich wichtige Figur in meinem Buch in diesem verdammten Turm da wohnen lassen. Und eine der wichtigsten Szenen spielt auch dadrin», sagte Sigbjørn, «eine Szene, wo mein Held sich, um's mal vielleicht platt zu sagen, zwischen Leben und Tod entscheiden muß ... Und jetzt wohne ich selber in dem Ding.»

Eddies Croupiersaugen zogen sich interessiert zusammen, wenn auch nicht klar war, ob Sigbjørns Worte ihn interessierten – obwohl er sie sogar wiederholte: «Und jetzt wohnst du selber in dem gottverdammten Ding, he?» – oder irgendein eigener Gedanke, den sie in Gang gebracht hatten: «So was würdest du doch eine Koinzidenz nennen, oder?»

«Oder was noch Schlimmeres.»

«Was ist das für ein Buch – so 'ne Art Kriminalroman?» fragte Eddie.

«Ich leih's dir mal ... Habe eine Kopie des Manuskripts mitgebracht, aber die habe ich Hippolyte geliehen. Aber ich will dich was fragen. Das heißt, ich hab's ja dabei, wo sind nur meine

Gedanken?» Sigbjørn zog ein zerknittertes Stück Papier aus der Tasche.

Eddie setzte gewichtig seine Brille auf und las: «Le gusta este jardín? ¿Que es suyo? ¡Evite que sus hijos lo destruyan! – Nein, das ist falsch.»

«Aber ich hab's abgeschrieben. Wie würdest du das übrigens übersetzen?»

«Gefällt dir dieser Garten, der dir gehört? Achte darauf, daß er so bleibt: daß deine Kinder ihn nicht zerstören!»

Sigbjørn sah Eddie über die Schulter. «Aber genauso habe ich das von der Hinweistafel in Oaxaca abgeschrieben.»

«Nun, das erklärt manches ... Du mußt es richtigstellen.»

«Das ändert alles – ich sehe jetzt, daß es ein absurder Fehler ist; aber mindestens acht Jahre lang ist mir nie in den Sinn gekommen, es könnte etwas anderes heißen als: ‹Gefällt dir dieser Garten? Warum gehört er dir? Zerstörer werden von uns vertrieben!›»

«Hat mit ‹vertreiben› überhaupt nichts zu tun.»

«Und doch, das bringt mich auf eine Idee ... ich werd's natürlich ändern müssen. Aber ich könnte meinen Konsul erst einmal *denken* lassen, daß es das bedeuten würde. Ja, ich sehe, das wäre noch viel besser.»

«Du mußt es richtigstellen. Es hat doch keinen Sinn, wenn es falsch ist.»

«Und dann kann irgendein anderer es richtig übersetzen. Wird verflucht kompliziert werden, aber die richtige Übersetzung ist, wie ich sehe, noch schlimmer.»

«Ich dachte, du hast gesagt, sie wäre besser.»

«Ich meine, passender und schrecklicher», sagte Sigbjørn, während er das Papier zusammenfaltete. «Danke, Eddie, kann ich mir einen Drink eingießen?»

«Dafür ist die Flasche da», sagte Eddie und nahm die Brille ab. Plötzlich dröhnte wieder «Smoke gets in your eyes» aus der Posada nebenan. «Aber die Sache interessiert mich. Und jetzt erzähl mir, wovon das Buch handelt», sagte Eddie, indem er sein Glas wieder vollschüttete.

«Hauptsächlich vom Trinken», antwortete Sigbjørn Wilderness.

«Davon habe ich natürlich keine Ahnung. Schrecklich zu sagen, aber ich trinke jeden Tag eine Flasche, ja, eine Flasche Berreteaga. Werde nie betrunken. Hab nie einen Kater», sagte Eddie.

«Primrose und ich trinken nur einen Liter billigen Brandy», sagte Sigbjørn; er saß auf der Fensterbrüstung und hielt seine Knie umklammert. Er sah zum mondhellen Turm hinauf: «Und bekommen einen Kater davon.»

Doch war die depressive Stimmung jetzt von Sigbjørn gewichen, und er fühlte eine fast ekstatische Stimmung in sich aufsteigen, dazu eine Art morbiden Stolz, als er so in den gespenstischen Garten und auf den manischen finsteren Turm sah: *Und* werden betrunken», fügte er hinzu. Es war tatsächlich so, als bewege er sich mitten in seiner eigenen Schöpfung, und selbst wenn diese Schöpfung ein Fehlschlag war: das Gefühl war geradezu gottähnlich. Denn war es nicht denkbar, daß Gott selbst sich auf genau die gleiche gespenstische Weise in Seiner Schöpfung bewegte; und wie sollten wir Ihn sehen können, wenn wir nur trübe ahnen, daß Er die Macht hat, uns jeden Augenblick aus Seinem seltsamen dunklen Manuskript zu streichen?

«Wann soll es veröffentlicht werden?»

Sigbjørn schüttelte den Kopf. «Wahrscheinlich nie», und er wußte, was jetzt auch noch käme.

«Ich hätte dann gern ein signiertes Exemplar ...»

Wie oft hatten Primrose und er hier gesessen und auf den Postboten gewartet, der übrigens zufällig sein eigener kleiner Postbote aus Kapitel VI war und noch kein bißchen älter aussah, trotz der Jahre, die inzwischen vergangen waren: derselbe stürmische Schritt, derselbe Ziegenbart und dieselbe Ausstrahlung, als ob er ständig ungeheure Neuigkeiten austrage. Und die Neuigkeit aus England, die Ablehnung, war Silvester gekommen: sie hatten sie im Kasten gefunden, als sie aus Yautepec zurückkamen. «Und während Mr. Wilderness die Eigentümlichkeiten von Joyce, Sterne, den Surrealisten, den Gedankenstrom-Experimentierern nachahmt, schildert er uns Herz und Kopf von Sir Philip Gibbs. Außerdem erinnert uns das Buch unwiderstehlich an den jüngst erfolgreichen Roman und Film ‹*Säuferwalzer*›.» Aber was hatten sie bis dahin, bis zu diesem Augenblick für einen wunderbaren letzten Tag des Jahres verbracht! Am Morgen hatte er sich mit ungeheurer Mühe aufgerafft – wie er es morgen Primrose zuliebe tun wollte –, um ihr das Geschenk eines herrlichen Ausklangs zu machen; vom Bus der Blick auf den goldenen Mais, der in den Höfen ausgebreitet lag; Popo und Ixta, die immer wieder auftauchten; und dann Yautepec selbst, die kleine, von Touristen noch nicht entdeckte Stadt; und die riesigen weißen Schmetterlinge, die wie die Blüten des Winds dahintrieben. Und dann der Blick in den kühlen, schattigen Innenhof der Kirche, der Spaziergang an dem kleinen Fluß. Sie waren in dem überfüllten Bus so glücklich zurückgefahren, und dann wurde sein Buch abgelehnt, und schlimmer noch die grundlose Beleidigung und nichts als die Aussicht auf eine Fortsetzung der inneren Spannung. Denn die Nachricht aus England war nicht ganz und gar endgültig gewesen. «Gleichwohl aber scheint mir, daß das Buch gewisse Qualitäten besitzt», fuhr der Lektor fort; «das Hauptproblem scheint darin zu bestehen, daß mindestens zwei Drittel des Buchs für das Kernthema irrelevant sind. Der Autor hat sich übernommen. Mag sich der Autor auch spöttisch darüber äußern; mein Vorschlag lautet, er sollte es neu schreiben, selbst auf die Gefahr hin, daß es ‹*Säuferwalzer*› noch ähnlicher wird, wovon es offensichtlich beeinflußt ist; und daß wir das Manuskript so lange behalten sollten, bis wir seine Antwort bekommen.»

Sigbjørn hatte ausführlich geantwortet, das Buch Kapitel für Kapitel seziert und deutlich gemacht, daß es, da es bereits zehnmal umgeschrieben worden sei, im jetzigen Zustand oder ungedruckt bleiben müsse. Und, o Gott, dieser Silvesterabend, dann die Raketen, der Lärm, das schreckliche Gepfeife der Eisenbahn, die entsetzliche Betrunkenheit, und doch, trotz allem, am Ende die Liebe! Und dann der gar noch schlimmere Schrecken des Neujahrstags! Aber warum sollte auch irgendwer in Mexiko nüchtern werden *wollen*. Wenn man nicht von Tequila oder Mescal betrunken war, war man es von der Sonne, vom kobaltblauen Himmel, vom Mondlicht oder von den Vulkanen, falls man nicht die ganze Zeit schlafen wollte! Oder wahnsinnig werden ... Und dann war, zu allem Überdruß, auch noch die übliche schlechte Nachricht aus Amerika gekommen; diesmal eine Neuheit in der Sprache der Ablehnung. Der amerikanische Herausgeber oder Lektor gab sogar vor, es zweimal gelesen zu haben (was er, ohne es zu wissen, durchaus getan haben konnte, hatte Sigbjørn gesagt, da dieselbe Firma es 1940 schon einmal abgelehnt hatte). «Ich vertrete diese Ansicht nicht nur, weil ich glaube, daß es sich nicht verkaufen läßt ... Mein Gefühl, es handle sich hierbei um etwas Nachgeahmtes, verstärkte sich bei der zweiten Lektüre noch ...» Nachgeahmtes! Himmel, dachte Sigbjørn wieder gepeinigt. Aber nein, mit Nachgeahmtem meinte er etwas anderes. «Nach unseren Unterlagen scheint nach der Publikation von ‹*Säuferwalzer*› jeder junge Schriftsteller, der je einen Kater hatte, der Meinung zu sein, ein Bericht über eine Sauftour sei der schnellste Weg zum Erfolg.» Sigbjørn konnte nur einen stummen Appell an Jason Wilkes schicken: «Nennen Sie so etwas einen schnellen Weg?» Und andererseits hätte er ja mal fragen können, was denn an Sigbjørns verdammtem Buch so gut sei, daß der Lektor es zweimal lesen mußte? Wieder überkam Sigbjørn ein Gefühl von Bitterkeit, von Niederlage, von absolutem Versagen. Er geriet in weinerliche Stimmung. Und wie enttäuscht Primrose gewesen war, und wie tapfer und selbstlos. Eddie lief jetzt in der Küche herum.

«Ein signiertes Exemplar –» sagte Eddie laut aus der Küche, «der Erstausgabe.»

«Ich glaube kaum, daß es überhaupt irgendeine Ausgabe geben wird; höchstens von einer Anthologie ‹*König Alkohol*›, die von hinten bis vorne aus Romanen besteht, die in den letzten zwei Tagen erschienen sind», rief Sigbjørn zurück. Jetzt fehlte ihm nur noch, daß Eddie ihn fragte – und da stellte Eddie die Frage auch schon:

«Ist es so ähnlich geschrieben wie dieses, wie heißt's noch gleich, ‹*Säuferwalzer*›?»

«Et tu Brute ... Sag bloß nicht, so weit hier unten im Süden hast du davon gehört.»

«So 'ne Art, wie sagt man, Plagiat.» Eddie war hartnäckig wie eine Hornisse.

«Haha ... Nein, nur wieder, haha, eine Koinzidenz, oder wie du's nennen willst.»

«Eh.»

«Nichts.»

«Trink», sagte Eddie jetzt, als er aus der Küche auftauchte. Für einen Gastwirt war Eddie sehr ordentlich, er schien abgewaschen zu haben. «Nun, was ist dann damit?» Eddie setzte sich.

«Nichts. Alles was man darüber gesagt hat, ist völlig falsch. Einschließlich sämtlicher Schlüsse, die ich mal gezogen haben mag. Wenn ich mein Buch je neu schreiben sollte, würde ich behaupten, daß es vor allem eine Sache des Aufbaus ist. Abstinenzlern kann ich nicht vertrauen. Und Leute, die nicht trinken können, spielen sich gewöhnlich irgendwo anders als Tyrannen auf, machen auf alle Fälle die Leute, die es können, unglücklich. Obwohl ich zugeben muß, daß ich selbst ein bißchen am Kämpfen bin. Oder jedenfalls gern so tue, als ob.»

«Übrigens», sagte Eddie, «ich habe eine neue Knarre.» Er zog eine neue glänzende Pistole aus dem Halfter und legte sie auf die Brüstung. «Ich kann dich mit einem Mann bekannt machen ... ich könnt dir was erzählen, ehrlich! Ich könnte ein Buch schreiben. Ich erzähl's dir mal. Er erschoß zwanzig Bücher – zwanzig Männer in ebensoviel Sekunden, peng! peng! peng! peng! einfach so. Der Polizeichef von Yautepec» – und hatte Sigbjørn nicht auch von Yautepec gesprochen, als er glaubte, dies nur gedacht zu haben – «... Und weißt du was? Er ist ein perfekter Gentleman ... Ich hab mal fünfzig Leute erschossen – und falls Uncle Sam mich noch mal brauchen sollte ... Aber das ist 'ne andere Geschichte. Weißt du, Sigbjørn, ich darf dich doch Sigbjørn nennen, oder? Kann ich Sigbjørn zu dir sagen?»

«Red nur weiter.»

«Ich hasse Hochstapler.»

«Ich auch. Aber warum steckst du das Ding nicht weg. Also, ich wollte gerade sagen, daß –»

«Sag mal!» sagte Eddie (und in diesem Augenblick klang er genau wie Stanford, er wurde immer mehr zu Stanford, ja, er *war* Stanford). «Sag mal ... also darüber wollte ich mit dir sprechen, als ich mir die Freiheit nahm – nein, nein, die Freiheit, an deine Tür zu klopfen, Sigbjørn. Kann ich Sigbjørn zu dir sagen?»

«Mein Name ist Thorbeard», sagte Sigbjørn mit tiefer Stimme.

«Sag mal!» unterbrach Eddie. «Ich fahre morgen nach Acapulco. Warum kommt ihr zwei nicht mit nach Acapulco und vergeßt das alles.»

«Wunderbare Idee», sagte Sigbjørn zögernd, und gewissermaßen wider sein besseres Wissen kam er einen Augenblick lang zur Besinnung. «Wunderbar – aber –» Er dachte an Acapulco, als er das letzte Mal da war – Stanford war natürlich auch dagewesen; 1938 Stanford – da trug er noch den weißen Anzug – woraus war der noch, nicht Leinen –, den Fernando ihm in Cuicitlán für fünf Pesos verkauft hatte («Mein armes Pferd, es beißt, es beißt die ganze Zeit»): Acapulco war 1936 sein erster Einfahrtshafen (wie Yvonnes): ja, in Acapulco hatte er seinen ersten Mescal getrunken: er dachte an Mescal: dann dachte er an Taxco. Wenn er mit Eddie nach Acapulco führe, so wie sie nach Taxco gefahren waren – und durch Taxco mußten sie nolens volens wieder fahren; vielleicht könnten sie Taxco sogar wiedergutmachen –, gäbe es gleich morgens zweifellos eine Menge Drinks, genau die Art und die Zahl von Drinks, die er morgen brauchen und denen Primrose sich widersetzen würde: andererseits, nein, das konnte er nicht machen. Doch, er würde es machen, denn dann würde er nicht mit Primrose nach Oaxaca fahren. Oaxaca! Denn das einzige, woran Primrose sich von der Fahrt nach Taxco mit Eddie wirklich erinnern könnte – trotzdem sie ein Teil jenes glücklichsten Paares war, das Helen und Guido je gesehen hatten –, war, wie großartig er, Sigbjørn, sich betrunken hatte; vielleicht noch an die zwei Türme und die Kuppeln der Kathedrale, zuerst ins

Licht des Sonnenuntergangs getaucht (vom Delirium-tremens-Café aus betrachtet), an den kobaltblauen Himmel, das schwindende Licht, die Sterne! – Mars und Saturn zwischen den Türmen, und Sirius und Canopus vielleicht dahinter – ja, und wenn er sie auch nicht gesehen hatte, vielleicht an die Sterne zwischen den Palmenblättern und die Lichter der Stadt unter ihnen, die ihr von Eddie, und nicht von ihm, auf der Terrasse des Victoria gezeigt worden waren. Raspa tanzen. «Das glücklichste Paar, das ich je gesehen habe», hatte Guido gesagt. Und doch war Primrose – natürlich nur in einer Hinsicht, immer nur in einer Hinsicht – verzweifelt gewesen. Sigbjørn dachte an den Klipperprospekt mit dem Foto von dem jungen Mann, der ein Foto machte. Taxco hatte diesem Ideal bestimmt nicht entsprochen. Nein, nein, nein, so würde er sie nicht noch einmal enttäuschen. Außerdem «klappten» Reisen, die sie nicht selbst geplant hatten, nur selten. Zu zweit waren sie glücklicher.

«Nein, ich fürchte nicht, Eddie. Weißt du, ich habe vor, morgen mit Primrose nach Oaxaca zu fahren», sagte er.

«Könnt ihr nicht ein andermal nach Oaxaca fahren? ... Ich hab doch jetzt das Auto. Wie wollt ihr denn überhaupt nach Oaxaca kommen?»

«Mit dem Bus hier von Cuernavaca aus.»

«Das geht nicht, ihr müßt erst nach Mexico City», sagte Eddie, «und von dort entweder mit dem Zug oder dem Bus weiter. Mit dem Zug braucht ihr die ganze Nacht – obwohl ich selbst noch nie in Oaxaca gewesen bin –, auf alle Fälle aber müßt ihr über Puebla fahren.»

«Das weiß ich alles.» Sigbjørn lächelte; er überlegte, daß er vielleicht schon eine ganze Menge mehr von Mexiko gesehen hatte als Eddie, der Mexikaner, der sich noch nicht einmal die Mühe gemacht hatte, nach Oaxaca zu fahren, obwohl er in Puebla, also relativ in der Nähe, geboren war. «Mit dem Zug aus Mexico City war ich schon mal da. Aber gestern abend habe ich mir eine Landkarte angesehen und herausgefunden, daß man von hier mit einem Zweiter-Klasse-Bus nach Matamoros fahren und dort in den aus Puebla kommenden Bus umsteigen kann.»

«Die Straße von hier nach Cuautla ist fürchterlich. Und von Cuautla nach Matamoros gibt es, glaub ich, überhaupt nichts, was man Straße nennen könnte. Jedenfalls werdet ihr halb tot da ankommen, in diesen überfüllten Bussen. Keinem Mexikaner würde so was einfallen.»

«Offenbar doch; sonst wären die Busse nicht überfüllt. Die Mexikaner fahren damit, sonst säßen sie nicht sogar auf den Dächern der Busse, die ich nach Matamoros habe fahren sehen», sagte Sigbjørn, «und überhaupt wird es ein Abenteuer.»

«Nicht für mich!»

Sigbjørn fühlte sich jetzt einigermaßen nüchtern und froh, daß er in Sachen Oaxaca nicht schwach geworden war. «Aber ich habe noch einen andern Grund, warum ich speziell nach Oaxaca will. In meinem Buch spielt jemand eine Rolle, den ich Dr. Vigil nenne – den gibt es wirklich; er ist ein sehr guter Freund von mir, den ich in Mexiko kennengelernt habe, als ich das letzte Mal hier war; das heißt, als ich in Oaxaca war, denn daher stammt er. Als ich in Kanada das Buch schrieb, habe ich ihm mehrmals geschrieben, aber aus irgendeinem Grund nie eine Antwort erhalten – die Briefe an ihn kamen immer zurück.»

«Sieh mal, wer da ist.»

Die weiße Gestalt war Dr. Hippolyte, obwohl er noch nicht bei ihnen war, sondern erst über Eddies Rasen näher kam, mit einem Päckchen unterm Arm: und während er herankam, schien Sigbjørn Trommeln schlagen zu hören – ja wirklich, auch wenn das keine Voodoo-Trommeln waren. Dr. Hippolyte war Haitianer, war einmal der haitische Chargé d'affaires in Mexiko gewesen, aus irgendwelchen Gründen aber nicht zurückgekehrt, und lebte noch immer in Cuernavaca. Er war ein riesenhafter Neger, ganz in klassisches Weiß gekleidet, und mit einer schwarzen Krawatte; ihn umgab eine Aura, gleichsam ein Raunen von Trompetenbäumen und eine Vision von einem kleinen Negerlein, das «Bitte fünf Cent» sagte; aus Spitzen gewirkte Häuser mit Blechdächern unter flammenden Bäumen; die fünf Leichenzüge, die auf den glühendheißen weißen Friedhof zogen; und das raschelnde Schweigen weißgekleideter Frauen, die möwengleich verlöschend nach Kensikoff hinaufkletterten und von dort hinunter: vor Jahren hatte Sigbjørn, als Seemann, das Land einmal besucht – halb hatte er beabsichtigt, Primrose auch dorthin zu führen –: das Trommeln ließ nicht nach.

«Hallo ... Hallo ...» sagte der Mann, der Sigbjørn gerade vor fünf Tagen das Leben gerettet hatte. «Ich bringe Ihnen Ihr Manuskript zurück ... Habe leider ein wenig Tequila darüber verschüttet.»

«So ähnlich wie jemand, der den ‹*Ulysses*› einen Tag, nachdem er ihn geliehen bekam, zurückgab und sagte: ‹Sehr gut.›»

«Ich habe meine Meinung noch nicht zum besten gegeben ... Vielleicht –» Dr. Hippolyte lächelte – «bin ich dessen auch nicht würdig. Auch ich bin ein Verbannter. Ich dachte, ich hasse den weißen Mann, weil er die Welt erobert und weil er beim Neger sowohl Überlegenheits- als auch Minderwertigkeitskomplexe hervorruft ...» Dr. Hippolyte kostete mit professionellem Gebaren seinen Rum. «Ich hielt mich für einen Neger. Nun aber stelle ich fest, daß man mich für einen Weißen hält, das ist eine Tragödie für mich. Wissen Sie, auch ich habe meine Tragödien, auch wenn ich mein Bestes tue, mir keine zu machen. Vielleicht liegt es daran, daß ich kein Talent dazu habe ... Jetzt, in diesem Augenblick, haben wir eine Revolution. Eine unblutige. Wir vergraulen den Präsidenten aus seinem weißen Mausoleum, indem wir einfach die Schulkinder immer trommelschlagend um den Platz herummarschieren lassen und ihm so ein Schamgefühl einflößen. Daher mein Demijohn.»

«War Vigil wirklich ein Arzt?» fragte Eddie.

«Nein, er mußte nur oft als Arzt einspringen.»

«Ich natürlich auch», sagte Dr. Hippolyte. «Ich möchte nicht unbedingt Ihr Dr. Vigil sein.»

«Ich wollte gerade sagen, man sollte eigentlich meinen, daß man deine Briefe an seine neue Adresse weitergeleitet hätte, wenn er in Oaxaca bekannt gewesen wäre», sagte Eddie.

«Nein, deshalb habe ich mir keine Sorgen gemacht. Im wirklichen Leben arbeitete er, obwohl er ausgebildeter Apotheker war, für die Banco Ejidal, und die schickte ihre Leute über den ganzen Staat, Hunderte Meilen weit, dorthin, wo es keine Postämter gibt, die das Geld für die Kolchosen abliefern könnten – das war seine Aufgabe; ich bin einmal selbst mit ihm in die Berge raufgefahren – eigentlich bestand er ja aus zwei Figuren, aber ich glaube kaum, daß euch das sonderlich interessieren könnte ... Er hat auch in Eisensteins ‹*Donner über Mexiko*› mitgespielt.»

«Ich hab mir von Eisenstein mal einen Smoking geliehen», sagte Hippolyte.

«Man sollte aber doch meinen, die Bank hätte Kontakt mit ihm gehalten.»

«Er war schon immer drauf und dran, seinen Job zu kündigen, und ich bin zu dem Schluß gekommen, daß er eben dies getan haben müsse. Aber ich denke, ich hätte eine gute Chance, ihn aufzuspüren, wenn ich wieder nach Oaxaca führe. Und wenn wir ihn in Oaxaca nicht finden, kenne ich noch ein paar seiner Freunde in den Bergen, die wissen könnten, wo er steckt.»

«Ganz schön riskant – das Wort Gringo möcht ich gar nicht erwähnen –, in manche dieser Orte raufzufahren, besonders mit einer Frau.»

«Kein Mexikaner würde das machen.»

«Aber Neger. Tatsächlich leben viele Neger in Oaxaca. Ich hielt mich einmal für einen Neger –»

«Nein», lachte Eddie. «Kein Mexikaner würde das machen ... Aber wenn die Amerikaner hierher kommen, scheinen sie sowieso den Kopf zu verlieren. Ich muß im Durchschnitt zweimal pro Woche einen Amerikaner aus dem Gefängnis holen. Da war zum Beispiel vorige Nacht ein junger Amerikaner in der Universal Bar, und irgendein Bauer war borracho und verführte ihn zu einer Kraftprobe. Einer dieser kleinlichen Polizisten hier verhaftete ihn wegen Prügelei und Ruhestörung. Er hatte sich genausowenig geprügelt oder die Ruhe gestört wie ich. Das war bloß eine abgekartete Sache, um ihm ein paar Dollars aus der Tasche zu ziehen. An diesem Teil meiner Arbeit ist nichts Geheimnisvolles – sie wird mir direkt vom Gouverneur aufgetragen. Die wollen den Tourismus und möchten nicht, daß die Amerikaner in Schwierigkeiten kommen. Und wenn es dazu kommt, ist alles nur eine Frage der Dollars. Hinterher bot mir dieser Amerikaner fünfhundert Dollars an. Ja, fünfhundert Dollars, keine Pesos. Hab sie natürlich nicht genommen.»

«Ich gehöre nicht zu den Leuten, die in Schwierigkeiten kommen, wenigstens nicht wegen Trinken. Das einzige Mal, wo ich je in Mexiko in Schwierigkeiten gekommen bin, war, weil ich meine Papiere nicht bei mir hatte. Das war in Oaxaca, aber das ist schon sehr lange her, und ich hoffe, die haben das vergessen. Jedenfalls war alles in Ordnung, als meine Papiere schließlich aus Mexico City eintrafen.» Sigbjørn stellte fest, daß er wirklich ganz schön blau sein mußte, wenn er dermaßen leichthin davon sprach, wenn er so leichthin über diesen schrecklichen Vorfall hinweggehen konnte. «Immerhin habe ich meinen Konsul hier in einen Haufen Schwierigkeiten geraten lassen.»

«Deinen Konsul? Was hast du mit ihm gemacht?»

«Meinen Konsul im Buch.»

«Was ist ihm passiert?»

«Jemand hat ihn erschossen, und dann wurde er in eine Schlucht geworfen.»

«In der Barranca erwartet einen immer Unglück», sagte Eddie grimmig. «Wie ist er denn in diese miese Lage geraten?»

«Er hat getrunken. Na ja, Hippolyte weiß ja jetzt alles über den Konsul.»

«Ja. Er gefiel mir sehr. Hat mir leid getan, ihn sterben zu sehen. Tatsächlich war ich der Ansicht, Ihre Yvonne hätte in die Schlucht wandern sollen, und der Konsul und sein Bruder hätten bis an ihr seliges Ende weitergelebt: mit dem Haus und dem Mescal und allem anderen, was sie glücklich machen konnte.»

«Er ist in Schwierigkeiten geraten. Mescal war seine Nemesis ... Und er hatte natürlich das Pech, daß er dich nicht hatte, ihm zu helfen.» Sigbjørn lachte und nippte an seinem Drink. «Natürlich war er genaugenommen gar kein Konsul mehr. Ja, so gesehen war er praktisch auch kein Mann mehr. Er hatte seine Frau verloren: sie hatte sich von ihm scheiden lassen, war aber an dem Tag, an dem die Geschichte wirklich anfängt, zu ihm zurückgekehrt. Seine Freunde, Monsieur Laruelle aus dem Turm da und sein Halbbruder – das heißt ich; dasselbe könnte ich auch von allen anderen Figuren in gewisser Weise behaupten –, der zufällig gerade bei ihm ist, und natürlich Dr. Vigil – der in Wirklichkeit, wie gesagt, Juan Fernando Martinez heißt; da er Zapoteke war, gab er mir übrigens einen Indio-Namen, und zwar nannte er mich immer, weil ich Schriftsteller war, den «Tragödienmacher» – «Hallo, machst du heute wieder Tragödien?» so begrüßte er mich immer, gewöhnlich in einer Bar – alle diese Leute, einschließlich der Frau des Konsuls, versuchen ihm auf verschiedene Weisen zu helfen, mit dem Trinken aufzuhören, nach Kanada auszuwandern, neue Interessen zu pflegen, etwas anderes zu trinken, sozusagen nach Acapulco zu gehen. Dr. Vigil lädt ihn zum Beispiel ein, mit ihm im Auto nach Guanajuato zu fahren, so wie du mich eingeladen hast, mit nach Acapulco zu fahren, und so weiter.»

«Ich glaube, ich werde ein Buch schreiben», sagte Eddie.

«Das würde ich nicht tun, wenn es Ihnen das antut, was es unserem Freund hier anscheinend angetan hat», sagte Dr. Hippolyte.

«Ich an deiner Stelle tät's auch nicht.» Sigbjørn schob das Paket über die Brüstung zurück.

«Wie sind Sie anfangs überhaupt dazu gekommen, es zu schreiben?» fragte Dr. Hippolyte.

«Vor neun Jahren, Ende 1936, ich wohnte damals in Nummer 55, da hinten –» er nickte zur Calle Humboldt hin – «fuhr ich eines Tages mit dem Bus nach Chapultepec. Nicht das große Chapultepec, sondern das kleine hier in der Nähe. Da gab's immer einen Wasserfall und so was, aber der ist weg. Ich war mit mehreren Leuten unterwegs, darunter eine Person, die mir überaus teuer war; wir wollen sie X nennen: Señora X, meine erste Frau; ich war nicht wirklich mit ihr verheiratet, aber das ist schon wieder eine andere Geschichte. Dazu zwei Amerikaner, von denen einer sich als Cowboy kostümiert hatte – ein solches Kostüm trug auch eine meiner Figuren, die ich Hugh genannt habe: er war auf Grund einer Wette in einem Viehwagen hierher gefahren, und an der Grenze hat man ihm seine Kleider beschlagnahmt. Wir fuhren zu einem Stierrodeo, diesseits von Chapultepec. Die Arena gibt es noch; habe sie Silvester gesehen, als wir nach Yautepec fuhren. Ungefähr auf halbem Weg hielten wir neben einem Indio an, der offenbar am Straßenrand im Sterben lag. Wir alle wollten ihm helfen, wurden aber daran gehindert: um's kurz zu machen –» an dieser Stelle lachte Dr. Hippolyte – «man sagte uns nämlich, das verstieße gegen das Gesetz. Das einzige, was geschah, war, daß wir ihn schließlich liegen ließen und inzwischen ein Betrunkener aus dem Bus ihm das Geld aus seinem Hut, der neben ihm auf der Straße lag, gestohlen hatte. Er bezahlte damit sein Fahrgeld, mit dem gestohlenen Geld, und wir fuhren weiter zu unserem Stierrodeo.»

«Und?»

«Das ist alles. Die ganze Geschichte ist aus diesem Vorfall entstanden. Zuerst habe ich es als Kurzgeschichte geschrieben. Dann fiel mir auf –» Sigbjørn lachte, wenn auch ohne viel Humor in der Stimme – «daß noch niemand ein adäquates Buch über das Trinken geschrieben hatte, worin ich inzwischen, gelinde gesagt, ein bedeutender Fachmann war; und während also die erste kurze Version des Buchs von einem Verleger nach dem anderen abgelehnt wurde, begann ich das Thema der Trunksucht auszuarbeiten, sowohl in meinem wirklichen Leben als auch in dem Buch, falls Sie mich verstehen. Es steckt natürlich noch viel mehr dahinter als dies, aber daraus entstand die Figur des Konsuls, um Ihnen zuvorzukommen, Hippolyte, falls Sie sagen möchten, ich hätte meine Laster in eine Amtsperson eingekleidet, um nicht selbst darüber allzu trübsinnig zu werden.»

Eddie gähnte, aber vermutlich mehr über seine Geschichte, dachte Sigbjørn, als aus dem Wunsch, ins Bett gehen zu wollen, denn er goß sich gerade noch einen großen Schluck Four Roses ein. Da es andererseits Sigbjørns Schicksal zu sein schien, daß er sein Werk vor Leuten ausbreiten mußte, die im Grunde nicht das geringste Interesse daran hatten, fuhr er verbissen fort.

«Nachdem ich die Geschichte von dem Indio am Straßenrand geschrieben und zum erstenmal die Idee hatte, das Ganze zu einem größeren Roman auszubauen, schrieb ich den Schluß des

Buchs –» er zeigte auf das Manuskript, das auf der Brüstung lag – «als erstes. Ich ließ ihn, den Konsul, von einem Haufen Polizisten in einer Kneipe erschießen. Diese Cantina verlegte ich über die Barranca in einen Ort, ähnlich dem Chapultepec hier in der Nähe, das heißt also nicht in den Ort der Schlacht. Später, nachdem ich zum letztenmal in Oaxaca war, gestaltete ich die Cantina wieder vollständig um und machte sie zu einer in Oaxaca namens Farolito, die immer erst um vier Uhr morgens aufmachte. Ich selbst war im Universal mit einem Haufen total besoffener Leute ins Gespräch gekommen, die ganz und gar nicht darüber verärgert waren, daß ich alles, was sie sagten, in einem Notizbuch aufschrieb, sondern davon sogar geschmeichelt zu sein schienen. Sie versuchten englisch zu sprechen. Ich selbst spanisch: und die sich daraus ergebende Verwirrung war genau das, was ich brauchte. Ich muß zugeben, daß ich da selbst perfectamente borracho war.»

«Aber denken Sie daran, was ich Ihnen erzählt habe, Sigbjørn. Im Voodoo steckt eine große Lehre. Disziplin. Die Tänzer verlassen den Feuerkreis nicht. Wenn Sie es Neurosen nennen wollen, was die da loswerden, dann trifft dies die Sache genau. Selbst wenn der Priester besessen wird, geht die Zeremonie weiter. Und erst wenn sie einen gewissen Punkt erreicht hat, jenseits dessen es gefährlich werden könnte, wird eine Glocke geschlagen. Sie müssen Ihr eigener Priester sein und selbst die Glocke schlagen. Ja, ich sag Ihnen was: auch Sie sind besessen. Sie sind von Sigbjørn Wilderness besessen. Aber nicht von Baron Samedi und auch noch nicht von Papa Legba, dem Innenminister des Todes. Sie sind von Sigbjørn Wilderness besessen. Das soll heißen: Sigbjørn ist von Wilderness besessen. Das ist auch richtig so, obwohl Sie sich entscheiden müssen, wen von den beiden Sie vorziehen.»

Obwohl Sigbjørn spürte, daß er in diesem bezaubernden Burschen einen Freund fürs Leben gefunden hatte, fühlte er sich gleichwohl ziemlich irritiert von ihm, vielleicht weil er dies ermöglicht hatte.

«Ich mußte Sie vor sich selber schützen. Ein kleiner Selbstmord ist auf Haiti nichts Besonderes. Mein eigener Bruder hat sich mitten durchs Herz geschossen, als er glaubte, er habe sich mit einer Krankheit angesteckt. Aber jetzt geht es ihm ziemlich gut. Und tatsächlich war er überhaupt nicht krank. Genau wie Sie.»

«Wie meinen Sie das? –: genau wie Sie?»

«Wissen Sie nicht mehr: das haben Sie mir doch erzählt. Nämlich, daß Sie losgezogen sind und es sich freiwillig zugezogen haben.» Eddie ging hinein, und man konnte ihn in der Küche hantieren hören.

«O mein Gott, das habe ich gesagt?»

«Es stimmt natürlich, weiter kann die Liebe nicht gehen», sagte Hippolyte.

Da er Schriftsteller war, versuchte Sigbjørn Eddie zu beschreiben. Am Kopf anfangen – nun ja, er hatte einen kopfförmigen Kopf, auf den er sich beträchtlich mehr als die übliche Menge Öl geschüttet hatte. Sein Körper war körperförmig, von mittlerer Größe, da er aber nie auch nur den kleinsten Teil davon der Sonne aussetzte – an sich vielleicht schon bedeutungsvoll –, war nicht genau anzugeben, was für einen Körper er hatte. Man argwöhnte, wie sehr dies auch dem, was man hätte erwarten können, widersprechen mochte, er sei von Schußwunden gänzlich verschont geblieben. Fußförmige Füße in Huaraches vervollständigten das Bild, aber wenn er je über ihn schreiben wollte, würde er Primrose fragen müssen, wie er aussehe. Das verriet einen Mangel an normaler Neugier. Ja, für Sigbjørn (– trotz seiner maßlosen Eitelkeit) war Neugier eine Sünde. Wenn auch auf anderer Ebene, galt das gleiche auch für die Quinta Dolores selbst. Er könnte sagen: «zur Linken befand sich dies und das» oder «zur Rechten». Oder «nach Südwesten». Doch führten solcherlei Tricks, wenn Sigbjørn ihnen in einem der wenigen Bücher, die er je zu Ende gelesen hatte, begegnete, lediglich dazu, daß er das Buch auf den Kopf stellte und konfus wurde. Wie immer, es war nicht jedermanns Nordnordwest, nicht jedermanns Ost zu Ost – wozu es dann versuchen? Primrose würde es jedenfalls wissen, und wieder könnte er sie zur Not befragen.

«Mir fällt eben etwas Merkwürdiges an Ihnen auf, Doktor: Sie sind Haitianer und nicht abergläubisch. Bei mir haben Sie es mit jemandem zu tun, der mindestens zehnmal so abergläubisch ist wie alle, die Sie je gekannt haben, selbst in Haiti.»

«Oh, ich habe meine kleinen Besessenheiten ...» kicherte Hippolyte. «In Port-au-Prince sah ich einmal vor dem Hotel Oloffson eine kopflose Frau tanzen.»

Sigbjørn dachte, daß zwischen dieser Szene und der in seinem Buch mit dem Konsul und Dr. Vigil ein unheimlicher Zusammenhang zu bestehen scheine.

«Vielleicht wollen Sie sich mit den übernatürlichen Dingen noch ein bißchen weiter beschäftigen.»

«Ach, übernatürlich», sagte Hippolyte. «Leider ist es so: solange die Grenzen der Wissenschaft immer weiter nach vorne verschoben werden, zu einer gegebenen Zeit beherrscht werden, kann die Wissenschaft demjenigen, dessen Erfahrungen jenseits der Grenzen liegen, nur dadurch helfen, daß sie ihm rät, sich mit einer vorläufigen und nützlichen Lüge zu trösten, das heißt mit einer Rationalisierung, bis sie ihn eingeholt hat.»

«Ein Buch darüber zu schreiben, ist natürlich ein sehr guter Versuch, sich selbst zu heilen, möchte ich meinen.»

«Aber auch das Übernatürliche wird vom Rationalen beherrscht, gemäß seinen Geboten; wenn ich mich zum Beispiel mit Ihnen unterhalte, merke ich, daß Sie von Koinzidenzen, Zahlen etcetera verfolgt werden.»

«Ja, auch das ist eine unheimliche Koinzidenz.»

«Wie das?»

«Ich habe ein Buch über die Flucht in die Vergangenheit geschrieben.»

«Als intelligenter Mensch würden Sie natürlich beipflichten, daß diese ganzen Zahlenspielereien absurd sind. Wirklich, eines der besten Heilmittel ist Anteilnahme und das, was man ein gutes Beispiel nennt; wie etwa der Wert jemandes, der weiß, was Leiden heißt. Daher diese anonymen Vereine und so weiter. Da jedoch die meisten Schriftsteller veranlagungsmäßig gegen die Anonymität sind, stehen sie anscheinend vor einem schwierigen

Problem. Obwohl ich zu behaupten wage, daß Sie, wenn Sie von Ihrer Veranlagung her weniger dagegen eingestellt wären, nicht so sehr an ‹*Säuferwalzer*› leiden würden ... Mich interessiert die Stelle, wo Ihr Doktor sagt: ‹Mehr Alkohol ist vielleicht das beste›. Wußten Sie, daß das stimmt?»

«Allerdings.»

«Intravenös gesprochen –» Hippolyte kicherte – «heißt das. Es wird mit einigem Erfolg angewendet, man nennt das Äthyltherapie, falls ich's richtig übersetze. Das ist, als gleiche man den flüssigen Inhalt zweier Gefäße aus ... Aber wie läuft's jetzt bei Ihnen? Wie fängt man es an, ein solches Buch zu schreiben?»

«Die Verzweiflung des Künstlers angesichts seines Stoffs», sagte Sigbjørn halb zu sich selbst, indem er jetzt wieder unruhig hin und her ging, «liegt zum Teil vielleicht in der bekannten Tatsache begründet, daß das Universum selbst – wie es auch die Rosenkreuzer auffaßten – sich im Prozeß der Schöpfung befindet. Nachdem man ein organisches Kunstwerk ersonnen hat, muß es im Geist des Schöpfers wachsen oder allmählich eingehen. Mehr konnte ich nicht tun, um ‹*Das Tal der Todesschatten*› zu beenden ... Danke, daß Sie sich enthalten zu sagen: ‹Ich auch.› Tatsächlich tut man natürlich immer beides auf einmal, so daß der Autor beim Arbeiten einem Mann ähnlich ist, der sich fortwährend durch blendenden Rauch vorwärtsquält, um aus einem brennenden Haus ein paar kostbare Dinge zu retten. Was für eine hoffnungslose, unerklärliche Mühe! Denn ist nicht das Haus jenes fragliche Kunstwerk, im Geiste seit langem schon vollkommen, und wird es nicht allein durch die Bemühung, es zu realisieren, es auf dem Papier neu zu gestalten, zu einem Vehikel der Zerstörung?»

«Trinkt», sagte Eddie, der wieder aus der Küche auftauchte.

Aber Sigbjørn schüttelte den Kopf, vom Bedürfnis zu reden überwältigt.

«Dieses Haus scheint etwas Besonderes zu sein, weltlichen Gesetzen nicht unterworfen; in einer Hinsicht steht es tatsächlich mit der Kreatur aus Dantes *Inferno* in Beziehung, denn während es wie in einem äußeren Höllenfeuer so lange weiterbrennt, wie der Autor seine Bemühungen fortsetzt, wird es mit derselben Geschwindigkeit, mit der seine Wände einstürzen, von ihm immer wieder aufgerichtet, sozusagen mit einer Hand, während er mit der anderen versucht, die Schätze aufzufangen, die sich daraus auf seinen Kopf entladen. Es stimmt auch, daß der Künstler schlafen muß, und das ist vielleicht der Hauptunterschied zwischen ihm und Gott. Das Trinken stellt, wie Waldo Frank dargelegt hat, eine seiner vergeblichen Mühen dar, diese Kluft zu überbrücken.»

«Hast du jemals versucht, das in einer Geschichte zu verarbeiten?» unterbrach Eddie. «Natürlich bin ich kein Fachmann.»

«Nein. Und zwar einfach deswegen, weil es keine gute Geschichte abgeben würde ... Aber um dieses Bild noch lächerlicher zu machen – denn inzwischen ist es genauso lächerlich geworden wie alles, was von dem Moment an, da es zu Papier gebracht wird, fortschreitend immer weniger wahr wird –, müssen wir bedenken, was eigentlich jeden Morgen geschieht, wenn der Künstler von neuem mit seiner Arbeit konfrontiert wird. Hat sie sich nicht in seiner Abwesenheit verändert? Natürlich hat sie das. Selbst auf dem Papier ist etwas damit geschehen ... Auch wenn er das inzwischen völlig unverständliche Zeug über das brennende Haus ausmerzen und seine Arbeit einfach als die eines Zimmermanns betrachten würde, der einen in seinem Kopf befindlichen Entwurf zu realisieren trachtet, wacht er jeden Morgen auf und sieht sich sein Haus an, und es ist, als hätten während der Nacht unsichtbare Arbeiter daran herumgepfuscht – ein Stützbalken ist in der Nacht entfernt und auf geheimnisvolle Weise durch einen von geringerer Qualität ersetzt worden, während der am Abend zuvor so peinlich genau mit der Wasserwaage gesetzte Boden jetzt aussieht, als sei er nicht einmal durch das Aufsetzen einer Schale Wasser ausgerichtet worden, und sich neigt wie das Deck eines Dampfers im Sturm. Aus dergleichen Gründen hat man vielleicht die kurzen Gedichte erfunden, die, perfekt bemessenen Gehäusen gleich, in einem inspirierten Augenblick erzeugt wurden und, da sie das übrige nur andeuten, diesen Prozeß zum Teil überlisten.»

«Sie wollen doch nicht sagen, daß Sie das nicht schon vorher wußten?» sagte Dr. Hippolyte. Eddie schwieg; ein beredtes Schweigen, auch wenn er gar nicht zuhörte. Ein Schweigen, das man spüren konnte. Sigbjørn ging unruhig hin und her.

«In der Behauptung, die Poesie sei die höchste Form der Literatur, steckt eine tiefe, pragmatische Wahrheit; dies gilt auch, in geringerem Maße, für Poes Diktum, ein Gedicht müsse kurz sein. Wenn Gott zum Beispiel dem Dichter eines geistvollen Sonetts weniger Material aus der Quelle aller Kreativität gewährt, kann bei seiner Erschaffung auch nur ein Minimum zerstört werden, und die von ihm angedeutete Wahrheit ist so unzerstörbar wie die Schmetterlingspuppe oder der Salamander, während das notwendige Feuer harmlos zwischen den Zwei-mal-vier-Balken lodert ... Was ein Zwei-mal-vier-Balken ist, weiß ich nicht. Daher diese List, und die noch größere List – dem wahren Dichter das Liebste –, Schauspiele zu schreiben, die, solange sie aufgeführt werden, Nacht für Nacht nie ganz gleich sind, weder in sich selbst noch in den Verwandlungen, die den Figuren von den Schauspielern verliehen werden. So gesehen ist freilich auch ein Leser ein Schauspieler ... Sie sehen, schon ist alles, was ich gesagt, zusammengefallen. Scheint mein Fluch zu sein.»

«Vielleicht versuchen Sie, zuviel auf einmal hineinzupacken», sagte Hippolyte. «Zumindest war dies mein erster Eindruck von Ihrem Buch. Dasselbe empfinde ich auch bei manchen unserer haitischen Gemälde. Man sollte vielleicht ein bißchen wählerischer sein.»

«Wählerisch sein!» platzte Sigbjørn heraus. «Aber, mein Gott, angenommen, Sie wären in meiner Lage, jeden Augenblick von der Vorstellung verfolgt, ein Feuer oder irgendeine andere Katastrophe bräche herein und zerstörte alles, was sie schon so mühselig erschaffen haben, ehe Sie auch nur die Chance haben, es in eine einigermaßen dauerhafte Form zu bringen – dasselbe ist auch bei meinem Haus der Fall, obwohl ich jetzt nicht von meinem Haus sprechen möchte», fügte er hinzu, immer noch herumwandernd. «Gott, wo bin ich? Aber um den Vergleich mit dem Haus fortzuführen, ebenfalls nur fürs erste: würden auch Sie nicht dazu neigen, ‹zuviel auf einmal hineinzupakken› – zum einen ist das Haus bis jetzt zu klein, um alles aufzunehmen, was aus dem anderen gerettet wurde, so klein dies auch war –, und zwar deshalb, weil es immer noch besser ist, zuviel hineinzupacken als zuwenig herauszuholen, und dies um so mehr, wenn Sie sozusagen – so wie ich in dem Haus, das ich wiederaufbaute, schon gewohnt habe, ehe es noch fertig war – gleichzeitig das Buch *lebten*, an dem Sie gerade schrieben oder schreiben sollten –» Eddie schnarchte – «und genau das ist es, nehme ich an, daß ich nämlich das lebe, was ich schreiben sollte. Selbst in dieser Unterhaltung. Aber wie kann ich beides auf einmal tun?» Er unterbrach sich und fügte bescheiden hinzu: «Ob Sie mir wohl präzise sagen können, worauf ich eigentlich hinauswill?»

«Im Augenblick darauf, sich selbst und mich wahnsinnig zu machen», sagte Hippolyte. «Zum Beispiel glaube ich, daß Sie nicht, wie Sie behaupten, jeden Augenblick verfolgt waren, als Sie das Buch schrieben, das ich gerade gelesen habe; zumindest dann nicht, als Sie den letzten Entwurf schrieben, denn gestern noch haben Sie mir von dem Gefühl der Sicherheit erzählt, das Sie empfunden hätten, als Sie ihn schrieben, und das durch das Feuer zerstört wurde. Und doch kann dies zu jener Zeit nur ein relatives Sicherheitsgefühl gewesen sein. Jedenfalls haben Sie in mir den Wunsch erweckt, es noch einmal zu lesen.»

«Das würde ich an Ihrer Stelle nicht tun. Ein Verleger hat es getan, und danach fand er es kein bißchen besser ... Er sagte, sein Gefühl, es handele sich dabei um etwas Nachgeahmtes, hätte sich dadurch verstärkt. Wie auch immer», fügte er hinzu, «Sie werden's nicht tun, jedenfalls nicht gleich jetzt. Ich will noch ein paar Sachen einfügen.»

«Erzählen Sie mir nur nicht, Sie wüßten nicht mehr, was das letzte Mal passierte, als Sie ein Buch von einem Verleger zurückverlangten, um es umzuarbeiten. Wäre es nicht eine gute Idee, es jetzt, da Sie es fertig haben, auf sich beruhen zu lassen? Wenigstens brauchen Sie sich keine Sorgen zu machen, daß es verlorengehen könnte, wenn Sie in England und Amerika und hier Abschriften davon haben.»

«Nein, das sind keine wichtigen Zusätze ... Nur ein paar Dinge, die mir gerade eingefallen sind ... Diese Hinweistafel zum Beispiel, und noch was anderes ... Übrigens fahre ich morgen nach Oaxaca, und da kann ich die Aufschrift dieser Tafel nachprüfen, falls sie noch da ist.»

«Um nebenbei Ihre Frage von vorhin zu beantworten, wie Sie beides auf einmal tun könnten», sagte Dr. Hippolyte. «Ist dies denn eine so einmalige Situation? Sind wir nicht alle mehr oder weniger in derselben Lage, jeden Augenblick auf die eine oder andere Weise von der Vorstellung verfolgt, es könnte ein Feuer ausbrechen und alles zerstören, was wir so mühselig geschaffen haben? Aber gleichwohl voller Vertrauen weiterbauen?»

«Nein. Das ist zu durchsichtig», sagte Sigbjørn. «Auch habe ich das so nicht gesagt.»

«Selbst dann. Was ist mit dem neuen Buch?» fuhr Dr. Hippolyte fort und zählte an seinen braunen Fingern herum: «Mir scheint, Sie müssen das eins, zwei, drei, vier hintereinander machen. Der Reihe nach. Werden Sie noch mehr Bücher schreiben?»

«Ich glaube kaum. Weil es nämlich darauf hinauslaufen würde.»

«Wie würden Sie es nennen?»

«*‹Dunkel wie die Gruft, in der mein Freund begraben liegt›*.»

«Da sind Sie ja schon wieder gierig. Warum nicht einfach: *‹Mein Freund ist tot›*?»

Sie lachten, und Dr. Hippolyte wies auf den Demijohn, aber Sigbjørn schüttelte den Kopf; eine schmutzige Geschichte fiel ihm ein, doch enthielt er sich, sie zu erzählen – auch dies würde zu einem weiteren Drink führen: Eddie wachte auf und bot ihm Four Roses an, aber auch den lehnte Sigbjørn ab, alles das; vielleicht konnte er dieser Versuchung deswegen leichter widerstehen, weil er vorhin der Versuchung widerstanden hatte, die Einladung nach Acapulco anzunehmen.

Sigbjørn ging durch den Garten zum Turm zurück, tastete sich die roten Lehmstufen hinauf, wobei er auf das Tor achtgab, und irgendwie durch Primroses Zimmer, ohne sie aufzuwecken, in das Zimmer mit den winkelförmigen Fenstern, irgendwie die Leiter aufs Dach hinauf, auf den Mirador seines Buchs, und hier im Mondlicht blickte er über Cuernavaca hin. Er hatte eine Flasche hier oben, trank aber nicht daraus; er fühlte sich gerade angenehm betrunken; war sich einer großartigen Erleichterung bewußt, nachdem er sich all das von der Seele geredet hatte; er dachte an die exponierte Lage und die Bedeutung des Turms, von dem aus er noch immer vage die Gestalt Hippolytes mit Eddie sprechen sehen konnte. Ob sie über ihn redeten? Wegen des Lärms von der Posada konnte er nichts hören. Er sah nach Norden, Süden, Osten, Westen, auch zur Pyramide Teopanzolco hin. Er dachte wieder an Weihnachten, an Silvester, und was zu Neujahr los gewesen war – am Himmel waren die Raketen explodiert, und er hatte Bergson dazu zitiert –, und auch an Ostern, das sie hier verbringen wollten: all diese Feste der Hoffnung. Dann kam plötzlich seine Angst, sein Gefühl, verfolgt zu werden, mit aller Macht zurück, und er merkte, wie er, als sei dies seine Reaktion darauf, genau auf den skelettartigen Wachturm des Gefängnisses blickte; doch war dies ein aufgeklärtes Gefängnis, Pedro, während das Gefängnis in Oaxaca, und dieser Weihnachtsmorgen –. Vielleicht würde er Fernando bald wiedersehen, aber dieser Gedanke machte ihn durstig, und er wollte einen Schluck auf Fernandos Gesundheit trinken. Er erlaubte sich einen kleinen Schluck, und schon war die Angst verschwunden – denn wenn ich schwach bin, bin ich stark, zumindest verstecke ich mich hier oben nicht, oder, Gott, du siehst mich doch hier oben? Ach, wenn er doch nur an seine Arbeit glauben könnte – Norden, Süden, Osten, und Westen, er sah zurück über die wogenden kahlen Berge und tragischen Spalten und löchrigen Straßen und Kaktusebenen und unechten Vulkane seines eigenen Lebens, und er sah wenig Licht – da der Mond schien – außer dem, das der Wahnsinn brachte: doch war dies ein fruchtbares Tal. Blickte er jetzt wirklich nach Oaxaca hinüber, waren diese finstren Ecken Oaxaca? – Oaxaca, wo das wirkliche Parián lag – und wieder packte ihn Entsetzen –, sein Sinnbild des Todes, obwohl es Hugh in seinem Buch vom Turm aus (und nie hatte er so stark empfunden, daß er *in* seinem Buch stünde) bei Tageslicht und durch den Feldstecher ziemlich nahe vorgekommen war. Das Ding-däng-ping-päng-bäng der Glocken für die Frühmesse tönte wütend aus der Kathedrale – es war die madrugada, die Stunde vor Sonnenaufgang, die letzten Stunden der Verdammten. Wie viele erwarteten jetzt ihren Tod?

8

Sigbjørn stand neben Primrose; sie schlief. Wie schön sie war, wie friedlich, als sei sie in einen Traum wilder Frühlingsblumen gehüllt. Der Mond blickte zu ihr herein. Ihre Augen waren weit, aufrichtig, mit langen Wimpern; sie wechselten die Farbe wie bei einem Tigerjungen; sie war eine lebhafte und aufregende Person. Ein Mädchen wie eine Flamme. Einmal hatte sich Verzweiflung in ihr Gesicht eingegraben, doch waren diese Zeichen während der letzten Jahre fast verschwunden. Vielleicht hatte Sigbjørn ihr gutgetan. Manchmal glaubte er, sie könne diese Zeichen willkürlich kommen und gehen lassen. Wenn sie «lebendig» war, waren sie nie da; und Primrose war auf einzigartige Weise «lebendig». Sie besaß den Zauber eines jungen Mädchens – und ihr Gesicht konnte ein Chaos von Runzeln sein.

Er lächelte bei der Erinnerung an Primroses Heiligabend: Primroses heroischer Kampf mit dem Holzkohlenofen, wie sie ihn fächelte, um ihn zu entfachen; dann waren die Streichhölzer ausgegangen: Anzünder: und nachdem sie zurück war – denn Sigbjørn wollte nicht mit ihr wegen der Anzünder losgehen; seine Augen schienen auf diesen Briefkasten fixiert –, folgte Sigbjørn im Geiste dem Weg, wie sie ihn beschrieb, durch den außerordentlichen Sonnenuntergang, um die Anzünder zu besorgen: pan, tortillas; und wie schön ihr das stand, jedermann Feliz Navidad zu wünschen – welch ein Gefühl von Begeisterung, Liebe und Freude, Leute mit Knallfröschen, Menschenmassen auf dem Zócalo, die majestätischen Vulkane, die Leute in der Panadería pan dulce und die Tacos-Frau vor El Vacilon, der Pulquería, in der wie irrsinnig die Gitarren spielten; alle so glücklich, schien ihr, natürlich schien es ihr so. Und nach dem

Abendessen das Feuerwerk, das über der ganzen Stadt aufstieg wie am Vierten Juli, und die klingelnden, schallenden, schlagenden, dröhnenden Kirchenglocken. Sigbjørn hatte noch immer keine Antwort von Bartleby, Dismas & Bull erhalten, und sie beobachteten den Briefkasten; wie ihn das quälte. Sie aßen, wie an ihrem ersten Abend im El Petate, Chorizos und Frijoles, ausgezeichnet: und der Lärm die ganze Nacht, die Explosionen, Musik aus Dutzenden von Lautsprechern, Gelächter, Schreie; der Lärm wurde immer schlimmer.

Auch jetzt versuchte sie den Turm zu einem *Zuhause* zu machen; immer der Ärger mit dem Holzkohlenofen, der Abfluß in der Küche lief über, dann das Problem, Holzkohle aufzutreiben, und das noch größere Problem, DDT oder was auch immer aufzutreiben; und es war sie, dachte Sigbjørn, sie, die Fremde, die sich gern oder großmütig oder beides all diesen Dingen widmete. Es mochte ja eine Menge Ehemänner geben, die sich Holzkohlenöfen widmen konnten, wie sie sagte, und es stimmte, daß eine größere geistige Nachlässigkeit nicht unbedingt dadurch kompensiert wurde, daß man sich bei einem Holzkohlenofen nützlich machen konnte. Auch gestand Sigbjørn bereitwillig seine Fehler ein, doch schienen seine Eingeständnisse allzu häufig rein mechanisch daherzukommen, als seien, da er sich nie besserte, seine Eingeständnisse – diese frank und freien Darlegungen seiner Fehler – tatsächlich ein Äquivalent für die Hilfe selbst: und nachdem man einmal etwas eingestanden hatte, brauchte man sich um die Sache nicht mehr zu kümmern. Und derlei begann sich anzuhäufen. Für ihn war es zum Beispiel viel wichtiger als das DDT oder die Holzkohle, daß er herausgefunden hatte, daß man auf dem Markt tatsächlich offenen Habanero für einssechzig den Liter kaufen konnte, während er im Schnapsladen, der Casa de la Vega, einsfünfundsiebzig kostete. Und trotzdem war *sie* es, die auch den Schnaps besorgte, genau wie in Kanada.

Sigbjørn hatte es als zunehmend schwieriger empfunden, sich überhaupt zu bewegen. Er wollte es nicht; ja, er bewegte sich nur, wenn es gar nicht anders ging. Andererseits gab er nie ganz auf. Doch begannen die Dinge sich allmählich in eine Art Ordnung einzufügen. Es gelang ihnen, mit etwa fünfzehn Pesos pro Tag auszukommen, und darin war auch die Bezahlung für eine Frau enthalten, die ihnen die Wäsche wusch, eine Concepción, die, wenn er jetzt so darüber nachdachte, Concepta, der Aufwärterin des Konsuls, ein bißchen zu sehr ähnelte, als daß es ihn völlig kalt lassen konnte.

Auf welch komische Weise man auf dem Markt das Fleisch zuschnitt; wie schwer es war, Milch zu bekommen, auch nachher mit Eddie Kents Hilfe; ja, selbst von der Existenz der Blumen unten im Garten, von der Tulpenreihe zum Beispiel, die Eddies Rasen vom Swimmingpool abschirmten, von den Zapotes, die aussahen wie Schokoladenguß, aber köstlichen Wohlgeruch verströmten (so sagte sie) – von all diesen Dingen wüßte er nichts, wenn sie ihm nicht davon erzählt hätte.

Es stimmte auch, daß Primrose die Arbeit, obwohl sie den Hauptteil auf sich nahm, und auch die Gespräche mit Señora Trigo Spaß machten, von denen sie Sigbjørn zu berichten pflegte:

«Die Holzkohlenmänner kommen nicht mit der Kohle auf ihren Mulas, weil sie jetzt in der Noche Buena nicht in die Berge gehen. Die ganze Zeit gehen sie nur in die Kirche. Aber sie haben versprochen, nach Año Nuevo kommen sie wieder mit der Kohle zu uns.»

«Aber was machen wir in der Zwischenzeit?»

«¿Quién sabe? Unten auf der Straße können Sie dos kilos kaufen. Sie nehmen Ihren bollito und gehen, aber es ist teuerer.»

«Die zwei kleinen Mädchen, die uns den Koffer und den Korb gestohlen und dann in die Barranca geworfen haben – por qué?»

«Die sind voller Teufel, diese Mädchen, weil sie die ganze Zeit mit dem Gesinde zusammen leben und niemand sich um sie kümmert. Ihr Papa, er ist sehr rico, dos millónes bekommt er für eine Fabrik, wo man macht den Gaukummi – Sie verstehn, Gaukummi? –, und wenn er hierher kommt, wohnt er im Bella Vista, und die Mutter geht hin und schläft dann da bei ihm.»

Primrose fragte, wo sie die übrige Zeit verbringe.

«¿Quién sabe? Aber sie ist nicht hier, und diese Mädchen, die sind voller Teufel.»

Die ehemalige Eigentümerin des Turmhauses hatte einen Jungen von zwölf und einen Säugling von einem Jahr – so ein schöner kräftiger Junge! –, «sonst würde er nämlich sterben, denn er sitzt den ganzen Morgen im Eiswasser, verstehn Sie, und schreit». Señora Trigo war nachsehen gegangen, ob es dem Kind gutginge, solange die Mutter in Mexico City war; und da hatte sie die Magd beim Frühstück angetroffen, während das Baby auf dem Boden in der Lache des ausgelaufenen Eisschranks saß. «Warum sitzt er da?» – «Er schläft da, Señora. Auf dem Boden – die Señora duldet ihn nicht in ihrem Zimmer.» (Ein bißchen wie Sigbjørn, könnte man dazu anmerken.)

«Als die Señora dann gekommen ist, denke ich, was für eine nette Dame sie doch ist, denn sie ist so hübsch und jung und redet so freundlich und hat zwei so schöne Jungen. Aber dann kommen mexikanische Männer – ah, so stattliche Männer! Aber, Sie verstehn, nicht aus guter Familie. Polizisten und Taxifahrer! Wer weiß, was sie im Schilde führen? Und in der Nacht trinken sie und prügeln sich, und ich denke, gleich wird einer ermordet. Und jetzt geht sie also mit ihrem Freund nach Mexico City, und ich bin froh, und ich sage, komm bloß nicht zurück!»

Und selbst als sie ihm dies erzählte, war sein Interesse nur erheuchelt, waren seine Augen wieder auf den Briefkasten geheftet – immer noch keine Post: warum? fragte er. Und hatte der bemerkenswerte junge Gärtner bemerkenswerte Augen? War er wirklich bemerkenswert? Holte er jeden Morgen die Jakaranda-Blüten aus dem Bassin? War der Abfluß eben jetzt, in diesem Augenblick, wieder einmal vor seinen Augen übergelaufen? Er nahm es an, denn sie behauptete es. Sonst hätte er es kaum bemerkt. Und ohnehin würde nicht er sich darum kümmern.

Ging Primrose auf dem Weg zum Markt über die Stufen der neuen Terrasse vor dem Cortez-Palast, um die Aussicht auf Popo und Ixta zu genießen, und sah sie sie dort immer, immer verschieden? Es freute ihn, daß sie dies tat, doch für ihn waren sie nur, was sie waren, einfach Vulkane, tot und erloschen. Luxus, ein Kerosin-Ofen, die freundliche Leihgabe von Señora Trigo! Katastrophe, aber wir können nirgends Kerosin kaufen!

Ihm war das alles gleich. Mit stumpfem Blick sah er den Katzen, Hunden und Truthähnen zu, die, ohne einander zu belästigen, im Garten herumwanderten. Na ja, sie belästigten einander also nicht. Die meisten landeten am Ende sowieso in der Barranca. Alles landete in der Barranca. Zwei Müllwagen, der eine hieß Cruel es mi destino, der andere Mi Amigo, fuhren hin und wieder wegen des Mülls vor, freilich nur, um diesen Müll in eben diese Barranca abzuladen, und da sie das selber viel einfacher tun konnten, wozu sich dann mit den Müllwagen abgeben?

So wie der Müll in der Barranca versank Sigbjørn immer tiefer in Angst, in seiner Barranca, einer Barranca der Angst, und er wußte nicht wovor! Ah, die Fremdartigkeit Mexikos, und diese Angst, die einen befällt wie eine Lähmung – wer sprach von den Neurosen der Reisenden, wie erfahrene Reisende das Reisen haßten, ihre einzige Einheit des Orts in ständiger Flucht ... Die brüllende Dunkelheit frostiger Nächte ...

Die Musikboxen – er konnte sie jetzt hören – der entsetzliche Lärm der Musikboxen und Radios in voller Lautstärke, ein wahnsinnig machendes murmelndes Entsetzen, nur die Pulquerías mit ihren Gitarrenspielern haben echte mexikanische Atmosphäre, doch no es elegante für Fremde, ganz bestimmt nicht.

Er hatte seine Verdammung irgendwie hingenommen, war dabei aber fest entschlossen, Primrose nicht wissen zu lassen, daß er irgend etwas dergleichen akzeptiert hatte, als er die qualvolle Anstrengung machte, ebenso qualvoll auf eigenen Füßen zu gehen, und die noch größere Anstrengung, demütig zu akzeptieren, daß es, relativ betrachtet, der Schmach der Anstrengung nicht im geringsten wert war, als er wirklich mit ihr zum Markt gegangen war; wie froh er sie damit gemacht hatte! Durch eine Lücke in den Mauern einer steilen gepflasterten Straße ein kleines Lehmziegelhaus zu sehen, unterm Straßenniveau, im Fenster eine Katze, ein pickendes Huhn im Hof, die Wäsche zum Trocknen über ein benachbartes Dach gespannt; und darüber und dahinter Popo und Ixta. Wie froh sie darüber war, daß sie wenigstens diese einfachen Dinge mit ihm teilte, daß sie daran teilhatte. Wie sie sich über die alten Frauen freute oder über zwei alte

Männer, die mit so gequältem Ausdruck Briefe lasen, über die Körbe, in denen auf hellem Papier und grünen Blättern Zuckerwaren lagen und die von zwei jungen Männern lachend auf dem Kopf den steilen Hügel hinuntergetragen wurden. Oder wie sie minutenlang vor den rebenartigen kleinen flammenden Klettertrompeten stehenblieb; wie selbstlos sie sich an diesen Spaziergängen erfreute, die Sigbjørn für sie lebendig gemacht oder sie selbst lebendig gemacht hatte. All diese Dinge ließen ihr Herz tanzen und singen, wie sie es ausdrückte, wie die Calandria, falls dieser glänzende gelb-schwarze Vogel im Tulpenbaum eine Calandria gewesen war. Das war ihr Leben. Ihre Wiedergeburt. Ihre Phönixwerdung. Und doch schien Sigbjørn, während Primrose wiederauflebte, nichts zu sehen, nichts zu lieben, von ihr in einen Schmerz der Vergangenheit wegzuschwingen, in eine Qual des Ich, von Angst gefesselt, von den Tentakeln der Vergangenheit umschlungen wie ein finsterer Laokoon …

Und die einsamen Gänge in der Dämmerung, wie Primrose sie liebte! – diese Gänge in der Dämmerung den steilen Hügel hinab, um Holzkohle zu besorgen, für ihre drei Kilo gar in einer Schlange anzustehen, in dieser schummrigen Höllenszenerie am Rande der Barranca, um von einem Mann, der schwarz war wie ein Kohlentrimmer, eine Einkaufstasche voll Holzkohlenstaub zugeteilt zu bekommen: all das war für sie Leben und Abenteuer und neu, und was bedeutete es auf der geistigen Ebene? Und wieviel Leben und Abenteuer war es für ihn, wieviel entging ihm, Sigbjørn, damit nicht? Denn diese kleinen Erlebnisse, der Stoff, aus dem die Erinnerungen waren, wurden immer mehr von Primrose allein noch aufgenommen, so daß sie, wenn sie einmal auf all dies zurückblicken würde, betrüblicherweise sagen müßte: «Als ich damals immer die Holzkohle holen ging», oder dies oder jenes, und nicht «Als *wir* damals gingen».

Jeden Abend nach dem dritten Habanero oder so nahm Sigbjørn sich fest vor, sich mit all seiner Kraft gegen diesen Zustand zu wehren: jeden Morgen war er weiter davon entfernt denn je, so daß es fast schon so weit gekommen war, daß er sich buchstäblich fürchtete, auf die Straße zu gehen: er hatte auch die kleinen, aber bedeutungsvollen Dinge aufgegeben, die ihn noch mit seiner Ehe und den Ferien verbanden, etwa morgens frische Brötchen aus der Panadería zu holen; er war unfähig, für sich selbst etwas zu schaffen, irgend etwas zu kaufen oder auch sich anzuziehen; fürchtete sich sogar davor, einen Busfahrschein zu kaufen: sein Leben verlief im Nichts. Ein Stück gedunsenen Treibholzes, das an den Strand gespült wurde, war lebendiger als er; denn selbst die Schrecken, die sich seiner bemächtigten, schienen wirkungslos, waren nurmehr die Geister alter Schrekken. Und warum, warum, warum, fragte er sich.

In der Nacht vor Silvester – der letzte Tag des alten, des verhängnisvollen Jahres 1945 brach herein – hatte er sich sehr bemüht, sich ganz außerhalb seiner selbst, außerhalb ihrer beider zu stellen, um die Lage so objektiv betrachten zu können, als sehe er sich einen Film an, mit ihnen beiden als Hauptdarstellern. Da es nichts Traurigeres gibt als das Schauspiel eines lange herbeigesehnten und wohlverdienten Urlaubs, der dann mutwillig verdorben wird, war die Wirkung äußerst erschütternd: man hatte so tiefes Mitgefühl mit Primrose, und so sehr war man über Sigbjørn erbittert, daß man ohne weiteres laut hätte aufstöhnen können: unternimm um Gottes willen etwas, um das arme Mädchen glücklich zu machen; nimm sie mit auf eine längere Reise, führe sie heim, mach den Abwasch, laß das Trinken, kauf ein Geschenk für sie, fang wieder an zu arbeiten, sag doch nur ein einziges freundliches Wort zu ihr, denk nicht mehr nur an dich, sondern tue um Gottes willen etwas wirklich Selbstloses für sie. Und so faßte Sigbjørn seine guten Vorsätze, diesmal aber ein für allemal all seinen Wankelmut und seine ganze Vergangenheit zu einem Klumpen zu rollen und auf der Stelle über Bord zu werfen – ähnlich seinem Entschluß von heute nacht, morgen mit ihr nach Oaxaca zu fahren –, und so begann er auch glücklich, sogar in Erwartung des neuen Jahres, indem er Silvester mit ihr nach Yautepec fuhr.

Yautepec war eine hübsche kleine Stadt im Süden, auf halbem Wege zwischen Cuernavaca und Cuautla. Sigbjørns Erinnerungen daran von früher waren allesamt scheußlich: verpaßte Verabredungen, eine verdammt langwierige Fiesta, ein fürchterlicher Streit, Schlaf auf dem kalten Steinboden eines ungeheuer hohen Zimmers, ein erfolgloser Versuch, mit einem Obsidian-Ring Ruths, der später gestohlen wurde, Schnaps zu kaufen, halbe Nächte langes Aufbleiben mit einem geliehenen, nie zurückgegebenen Exemplar von ‹*Der Goldene Esel*›, wobei er sich einbildete, er lese darin, doch machte er es darum nicht unbedingt schlecht. Dann hätte er tatsächlich halb Mexiko, soweit er überhaupt bewußte Kenntnisse darüber besaß, schlechtmachen müssen. Aber, dachte er, selbst diese Erinnerungen würde er austreiben. Zum Teil hatte er dies bereits vollbracht, indem er Bruchstücke davon in ‹*Das Tal*› auf konstruktive Weise verwendet hatte: eine Straße hier, eine Cantina da, ein Gebäude dort – wie er all das zum Singen gebracht hatte!

Was für eine Aufregung im Bus in Cuernavaca vor der Abfahrt: die Leute mit ihren Körben, die Babies, die Bündel, sogar eine Eistorte, die optimistisch für Cuautla bestimmt war und stetig und feierlich auf dem Boden neben ihnen schmolz – sie saßen ganz hinten – und vor deren stetigem Schmelzprodukt sie ab und zu ihre Füße in Sicherheit bringen mußten. Eine Menge Frauen und Kinder, sechs vielleicht, stiegen ein und setzten sich unter ausgiebigem Drängeln und Schwatzen hin, um plötzlich wieder aufzustehen und auszusteigen; Händler verkauften Eis am Stiel und Apfelsinen; durch das Fenster wurde ein Korb mit Kuchen und Butterbroten gestoßen; alles schien vollkommen willkürlich, aber sie fuhren, wie es heutzutage bei mexikanischen Bussen üblich war, pünktlich um elf Uhr ab.

Der Bus, die Flecha, trug die Nummer Sieben, wie Sigbjørn bemerkte («Auf Sieben und Elf», rief er fröhlich); es war ein alter Bus, das heißt, er war kaum mehr als ein zusammengeworfener Haufen Schrott, den man auf ein mächtiges Fahrgestell montiert hatte; sein Alter war schwer zu bestimmen; das Dach war so niedrig, daß sie ständig mit den Köpfen daran stießen, und fiel bereits ein; Busteile flogen hinter ihnen her durch die engen Gassen, verfehlten andere Wagen nur knapp, und einen kratzten sie tatsächlich an. Aber alles war gut, wie Sigbjørn erklärte, der direkt neben dem Schild *No Destraiga el Chófer* saß. Sie rumpelten holpernd ins offene Land hinaus. Ziegen, Schweine, Kühe, ein kleiner, nicht angebundener Esel standen einsam an der Straße. Sigbjørn, der seinen üblichen Kater mit zwei heimlich getrunkenen Habaneros im Bauch noch in Schach halten konnte, war sich glücklich bewußt, daß Primrose voller Begeisterung all das in sich aufnahm, und sogar er selbst begann ein paar Dinge zu beobachten, sozusagen mit ihr, aber für sich. Sie waren nicht sonderlich interessant oder überraschend, schließlich hatte er über all das schon einmal geschrieben, aber immerhin, er hatte sie mit neuen Augen gesehen, dachte Sigbjørn, sich nicht nur daran erinnert, und das war schon was. Die Bäume voller weißer Blüten wie Trichterwinden, nur lieblicher, kobaltblaue Winden, gelbe und orangene Blumen; das Land lag jetzt staubbedeckt, weiß vor Staub unter der Hitze; strohgedeckte Hütten wie in der Südsee, niedrige Steinzäune, in einem Hof lag goldener Mais ausgebreitet. Popo und Ixta tauchten auf und verschwanden – sie kamen näher.

Sigbjørn blickte mechanisch hin und her. Da dies in gewisser Weise «die Straße nach Tomalín» war – ach ja, denn hier ging sie jetzt weiter nach Chapultepec, und dort, zur Rechten, war noch immer, nach all den Jahren, seine Arena, und es sah ganz danach aus, als ob dort auch Vorkehrungen für einen Stierkampf getroffen wurden, der vielleicht am nächsten Tag stattfinden sollte –, sah er vielleicht deswegen so hin und her, weil er erwartete, am Straßenrand einen sterbenden Indio liegen zu sehen, sein Pferd neben ihm, und es trüge die Nummer Sieben. Aber die Gräben auf beiden Seiten wurden für die Kanalisation ausgehoben. Der Fortschritt würde einem Indio nicht einmal Platz zum Schlafen gewähren. Morelos hielt Schritt mit den Zeiten. Aber davon abgesehen war alles ziemlich so wie früher.

Sie fuhren um die Kurve, von Chapultepec fort in Richtung Yautepec. An dieser Stelle, jetzt, oder später auf dem Berg, hatte er zum erstenmal die glänzende Idee (die er noch immer, und in diesem Augenblick, nach dem Tequila und Four Roses, tatendurstiger denn je morgen auszuführen gedachte), den ganzen

Weg nach Oaxaca mit dem Bus zurückzulegen. Auf der Stirn dieses Busses stand *Matamoros*, obwohl er zweifellos nur bis Cuautla fuhr; sie würden umsteigen, und er würde sich eine Karte ansehen müssen, so wie er sich am Abend vorher die Straße nach Yautepec angesehen hatte. Es sollte möglich sein. Doch bis dahin mochte dies gleichsam eine kleine Generalprobe für die größere Fahrt sein. Dies war der Beginn eines neuen Lebens, noch mal ganz von vorne, und bis jetzt verhieß es nur Gutes. Für einen zufälligen Beobachter waren diese kleinen Abstecher, Besuche, diese kleinen Ausflüge einfach Abstecher, Besuche und Ausflüge. An jenem Morgen, an jenem letzten Tag des alten Jahres, der ein neues Zeitalter eingeläutet hatte, waren sie ihm nicht in diesem Licht erschienen. Vielmehr glichen sie Versuchen – nicht nur um ihrer selbst, sondern auch um ihrer Ehe willen, falls eine solche Verbindung seit der Brandkatastrophe als eine sinnlich wahrgenommene Einheit gedacht werden konnte –, sich zu erheben, neu geboren zu werden. Der Besuch in Niagara war so etwas gewesen. Und die Rückkehr aus Niagara zum Wiederaufbau ihres Hauses war so etwas gewesen. Oder die Flut in Eridanus: je höher sie hereinkam, desto weiter zog sie sich hinterher zurück. Dies glich jedesmal einem Wiederaufbau, jedesmal hatte es da gebrannt. Und diese Symbolik, falls man es so nennen konnte, war nicht auf Reisen oder Ausflüge begrenzt. Auch die Vollendung von ‹*Das Tal der Todesschatten*› nach dem Feuer war so etwas gewesen. Und dann wiederum, nach Primroses Unfall, ihr Haus wiederaufzubauen. Und dann noch einmal, nach seiner Erkrankung, nach Mexiko zu fahren. Und dann, nach Cuernavaca zu fahren, und so weiter. Alle diese kleinen Fluchten hatten eines gemeinsam: sie hatten etwa folgenden Rhythmus: zunächst eine Katastrophe, dann die Reaktion darauf, der Entschluß, die Katastrophe zu überwinden, Erfolg, Versagen; man hatte sich angestrengt, scheinbar Erfolg gehabt, dann passiert etwas, und man versagt. Die Anstrengung wurde jedesmal größer – wie bei jemandem, der gegen ein Laster ankämpft, wie etwa gegen das Trinken (obwohl man natürlich das Trinken nicht als Laster bezeichnen konnte, oder?) – und das darauffolgende Versagen jedesmal verheerender. Und so, wie die Anstrengung jedesmal größer war, so auch die Versuchung. Es glich dem Schwingen eines Pendels, denn jedesmal schwang das Pendel heftiger nach der einen oder anderen Seite. Genau wie zwischen der Grube und dem Pendel. Nicht exakt natürlich. Um so begründeter war sein Entschluß, dieses Muster zu durchbrechen, falls man es mit einem Muster vergleichen konnte, sie auf eine emporsteigende Spirale zu setzen, falls man dies mit einer Spirale vergleichen konnte, Fluchtspirale, Pendelmuster – es hatte keinen Zweck, daß Sigbjørn sich abmühte, darüber nachzudenken, wie wirr seine Gedanken waren. Worauf es ankam, war, es zu tun; es zustande zu bringen.

Er dachte daran, wie sie beim Verlassen des Tals an die letzte Steigung kamen, den Paß hochzuklettern begannen und schließlich nach Yautepec hineinfuhren. Noch etwas anderes war Sigbjørn an diesem Tag eingefallen, was ihn erinnernswert machte. Es handelte sich um ein kleines Jubiläum. Vor einem Jahr hatte er in Niagara-on-the-Lake, im Riverside Inn, Inhaber Mr. Sherlock, in Primroses Typoskript von ‹*Das Tal der Todesschatten*› seine letzten Korrekturen angebracht und es an seine Verleger abgeschickt. Es war richtig, daß er im Jahr davor, und dem Jahr davor, und dem davor und so weiter bis hin zum Jahr 1936, und jedesmal mit dem Gefühl, wie oft werde ich dies noch tun?, so ziemlich dasselbe getan hatte. Aber dieses Jahr war es anders gewesen. Er hatte es abgeschickt, und es war nicht zurückgekommen.

Yautepec war in Sicht gekommen und damit das Gefühl – denn er brauchte unbedingt eine Ausrede für einen möglichst baldigen Drink, um den ganzen Ausflug zu retten –, dieses Jubiläum könnte sich in gewisser Hinsicht noch als nützlich erweisen. Er warf den Gedanken auf der einen Seite weg, und schon sprang er durch das Fenster auf der anderen wieder herein. Wieder ließ er ihn fallen, gleichsam links liegen, aber wie eine in den Wind weggeworfene Zigarette flog er ihm fast wieder ins Gesicht zurück. Er suchte nach einer Möglichkeit, ihn auf der rechten Seite loszuwerden, und schon tauchte rechts eine Cantina auf, die er zu kennen glaubte und hinter deren Theke ihm eine gelbe Flasche zuzuwinken schien, und dies bekräftigte nur um so mehr, daß es so war.

Sie kamen zum Marktplatz. Die kleine Stadt schien von Touristen noch nicht entdeckt. Auf dem kleinen Zócalo, der wie der in Cuernavaca von riesigen Eschen umsäumt war, stand ein hübscher Pavillon mit Springbrunnen darunter. Nur eine laute Musikbox und die allgegenwärtigen Schilder *Bebe Coca-Cola, Bien Fria* verkündeten in die Leere, daß diese Stadt einmal überfallen gewesen war, wie dies auch eine Stadt tun mochte, die von einer siegreichen Armee geräumt worden war. Sie kletterten aus dem Bus, und dann konnten sie genaugenommen nirgendwo hingehen, es sei denn natürlich in diese kleine Cantina dort drüben. Jedoch lotste er Primrose zunächst zweimal um den Platz. Quadratur des Kreises, oder hieß es Einkreisung des Quadrats?

«Das ist der Platz», sagte er ziemlich durchsichtig, und «Wie ich sehe, ist der alte Musikpavillon noch da – ich erinnere mich –» Da er sich aber nicht erinnern wollte, fügte er nach einer Weile hinzu: «Dort drüben ist eine nette kleine Cantina ... Möglich, daß der Inhaber noch da ist ... Ich dachte, wir könnten vielleicht, ich weiß, es ist noch früh. Aber ich dachte, heute könnten wir unsere Regel mal verletzen. Denn weißt du was: heute vor einem Jahr hab ich ‹*Das Tal*› abgeschickt.»

«Das weiß ich auch, Sigbjørn. Das habe ich mir als Überraschung aufgespart. Ich wollte selbst gerade vorschlagen, daß wir etwas trinken gehen.»

«Na ja, ich hatte nichts Alkoholisches im Sinn, Primrose», fuhr Sigbjørn fiebrig fort, «jedenfalls nicht unbedingt. Es gibt hier so eine Art Mixtur, wie Advocaat, etwas ganz Besonderes.» Sie waren jetzt bei der Cantina angekommen und gingen hinein. «Siehst du, diese gelbe Flasche da. Es heißt Rumpope.»

«Laß die Witze, Sigbjørn. Ich weiß, daß Rumpope ein alkoholisches Getränk ist.»

«Woher willst du das wissen?»

«Kennst du dein eigenes Buch nicht mehr?»

Sie tranken jedoch nur ein Glas, oder höchstens zwei oder

drei – Sigbjørn hatte es wirklich vergessen, aber er hatte sich ehrlich zurückgehalten. Außerdem war es, wenn auch nicht ohne Alkohol, immerhin verdauungsfördernd, so daß man sich, auch wenn man noch nichts gegessen hatte, so wie er an diesem Morgen, doch so fühlen konnte, als habe man etwas gegessen, womit also klar war (er vergaß für einen Moment die anderen Drinks), daß dies nicht so war, als trinke man vor dem Frühstück.

An der den Vulkanen näher gelegenen Seite Yautepecs gab es einen großen, mit Gesträuch bedeckten Felsenhügel, und zu diesem Hügel führte, wie Sigbjørn sich erinnerte, eine sehr steile und sonnige, von strohgedeckten Lehmziegelhütten gesäumte Straße, die aus klotzigen vulkanischen Gesteinsbrocken erbaut war. Der Hügel sah grausam aus und hatte Sigbjørn einmal dazu veranlaßt – wobei er ihn zur Calle Humboldt versetzt hatte, die der Konsul damals in seiner Phantasie hochstieg, ehe er zu Boden stürzte – zu schreiben: «Sein Leben dehnte sich vor ihm wie ein geröllbedeckter Hügel ins Unendliche wie ein Leben der Qual» – etwas dieser Art, auf alle Fälle kam das Wort Qual darin vor.

Trotz dieser Qual hatte er sich zu diesem Hügel – ohne den Rumpope hätte er's natürlich nicht geschafft –, hatte er sich für ihr Vormittagsvergnügen zu diesem merkwürdigen Hügel hingeschleppt. Zu diesem Hügel hatte er Primrose gelotst und vorgeschlagen, sie sollten diesen Hügel in der Hitze des Mittags bis zum Gipfel erklettern; sie würden dort ein Kreuz sehen und hätten zweifellos eine phantastische Aussicht. Es stellte sich heraus, daß die Straße Calle De Mirador hieß, und Sigbjørn hatte recht. Es war keine richtige Straße, kein Fahrzeug kam da hoch, riesige Felsbrocken, sehr steil und sonnig, strohgedeckte Lehmziegelhütten, Katzen, Hunde, Hühner, Eidechsen, Kinder. Mexiko war im Grunde eine Sestina auf diese Worte, so wie Sigbjørn eine Sestina auf Entsetzen und Trinken wurde. Dies alles blieb hinter ihnen, und dann stieg ein Pfad über steile, kochendheiße Felsen weiter bergan. Hier war es vollkommen einsam. Auf Schlangen achtend stiegen sie hinauf, und tatsächlich erreichten sie und die Sonne ihren Meridian zur gleichen Zeit. Man hätte meinen können, sie wären jetzt beide gleichermaßen greizt gewesen, nachdem sie diesen Pisgah erstiegen hatten; aber im Gegenteil, sie waren glücklich. Der Sparziergang hatte ihnen gutgetan. Und sie hatten das Gefühl, etwas geleistet zu haben. Das Kreuz war da, es war einem General gewidmet, der diesen Hügel einmal erobert hatte, aber ihnen kam es wie das Symbol ihres neuen Lebens vor, oder als hätten sie selbst diesen Hügel erobert; es sah so aus, als sei nach der Errichtung des Kreuzes niemand mehr hier gewesen. Hinter und tief unter ihnen lag die leere Stadt; links felsige, baumlose Berge, unmittelbar davor die flachen grünen Felder und Wälder, ein Fluß und die Straße schlängelten sich hindurch, und vor ihnen erhoben sich Popocatepetl und Ixtaccihuatl direkt aus dem Grund des Tals.

Kein Geräusch im Theater des Mittags: die Stille und die Einsamkeit waren vollkommen, nur der Lärm der Musikboxen drang sogar bis hierher, auf den Gipfel des Hügels; das klang in der Tat so laut – eine harte und häßliche Herausforderung an diese Einsamkeit, die geradezu absurd aus dieser Leere ertönte – so laut, daß es ihnen beim Zuhören schien, der Lärm habe die Vögel in den Eschen des Zócalo wachgehalten, deren Stimmen auf einer jähen Brise zu ihnen hergetragen wurden: sie tönten wie Türen, die in rostigen Angeln schwangen. Sie lachten, hielten dann ein: denn hinter den Vulkanen, weit weit hinterm Horizont, unmöglich weit weg, beinahe so weit wie das Weiße Meer und Arabien, fast wie ein Traum, hinter den fernsten Bergen, wie das Gelobte Land den Kindern Israels erschienen sein mochte oder Ceylon bei drei Glasen dem rostklopfenden Seemann, schien Sigbjørn da hinten – er zeigte in die Richtung –, trübe und zum erstenmal, schattenhaft sich Oaxaca anzudeuten.

Sie waren wieder hinabgestiegen und in einem kleinen namenlosen Restaurant im Schatten des Platzes essen gegangen, wo sie ein wenig in Streit gerieten. Sigbjørn war nach der Kletterei durstig und wollte ein Bier und fand es vernünftig, daß Primrose auch eins trinken sollte.

«Du kannst ja eins haben, wenn du willst. Mir soll's recht sein.»

«Aber willst du denn keins? Gerade hast du noch gesagt, wie erhitzt und durstig du wärst.»

«Nun aber nicht mehr. Mir ist kalt. Das macht sowieso nur Scherereien: sie werden's extra holen lassen müssen.»

Aber Sigbjørn nahm aus irgendeinem Grund eine streitbare Haltung ein: «Ach verdammt, ist doch nur ein Bier. Du redest, als wollte ich 'n Tequila oder so was trinken.» Außerdem wollte er nicht alleine trinken, vielleicht, weil er zwei Bier haben wollte und nicht nur eins: oder auch drei.

«Es ist egal, was du trinkst; Trinken am Morgen läuft am Ende immer aufs selbe Chaos hinaus.»

«Oh, jetzt kommst du also damit. Aber das hier ist nicht Trinken am Morgen. Wenn du das vorhin gesagt hättest, als wir den Rumpope getrunken haben, hätte ich's ja noch verstehen können.»

«Nun, du hattest deinen Rumpope, und jetzt willst du dich noch vor dem Mittagessen betrinken.»

«Von Betrinken habe ich kein Wort gesagt.»

Das Essen – Suppe und hevuos rancheros – war gut, aber bierlos, und verlief nahezu schweigend; nur einmal platzte Sigbjørn, der innerlich raste, und als ob er dies die ganze Zeit geprobt hätte, wütend heraus: «Du mußt nur mal drüber nachdenken, wieviel trostloser und grausamer Jack Charleson in ‹*Säuferwalzer*› das Wochenende auf der Farm verbracht hätte, um die Klugheit seiner Entscheidung zu erkennen.»

«O Sigbjørn, muß das sein? Zu Silvester?»

«Und am Jahrestag des Tages, an dem ich dieses verfluchte Buch beendet habe, dessen Titel mir inzwischen völlig Wurst ist.»

Darüber mußten sie lachen, und sie standen auf und gingen. Aber es stimmte, ihre Probleme lagen zum Teil daran, daß Sigbjørn morgens trinken wollte. Aber was war daran so falsch? Wo wäre sie denn jetzt, wenn er heute vor dem Frühstück nicht ein paar Drinks getrunken hätte? Es war ein flüchtiges Vergnügen – wer wußte das besser als er? Das Trinken vor dem Frühstück war manchmal nur mit dem Schwimmen vorm Frühstück zu vergleichen. Und es war ja nicht einmal das gewesen, sondern nur vormittags, vor dem Mittagessen, zum Appetitanregen und gegen den Durst. Also wirklich: Trinken vorm Frühstück –. Ein Abscheu vor allen Leuten, die nicht vorm Frühstück oder vormittags tranken, überkam ihn so heftig, daß er abrupt stehenblieb, als Primrose sagte:

«Ich will mich nicht als Furie aufspielen. Und jetzt habe *ich* Durst. Komm, wir gehen in deine kleine Cantina und trinken ein Bier.»

«Mein eigensinniger Liebling. Tu's aber nicht meinetwegen.»

«Nein, tu du es meinetwegen.»

«Aber ich tu's nicht, weil ich Durst habe.»

«Wer ist jetzt eigensinnig?»

Wo sie das andere bequem und ohne Zank und Herumlaufen schon soviel früher hätten haben können!

Sie gerieten in eine Wolke riesiger weißer Schmetterlinge, die wie Blüten des Winds über die Brücke über einem kleinen glitzernden Bach dahinflatterten. Gütiger Himmel, gütiger Himmel, wie schön! Und angesichts solcher Schönheit, die überall auf der Welt zu finden war – und er besaß die Freiheit, sie zusammen mit Primrose zu finden –, fragte er sich, wieso er überhaupt trank? Nachdem er sein Bier getrunken hatte, das heißt seinen Habanero, denn er hatte Primroses Stimmung ausgenutzt und seine Bestellung im letzten Moment geändert, wobei er sich den Anschein gegeben hatte, als sei er mit dem Barmann ins Gespräch vertieft, so daß sie nicht laut Einspruch erheben konnte, wozu es Gott sei Dank auch nicht gekommen war (dabei hatte er in Wirklichkeit nur ein einziges Wort des Barmanns verstanden, das ziemlich ungewöhnliche Wort «resulta»), waren die Schmetterlinge danach noch schöner? Oder schienen sie es zu sein? Ja, allerdings. Ja, wahrhaftig. Ohne den magischen Habanero, sagte er sich im Gehen, hätte sich der Verlauf für einen ätherischen und allgegenwärtigen Zuhörer etwa folgendermaßen angehört: Schmetterlinge Feuer : Schmetterlinge Furcht : Schmetterlinge Lügner : Schmetterlinge Primrose : Schmetterlinge verdorbener Urlaub : Schmetterlinge Schuld : Schmetterlinge Erikson : Schmetterlinge Eridanus : Schmetterlinge Autocamping-Plätze für die gehobene Klasse : Schmetterlinge Versagen : Schmetterlinge Qual : Schmetterlinge Niemand wird je ‹*Das Tal der Todesschatten*› kaufen : Schmetterlinge Erikson : Schmetterlinge Fernando : Schmetterlinge Ich enttäusche Primrose : Schmetterlinge Plagiat : Schmetterlinge Werden sie's merken? : Schmetterlinge überhaupt : Schmetterlinge mittleres Alter : Schmetterlinge Füße : Schmetterlinge Wo ist der Entschluß, den ich letzte Nacht gefaßt habe : Schmetterlinge Noch gehalten, oder : Schmetterlinge Unsinn : Schmetterlinge mittleres Alter : Schmetterlinge Schande : Schmetterlinge Tod : Schmetterlinge Erikson : und man könnte hinzufügen : Schmetterlinge Kommunismus : Schmetterlinge Bin ich : Schmetterlinge In China werden Menschen gefoltert : Schmetterlinge Atombombe : und so weiter, immer im Kreis, auch wenn er geradeaus ging, wie der arme alte Samson in der Oper von Saint-Saëns ums Rad herumgrunzte. Aber da waren, hey presto, nichts als Schmetterlinge. Oder nicht? Denn es stimmte, daß er selbst jetzt, nach dem Habanero, noch so dachte; doch jetzt schienen diese Gedanken von jemand anderem gedacht zu werden, von einem schaurigen Murrer, der, seinen Kopf in den Schatten drückend, auf der anderen Straßenseite vorbeiging. So wurden diese Gedanken zwar weggetragen, doch traten andere an ihre Stelle. Immerhin konnte er sie jetzt klar und verhältnismäßig schmerzlos überdenken. Seit dem Feuer war ihm die Welt oft – wie Blake die Natur – merkwürdig tot vorgekommen. Es schien das Ende zu sein; nichts würde seine Laune mehr bessern können. Und Primrose hatte im selben Boot gesessen. Jedoch hatte sie den Ausgleich durch die Reise – durch die Erfüllung eines Lebenstraums oder dessen, was sie für einen Lebenstraum hielt. Und mochte Mexiko nie so trostlos und öde sein und Sigbjørn auch nicht, dieser Gedanke an Mexikos Fremdartigkeit würde ihr zu Hilfe kommen. Es war wie damals, als *er* das erste Mal zur See gefahren war, zum erstenmal Sokotra gesehen hatte, nachdem er nichts anderes als das dürre Elend einer englischen Privatschule und später dann das womöglich noch schlimmere einer Back kennengelernt hatte:

«Das ist es wert!» Und daher, glaubte er, würde Primrose, komme, was da wolle, sagen können: Das ist es wert.

Jetzt, da er sie im Schlaf betrachtete, überlegte er, daß auch sie vielleicht überlastet war und nicht mehr zu sich sagen könnte: Das ist es wert. Tatsächlich war es in diesen letzten Wochen das erste Mal in ihrem Leben, daß der Alkohol zwischen ihnen zum Problem geworden war. Während des größeren Teils der halben Dekade ihres Zusammenseins hatte er überhaupt nicht getrunken. Nun fragte er sich plötzlich, ob sie sich um ihretwillen gefürchtet hatte. Sie mußte einen Kater, einen ziemlich dicken Kater gehabt haben, hatte aber doch auf eigene Faust versucht – nach den Vorsätzen jener Nacht –, etwas dagegen zu unternehmen. Und er hatte ihr nicht geholfen. Und das hatte ihren ziemlich scheußlichen kleinen Streit veranlaßt. Es schien ihm unfaßbar, daß sie sich so streiten konnten. Ja, wie verflucht scheußlich, wenn man es objektiv und nüchtern betrachtete! Wozu ein solches Aufhebens von einer Flasche Bier zu machen, die er ehrlich gesagt eigentlich gar nicht haben wollte? Das war es nicht wert, deswegen das Mittagessen zu verderben; noch weniger ihren Tag, und wieviel weniger ihr Leben! Nun schien ihm, dies sei nicht einmal ein würdiges Thema für ein Buch. Nun, dann eben nicht. Als soziales Problem kümmerte es ihn keinen grünen Pfifferling. Es brachte mehr Leute ins Grab als die Tuberkulose? Gut, um so weniger Leute! Die Arbeitgeber verloren dadurch mehr Arbeitsstunden als durch Industrieunfälle und Geschlechtskrankheiten? Hervorragend! Diese aufgeblasenen Egoisten fertigmachen. Und um so mehr Freizeit für die Arbeitnehmer – und viel zu saufen! Und was für ein Scheiß, diese Vorstellung, nur Leute, die vordergründig nicht mit Schnaps umgehen könnten, seien Problemtrinker. Problemarschlöcher. Für ihn war es eine Herausforderung gewesen, weil das anscheinend noch nie jemand unternommen hatte. ‹*Säuferwalzer*› hatte es zunichte gemacht; nie hätte er es geschrieben, wenn er irgend jemanden für fähig gehalten hätte, das gleiche zu tun, was auch immer er bei dem Mittagessen gesagt hatte. Selbst jetzt – wenn es nur vom Trinken gehandelt hätte, wenn das Trinken nicht auch etwas anderes bedeutet hätte, nicht mit etwas Wertvollem in Beziehung gesetzt worden wäre –, nachdem er von ‹*Säuferwalzer*› erfahren hatte, würde er es niemals abgeschickt haben, er hätte den Mut gehabt, sein Versagen einzugestehen. Jetzt, da der Boden bereitet war, würde ein Haufen anderer Bücher über dieses traurige Thema erscheinen, das darum nicht weniger traurig war, weil es für die Zeit symptomatisch war. Es stimmte, ohne Eridanus, ohne das Meer und ohne seine Arbeit wäre die Welt ihm fast wieder unerträglich geworden; aber wenn er sich entscheiden müßte, ob er eine unerträgliche Welt hinnehmen oder Primrose haben wollte, würde er es aufgeben. Es glatt sein lassen. Er war überzeugt, daß es nichts nützen würde – das Feuer hatte es schließlich auch nicht verhindert! –, aber er war bereit, das Opfer zu bringen, falls er sicher sein konnte, daß es ein Opfer war. Es war ein Opfer. Durch das Bier, dachte er, beziehungsweise durch den Habanero waren die Schmetterlinge mehr als Schmetterlinge geworden, der Bach mehr als ein Bach, genau wie durch den Rumpope der Hügel mehr als ein Hügel geworden war, und vorher dank seines morgendlichen Inspirationsgesöffs die Busfahrt mehr als eine Busfahrt. Und schließlich Sigbjørn natürlich mehr als Sigbjørn, und Primrose mehr als Primrose.

Aber «Chaos» – nein. Weiß Gott, er wollte kein Chaos, wie Primrose das nannte. Um die Wahrheit zu sagen, er verabscheute es, betrunken zu werden. Und dann diese «Lücken». Die waren schlimm. So daß Sigbjørn schließlich, als sie Hand in Hand und wieder glücklich über die Brücke gegangen waren und dem Fluß zu folgen begannen, zum erstenmal in seinem Leben wirklich davon überzeugt war, daß er in Mexiko etwas verpaßt hatte, weil er damals zuviel getrunken hatte. Vor allem hatte er nie gewußt, daß es diesen Teil von Yautepec überhaupt gab.

Zuerst der Blick in den Patio, kühl und schattig. Der schmale, tiefe Bach wand sich weiter zwischen starren, dichtstehenden, überhängenden Bäumen hin, bildete schattige Teiche wie am Cam, und sie wanderten am Ufer entlang. Ah, ob sie diesen Spaziergang am Bach entlang je vergessen würden? Einen Moment lang, wenn man nicht so genau hinsieht, sagte Primrose, könnte Mexiko Michigan sein, wo sie geboren war. Wies dies nicht schön darauf hin, daß ungeachtet seiner Person Primrose «von der Fahrt etwas hatte», diesmal vielleicht selbst in gewisser Weise wiedergeboren wurde? Das machte seine Anstrengung um so lohnender. Ja, sie meinte, Mexiko könne Michigan sein, die grünen Bäume, die sich über den glitzernden Bach beugten, das Gras, die Enten, das Gefühl von Frieden und Frische – und dann dreht man sich um und steht vor den zackigen steilen Bergen, baumlos und verdorrt; der kleine graue Esel mit weißem Bauch und kleinen schwarzen Hufen geht gesetzt die Straße hinunter: ein Hund jagt hinter ihm her, er wendet sich furchtlos zur Seite und entspringt leichtfüßig wie eine Antilope. Aber, ah, der Bach, der freie, frische, unvergeßliche kleine Bach!

Es war spät am Nachmittag, als sie zurückkamen; sie gingen durch den heißen Staub, so heiß, daß er durch die Lederschuhe auf den Füßen brannte; seine Füße waren müde, aber er lächelte und war entschlossen, nichts durch irgendwelche Klagen oder gar dadurch zu verderben, daß er es noch einmal riskierte, einen Drink vorzuschlagen, obwohl die Hitze und Grelle der Sonne auf den weißen Mauern jetzt noch unerträglicher war als am Mittag. Und tatsächlich hatte er, als er sah, wie glücklich Primrose war, dies alles wieder zu genießen angefangen. Obwohl die schläfrige Stadt versuchte aufzuwachen: Ferkel und Säue trotteten die Straße entlang, ein Mann trug einen Strauß Tuberosen vor sich her, Kinder in einem Torweg rauchten Marihuana, die abscheuliche blinde Bettlerin im Eingang des Restaurants, ihre dreckigen Lumpen und nackten geschwollenen Füße, das Mädchen, das ihr ein Brötchen gab, diese Männer in ihren hellen – oft sehr gepflegten – Anzügen und weißen Sombreros, die den ganzen Tag auf dem Platz sitzen. Ah, könnten sie doch nur für immer so durch diesen Sonnenschein weitergehen. Dann El Cielo – eine Pulquería: orange Mauern in der glühenden Sonne, dunkelgrüne Bäume vor kobaltblauem Himmel, ein flüchtiger Blick auf dunkle Gestalten, die aus Tonkrügen tranken, dahinter ein Garten, die Papierfransen an der Decke, die Musik – es war auch eine dieser Pulquerías, Sigbjørn köstlich und teuer wie eine seltene Briefmarke, die auch Tequila und Mescal verkaufte, genau wie das Farolito, was das betraf; und durch die offene Tür konnte man hinten, wie in «Das Letzte Abendmahl», den Himmel sehen: ah, wie er sich gewünscht hatte, sich zu ihnen zu gesellen, mit ihnen auf ihre Träume zu trinken, zu verstehen, in dieser vergessenspendenden Welt unterzutauchen. Wer anders als ein Mexikaner wäre auf die Idee gekommen, eine Kneipe «Der Himmel» zu nennen?

Die Strafe für die Drinks, die er vorher getrunken hatte, hatte er auch schon bezahlt: ihm war doppelt so heiß, er war doppelt so erschöpft und doppelt so durstig. Aber jedenfalls verstieß es gegen das Gesetz, wenn eine Frau diese spezielle Pulquería betrat. Da er Primroses Leidenschaft für kühle mexikanische Softdrinks kannte, besorgte er, ehe es zu einem Streit wegen der Cantina kommen konnte, in deren Eingang der Inhaber stand, der sich vor ihm verbeugte; besorgte er also – und möge ihm beim Jüngsten Gericht angerechnet werden! – zwei Fruchtsäfte, refrescos, während sie auf den Bus warteten, die aus einem großen gläsernen Krug gereicht wurden, aus dem ein Mädchen unablässig Fliegen fischen mußte ... Es nahm ihm den Atem, aber er schluckte es runter.

Bei Sonnenuntergang waren sie erschöpft, aber so glücklich (genau so hatte Primrose gesagt) in einem Bus zurückgefahren, der noch voller war als der erste. Sein Dach war noch niedriger, und hinten gab es keine Sitze, sondern einfach eine lange Bank. Um für Primrose mehr Platz zu schaffen, versuchte Sigbjørn auf dem Boden zu sitzen; da aber – wie schon bei dem anderen Bus – Fahrgestell und Karosserie verschiedenen Bewegungsgesetzen zu folgen schienen, saßen sie bald übereinander: irgendwie war Primrose auf Sigbjørns Schoß gerutscht, und sie waren absolut bewegungsunfähig, außer auf das Übelkeit erregende Geheiß der beiden kämpfenden, schwankenden, schwabbligen, gymnastischen Persönlichkeiten des Camión. Trotzdem gelang es ihnen in dem Getümmel, sich bei den Händen zu fassen. Der Abstieg nach Yautepec am Morgen war sehr steil gewesen; die Fahrt in entgegengesetzter Richtung, mit viel mehr Ladung als vorhin, war überaus problematisch. Jedesmal wenn der Gang gewechselt wurde, blieb der Bus stehen, wankte, schien beinahe zurückzurutschen, erholte sich wieder, der starke amerikanische Motor fing sich, und der Bus begann wieder vorwärts und aufwärts zu kriechen, fast so langsam wie eine Frau, die über einen Friedhof kraucht, um am Kreuz ihr Gebet zu verrichten. (Wie ein sowjetischer Schriftsteller vor einer Dekade, als dergleichen mehr in Mode war, in dieser Symbolik geschwelgt hätte: der kaputte, klapprige Bus, der alle Insassen folterte, getrieben von dem unbeugsamen amerikanischen Motor.) Dieser Gedanke veranlaßte ihn zu dem Versuch, sich aufzurichten und nachzusehen, ob auch dieser Bus der Heiligen für Gefährliche und Verzweifelte Anlässe gewidmet war: da hing sie – er richtete ein Gebet an sie für sie beide – gleich neben dem Schild, auf dem diesmal stand *Distraiga el Chófer!*, gekrönt von einem hübschen Mädchen, das seine Knie sehen ließ. Sigbjørn lachte darüber laut und fröhlich wie ein Mexikaner, aber es herrschte ein solcher Höllenlärm, daß er es Primrose nicht darzulegen vermochte; sie ihrerseits faßte das Ganze als ein großes Abenteuer auf.

Schließlich waren sie wieder in Cuernavaca und im Quinta Dolores, und diesmal enthielt der Briefkasten einen Brief, einen in London gestempelten Brief, und da er nicht per Luftpost geschickt worden war, äugte ihn King George's VI gnädiges Antlitz vogelgleich von einer blauen Zweieinhalb-Pence-Briefmarke an. Der Brief war von Eridanus aus nachgeschickt worden und konnte nur von –. Unfähig, ihn zu öffnen, nahm er ihn ins Badezimmer, um ihn alleine zu betrachten. Welch ein Beschluß dieses Tages, wenn mit diesem Brief wirklich sein Buch angenommen würde. Ja, das Manuskript war nicht dabei. Ein gutes Zeichen. Dann kam er in die Küche zurück, goß sich ein Glas Habanero ein und ging wieder ins Badezimmer damit: er trank das Glas halb aus, kam wieder in die Küche, füllte es auf, trank es in einem Zug aus und schlitzte den Umschlag auf. «Wir sind der Meinung, Ihr Buch ist potentiell wichtig und integer.» Sein Herz machte einen Sprung, und er wollte es gerade laut Primrose zurufen, die genauso aufgeregt war wie er und im Schlafzimmer das Verdikt erwartete, aber da – fiel noch ein anderer Brief heraus. Es war das Gutachten des Lektors, und er griff danach. «Der Autor hat sich übernommen. Dieses Buch wird selbstverständlich an den kürzlich erfolgreichen Roman und Film ‹*Säuferwalzer*› erinnern …»

Es war keine direkte Ablehnung, aber in einer Hinsicht noch schlimmer. Das Buch zeige gute Anlagen, und obwohl man nicht direkt nein dazu sagen wollte, wurde er andererseits dazu aufgefordert, es neu zu schreiben. Was! Es noch einmal neu schreiben? Seine Gedanken reisten vom Silvester 1945 neun gediegene Jahre fortwährenden Versagens zurück zum Silvester 1936: damals war er auch hier in Cuernavaca gewesen. Neun Jahre: Zeit zum Erwachsenwerden, Zeit zum Sterben, Zeit, um drei Weltkriege zu führen, Zeit für ein Kind, erwachsen und ein Säufer zu werden. Und ich möchte wissen, wie viele Silvester ich mich noch mit diesem verdammten Ding werde abgeben müssen, hatte er damals prophetisch zu einem Freund gesagt. Aber da hatte es noch eine Form oder doch fast – ja, er sah es dem Brief an – eine Form, in der sie es sofort akzeptiert hätten. Denn im Grunde verlangten sie von ihm, er solle die ganze Arbeit, die er seitdem hineingesteckt hatte, rückgängig machen und es auf die einfachste, beziehungsweise auf die erste Form zurückführen. Und er dachte, hier bestünde tatsächlich die Versuchung zuzustimmen.

Von viel größerer Bedeutung als die Annahme oder Nicht-Annahme des Buchs zu diesem besonderen Zeitpunkt – war er dank dem Habanero imstande zu denken, als er Primrose den Brief brachte, obgleich die Wirklichkeit dieser Sache zu Silvester nur schwer einzusehen war, zumal ein Triumph, und der Tag *war* ja schließlich ein Triumph gewesen, hier so herrlich zu seinem Gedankengang und seinen «Vorsätzen» gepaßt hätte – war die Art, in der er es aufnahm: wenn er nur großmütig genug darüber nachdachte, war leicht zu sehen, daß ein absoluter Erfolg in diesem speziellen Augenblick genauso gefährlich gewesen wäre wie ein absoluter Fehlschlag. Und dies hier war weder das eine noch das andere. Schlimmer, und doch gleichzeitig besser, wie er Primrose erklärt hatte, war die Tatsache, daß der Lektor natürlich in gewisser Weise recht hatte. Es glich irgendwie dem Fall des italienischen Komponisten Pietro Rinaudi, von dem der englische Schriftsteller Cecil Grey so wunderbar in seinem Buch ‹*Contingencies*› berichtet, der – wie die weiße Termite, die, wenn man ihren Bau zerstört, einen phantastischen Turm errichtet (und das hier war gewissermaßen der Turm) – sich daran gemacht hatte, einen phantastischen Turm für Musik zu bauen: drei Oratorien, das erste am ersten Tag aufzuführen, das zweite am zweiten, das dritte am dritten, und am vierten Abend sollten alle drei auf einmal, mit verschiedenen Dirigenten, die wiederum von einem anderen Dirigenten, dem Komponisten selbst, geleitet wurden, aufgeführt werden. Oder die zwei Opern, eine Opera buffa und eine Opera seria, die gleichzeitig aufgeführt werden sollten. In diesem Fall war es natürlich Versagen und nichts anderes, was sein Buch immer komplizierter gemacht und all die verschiedenen Bedeutungsebenen hinzugefügt hatte: und alles, worum der Lektor – also der «Leser» des Verlegers, von anderen Lesern konnte er bis jetzt noch nicht sprechen – Leser, weil fraglos weder Bartleby noch Dismas noch Bull je ein Buch von vorne bis hinten gelesen hatten – ziemlich zu Recht bat, war, daß er sein einfaches, erstes Oratorium schreiben sollte, sein Potiphar sozusagen: seine Partitur um drei Fuß kürzen; nach Grey war das Original fünf Fuß und fünf Zoll groß gewesen.

«Aber du wirst es doch nicht noch einmal von vorne schreiben?» hatte Primrose gefragt.

«Warum nicht, hab ja nichts anderes zu tun. Das wird mich ein bißchen beschäftigen», hatte er, und nur er wußte wie tapfer, gesagt.

«Nur über meine Leiche.»

«Na ja, vielleicht hast du recht. Und doch –»

«Das sind doch die reinsten Idioten. Oh, ich könnte diesen Lektor umbringen, wenn er dir weh getan hat, Sigbjørn ... Du hast selbst gesagt, sämtliche englischen Talente hätten sich auf die Literaturkritik verlegt. Und daß sie auf alles wirklich Gute, was erscheint, eifersüchtig sind. Und du hast auch was zum gegenwärtigen Nationalethos gesagt, daß man nämlich, während man ständig beklagt, daß eure Nationalliteratur so schwach geworden sei, sobald irgend etwas aufzutauchen droht, das einer Erhörung ihrer Gebete gleichkommen könnte, alles daransetzen würde, es im Keim zu ersticken.»

«Hab ich das gesagt? Nun, vielleicht hatte ich damit recht. Es sei denn natürlich, es ist zufällig was Amerikanisches ... Und dann auch nur, wenn sie das Gefühl hätten, sie hätten es selber entdeckt. Aber –»

«Und was ist mit Amerika? Wirst du es auch für Amerika neu schreiben?»

«Wenn sie es so haben wollen – natürlich habe ich vergessen –»

«Also die Amerikaner sind großzügiger.»

«Als wir Mcguires Brief bekamen, hast du das aber nicht gesagt.»

«Ich habe Mcguires Brief nicht bekommen. Weißt du nicht mehr: du hast ihn aufgemacht und wolltest ihn mich monatelang nicht lesen lassen», sagte sie, «und außerdem ‹nosotros no somos americanos ricos›», sagten sie lachend im Chor. «Nosotros somos canadianos *pobres*.»

Aber es hatte keinen Zweck. Sie mochten sich so gut aufheitern, wie sie konnten, aber es schien nicht viel Hoffnung zu geben, nur eine Fortsetzung der Spannung. Ihre Schwermut und Spannung war nur ein Teil der großen Schwermut und Spannung, als ob man auf den Ausbruch irgendeiner Krankheit wartete. Auch das hatte er vergessen. Schlafen war unmöglich wegen der Raketen und des Lärms, nein, die konnten das Jahr 1945 nicht wild genug verabschieden, verjagten das alte Jahr mit Getöse und ließen ein noch schlimmeres herein. Und niemand, mit dem er reden konnte, nichts, was er nachts hätte tun können, außer Trinken oder Schlafen. Keine Dunkelheit ist so hoffnungslos wie die Dunkelheit Mexikos.

«Nun, wie auch immer, in Ordnung, ich werde denen schreiben, daß ich's nicht ändern werde. Ich werde ihnen erklären, worum es in jedem einzelnen Kapitel geht, denn das scheinen sie nicht gemerkt zu haben.»

«Und ich werde dir helfen.»

Und so holten sie Papier und Bleistift und versuchten auszuarbeiten, was zu sagen war. Doch wie hoffnungslos und düster kam es ihnen vor – all diese Erklärungen. Und er stöhnte verzweifelt. Und Primrose, die das im ganzen wirklich noch schlimmer zu nehmen schien als er, sagte: «Komm schon, Sigbjørn, nun sei vernünftig. Betrachten wir das als einen *Test*.»

«Ach, mein Gott, betrachte ich's denn nicht als Test. Neun Jahre habe ich daran gearbeitet – eigentlich neun Jahre und zwei Monate. Die zwei Monate hatte ich vergessen. Aber auch zwei Monate können eine höllisch lange Zeit sein.»

«Bedenke doch, wie frei wir sind: wir sind die freiesten Menschen auf Gottes Erde, und wenn wir weiterhin über jede Kleinigkeit meckern, fällt uns eines Tages ein Ziegelstein auf den Kopf, und dann haben wir wirklich was, worüber wir uns Sorgen machen können. Es ist genau wie vor dem Feuer.»

«Was ist genau wie vor dem Feuer?»

«Damals habe ich auch gesagt, wenn wir weiter so rumjammern, würden wir was bekommen, worüber wir uns wirklich Sorgen machen können.»

«Du hast sicher recht, Primrose, aber wer hat denn hier gemeckert, wie du sagst – ich nicht.»

«Also, trinken wir noch 'n Schnaps und machen dann mit dem Brief weiter.»

Und dann begann der Zug loszututen wie die *Lusitania*, und es hieß «Frohes neues Jahr» anstatt «Frohen Hochzeitstag». Sie umarmten sich in der Küche, aber unmittelbar darauf stritten sie sich: beim Anblick der Raketen versuchte Sigbjørn den Streit zu beenden, indem er Bergson zitierte, aber das machte die Sache nur noch schlimmer.

Und dann der noch schlimmere Schrecken des Neujahrstages. Denn als ob er ihr gestern vor der Cantina El Cielo die unbewußte Sehnsucht eingeflößt hätte, die Welt zu betreten, die keine Frau betreten durfte, hatte er sie jetzt dazu überredet, schon morgens etwas zu trinken. Und sie hatten sich wahrhaftig versteckt, ja, versteckt, und den ganzen Vormittag in diesem Haus getrunken, in Laruelles Turm; und dann war er zur Casa de la Vega, dem Schnapsladen, gegangen und hatte zwei weitere Flaschen gekauft, und diesmal zitterte seine Hand stark, selbst als er seinen Obesquio in Empfang nahm; es begann langsam ein wenig ernst zu werden: er spürte nicht nur, daß die Leute ihn beobachteten, sondern, wie beim Konsul, daß sie da waren. Nur war er jetzt, wo er die Verantwortung trug und Primrose schon leichte Halluzinationen bekam (ein eingebildetes Baby-Delirium), in der Lage, sich selbst nüchtern zu machen, indem er sie beide nüchtern machte; aber als ob irgendwer in Mexiko wieder nüchtern werden wollte! Und selbst wenn er nüchtern wurde, würde ihn das nicht davon abhalten, doppelt zu sehen.

Manchmal hatte Sigbjørn das Gefühl, er trinke genau wie ein russischer Bauer, der ständig seine Frau prügelt. Und Primrose – doch hielt er es für taktvoll, an dieser Stelle das Thema zu wechseln. Immerhin tranken sie nach dem Neujahrstag ein bißchen weniger. Woran es diesen beiden braven Leuten, die selbst Künstler waren, vor allem fehlte, hatte Sigbjørn eines Tages argumentiert, war im Grunde der Trost durch die Kunst.

Sie brauchten vier Tage, sich aus dem Neujahrssumpf zu ziehen. Unterdessen versuchte Sigbjørn weiterhin seinem «englischen Verleger» zu erklären, warum er sich bei seinem Roman nicht hätte langweilen sollen und weshalb er nicht beabsichtige, etwas daran zu ändern, und wieso das Buch genau so, wie es war, bleiben müsse. Von jedem einzelnen Kapitel gab er eine erschöpfende Analyse. Die Zeitverschwendung erschien ihm oftmals erschreckend – wenn er jetzt nach dem Schreibtisch sah, an dem er Tag um Tag gesessen hatte, wurde es ihm geradezu physisch schlecht –, in der Zeit, die er dafür aufgewendet hatte, hätte er bereits die erste Fassung eines neuen Kurzromans schreiben können, und nur die dadurch hervorgerufene Illusion, er beginne wieder *kreativ* zu schreiben, dies und die Tatsache, daß es Primrose Freude machte, ließen ihn nicht aufgeben, und wenn auch nur zur Übung, obwohl auf einem anderen Blatt stand, was zu üben er sich dabei einbildete. Der Mangel an Kreativität – oder war es die Inversion der Sensibilität – konnte nicht größer sein. Andererseits redete er sich ein, daß von der Wirkung dieses Briefs die Annahme seines Buchs in England abhängen könnte. Was die Sache verschlimmerte und noch mehr Zeitverschwendung mit sich brachte, war, daß er während ihrer Saufperiode regelmäßig jeden Abend den eigentlichen Zweck seines Briefs vergaß und sich damit beschäftigt fand, sein Buch in Stücke zu reißen und diesem Lektor in allem zuzustimmen. Idiotisch! Am nächsten Morgen mit dieser Dichotomie konfrontiert, entdeckte er dann, daß ein Drittel von dem, was er am Tag zuvor erarbeitet hatte, umsonst gewesen war und er es noch einmal machen mußte. Überdies begann das Buch, auf das er einmal so viele Hoffnungen gesetzt hatte, ihm im Lichte eines Feindes zu erscheinen, und er ertappte sich gar bei dem Wunsch, es hätte damals zusammen mit ‹*In Ballast to the White Sea*› verbrennen sollen. In dem Maße, in dem er sich ausschließlich dazu verpflichtet fühlte, sich auf den Brief zu konzentrieren, hielt ihn dies von dem viel wichtigeren Geschäft ab, sich auf Primrose und ihren gemeinsamen Urlaub zu konzentrieren. Da Zeit jedoch von wesentlicher Bedeutung war (er vermochte darin keinerlei Ironie zu erblicken), hielt er es für unklug, womöglich für einen fatalen Fehler, den Brief unvollendet liegenzulassen und zum Beispiel nach Oaxaca zu fahren. Und überhaupt wäre Primrose um seinetwillen gar nicht gefahren. Ja, das Buch machte auch das noch zuschanden.

Eines Abends standen sie hoch oben auf dem Turm und sahen dem Sonnenuntergang zu. Rasch wechselten Farben und Licht auf Ixtaccihuatl und Popocatepetl: von Weiß zu Gold zu Rosa, und Schatten, die sich von Blau zu Violett vertieften. Der Turm der Kathedrale hob sich von einem reinen hellen Türkis und goldenen Wolken ab. Dann schwand das Licht von den Vulkanen, und wie ein riesiger Stern leuchtete das Licht im Wachturm des Gefängnisses auf. Lange perlfarbene Wolken strömten über Popo dahin. Auf dem Dach unten erwachte die kleine schwarze Katze, streckte erst ihre Vorder-, dann ihre Hinterbeine und stolzierte an ihre nächtliche Arbeit. Im Osten wurde es malvenfarben, im Westen blau, zartrosa, grau, perlfarben; zinnoberrot, und der Himmel noch immer in Flammen. Gott, wie sie das liebte, all diese Farben, die er kaum wahrnahm und die sie eine nach der anderen aufzählte, als ob sie noch nie zuvor einen Sonnenuntergang gesehen hätte. Die Straße unten war schon finster. Ein Mann in weißem Hemd ritt auf einem Esel über die Calle Humboldt, die Calle Nicaragua. Dann trugen zwei Kinder einen Eimer Holzkohle vorbei. Aus El Vacilon torkelte ein Betrunkener. Und jetzt schritt schwer und müde, ein kleines Mädchen an der Hand, eine Frau die Straße des Feuerlandes entlang. Calle Frey de las Casas. Was davon war wirklich? Und jetzt raschelte der Wind mit den Bäumen und dem Umhang auf der Balustrade; Popo und Ixta schwanden. Selbst der Cortez-Palast, wo ein paar späte Bummler noch die Wandgemälde betrachteten, nahm eine schwermütige Würde an, die ihm bei Tageslicht mangelte. Tief unten ging eine Frau über das Dach der Tintorería, das die Straße überspannte, um die Wäsche hereinzuholen. Ein Lastwagen holperte den Hügel hinunter: Canada Dry, und dann noch einer: Cruel es mi destino. Das letzte Licht aus einem nun farblosen Himmel ließ die ewigen Pfützen auf der Straße erkennen, über die jetzt die ersten Fledermäuse hinflitzten, über die niedrigen gemauerten Kamine hin und die auf jedem Dach stehenden wellblechernen Wasserbehälter. Eine zweitönige Autohupe tutete schrill. Zweimal schlug tief eine Glocke zur Vesper, Zeit für den Priester, sich zu verstecken, wenn ihm sein Leben lieb war. Der Mann, der Primrose Frijoles und Reis verkaufte, stand jetzt, wie es seine Gewohnheit war, in der Mitte der Straße des Feuerlandes, während hinter ihm ein oranges Licht auf die Stufen fiel und den Rock einer Frau streifte, die eben seinen kleinen Laden verließ. Und so ging die Sonne unter. Doch Sigbjørn hatte sich aufgeschwungen, oder? Glich es nicht einem Aufstieg, hier auf diesem Turm zu stehen, in diesem Turm zu wohnen? Glich es nicht einer Auferstehung der Seele – nach der schrecklichen Prüfung durch das Feuer – zur Erkenntnis ihrer wahren Bestimmung hin? Doch wer war dieser andere Wilderness, der da neben ihm stand? Ein Gefühl der Angst vor ihm, völlig erbarmungslos war dieser Wilderness. Dieser Wilderness hatte den Turm gewollt, nicht er. Und wozu? Und zu welchem Zweck? Wer wußte das schon? Aber wie immer, irgendein Zweck schien ja dahinterzustehen. Und wie immer, es war ein Grund zum Feiern.

So ging die Sonne unter: und die Schrecken der Nacht rückten näher. Und während Primrose sich mit dem Holzkohlenofen abmühte, machte er im Turm mit der Analyse der Bedeutung von Kapitel VII weiter, das von eben diesem Turm handelte, dem Turm, der gegen die zweite Flut errichtet worden war, wobei er ganz genau wußte, daß er es am nächsten Morgen neu würde schreiben müssen und daß seine eigentliche Bedeutung überhaupt nicht zu vermitteln war; denn es bedeutete folgendes: Von der Projektion des Unbewußten auf die Realität zu sprechen! Und zu seinem großen Schaden *sprach* er davon, auch zu seinem Londoner Verleger, und verschwendete so noch mehr Zeit. Aber er arbeitete und trank weiter. Er arbeitete sogar noch, wenn Primrose schon im Bett lag. Und um drei Uhr morgens trank er noch.

Aber er gab nicht auf. Für den nächsten Tag hatte Eddie sie beide eingeladen, mit ihm am Nachmittag im Auto nach Taxco zu fahren, dort über Nacht zu bleiben und am Tag darauf zurückzukommen; und da dies, zumindest für Primrose, nicht gerade glücklich verlaufen war, war er am vorigen Donnerstag, dem zehnten, mit ihr nach Zampoala gefahren, genau wie er es sich ausgedacht hatte, als sie zum erstenmal mit dem Bus durch Tres Cumbres gefahren waren. Tatsächlich war dies ihr erster Ausflug nach Norden, zurück in Richtung Mexico City, und in der Verlängerung in Richtung Kanada. Alle ihre anderen Ausflüge führten nach Süden, immer noch auf ihr Reiseziel zu, sei es Oaxaca oder Acapulco. Und diese Fahrt entsprach auch seinem halbherzigen Entschluß aufzugeben, das heißt, sehr bald nach Kanada zurückzukehren; und es war schon sonderbar, wie dieser kleine Ausflug zu illustrieren schien, wie gefährlich oder gar unmöglich diese Rückwendung wäre, ehe nicht wenigstens all diese merkwürdigen Mißklänge, die der ursprüngliche Fehler, überhaupt nach Mexiko zurückgekehrt zu sein, ins Schwingen gebracht hatte, auf die eine oder andere Weise wieder aufgelöst wären. Vielleicht war es dazu auch schon zu spät. Hätten sie in Mexico City gleich kehrtgemacht und wären mit dem nächsten Flugzeug wieder nach Hause geflogen, hätte er vielleicht keinen ernstlichen Fehler begangen, und die Sache wäre anders ausgegangen. Aber komme, was da wolle, noch war an Rückkehr nicht zu denken; und dies war es, was dieser kleine Tag ihnen wohl zu sagen hatte. Der Tag hatte wahrhaftig scheußlich begonnen: alles war schiefgegangen, während sie sich geographisch in Richtung ihrer Heimat bewegt hatten: er hatte die Strecke nach Zampoala hoffnungslos unterschätzt, und dann stellte sich heraus, daß von Tres Cumbres gar kein Bus dorthin fuhr; und den See bekamen sie nicht einmal von weitem zu sehen, und erst recht gelangten sie nicht bis zu ihm hin. Sie waren in einen starken Wind, fast einen Blizzard, geraten; hatten ihre Füße an Glasscherben aufgeschnitten und beide die Geduld verloren: als sie aber begannen, sich wieder südwärts zu bewegen – auf einer alten, nicht mehr benutzten Aztekenstraße, die ihnen wunderbarerweise die vergangenen Tage aus den Gedanken vertrieb –, auf ihre Heimat zu, denn Cuernavaca war jetzt ihre Heimat, da war alles ins Gegenteil umgeschlagen, schien alles gut zu werden, und es *war* gut ausgegangen. Es war eine der glücklichsten Zeiten ihres Lebens, etwas, worauf sie immer voller Freude zurückblicken konnten, und die Erinnerung daran würde er morgen früh brauchen, wenn er über Oaxaca ins Zaudern geriete.

Sigbjørn sah wieder zum Briefkasten hin. Natürlich hatte sich der alte Ablauf noch einmal wiederholt: natürlich würde er das, mußte es, da er noch nicht durchbrochen worden war. Diesmal waren schlechte Nachrichten aus Amerika gekommen. Nur mit dem Unterschied, daß er diesmal auf der Hut war: er war geradezu darauf vorbereitet. Und er würde sich diesen Tag nicht dadurch verderben lassen. Daher hatte er Primrose kein Wort davon gesagt, und sich selbst, wie er glaubte, dazu gezwungen, es zu vergessen.

Es war freilich verhängnisvoll, daß Sigbjørn losgezogen war

und noch eine Flasche gekauft hatte; unterwegs hatte er in der Cerveza Barril ein Bier getrunken, und als er dann nach Hause kam, hatte Primrose ihm deswegen eine schreckliche hysterische Szene gemacht; und in dieser Nacht, erinnerte er sich, hatte er sich unmäßig betrunken, auf eine Weise betrunken, die er verabscheute und die bei ihm nur höchst selten vorkam, so daß er sich nur lückenhaft daran erinnern konnte, und diese Lücken waren noch immer da. Das einzige, was er noch wußte, war, wie er mit einer leeren Flasche Mescal in der Hand auf dem Boden aufgewacht war. Primrose schlief in dem Zimmer, in dem sie auch jetzt schlief, und Sigbjørn war sofort der Gedanke gekommen, daß sein Rausch – er war betrunken gewesen, hatte aber für seine Verhältnisse nicht sehr viel getrunken – von Erschöpfung herrühren mußte. Wie auch immer, wenn er betrunken oder auch nur halb betrunken gewesen wäre, hätte er beim Aufwachen einen großen Schluck zu sich genommen und wäre ins Bett gegangen. Die Gewissensbisse wären zumindest fürs erste verdrängt und aufgeschoben worden. Und dann hatte er auf seiner – völlig verstimmten – Gitarre gespielt, der Gipfel aller Schuldgefühle, die er je erlebt hatte. Er hatte versucht zu beten, mit wild klopfendem Herzen – was, wenn es aufhörte? – schon aufgehört hätte? Das pathetische Gefühl war beinahe obszön. Er versuchte zu beten, konnte aber nur Obszönitäten von sich geben. «Nun, wer kann mir helfen?» – «Gott wird dir helfen, wenn du ihn bittest.» – «Aber das meine ich ja», sagte Sigbjørn, und Tränen liefen ihm über die Wangen. «Du hast das gar nicht gesagt, sondern Fernando Martinez.» – «Ich habe auch meine Tragödien.» – «Nun, die haben wir alle.» Wie kann man mit dem Tode ringen, wenn der Tod mit Sicherheit eine Schwäche und Feigheit ist, die einen gepackt hat? Und das gräßliche Gefühl, Primrose da mit hineinzuziehen. Und das Gefühl, beobachtet zu werden, ja, sogar jetzt. Aber die Schwäche und der Mangel an Wirklichkeitssinn waren das schlimmste. Und dann begannen ihn wieder die Koinzidenzen niederzudrücken, der fatale Verfall seiner Arbeit. Und das Geld, das er willkürlich aus dem Fenster schmiß, es war, als ob er sein ganzes Leben einfach hinunterschlang. Erst das Fiasko in Taxco, und dann diesen Tag verdorben zu haben. Nun, so gesehen war es besser, die Ewigkeit zu verderben. So daß er, anstatt einen Drink zu nehmen, eine Rasierklinge genommen und wütend eine Vene an seinem Handgelenk aufgeschnitten hatte. Dabei stieß er jedoch seine Gitarre um und weckte Primrose auf, die sofort angerannt kam und die Wunde verband und loslief, um einen Arzt zu holen, zum Glück aber auf den eben von einem Rotkreuz-Ball kommenden Hippolyte traf, der draußen seinen Wagen geparkt hatte, obwohl er gar nicht hier wohnte. Primrose hielt die Sache für einen Unfall, und Sigbjørn dachte hinterher auch, er hätte es damit nicht ganz ernst gemeint. Ja und nein. Anfangs rein zufällig – er brauchte die Rasierklinge, um eine Gitarrensaite durchzuschneiden –, quasi experimentell hatte er sich ins Handgelenk geschnitten und ziemlich fasziniert zugesehen: der Schnitt war nicht sehr tief, und er hatte vermutlich nicht vorgehabt, daß er tiefer hätte gehen sollen – doch wie sollte man das wissen? Immerhin hatte er, als er in diesem allerletzten Moment gedacht hatte: «Was hast du dir dabei gedacht?» – «Hier geht's mit mir zu Ende, darauf ist das Ganze hinausgelaufen», zwei gleichzeitige Gedanken gehabt: den einen an Primrose: «Das ist ein gemeines Unrecht», und den anderen, daß selbst sein Tod, gelänge er, gewissermaßen nachgeahmt wäre. Er hatte zwar den Film ‹*Säuferwalzer*› nicht gesehen, aber er hatte gelesen, daß der Protagonist dort auch kurz vor dem Selbstmord gestanden hatte. Hippolyte hatte ihm Phenobarbital verabreicht («Jetzt hören Sie aber mal auf mit ‹*Säuferwalzer*›, mein lieber Mann. Das ist nun mal geschrieben, und ich wüßte nicht, wie Sie es ungeschrieben machen könnten, selbst mit Hilfe von –»), und am nächsten Morgen Ochas. Den ganzen Freitag war er im Bett geblieben. Ja, Hippolyte hatte ihm eine Schwester geschickt, die bei ihm wachen sollte. Übers Wochenende hatte er irgendwie an dem Brief weitergearbeitet; heute war er fertig geworden, und jetzt war er abgeschickt. Der Brief war fertig, und morgen würde er nach Oaxaca fahren.

Er setzte sich neben Primrose, bestaunte ihre Schönheit und

versuchte sie nicht zu wecken, was er aber tat, und es war, als ob sie ihn beschütze, denn ihre ersten Worte waren: «Wo ist Sigbjørn?»

«Hier. Ganz unversehrt, Liebling.»

«Ist das kleine Boot in Ordnung?»

«Wir sind in Cuernavaca, Liebes, und nicht in Eridanus.»

«Hast du wirklich gesagt, wir fahren morgen nach Oaxaca?» murmelte sie schläfrig. «Fernando suchen ... Aber weißt du», sie sprach noch immer mit geschlossenen Augen, wie in Trance, «ich habe geträumt, du hättest gesagt ‹Macht nichts, Liebling, wenn's mit dieser Fahrt nicht klappt, flieg ich mit dir auf dem Rücken einer Gans über ganz Schweden hin›.»

«Oh, das tun wir, das tun wir, aber es wird klappen, du wirst sehen.»

«Sigbjørn?»

«Ja?»

«Erzähl mir die Geschichte von dem Sturmtaucher.»

«Den man nach Rom gebracht hat, und der allein von Rom nach Dänemark nach Hause gefunden hat?»

«Oh, aber laß mich was ausruhen. Ich bin so müde.»

«Beides auf einmal kann ich schlecht machen.»

«Schon gut, ich wollte nur ein bißchen dran denken, sonst nichts.»

«Du hast nicht genug geschlafen», sagte Sigbjørn sanft. «Tut mir so leid, daß ich dich geweckt habe.»

«Brauchst dich nicht zu entschuldigen.» Sie lächelte zärtlich und lieb. Und schlief schon wieder. Jeder noch so wilde Vogel hat sein stilles Nest.

Mein Gott, er hatte sie nicht verdient. Sigbjørn saß eine Weile vollkommen ruhig da, hielt ihre Hand und wagte kaum zu atmen. Er wollte noch ein wenig länger so sitzen bleiben, bis er sicher war, daß sie fest schlief, und dann gehen. Es mußte die Art gewesen sein, wie sie gesprochen hatte, dachte er, die ihn jetzt wieder an die Zeit erinnerte, als jedermann glaubte, sie läge im Krankenhaus von Vancouver im Sterben, als man ihn dorthin bestellt hatte; und nun wachte er über sie in diesem Zimmer mit den seltsamen bunten Fenstern und dachte an die Zeit, da er am allerersten Tag seine Nachtwache gehalten hatte, nachdem sie sich, als sie damit begonnen hatten, aus der alten Sägemühle Bauholz für das neue Haus zu holen, einen Nagel in den Fuß getreten hatte. Wie dankbar er war, daß er sie hatte, daß sie einander noch hatten! Aber damals hatte er halb tot vor Sorge, aber auch vor Reue, dagesessen: er war nicht imstande gewesen, einen Arzt zu holen, oder war nicht früh genug losgegangen, und wenn sie gestorben wäre, wäre seine letzte Erinnerung an sie ein Streit gewesen. Das Gefühl dieser anderen Zeit war so lebendig, daß wieder der Tod im Zimmer zu sein schien.

Der Tod mit seinem Delirium, seinem Wahnsinn, seiner scheinbaren Endgültigkeit: aber wie idiotisch, Angst davor zu haben, anzunehmen, damit sei es zu Ende, anzunehmen, es sei überhaupt der Tod. Was war mit Tod gemeint? Völlig leidenschaftslos überlegte er, als er so dasaß, ob er nicht wirklich vor einiger Zeit gestorben sei – wann, konnte er nicht genau sagen –, und daß dies der Tod sei. Das schien ihm sogar vernünftig: da stand er im Turm seiner eigenen Phantasie, umgeben von den Geistern der Vergangenheit, seines Lebens – es war ein Traum – und war kurz davor, eine seiner Figuren zu besuchen. Sicherlich kam das dem näher, was mit Tod gemeint war. Der Tod im Leben, denn man konnte tot sein und doch auch auf der Erde existieren, zumindest laut Dante. So war der Tod, so war das Leben, dachte er, während er ganz ruhig neben dem Bett saß. Aber mit Primrose war die Sache ganz anders! Sie war nicht tot: sie war verschont worden, und ihm hatte man erlaubt, die Freude darüber zu empfinden, daß sie verschont worden war.

Plötzlich kam ihm der Gedanke, daß er das Beste aus diesen beiden Welten auf einmal haben könnte – Primrose lebte, und er würde ihr Schutzengel sein. Was seine gegenwärtigen Gedanken anging, so würde er sie dem Konsul andrehen; er mußte sich bemühen, ihren beiden Leben einen Mittelpunkt zu geben, denn er sah nun die Unmöglichkeit ein, von sich aus sein Leben zum Besseren zu wenden.

Die Posada lief immer noch weiter; der Mond schien noch

immer; er schien näher gerückt zu sein, aber das war absurd. Er dachte an – *Die flackernden Kerzenflammen!* – in der kleinen Kirche gegenüber dem Cinema Morelos, gleich neben den Borda-Gärten. Am Nachmittag jenes Tages, an dem sie die Borda-Gärten besucht hatten, waren sie dort eingekehrt. Die Kirche war außerordentlich geschmacklos und stach übel von den anderen Kirchen ab, in denen saubere, gestärkte, mit Spitzen gesäumte Altartücher und Vasen mit Papierblumen irgendwie lauter und – wenn man so wollte – pathetisch wirkten, auf jeden Fall anrührend; diese Kirche hingegen war geschmacklos aufgedonnert mit seltsamen Wandgemälden über den gewöhnlichen Altären an den Seitenwänden. Eines zeigte unten die Erdkugel mit Mexiko im Vordergrund und darüber ein riesiges Herz mit offener Wunde und Dornenkrone, aus dem sich ein Blutregen über die Welt ergoß. Das Herz war oben wie ein offener Krug geformt, aus dem Flammen schlugen. Das Ganze war von körperlosen Engeln umgeben. Auf der Wand gegenüber befand sich ein Herz von gleicher Größe; Strahlen gelben Lichts, spitz und starr wie Lanzen, schossen rundherum daraus hervor; es war von einem Schwert durchbohrt, von einem Kranz Gardenien umwunden, und oben herum schwang sich eine Girlande aus rosa und blauen Vergißmeinnicht. Ein drittes Wandgemälde zeigte oben ein Lamm, das friedlich und gesetzt in einem blauen Häuschen lag. Aus einer klaffenden Wunde in seiner Seite strömte jedoch eine Woge Bluts, ergoß sich über eine Art Xylophon in einen riesengroßen Kelch, der wiederum auf die darunter befindliche Szene überfloß, die wohl die Hölle vorstellen sollte, denn dort schlugen, freilich massive, Flammen wie verflochtene Agaven empor, zwischen denen unglückliche Leute hervorlugten. Unter dem Kelch waren Engel damit beschäftigt, einen dieser Unglücklichen zu sich heraufzuziehen.

In verglasten Nischen standen die üblichen Heiligen; einer, der aussah wie Hamlet, trug eine mit Gold und Juwelen besetzte römische Toga und passend dazu Schnürsandalen, die ihm die ganzen Beine hochgingen; er schien sich – nein, er tat es wirklich – mit einer Schreibfeder in den Magen zu stechen. Zweifellos, hatte Sigbjørn bemerkt, auch ein Schriftsteller.

Ein Mann und eine Frau, sein Taschentuch auf ihrem Kopf, standen in ehrfürchtiger Betrachtung dieser Dinge, zusammen mit drei Indiofrauen – von denen zwei ihre Köpfe gemeinsam unter einen Rebozo gesteckt hatten. Außerdem kamen noch zwei Jungen, die niederknieten, sich bekreuzigten und gleich wieder hinausgingen. Beim Verlassen der Kirche stießen Sigbjørn und Primrose im Eingang auf ein riesenhaftes Schwein, vor dem Primrose sich so fürchtete, daß sie sich zimperlich daran vorbeidrückte, woraufhin das Schwein überaus liebreich durch die offene Tür in die Kirche schritt.

Und dann betrachtete ihn das gemarterte und gepeinigte Antlitz des finsteren Christus im Glaskasten neben der Tür.

9

Sobald Sigbjørn aufwachte, beschloß er aufzustehen, sich zu waschen und, nach dem Tee, alles zu durchdenken, verschiedene Dinge in Betracht zu ziehen ... alles in allem voll ins Thema einzusteigen. Von diesem Entschluß gepeinigt, blieb er eine halbe Stunde lang liegen.

«Sie ist die Jungfrau für die, die niemanden mit haben.»

«– für die, die niemanden mehr haben mit –»

«– für die, die niemanden mehr haben mit –»

«Dann steh auf.»

Sein oder nicht sein, das ist die Frage. Das war jetzt nicht die Frage, wie sehr sie es auch früher gewesen sein mochte, jetzt war sie irrelevant. Sein Aufstehen symbolisierte für ihn gewissermaßen den Kampf zwischen Leben und Tod. Endlich gelang es ihm, mit ungeheurer Anstrengung hochzukommen, und er saß, zu erschöpft, sich weiter zu bewegen, auf der Bettkante und zitterte wie ein Maschinenraum. «Aber was jetzt? Ich weiß nicht mehr, was tun, was man tut, wenn man aufsteht.»

«Laß das Grübeln», schien Fernando zu sagen, «mein Tragödienmacher. Willst du noch mehr Tragödien machen? Dusch dich, oder nein, geh lieber schwimmen. Dann den nötigen Drink ... Sí, hombre, du hast übersehen, daß du ein Glückspilz bist!»

Bestimmt, dachte Sigbjørn, habe ich das übersehen, daß jedesmal, wenn ich versucht habe mich zusammenzureißen und – aber habe ich darüber nicht vorige Nacht, vor gerade einer Stunde noch nachgedacht? – und mit Primrose irgendwohin aufgebrochen bin, Gott selbst uns anscheinend zu helfen versucht.

Jedes morgendliche Aufstehen gleicht daher einer Wiedergeburt. Freud. Schlaf ist das Versinken in sich selbst. Hebbel.

Schlafen heißt seine Vergangenheit noch einmal erleben, die Gegenwart vergessen und die Zukunft vorausahnen. Stekel.

Er legte sich wieder ins Bett. «Vorige Nacht war ich so schrecklich betrunken, daß ich drei ganze Tage Schlaf brauche, um mich wieder zu erholen.» Merkwürdig, wie ihm Fernandos Worte immer wieder einfielen, wie er sich ihrer über all die Jahre hin erinnerte – Jahre der Arbeit, Jahre hochgesteckter Hoffnung, Jahre des Muts, des Stolzes und der Katastrophen.

«Dann steh auf.»

«Ich werde jetzt aufstehen und meine Rejektions-, meine Erektions-Badehose anziehen», sagte er laut. Sigbjørn fand seine Schwimmhose; er hatte einen gewaltigen Kater, aber schließlich hatte er in seinem Leben schon schlimmere Kater gehabt, vor zehn Jahren zum Beispiel, ganz zu schweigen von dem vor zwei Wochen. Er hatte Schwierigkeiten mit seiner Schwimmhose, mit seiner Rejektions-, seiner Erektions-Badehose, aber der Gedanke, bald Fernando wiederzusehen, erwärmte ihn, und das lebenbejahende Prinzip, was auch immer das sein mochte, machte sich wieder geltend.

Primrose war in ihrem Zimmer, die Tür geschlossen. Er ging, von seinen Figuren verfolgt, stolpernd durch den Patio hinunter und sagte unterwegs laut Absurdes wie «Torkel torkel torkel». «Sieh, was Sigbjørn da macht.» Und einmal «Schreitend schleicht der Tod». Und dann – es war eine ungeheure Willensanstrengung – schwamm er eine Runde. Er war ein guter Schwimmer. «Habe ich nichts Gutes getan?» dachte er, als er sich abtrocknete. «Immerhin habe ich drei Menschen vor dem Ertrinken gerettet.» (Das Komische an diesem Geständnis war, daß es nicht der Wahrheit entsprach.)

Sigbjørn hatte Schwierigkeiten mit den Schuhen, die aufgegangen waren. «Ob ich meine Gymnastik machen soll?» Nein. Er war verlegen. Man könnte ihn beobachten. Die Nähe von Señora Trigos Haus störte ihn, und auch Eddies Bungalow wieder da unten: die Flasche Four Roses stand noch immer auf der Brüstung.

Señora Trigo tauchte auf und begann ein einfältiges Gespräch. «Sie sind so kräftig!»

«Es ist ein herrliches Stärkungsmittel», sagte er, während er sich abtrocknete. Sigbjørns übermäßige Bescheidenheit quälte ihn; und Señora Trigo schien ihn eingehend zu mustern.

«Sie sehen so wunderbar gut aus.»

Einen Moment lang – ungefähr fünf Sekunden – fühlte er sich großartig, und mit echt paracelsischem Heldentum versuchte er sogar, jetzt, da Señora Trigo gegangen war, ein paar Turnübungen. Er beugte sich einmal halb bis zum Boden und rutschte in dem Wasser aus, das aus dem Swimmingpool übergelaufen war. «Ich habe meine Gymnastik gemacht, ich habe einen guten Bizeps.» Dann ging er zum Turm zurück, vorbei an dem gnomigen Springbrunnen; er fühlte sich befangen wegen der nachschleifenden Schnürsenkel – hing ihm sein Gerät heraus? –, er konnte der Versuchung nicht widerstehen, noch einmal nach dem Briefkasten zu sehen – keine Post –, und er versuchte dem Blick Dr. Hippolytes auszuweichen, der auf der anderen Seite des Patio schon zu seinem Auto schritt.

Als er die Tür aufmachte, war ihm der Gedanke an Primroses verdorbenen Urlaub nach alldem, was sie mit ihm durchgemacht hatte, das Feuer und das Wasser, das Feuerwasser, das aguardiente, unerträglich und herzzerreißend; großartig aber war jetzt der Gedanke, daß sie ihren Urlaub nun doch bekäme und er ihr einen schönen Ausflug bescheren würde.

Ihre Tür war noch immer zu. Die Tequilaflasche: warum nicht? Er hob sie auf. Nimm den erforderlichen Schluck. Er setzte die Flasche ab.

Er duschte, zog sich an und ging zu Primrose hinein. Sie stand dicht am Fenster. Unten, wo die ganze Nacht die Hunde kopuliert hatten, vor der Tintorería schien – durch die winkelförmigen, halb rosenfarbenen Fenster gesehen, die er beschrieben hatte – einiges los zu sein. In seiner Raserei hatte er vergessen, was draußen vor sich gegangen war. Er ging zu ihr und legte ihr eine Hand auf die Schulter.

«Sieh mal, eine Hochzeit», sagte sie undeutlich, nicht zu ihm.

Das war es also, was da die ganze Nacht stattgefunden hatte. «Aha», sagte er. «Sei nicht so traurig, Liebling.»

Dachte sie an ihre eigene Hochzeit in einer Mietwohnung, mit einem inzwischen verstorbenen Unitarier-Priester, der ihnen nach der Zeremonie ein Glas Karottensaft angeboten hatte?

Und es war wirklich eine Hochzeit. Genauer gesagt, es war eine Hochzeit, die genau an der Stelle stattfand, an die er in ‹*Das Tal der Todesschatten*› eine Begräbnisfeier verlegt hatte ... Und auch in der Nähe des Kramladens, die Szene *Sie sind ein Mann, der gern viel Wein trinkt!* Aber worauf warteten die da eigentlich alle? Das Auto, aufgeputzt wie ein Ostereierkorb, die Männer, die dauernd zum Mínima hinein- und hinausstürzten, vermutlich mit dem Bräutigam telefonierten – ja, das mußte das Haus der Braut sein –, die Männer, um diese Stunde in Smokings (genau wie der Konsul) und mit glänzend schwarzem Haar, der Mann, der in einem Pseudo-Smoking die Straße herunterkam und plötzlich bedeutsam ausspie. Ein Blumenmädchen, das reinste Kind noch, das schüchtern aus dem Eingang spähte.

Mehrere schön blank geputzte Autos verstopften die Straße, eines davon war mit einem weißen Papierband umwunden und mit Kränzen und Blumen aus weißem Papier geschmückt. Die ganze Straße war unruhig von Leuten, hauptsächlich Frauen und Kindern, die herumstanden und aus Eingängen und von Balkonen zusahen. Was für ein Gewimmel und Geglitzer schwarzweißer Eleganz. Spiegelgleiche Schuhe, schwarze Hosen mit messerscharfen Bügelfalten, geöltes glänzendes schwarzes Haar und leuchtend weiße Hemden.

Sie standen am Turmfenster und sahen zu: ein prächtiger Jüngling im Smokingmantel sprintete alle paar Minuten die Straße hoch zum Telefon; ein Freund in Smoking mit weißer Fliege und hellbraunen Schuhen und zwei ältere Männer in Straßenanzügen trafen ein; die Masse wuchs an und die Spannung steigerte sich: warteten sie auf die Braut? den Bräutigam? den Priester? Ja, da kam die Braut in einem langen weißen Kleid und meterlangem Schleier aus der Tür und ins Auto gerannt; jemand ordnete ihr den Schleier. Das kleine Blumenmädchen – eine Gör von drei oder vier Jahren –, das wie die Braut gekleidet war, wurde in das Auto gestopft. Als das Brautauto losfuhr, kamen vier Brautjungfern aus dem Haus; sie sahen sehr hübsch und bedeutsam aus in ihren langen muschelrosa Taftkleidern, bekränzt mit dunkleren, aprikosenfarbenen Rosen, und jede trug einen kleinen rosa Schleier und Blumen im Haar und ein Bouquet im Arm. Sie liefen mit ausgiebigem Gekicher und in feierlicher Erregung hin und her und schwangen die Röcke, während die vielen Frauen und Kinder entzückte Bemerkungen dazu machten. Dann stiegen sie in ein weiteres Auto, mehr Leute kamen aus dem Haus und stiegen in Autos, und dann kroch die ganze Prozession glänzender Autos rumpelnd die Straße hoch.

«Ich habe den Kaffee aufgesetzt», sagte Sigbjørn. «Will nur mal schnell zum Miramar flitzen und zwei pan dulce und ein blanco holen, solange du die Truthahneier brätst. Hab alles vorbereitet: wir fahren nach Oaxaca.»

«Oh, *wirklich?*» Primrose war wieder fröhlich.

Die Eier brutzelten schon, als Sigbjørn zurückkam. Sollte er noch einen Schluck trinken? Nein, um der Versuchung zu entgehen, kletterte er noch einmal aufs Dach und blickte über die Stadt. Wie anders als letzte Nacht fühlte er sich jetzt; trotz des hartnäckigen Katers war er fröhlich. Da war er von seinem eigenen Buch umgeben. In einer Hinsicht vermittelte ihm das ein Gefühl von Macht, in einer anderen kam er sich vor wie eine Marionette. Oder würde Gott das Buch über ihm zuklappen, als sei er ein Insekt? Es war ein herrlicher Tag, treibende Wolken, blauer Himmel, der Cortez-Palast, die freundlichen Morgenvögel. Er holte tief Luft und gelobte noch einmal, daß Primrose einen schönen Ausflug bekommen sollte.

Erst als sie wirklich in dem nach Schweiß riechenden schaukelnden Bus mit seinen Bildern von der Jungfrau von Guadelupe und der Heiligen für Verzweifelte und Gefährliche Anlässe saßen, fiel ihm wieder ein, daß Oaxaca auch in seinem Buch – soweit es überhaupt etwas darstellen sollte – den Tod darstellen sollte – *‹Das Tal der Todesschatten›!* Und der Bus trug die Nummer Sieben.

Der Flecha Roja-Bus wand sich schwankend und ruckend den Hügel am Cortez-Palast hinunter, die Straße «ausweglos wie ein Wetterschacht», die Straße für Gefährliche und Verzweifelte

Anlässe! Das Brautauto fuhr vorbei, dann die glücklich weinende Brautmutter, und jedermann blickte zufrieden und triumphierend drein. Die Hochzeit war nun vollzogen, und Primrose und Sigbjørn lächelten einander an. Das schmiegsame Eisen, das Gefühl, der Bus sei lebendig, geschmeidig, eine Qualle oder ein Fetzenfisch, eine grob wollüstige Bewegung. Sigbjørn hatte Primrose unter enormen Mühen ein Eis geholt, und jetzt saßen sie zusammengedrängt in der letzten Reihe und aßen es. Nach einer Weile schien Sigbjørns Hoffnung ein wenig nachzulassen. An ihre Stelle trat ein Gefühl, als sei Gott seiner überdrüssig, wie ein Beamter, dachte Sigbjørn, der zu einem Ehemann sagt, der zum fünftenmal wegen Vergewaltigung schuldig gesprochen und um des lieben Friedens willen gegen eine Kaution von fünfhundert Dollar auf freien Fuß gesetzt wird: «Ich hoffe, Sie nie wiederzusehen. Von Ihnen und Ihren Freunden habe ich wahrhaftig genug gesehen. Ich habe die Nase voll von Ihresgleichen.»

Doch als sie nach einer Weile mit ungewissem Ausgang durch die Nebenstraßen von Sigbjørns achtem Kapitel ratterten, kam die Hoffnung zurück oder eine Ahnung davon, nicht stark, sondern quälend. Sie fuhren nicht wie in seinem Buch am Markt vorbei; die Avenida Guerrero war von Zeltständen blokkiert, die sich vom Markt bis hierher ausgebreitet hatten, und für den Verkehr gesperrt. Aber sie steuerten auf dieselbe Straße zu, die sie nach Chapultepec bringen würde, das in seinem Buch Tomalín geheißen hatte, und die auch nach Parían führte, das für den Tod gestanden hatte. Städte namens Tomalín oder zumindest Tomallin gab es natürlich wirklich, und auch Parián – hier hatte er Fernando zum letztenmal gesehen, als er ihm nach ihrem wüsten Abenteuer in Nochitlán auf dem Bahnsteig mit einer Mescalflasche nachgewinkt hatte –, aber die lagen in Oaxaca, während sie in dem Buch in einen mythischen Bundesstaat namens Parián verlegt worden waren – gewissermaßen den Staat selbst –, der eigentlich Morelos war, genauer gesagt Morelos und Oaxaca: und zu der Stadt Oaxaca fuhren sie nun über eine Strecke, die man damals noch nicht nehmen konnte. Die Tatsache, daß jeder dieser Orte ihn lange Zeit als Symbol für irgendwelche Kammern oder Nischen des menschlichen Geistes beschäftigt hatte, war den meisten Leuten, selbst Primrose, zweifellos nicht zu vermitteln: derlei Gedanken mochten mit denen verwandt sein, die eher die Toten als die Lebenden beunruhigten.

Auf dem Hügel, den sie jetzt hochfuhren, schienen keine zwei Busse aneinander vorbeifahren zu können, doch wurde dies laufend – eine Windung, ein Ausweichen – vollbracht: es schien reines Glück zu sein, als ob das geduldige Eisen sich einfach zu beiden Seiten aus dem Weg bog: aber diese mexikanischen Fahrer waren erstaunlich gut.

Das gute Gefühl, daß sie losgefahren waren – nicht so unbequem, wie man es hätte erwarten können; ihre Tasche über ihnen im Netz, das Fenster offen. Zunächst fuhren sie in Richtung Chapultepec. In Richtung Yautepec. Popo und Ixta tauchten auf und verschwanden, rückten näher. Der letzte Anstieg, als sie das Tal verließen und den Paß hochfuhren; dann hinunter nach Yautepec. Sigbjørn dachte an den Silvestertag. Die kleine, von Touristen noch nicht entdeckte Stadt. Der nette Pavillon mit dem Springbrunnen darunter auf dem kleinen Platz, die Eschen; die riesigen weißen Schmetterlinge, die wie Blüten des Winds dahintrieben; der glitzernde kleine Bach und der traumhafte Blick auf Popocatepetl. Ah, in Yautepec könnten sie ewig leben und lieben, so glücklich miteinander!

Der Bus pflügte sich jetzt mühsam durch den Staub einer stechend heißen Landschaft, die immer wieder von einer stumpfsinnigen Schienenstrecke gekreuzt wurde, die ihnen jedoch hin und wieder die Namen der Orte ansagte: Oacalco, Tenango, Calderon, Cuatlixo, Isabel Jauregui: aber die Namen waren auch schon das einzig Schöne daran, denn die Orte selbst waren immer gleich, das Land flach und staubig; und er drückte die Hand seiner Frau: ist das nicht schön? Haben wir's nicht gut?

Sie kamen in die mörderische Hitze Cuautlas. In dem verdorrten Park spielten ein Mann und ein Kind im Gras; eine Frau mit einem Stetson auf dem Kopf trug ein Glas Zitroneneis vor sich her. Wo waren die Busse nach Oaxaca? Es war nicht herauszufinden, in welche Richtung sie fuhren. Sie aßen etwas, tranken

Bier, und ängstlich bemüht, rechtzeitig dazusein, stiegen sie in den falschen Bus und wären beinahe nach Mexico City befördert worden; endlich fuhren sie, trotz des ganzen Chaos, nach Matamoros ab. Es ging bereits auf den Abend zu, als sie über die Straßen in die Wildnis Mexikos rasten; mit einem Teil seines Geistes fürchtete, haßte Sigbjørn das alles, mit einem anderen Teil aber hatte er sein Vergnügen dabei. Natürlich waren noch andere Leute im Bus, aber die nahm er nicht wahr: sie saßen da wie Blöcke voller unfertiger, unleserlicher Notizen. Sätze und Absätze holperten vorbei: und das ungeschriebene Sonett des klaren dunkelblauen Himmels.

Fernando war vielleicht sein letzter Freund, der noch lebte, das heißt, der noch in diesen Kaktusebenen lebte, in diesen Bergen, in dieser Hölle oder diesem Himmel; er, der ihn den «Tragödienmacher» genannt hatte. «Machst noch mehr Tragödien? Krankheit sein nicht nur im Körper.» Vielleicht war Fernando der einzige Mensch, der ihm noch helfen konnte. Sigbjørn dachte an den geplanten Ausflug nach Tehuantepec: «Wenn du das richtige Mädchen gefunden haben, comprende? Wenn du dich mit dem Trinken nicht umgebracht haben, dann ich meine Arbeit kündigen.» Schreckliche Erinnerungen: sein erstes Gedicht hier: *das Ticken des wirklichen Todes, nicht das Ticken der Zeit,* auf einem Stück Briefpapier; die entsetzlichen Delirien, die maschinengleich umherfliegenden Insekten, das lidlose Auge Gottes; wie er in das Loch in der Straße stürzte und von einem Indio gerettet wurde – der Regen, Regen, Regen und der krachende Donner in den gotischen Bergen; aber auch dieses tranceartige Gefühl von Bewußtsein, von Ekstase; und der Mond, eine Weissagung Kanadas und der Erlebnisse mit Stanford, *der aufging, uns rechtzeitig den Wahnsinn zu bringen*; die Filmregisseure und die Säufer, mit denen er in den Schwefelbädern war und denen er beim Gewitter auf dem Klavier Willard Robinsons «Jubilee» vorgespielt hatte.

In Yesera überquerten sie eine Barranca; auf der Brücke Vieh, im Bus die lustige Menge, irgendwer zog irgend etwas hoch – ein Bulle war von der Brücke gestürzt; dann Axochiapan und El

Muerto, der Tote; ungeheure Orgelkakteen im passend benamten Organo; und jenseits dieses wüsten, toten, verdorrten Landes, über dem die Sonne unterging, sahen sie *grünes* Land und Wasser vor sich. Es war Langunillas. Sie machten einen weitgezogenen Schwenk nach links und durchfuhren ein fruchtbares Tal; links von ihnen stand nah und riesengroß Popo, wich aber zurück; Arbeiter ritten, die Hüte zum Schutz vor der Sonne über die Augen gezogen, zu zweit auf Maultieren an den Schienen entlang nach Hause, Maultiere mit Zuckerrohr beladen, als sie Ahuehuetzingo näher kamen – und, ah, die Schönheit dieser Ahuehuete-Bäume, das *Grün.*

Sigbjørn sah die verlorene Prosa am Fenster vorüberziehen, schlimmer noch als der Kummer, der ganz vorbeigeht, ist die Schönheit, die der Dichter nicht mehr beschreiben will. Sigbjørn bemühte sich, den Anschein zu geben, als ob er angestrengt nach etwas suche: einen Anschein von Konzentration. In Wirklichkeit «sah» er wenig oder nichts, beobachtete nur wenig oder oberflächlich oder nichts, und er suchte gar nichts, abgesehen von einem Vorwand, irgendwoher, irgendwo sich zu Tode trinken zu können: oder suchte er nach jenem Bewußtsein, das er im Farolito hatte fahrenlassen? Wäre er kein Schriftsteller; oder wäre er nicht so lange der Lüge oder Illusion erlegen gewesen, bis er es endlich selbst geglaubt hatte – dann hätte er mehr beobachtet. Doch da er sich noch immer dafür hielt, gehörte «beobachten» für ihn in die Kategorie Arbeit, und die Empfindungen, die diese Aussicht umschwebten, waren ihm einfach unsäglich zuwider. Irgendwie war dies die Kehrseite davon, dachte er, der Irrtum, der seine Freundschaften zerstört hatte, bestand vielleicht darin, daß er sich diese als Prosa und nicht als Poesie vorstellte. Er hatte erst dann einen interessanten Freund kennengelernt, wenn er sich diese Person als Figur seines Buchs vorzustellen begann. Doch war Sigbjørn sozusagen als englischer Gentleman erzogen worden, war vielleicht sogar in gewisser Weise einer. Vielleicht verstieß es gegen irgendein angeborenes Gefühl der Fairness in ihm, diesen Freund für seine Zwecke einzuspannen, seine Schwächen aufzuzeichnen, seinen schlechten Geschmack zu kommentieren (auch im Geiste), genug über seine Arbeit zu erfahren, um sich mit ihm identifizieren zu können.

Folglich – da es ihm widerstrebte, irgend etwas über diesen Freund in Erfahrung zu bringen – lernte er ihn niemals kennen, er wurde zu etwas Abstraktem, und er verlor ihn. Aber vielleicht entsprach es mehr der Wahrheit zu sagen, daß er in dem Augenblick, da die Beobachtung seines Freundes für ihn Arbeit wurde – und dies war auch schon vor dem Feuer so –, jedes Interesse an ihm verlor: sich allein um der Freundschaft willen anzustrengen, überstieg seine Kräfte (wenn dies vielleicht auch an dem unbewußten Gefühl liegen mochte, daß er ohnehin *im Grunde* ein Schriftsteller sei), und auch in diesem Sinne war Sigbjørn Wilderness, der sich oftmals weniger für einen Menschen denn für eine Art Dämon hielt, nahezu unmenschlich. Aber wenn er unmenschlich war, wie sollte er dann gut sein, geistreich oder auch unternehmenslustig? Auch aus solchen Gründen hätte Sigbjørn vermutlich Schwierigkeiten gehabt, Juan Fernando Martinez angemessen zu beschreiben.

Die Sonne ging unter, und hoch stand vor dem grünen Abend die unirdische Schönheit gefiederten Zuckerrohrs. Sie versanken darin, der ganze Abend war von schwankendem Zuckerrohr umsäumt, als sie von der gepflasterten Straße in Staub und Dunkelheit und Finsternis abbogen. Der Weg führte zu einem kleinen Ort namens Chietla, mit einem blumenbewachsenen Platz in der Dämmerung, der Primrose sehr gefiel; aber Sigbjørn hatte Angst davor, daß der Bus anhielt, weil dies Verantwortung mit sich brächte, und eine Viertelstunde lang war er vor Panik wie gelähmt: er konnte Primrose nicht einmal eine torta kaufen, weil er befürchtete, sie würden über Nacht hier zurückgelassen. Dann schlug, «bäng-bäng», der Schaffner auf den eisernen Busrücken, «Vamonos», und sie fuhren den staubigen holprigen Pfad zurück aus dem schönen Städtchen Chietla hinaus – verloren, nie werden sie wieder hierher kommen! – und wieder an dem gefiederten Zuckerrohr vorbei; aber jetzt war es vollkommen dunkel, und dann hatten sie ihren Umweg hinter sich und waren wieder auf der gepflasterten Straße – es mußte so sein, aber nein, es konnte nicht sein, daß sie wieder nach Atencingo zurückfuhren. Passierte jetzt das gleiche wie in Cuautla: hätten sie in Chietla aussteigen sollen? Sigbjørn geriet kurz in Panik, sah aber nun in einem Aufblitzen der Scheinwerfer zum erstenmal das Schild – nicht *A Matamoros*, sondern *A Oaxaca* –: welch ein seltsamer Augenblick! Doch bedeutete dies offenbar auch Matamoros.

Wieder begann das Geholper, wie bei der Landung eines Flugzeugs; zur Linken ragten alte Mauern, endlose hohe Mauern; die Straße wurde unglaublich und so ausschließlich holprig, als führen sie über einen Vulkan. Sigbjørn wandte seinen Blick von gewissen eventuellen Hotels, ehe sie auf dem Platz anlangten, einfach weil dadurch die Verantwortung aufgeschoben wurde, bis sie anhielten; und obwohl er davor Angst hatte, noch mehr Angst hatte er davor, auf Grund irgendeiner jetzt zu treffenden Entscheidung etwas tun zu müssen, was sich danach als genau das Richtige herausstellen könnte, denn dieses «danach» konnte er nicht gelten lassen: immerhin mochte es ja gar kein Danach geben – vielleicht hielt der Bus, glücklicher Gedanke, nie an. Der Bus trieb aufgebrachte, aber sich kaum von der Stelle rührende Frauen die engen alten Gassen hinunter und gelangte schließlich zu einem Platz, den sie mehrmals zu umrunden schienen, ehe sie endlich steif, müde, aber glücklich ausstiegen.

Aber Sigbjørn war dermaßen nervös, daß er, so sehr er sich auch danach sehnte, nicht einmal einen Drink vorschlagen konnte. Die Stadt war ziemlich dunkel, die dunkelste, die er je gesehen hatte: überhaupt keine Straßenlaternen, auf dem Platz lediglich Fackeln, und gelegentlich ein trübes Licht aus einer Cantina. Sie begannen mit der Suche nach dem Hotel Iturbide, das, wie Sigbjørn immerhin weitsichtig genug bemerkte, in einem Prospekt empfohlen worden war.

«Wie klug du bist.»

«So klug, daß ich nicht einmal weiß, in welchem Bundesstaat wir sind.»

«Was stand denn im Prospekt?»

«Warte mal. In Morelos können wir nicht mehr sein – und ich bin sicher, daß wir nicht in Oaxaca sind – gibt es einen Staat Tampico?»

«Keine Ahnung. Warum?»

«Im Prospekt stand *Matamoros, Tamps.* Eigentlich sollte ich wissen, was mit Tamps gemeint ist, aber ich weiß es nicht.»

«Nun, bestimmt Tampico.»

«Es könnte natürlich Tamaulipas heißen. In diesem Fall hätten wir uns mehrere tausend Meilen weit verirrt.»

«Natürlich, der Tamaulipas-Vogel.»

Und das Hotel Iturbide lag tatsächlich in Matamoros, Tamaulipas, und irgendwie zeigte diese Tatsache, wie verloren sie in gewisser Hinsicht waren.

«Ein bißchen traurig bin ich ja, daß wir nie nach Tamaulipas fahren werden», sagte Primrose.

Das Hotel Reforma, das einzige Hotel in der Stadt, war ein langes, himmelbaues Gebäude mit einem langen breiten steinernen Flur zwischen den Zimmern, der nach oben zum Himmel offen war; durch diesen Flur verlief ein Rinnstein, und das excusado am einen Ende hatte eine Gittertür, so daß jeder einen dadrinnen sehen konnte, und kein Schloß. Offenbar war das Haus früher einmal, wie das ehemalige Kloster Santa Monica in Puebla, ein Bordell gewesen. Zumindest bestand die Tradition, glücklicherweise, noch fort: drei Pesos, und keinerlei Fragen. Nachdem sie einen Schlüssel besorgt und die drei Pesos bezahlt hatten, gingen sie nach Matamoros hinein. Sie wanderten mehrmals wie benommen um den dunklen Platz. Jetzt war es so dunkel, daß Sigbjørn sich sogar fürchtete, eine Cantina zu betreten, und Primrose war durstig und wollte etwas trinken.

«Glaubst du wirklich, deine Angst, da reinzugehen und zu fragen, ob ich hereinkommen und mit dir da sitzen darf, sei größer als dein Bedürfnis nach einem Drink?»

«Ja.»

Zuerst setzten sie sich auf den Platz und tranken unglücklich zwei warme Limonaden. Dann nahm Sigbjørn endlich seinen Mut zusammen und ging in die gegenüberliegende Cantina.

Die Nacht, eine ruhige Nacht, die ruhige Stille der dunklen Mauern von Matamoros. Ab und zu wachte Sigbjørn auf und dachte an das Delirium der Nächte in Cuernavaca, aber hier gab es kein Geräusch, nur die köstliche Stille der antiken umwallten Stadt, bis früh am Morgen der Hahn krähte; und dann krähte er dreimal.

Matamoros und die Dunkelheit, und wieder dachte Sigbjørn an Juan Fernando. In den Staaten oder in Kanada sieht man gelegentlich so einen Menschen daherrasen, gewöhnlich in einem ziemlich dunklen und glänzenden Auto, einen Menschen mit ungewöhnlich dunklem und glänzendem Haar, und sehr oft in Begleitung zweier schöner Frauen; die Ungezwungenheit, mit der das Auto gefahren wird, die Unbefangenheit und Fröhlichkeit der drei, während das Auto für immer um eine Ecke entschwindet, das flüchtige Lachen, das auf den Zauber deutet, den sie in Dingen finden werden, die einem selbst vertraut und mittelmäßig sind – dies alles und das außerordentliche Können, mit dem das Auto gefahren wird, sagen einem, daß über dem Nummernschild das Wort *Mexico* steht –: Fernando war so schnell wie dieses Auto in Sigbjørns Leben gekommen und fast genauso schnell wieder abgefahren, aber er hatte ihn nie vergessen.

Sigbjørns Kater von heute nacht hatte ihn noch nicht eingeholt; er war immer noch ein bißchen blau, aber ruhelos. Gleichwohl war er von einem gewissen Frieden erfüllt. Er dachte an Kater. Manche Kater sind kalt, als sei die Seele in die Hölle der Mayas abgestiegen, um dort über ihr Versagen, ihre Lügen, ihre Sünden, die Verschwendung, den Abfall von der Liebe, von ihrer Erlösung und ihre schließliche Verhöhnung des Lebens nachzudenken. Kalt wie ein Einsiedler, der in einer eisigen Höhle voller Stalaktiten der Reue sitzt und entsetzt darauf wartet, daß jemand eintritt – ach, hätte der arme Teufel nur einen kleinen Whisky, denn etwas anderes erwärmt ihn nicht. Kalt auf eine Art, wie der Drogensüchtige Kälte kennt: traurig wie Poes Vision vom Haus Usher. Roderick Usher erhob sich um sechs und fand sein Haus total verhext. Nein, was war das Haus Usher anderes als ein Kater. Für Poe, für sein Gefühl, kam die Szene nicht dem schrecklichen Fallen des Schleiers nach einem ausgedehnten Gelage gleich. Nein, das Haus Usher war der Zustand seiner Seele in einem solchen Kater, die Bergseen und Nebel waren seine scheußlichen Gedanken, und sein Untergang war der Untergang seiner Seele. Während Roderick Usher natürlich niemand anders war als Poe selbst. Auch Poe mußte um diese entsetzliche Überlagerung der Realität gewußt haben. Was sonst hätte er mit Roderick Ushers Bildern meinen können, die dem Leben zunehmend ähnlicher wurden?

Hier, in diesem Bett, spürte er nichts von der Fremdartigkeit Mexikos, von der Furcht, die jegliches Begreifen übersteigt, der Furcht, die einen wie eine Lähmung beherrscht. Es war still, und in dieser Stille fühlte er sich sicher. Es war eine Stille wie die Stille der dunklen Gruft selbst. Er dachte an seine Frau, die so ruhig neben ihm schlief, und legte liebevoll einen Arm um sie. Wie glücklich sie gewesen waren! Wie glücklich sie noch immer sein könnten. Mein Schatz, meine Geliebte, warum, wer bist du? ... Wie schön und großzügig sie auf das Leben reagierte. Ah, wie sie vor dem Feuer gelebt hatten! Die Streitereien danach, als er vor die Hunde ging und er sie vielleicht beinahe in den Wahnsinn getrieben hätte. «Warum verläßt du diesen Mann nicht?» – «Weil ich ihn liebe.» Wegen des Feuers war es nun zu spät, noch Kinder zu bekommen, aber das war wenig belangvoll: wenn es irgend jemanden auf der Welt gab, der dieses Abstraktum «Leben» repräsentierte, dann war es Primrose Wilderness. Sie war für ihn das geistige Prinzip, das, dereinst auch eines der Elemente, noch immer mit der Erde verbündet war. Und dann wiederum besaß sie eine intuitive Empfänglichkeit für das Leben, die Empfänglichkeit für das, was vom Leben noch für ihn übriggeblieben war. Sie war ein Mensch, dessen schöpferische Wahrnehmungskraft einfach diejenige schöpferischen Lebens und Erlebens war; sie war keine Schriftstellerin, sondern ein Mensch, der das Leben liebt, der sein schöpferisches Leben im *Leben* des Lebens ausdrückte. Darin bestand der Kontrast – wieviel besser sie es beobachtete. «Leben» strebt somit zu dem Menschen, der sein ungeheures formloses schöpferisches Potential nehmen und ihm Form und Gestalt verleihen kann. Wie sie reagierte, wenn sie glücklich war! Wie sie Dichtung *lebte*! Wie hatte sie seine furchtbare Düsternis je hinnehmen können, seine ständige Verdrängung jedweder Ordnung oder Organisation, die doch in ein Eheleben oder auch ins Leben selbst erst Freude bringen können? Warum war er nicht ein erträglicherer Gefährte?

Am nächsten Nachmittag um halb vier fuhren sie endlich mit einem ungeheuren Gefühl von Abenteuer los; wie üblich saßen sie ganz hinten, rechts neben ihnen eine Art Rechtsanwalt mit Aktentasche, davor ein Priester und vermutlich sein Bruder. Sie überquerten wieder den Fluß, sahen die alten Mauern, ertrugen das scheußliche Geholper, das sie den gestrigen Weg zurückbrachte, bis sie wieder das Schild *A Oaxaca* erblickten, und zwar mit einer Beklemmung und Erregung, als stünde auf dem Schild *Zum Tod – Zum Sterben* –, dann einen Gang rauf, eine gepflasterte Straße, und bergauf, immer höher, durch grausames Kaktusland. An einer Stelle sehr hoch oben sahen sämtliche Businsassen offenbar etwas Entsetzliches oder Furchterregendes: gestikulierend und vor Aufregung japsend stürzten alle nach einer Seite; der Priester (in Zivil) in seinem schmutzigen schwarzen Mantel erwachte und bekreuzigte sich, aber Sigbjørn wußte nicht, was los war, und Primrose konnte nichts sehen. Und jenes angeborene Feingefühl, das ihm als Künstler einmal eigen war, hinderte ihn jetzt, danach zu fragen.

Was auf der Karte wie eine kurze Strecke ausgesehen hatte, war in der Wirklichkeit eine riesige Entfernung, die es zu überwinden galt. War nicht auch dies symbolisch – wie einfach uns die Fahrt schien, und wie lang, wie gefährlich sie doch war – oder sollte man besser sagen: wie unbedeutend uns diese Fahrt in unserer Blindheit, in unserem dummen unerweckten Leben schien, und wie bedeutend sie in Wirklichkeit war? Und schnell, sicher, kraftvoll fuhren sie voran. Kamen ins Hochland. An haushohen Orgelkakteen war Mais aufgestapelt. Es bestand nun kein Zweifel mehr: sie fuhren nach Oaxaca. Kaktus, Kaktus, Kaktus. Es gibt nichts Toteres als einen toten Orgelkaktus. Der Erdboden wurde rot – colorado. Primrose sagte: «Sieh, wie die Färbung des Bodens von verwaschenem Ziegelrot bis zu reinem Zinnober reicht. Genau die herrliche Farbe, die ich an alten Ziegeln gesehen habe, und wir haben die Kunst verlernt, sie herzustellen.» In diesem Land der tierra colorada haben die Häuser und auch die Kirchen, da sie alle aus diesem Boden gebaut werden, an seiner Farbe teil, so daß jedes staubige arme Dorf glühte wie die Dämmerung und selbst die Lehmziegel eben diese warme rote Farbe besaßen, die Farbe der Dämmerung und, wenn man so wollte, die Farbe der Hoffnung.

Trotz der Hoffnung zog jedoch die Dämmerung herauf.

Sie machten einen Umweg in eine unter ihnen schimmernde Stadt, deren Kirchen unter den ersten Sternen zu sehen waren, und rasten mit mindestens siebzig bergab, als ihnen plötzlich ein Reifen platzte.

Sie holperten jedoch weiter und kamen auf eine Art Marktplatz, in eine Stadt, so seltsam wie nur eine, die dem finstren Doughty auf seinen Reisen durch Arabia Deserta begegnet war. Kalte Sterne, weiße und blaue Kirchen wie aus Kinderträumen von der Türkei, wie Polen: Chagall und Marzipan. Trübkaltes Glockengeläut und ein Wind aus den Bergen, der Staub durch die windige trübe Bergstadt wehte. Hinter dem Bus pinkelte ein Mann mit anmutiger Gebärde, aber Sigbjørn konnte seinem Beispiel nicht folgen. Aus seiner Besorgnis entsprang eine andere: was, wenn dies tatsächlich Huehuepan de León wäre? Da er fürchtete, dies könnte die Endstation sein, fragte Sigbjørn den Priester:

«¿ Por favor, señor, es esta puebla Huehuepan?»

«¿ Sí, es Huehuepan?»

«¿ Es Huehuepan? Dónde, por favor, está un hotel?»

«Hotel. No hotel aquí.»

«Pero nuestro terminal es Huehuepan y es necesario para mi esposa y yo encontrar un hotel.»

«Huehuepan, sí.»

«Pero, usted ha dicho que aquí es Huehuepan.»

«Oh no, no es Huehuepan, aquí, es Acatlán.»

Es war Petlalcingo. Una hora a Huehuepan, und wieder brachen sie auf.

Dunkelheit; seltsame Lichter bewegten sich in den Bergen; Lichter blitzten in den Feldern unter dem Bus. Wandernde Lichter, wie Leuchttürme, verursacht vom Licht hinter vergitterten Fenstern. Manchmal schien es, als gäben diese Lichter einem Flugzeug Signale. Das machte die Bewegung des Busses, doch waren es schon merkwürdige Trugbilder, die man aus dem dunklen, schnell fahrenden, kraftvollen Bus mit seinen braven Passagieren in der Kaktusebene zu sehen bekam. Eine strohgedeckte Hütte kam den müden Augen einen Moment lang wie ein Haus in der Heimat vor. Reihen weißer Steine an Straßenecken entflohen einer Vision von der Heimkehr an einen Ort, den man einmal sein Zuhause genannt hatte, so langsam, daß die Illusion sie einzuholen und Wirklichkeit zu werden schien. Sigbjørn kam es vor, der Kaktus sei verschwunden und durch kleine, palmenähnliche Bäume ersetzt worden. Aber jetzt war es Nacht. Lachende Männer, mit wilden unfertigen Sombreros wie grüne Dornenkronen auf den Köpfen, nur im Scheinwerferlicht zu sehen, hielten den Bus an. Der Schaffner wurde nervös, sagte «Vámonos! Vámonos!», aber der Fahrer hielt an, und sie stiegen, immer noch lachend, ein; sie waren alle ein wenig blau. Sigbjørn fragte sich, ob sie jetzt wirklich schon in Oaxaca waren. Irgendwie glaubte er dies zu spüren, er hatte dieses fast unmerkliche Gefühl einer Veränderung, so wie man vielleicht, wenn man stirbt, nicht weiß, daß man stirbt; es ist dieselbe Dunkelheit, und man weiß nicht, daß man hinübergeht.

Dann Huehuepan. Und ja, er sah: es war Huehuepan, Oaxaca. Die finsterste Stadt, die Sigbjørn je gesehen hatte: noch finsterer als Matamoros. Merkwürdigerweise fuhr der Bus direkt vor einem Hotel namens El Jardín vor; das Licht der Scheinwerfer reichte gerade aus, daß Sigbjørn auf einem Schild über dem Eingang, zum erstenmal wieder, das Wort Parián lesen konnte – und welch ein merkwürdiges Gefühl ihm das gab –:

Camiones a Parián, Nochitlán,
Matamoros, Oaxaca y Anexas.

So dunkel war diese Mixteken-Stadt, so absolut und vollkommen dunkel und finster, daß es kaum zu glauben war. Um zehn Uhr abends wurden wie im Mittelalter die großen Türen des Hotels El Jardín geschlossen: doppelt verriegelt, und vor die riesige Tür wurde ein starker Holzbalken geklemmt. Aber wie stark die Holzbalken auch sein mochten, die Vergangenheit würden sie nicht ausschließen ...

10

Am nächsten Vormittag um halb zwölf fuhren sie nach Oaxaca ab. Anfangs durch schiere Wüste, selbst für Bäume zu hoch gelegen, hier wuchsen nur ein paar Zwergeichen, Kakteen, Mesquitsträucher und Salbei. Sie saßen wie üblich ganz hinten, diesmal in einem Erster-Klasse-Bus, der immer noch höher fuhr, sich immer weiter und weiter und rund und rund und rund nach oben schraubte; hinter Huehuepan nahm der Fahrer erschöpft – er war diesen Morgen aus Puebla gekommen – und wie ein Gott seine Hand vom Steuer, und von rechts steuerte jetzt der Schaffner: Sigbjørn hatte das Gefühl, der Bus steuere sich selbst: hinauf, hinauf, hinauf in die grausame Gewalt des Landes, doch plötzlich sahen sie ein grünes Tal, einen glitzernden Bach und dann einen Wasserfall. Danach schien das Land noch grausamer; es war, als ob der Bus in ein gigantisches Stück alten Kuchens hineinführe oder in ein Land von der Farbe eines rostigen Gaswerks: Steilhänge, verdorrte Erde, glatte Felsenhänge und tote Bäume; der Bus fuhr ständig im zweiten Gang und wand sich dann ganz ganz langsam schnurrend bergab und immer immer weiter, und wieder bergauf. Dies ist die tierra colorada.

Nichtsdestotrotz: dies war Oaxaca, und immer wieder wiederholte er bei sich: Oaxaca, Oaxaca! Prächtige Canyons öffneten sich zur Rechten, wo ungeheure Kataklysmen die Erde zerrissen hatten. Durchs Fenster wehte eine kühle Brise herein. Sie durchfuhren kleine Lehmziegel-Dörfer, an reinlichen Bauernhäusern mit Ziegeldächern vorbei, das Vieh machte einen wohlgenährten Eindruck. Bestimmt war er früher nicht diesen Weg gekommen, aber ihm schien, das Los der Menschen habe sich hier enorm verbessert, und das schrieb er voll und ganz der Ejidal zu. Fernando hatte daran mitgewirkt, dachte er; überall schien er die Handschrift seines Freundes zu lesen. Welch ein Gegensatz auch zu der schrecklichen Eisenbahnfahrt durch Puebla, die er mit Hölscher unternommen hatte, die ewigen Kaktusfelder, der stinkende, lahme, überfüllte Zug, der in jedem einsamen, kochenden Kaff haltmachte, das Delirium, das Baby mit Tequila einreiben, die Hitze und das Elend. Es schien ihm eine Lehre darin zu liegen, daß er sich bis hierher durchgeschlagen hatte, er machte dieselbe Reise, nur diesmal über eine erhabenere Route, fast so, als flöge er. Es war tatsächlich so ziemlich das gleiche Gefühl, das er bei seiner Ankunft in Mexiko empfunden hatte.

Dieses Gefühl wurde noch stärker, als sie langsam wieder bergab zu fahren begannen, ein ungeheures Gefühl von Weite – Hunderte Meilen weit ringsumher nichts als eine zackigblaue blaue Bergkette hinter der anderen. Nirgends auf der Welt, nicht einmal auf dem Meer oder in der Prärie, gab es ein solches Gefühl von grenzenloser, unermeßlicher, himmlischer Weite wie hier, und selbst seine Seele schien frei wie ein Vogel in ihm, und im Innern dankte er Fernando für all diese Wunderdinge; es war, als hätte Fernando von ihrem Kommen gewußt und ihm ein Stück von sich entgegengeschickt, um sie zu führen.

Dann Nochitlán (was Fernando Anochitlán aussprach), und die Erinnerungen an die Fahrt dorthin auf der letzten Reise für die Ejidal fluteten herbei, das Zimmer in Nochitlán, die Fahrt nach Andoa und Chindoa (kein Mensch würde glauben, daß an diesen Dingen irgend etwas organisch Wahres sei, wozu also darüber schreiben; niemand würde die Sache mit Cuicitlán glauben, oder daß diese Kerle im Kirchturm in Andoa und Chindoa auf sie geschossen hatten, weil sie eine Invasion von Freibeutern befürchteten; kein Mensch würde glauben, daß sie zwischen diesen beiden kriegerischen Orten Frieden gestiftet und sogar elisabethanische Höflichkeit eingeführt hatten). «Das arme Schwein, mein armer Freund»; und als sie im Theater saßen: «Machst du noch mehr Tragödien?» Sie schliefen auf dem Friedhof von Andoa, die purpurnen melancholischen Todeshügel und sein verlorenes Leben. Aber: «Wir werden dort raufreiten.»

Fernando. Gerade vierundzwanzig, als er ihn kennenlernte (fiel Sigbjørn mit Schrecken ein); Fernando war sechs Fuß drei Zoll groß – womit er die Ethnologen widerlegte, die nämlich die Zapoteken für klein halten, kleiner als die Mixteken –, und sein Äußeres wirkte italienisch. Er hielt sich für einen Zapoteken, besaß aber auch spanisches und englisches Blut. Er hatte eine gute Erziehung genossen, doch schlief er mit Vorliebe unter den Sternen und aß tortillas und Bohnen. Die Arbeit, der Fernando sich rückhaltlos hingab, war auf merkwürdige Weise mit der Vergangenheit verbunden. Die historische Funktion der Banco Ejidal basierte nämlich auf einem alten aztekischen System; diese Bank unterschied sich von anderen Banken dadurch, daß man nicht zu ihr hinging, sondern sie zu einem kam – wenn man ein entlegenes oaxaceñanisches Dorf war –, damals noch größtenteils zu Pferde und über oftmals gefährliches Gebirgsgelände. Fernando war ein Sprachgenie, und das war auch nötig, denn er spielte einen solchen Reiter, und häufig auch zusätzlich den Arzt; und in Oaxaca gibt es vierzehn verschiedene Sprachen, die er allesamt sprach, einschließlich Chinanteco, Popaloco und Zoque, und das düster-majestätische alte Spanisch der Conquistadoren. Darüber hinaus sprach er fließend Italienisch und Französisch und hatte auch das Englische gemeistert, obwohl er beim Sprechen die Angewohnheit hatte, ständig die Präpositionen nachzustellen («Ich arbeite gern ihnen mit»).

Sigbjørn hatte Fernando einmal auf einer seiner riskanteren Reisen begleitet. Unterwegs war ihnen ein Pferd ausgegangen, und anstatt längere Zeit auf ein neues zu warten, hatte Fernando darauf bestanden, daß Sigbjørn auf seinem ritt, während er selbst zu Fuß ginge; läppische zwanzig Meilen, meistens bergauf. Und jedesmal, wenn Sigbjørn sich anschickte abzusteigen, trieb Fernando das Pferd, dem das Ganze nach einer Ruhepause geradezu Spaß machte, wieder zu einem leichten Galopp an; und wenn Sigbjørn ihn fragte, ob er nicht müde würde, lachte Fernando, wobei er sogar noch Luft genug hatte, dies schallend zu tun. Er mochte, sagte er, zu laufen seinem Pferd mit …

Von Nochitlán aus – obwohl es in den Vorbergen über dem Tal von Etla lag – war ein weiterer Anstieg zu bewältigen; Parián lag irgendwo zur Rechten – *A Parián* stand traurig auf einem Schild –, und bei dieser Kletterei übertraf der Blick zurück auf den Weg, den sie bereits hinter sich hatten, jegliche Vorstellung: Grenzenlosigkeit über Grenzenlosigkeit, Berge über Berge über Berge: sie konnten so weit sehen, daß selbst Popocatepetl, schien ihnen jedenfalls, Hunderte von Hunderten von Meilen jenseits dieses Kindertraums vom Himmel zu sehen war, hinter diesen wogenden Tälern: Traum eines auf dem Heck schlafenden Matrosen im ungeheuren, sich um Mittag noch vertiefenden Violett des Indischen Ozeans … (oder der Versuchung vergleichbar, die der Teufel unserm Herrn darbot). Dieser Anblick peinigte Sigbjørn zum erstenmal seit Stunden mit einem fürchterlichen Durst: er wollte dies alles verschlingen, diese Berge und Wiesen trinken …

Bergab, bergab, bergab: sie wanden sich nach Oaxaca hinunter. Dunkle Gesichter über Schaufeln hielten inne und sahen ihnen nach. Ein Auto, das um einen Felsvorsprung bog, stieß beinahe mit ihnen zusammen. Und wieder die Berge! die Berge! Es war, als blickte man über die allerfernsten Abgründe der Sinne hinaus, ein ungeheuer wogendes grünes betäubendes Crescendo sämtlicher unermeßlicher Meere und Wiesen des Geistes – unerschöpflich und grenzenlos wie die Seele des Menschen, und doch scheinbar sich weit über deren äußerste Grenzen erstreckend. Bergab, bergab, und mit dem Sonnenuntergang kam das Tal von Etla, Erinnerungen vom Scharren im Boden wurden wach. «Diese Stunde liebe ich, wenn alle Menschen zu singen und alle Hunde zu bellen anfangen.» Etla und die Erinnerung an den versteinerten Kopf – welch ein Symbol der Vergangenheit war wiederum dieser Kopf! –, der an jenem Sonntagabend durch den Sonnenuntergang getragen wurde, nachdem sie am Vormittag in der Banco Ejidal gefochten und den ganzen Nachmittag im Farolito getrunken hatten.

Und jetzt fuhren sie spät nachmittags durch eben dieses Tal, bergab, bergab, sanft bergab, die letzte Senkung nach Oaxaca hinab.

Bei Sonnenuntergang fuhren sie durch das Tal von Etla, auf beiden Seiten die Berge, wenn auch unmittelbar zur Rechten etwas flacher, die Berge mit ihren riesigen Kerben, im Schatten gewaltigen Göttern gleich, mit den Händen auf ihren Knien.

Am hintersten Ende dieses üppig grünen Abend-Landes zeichnete sich ganz leise Oaxaca ab, als sei es die Himmels-Stadt auf einer Illustration in einer Kinderausgabe von ‹*Die Pilgerreise*›.

Warum zog es ihn nur so dorthin? Abgesehen von Fernando: warum? Es waren nicht die glücklichen Erinnerungen an Oaxaca, die er mit seiner ersten Frau gehabt hatte – erste Frau stimmte auch nicht: zumindest nach Swedenborg war er gar nicht richtig mit ihr verheiratet –, die er wiederbeleben wollte; es war der Schmerz der Reue, es war die Erinnerung an jenes alte Bewußtsein von Verhängnis, die er wiederbeleben wollte, es war der Reiz des alten Weins völliger Verzweiflung, dessen kalte innere Glut er suchte, und die Erinnerungen an das Farolito.

Wollte er darum hierher zurück – als ob er sich an der Überwindung all dieser Dinge weiden wollte, so wie er von den Bergen in dieses Tal, auf diese Schmalspurbahn – die übrigens jetzt, als habe die Vergangenheit sich ihm angeschlossen, parallel zur Straße nach Oaxaca verlief –, die ihn auf seiner ersten, seiner zweiten, seiner dritten, letzten und katastrophalen Fahrt nach Oaxaca gebracht hatte, mit stolzem Gefühl und dem Gedanken hätte herabblicken können, daß er all dies überwunden hatte? Wieviel besser ich jetzt bin! Nein – denn wenn dies so wäre, hätte er bestimmt niemals wieder seinen Kopf so in die Schlinge der Versuchung gesteckt. Hatte er es wirklich überwunden? Kam er mit Primrose stolz über seine Vervollkommnung hierher, um mit trotziger Geste dem Schicksal seinen Fehdehandschuh ins Gesicht zu schleudern und zu sagen (und überdies völlig phrasenhaft): Da, ich hab's geschafft, habe mein Leben-im-Tod eigenhändig in Leben verwandelt, und mehr noch: ich werde dafür sorgen, daß dieses Leben-im-Tod sich in Zukunft auszahlt, bar auf die Hand; ich bin zurückgekehrt, um dir zu beweisen, daß nicht eine Stunde, nicht ein einziger Augenblick meiner Trinkerei, meines fortgesetzten Sterbens nutzlos war: jeden einzelnen Schluck, selbst die der allerschlimmsten Stunden, jeden einzelnen Tropfen Mescal habe ich in pures Gold verwandelt, jeden einzelnen Drink habe ich zum Singen gebracht.

Ja, wenn er das doch sagen würde! Aber er konnte nur beten, er möge wirklich so gut sein und sich dazu bringen, es um Primroses willen zu sagen.

Selbst jetzt, an dieser Stelle, an der seine Erinnerungen so nostalgisch waren wie die eines Liebenden, waren diese Erinnerungen absolut katastrophal. Mit welch völliger Verzweiflung hatte er – nach den Teufelstänzern in Etla (wie die Dämonen im Schlamm von Etla tanzten, die Berge, Cocos «Laß dich gehen!») – diese Berge, genau wie jetzt, purpurn werden sehen; eine so tiefe Verzweiflung, daß er zu ihrer Beschreibung einer neuen Sprache bedurft hätte, die Verzweiflung darüber, daß sein Leben endgültig dahin, sein Leben zerstört war, seine Liebe verloren und seine Arbeit hoffnungslos war und daß er eine solche Schönheit zum letztenmal betrachte; eine Verzweiflung und ein Gefühl der Zerstörung, das noch irrsinnig gesteigert wurde durch das Wissen und die Reue darüber, wieviel mehr diese Schönheit hätte bedeuten können, hätte er sie nur gemeinsam mit derjenigen genossen, die er liebte und die er an jenem Tag im Hotel Cornada so halsstarrig fortgeschickt hatte.

Jetzt fiel ihm wieder etwas Merkwürdiges ein: in Kanada hatte er einmal Huaraches gekauft, und sie waren in eine Zeitung aus Oaxaca eingewickelt gewesen, die ihm genau die Informationen lieferte, die er für ‹*Das Tal der Todesschatten*› brauchte, als habe Oaxaca selbst sie ihm geschickt und das kostbare, fromme Symbol der Sandale in eben die Worte gewickelt, die Sigbjørn brauchte. Sigbjørn hatte diese Berge noch nie überschritten, er hatte von der Schönheit Oaxacas noch kaum etwas gesehen: und diese schöne Reise führte nun in die unmittelbare Vergangenheit; wenn er doch nur, ab sofort, für Primrose und sich selbst ein

Leben voll solch glänzender Erinnerungen aufbauen könnte; aber jetzt waren sie in dem Tal, und die Vergangenheit – symbolisiert durch den armseligen kleinen Schienenstrang, der gemächlich und quälend die schreckliche Kaktusebene mit ihren Erinnerungen an Hitze und Schmerz und Rausch durchquerte – lief parallel neben ihnen her, so daß ihn diese Erinnerungen an die Vergangenheit überschwemmten; die Vergangenheit hielt mit ihm Schritt, er konnte sie nicht einen Augenblick lang hinter sich lassen, sie würde ihn wahrhaftig noch bis mitten in die Stadt Oaxaca verfolgen ... *Ist das dahinten Oaxaca?*

Weit weit in der Ferne stand auf einer Anhöhe zur Linken das Standbild von Benito Juárez mit der Lampe und dem ausgestreckten Arm: Sigbjørn erklärte es ihr. Sie waren aufgeregt: das war immerhin ein Abenteuer!

Zur Rechten passierten sie eine Art Aquädukt, der zu einem halb von Pappeln oder Weiden verborgenen kleinen Ort führte, dessen Kirche sich dort verbarg, als handele es sich um Tewkesbury. Und dort, im Gras unter diesen Pappeln, hatte er einmal eines Nachmittags mit der Anthologie von Keats und Shelley gelegen, versunken in die Raserei der Wortklänge, die er halb zu lesen vorgab, als ob er, mit der Flasche Mescal neben sich, geradezu den Anschein erwecken wollte, ein neues Leben beginnen zu wollen – Gott, was für eine Ironie –, an eben diesem Tag, an diesem Nachmittag sozusagen; während die unsägliche Melancholie der Bäume und Wolken und Gräser um ihn her wogte, eine Melancholie, die noch zehnmal schlimmer war, weil er hier an diesem exotischen Fleck toter Zivilisationen – zu denen er nicht die geringsten Beziehungen hatte, die aber gleichwohl, so enteignet war er, die Macht besaßen, ihm die tiefen Wiesen voller Hahnenfuß und Butterblumen und die Weiden von Cambridge drückend ins Gedächtnis zu rufen – halb unbewußt einer Gewohnheit seiner Kindheit, einem längst verhallten Ruf seiner Jugend folgte, ins Land hinauszufahren und zu lesen. Und es gab auch noch andere Gründe, sich zu Shelley hingezogen zu fühlen.

Dieser Studenten-Instinkt war es auch, der ihn an jenem Sonntagmorgen (Lawrence selbst war bei seiner verächtlichen

Suche nach Apfelsinen – Apfelsinen! – nicht frei davon gewesen; und wer war da zu verachten) zur Bank geführt hatte, um dort Fernando zu finden, an jenem Sonntag, an dem sie in Etla «im Boden gescharrt» und den versteinerten Kopf gefunden hatten, nachdem sie im Farolito getrunken hatten; und der ihm dann eingegeben hatte, eine Spritztour in einem Zweisitzer zu machen, und genau das hatten sie dann getan. Wie außerordentlich: sie hatten eine Spritztour unternommen, und genau in einem Zweisitzer. Mit welcher Verachtung Fernandos Freunde ihn auf dem Heimweg wieder am Farolito abgesetzt hatten – falls er sich das nicht nur einbildete –, unfreundlich, ihm schien, sie hätten sogar versucht, ihn zu überfahren ... So viele Mexikaner waren nur wenig großmütig: auch wenn sie selber vertripperte Saufbolde waren, ließ ihr angeborenes finsteres Minderwertigkeitsgefühl sie jeden Gringo verachten, der ihnen ähnlich war: ob dies nicht daran lag, daß sie unsere viehische schäbige Zivilisation im Grunde begehrten, daß wir ihr Über-Ich waren, und es sie daher beunruhigte, wenn es sich danebenbenahm?

> Am Morgen steigt der Ostwind mit der Sonne,
> Läßt blauen Dunst flußabwärts ziehn,
> Um mittags dann beim Wechsel der Gezeiten
> In unsern Traum zu fliehn ...

Und hier müßte auch irgendwo der Friseurladen sein, wo er sich so oft hatte rasieren lassen, und wo seine Rasur so oft in Aguardiente-Trinken – sowohl beim Friseur als auch in der Kneipe gegenüber – ausgeartet war. Un hombre noble, hatten sie ihn genannt – wie er gelogen hatte! Held des spanischen Bürgerkriegs. Weiß Gott, was er denen erzählt hatte. Waren es diese Lügen, die er jetzt büßte! Und immer die Polizei hinter ihm her. Und der kleine Friseur hatte ihn dazu überredet, seinen guten Ledergürtel gegen dessen schlechteren einzutauschen ...

Dies war also seine Vergangenheit; manch einem mußte sie so traurig und hoffnungslos vorkommen wie eine arme geplünderte Stadt; ihm aber war sie eine Sache böser Erregung.

Doch Sigbjørn – er blickte ungeduldig hin und her, als sei dies der Schauplatz einer leidenschaftlichen, triumphalen Liebesgeschichte oder eines großen Geschäfts gewesen, das sein Leben ein für allemal in erfolgreiche Bahnen gelenkt hätte – konnte den kleinen Friseurladen jetzt nirgends entdecken.

Obwohl er damals über diese alte parallele Straße nach Oaxaca gefahren war (die sie allerdings jetzt verloren hatten) – vielleicht waren die beiden an dieser Stelle wieder zusammengekommen, so daß nun Vergangenheit und Gegenwart und Zukunft eins waren –, schien Oaxaca sich wirklich sehr verändert zu haben, als sie jetzt näher kamen: die stummen, blanken, roten Mauern, zum Schutz vor Überschwemmungen errichtet; der Bahnhof zur Rechten mit der Cantina gegenüber – und die geheimnisvollen Tiefen dieser oaxaceñanischen Cantinas –, wo er für fünf Pesos die herrliche Machete erstanden hatte, wo er getrunken hatte, und zwar an jenem Tag, als er aus Parián zurückgekommen und seine Kleider gestohlen worden waren, er in Fernando Martinez' Kleidern, aus Angst, ins La Luna zurückzugehen (plötzlich erinnerte sich Sigbjørn, daß er damals einen Spitzel für sich allein hatte, nämlich den Mann mit der dunklen Brille draußen vorm Hotel La Luna, der jeden Morgen, freilich auf der anderen Straßenseite, neben ihm hergegangen war; vor dem Hotel schien sich nie etwas zu regen, bis er hinaustrat: dann aber begann sich alles zu bewegen, Leute folgten ihm auf beiden Seiten der Straße, als ob irgendwo ein unsichtbarer Orchesterchef auf seinen Ausgang in der Sonne gewartet hätte, um dann die Massen in Bewegung zu setzen). Ah ja, ja, ja – diese roten Mauern, die gefühllosen Fassaden dieser Häuser – die eine, auf der Fernando und seine Geliebte sich immer Nachrichten hinterließen, «meine Geliebte, mein Schatz» – mit ihrem eisernen Gitterwerk und dem komplexen, tiefen und schönen Dahinter; und dies galt selbst für die schäbigsten Pulquerías.

Sie holperten und holperten durch die Dämmerung die endlosen Straßen entlang – wie lang sie waren, wußte nur er allein: die Plätze sahen anders aus, es schien auch mehr zu geben, und irgendwie hatte er das sonderbare Gefühl, dies sei nicht mehr

Oaxaca. Jetzt überkam Sigbjørn die übliche Unruhe wegen eines Hotels. *Hotel Monte Albán, donde el turista vive en un ambiente legendario* – Erinnerungen an den Amerikaner, den sie dort abgeholt hatten und der sie nach Etla mitgenommen hatte –, aber das war zu teuer, aber, mein Gott, was geschah nun schon wieder?

Sie hielten vor dem Hotel La Luna. Ja: kein Zweifel, das drittklassige Hotel La Luna – in dem Lawrence dereinst seinen berühmten Brief an Middleton Murry geschrieben hatte und in dem Sigbjørn gestorben war, und buchstäblich vielleicht, denn waren diese Gefühle nicht ein Vorgeschmack dessen, was die Toten empfinden mochten? – war jetzt ein Busbahnhof. Sie fuhren direkt am Eingang vor und stiegen aus. Der Fahrscheinschalter war jetzt in der Vorhalle, wo damals nachts der alte Mann zu schlafen pflegte, über den Sigbjørn auf dem Weg ins Farolito immer gestiegen war. Und sie wurden tatsächlich von dem Alten selbst empfangen, er war barfuß, und Sigbjørn hoffte, er würde nicht erkannt. Wie durch höhere Gewalt getrieben gingen sie hinein.

«Nosotros no somos americanos ricos ...»

Antonio Cerillo schien nicht mehr dazusein: der ziemlich weibisch aussehende Direktor, falls er der Direktor war, wollte zwanzig Pesos von ihnen haben, was ihnen viel zuviel vorkam.

«Ich bin ein Freund von Antonio Cerillo.»

«Er hat das Haus vor fünf Jahren verkauft.»

«Und sein Neffe?»

«Oh – der ist noch hier in der Stadt.»

Sigbjørn trug noch immer dieselbe Tasche, die er Cerillo – oder seiner Schwester – am Tag seiner Abreise zurück zum Hotel Cornada für fünf Pesos abgekauft hatte.

«Wir haben ein Zimmer, aber das ist sehr schlecht. Normalerweise zeigen wir das Touristen gar nicht.»

Kann man wohl sagen, daß es sehr schlecht ist, dachte Sigbjørn.

Aber man führte sie nach oben, und Sigbjørn wußte, was jetzt kommen würde. Man brachte sie in sein altes Zimmer. Es hatte die Nummer 40. Wo war Mr. Waterhouse, der Silberminenarbeiter, der im Zimmer nebenan sein Leben weggetippt hatte? Es war unverändert, außer daß das Fenster jetzt kaputt war: so etwas wie Abgeschiedenheit schien es nicht zu geben. Jetzt kam der barfüßige Mann mit den Koffern. Er sagte:

«Auf dem Dach ist es besser. Von dort können Sie Monte Albán sehen. Auf der Leiter ist ein papagayo.»

Der Papagei saß auf der Leiter, die schon immer zur Küche hinuntergeführt hatte, aus der jetzt Schlachtgeräusche hochdrangen.

«Y posiblemente un xopilote después!» sagte Sigbjørn, dem der Geier im Waschbecken einfiel, und der Alte lachte.

«Musik», sagte der Alte, legte seinen Kopf schief und lauschte.

Hier war es auch, wo Juan Fernando und er so oft getrunken hatten – wie einmal morgens früh an dem Tag, an dem er Hölscher das Leben gerettet hatte – und er hatte noch andere Erinnerungen: wie er ihn an dem Tag vor der Posada angezogen hatte ... «Ich bin so schrecklich betrunken, daß ich vom Pferd fallen morgen früh.»

Es wurde beschlossen, das Zimmer gegen ein besseres umzutauschen – falls jemand eins freimachte –, aber Primrose brauchte sofort heißes Wasser und bekam es auch, und sie wusch sich in Sigbjørns altem Zimmer: hatte dieser Reinigungsprozeß irgendeine Bedeutung?

Später stiegen sie mit dem Alten aufs Dach und blickten zu den geheimnisvollen purpurnen Bergen auf, durch die Fernando geritten war. Rasch zog sich Dunkelheit über Monte Albán zusammen, dem Sitz der Zapotekenkönige.

Nachdem sie in ein besseres Zimmer umgezogen waren, bummelten Primrose und Sigbjørn vorm Abendessen durch die Stadt, was sich bis neun Uhr hinzog. Wie seltsam dieser Spaziergang in die Vergangenheit war ... wie anders als damals im Delirium die Stadt auf ihn wirkte. Er umging die Covadonga, wo er Juan Fernando kennengelernt hatte und wo er vor all diesen Jahren verhaftet worden war. Primrose wollte etwas trinken, Sigbjørn hatte Angst, eine Cantina zu finden, obwohl er selbst etwas zu trinken brauchte. Nein, die Stadt war weder so schrecklich noch so schön, wie er sie hatte präsentieren wollen: sie war eine Fälschung: auch der Tod war eine Fälschung: deswegen mußte er immer eine Maske tragen, das Bild der Angst des Menschen: hatte er, Wilderness, sich das ausgedacht, hatte er es irgendwo gelesen, oder hatte Primrose es gesagt? Sie gingen zum Salón Modelo: Sigbjørn kam vor Angst fast um; er ging in die Bar, um dort den glasäugigen und charmanten Barmann zu finden, und sie tranken Habanero.

Sigbjørn wollte jetzt Independencia 25 finden, die Banco Ejidal. Aber die Plätze schienen sich vermehrt zu haben. Und diese Plätze waren erstaunlich häßlich: grelle elektrische Beleuchtung, weißer Kalk auf den Bäumen. Nur wenn man die Plätze verließ und in die Hintergassen ging, die den Berg hinaufführten, stellte sich die alte finstere Eigenart wieder ein.

«Dann müssen wir an Independencia vorbeigegangen sein.»

«Ich habe den Namen nicht gesehen.»

«Ich dachte, es wäre weiter; nehme aber an, damals habe ich zum Gehen länger gebraucht.»

Avenida Matamoros, Avenida Morelos ... aber keine Independencia. Und kein Cervantes-Platz. Obwohl es sie unbarmherzig dorthin zog, war es in der Dunkelheit unmöglich, es zu finden.

La persona que destruya
Este jardín sera
consignada a la
autoridad ...

¿Le gusta este jardín
Que es suyo? ¡Evite que
Sus hijos lo destruyan!

Sigbjørn war verblüfft. Die Behauptung, sie kämpften mit einem unsichtbaren Feind, war eine glatte Untertreibung. Er kam sich eher vor, als ob er – wie der Fuchs in Hudsons Fabel in ‹*The Purple Land*›, der sich abkämpfte und ständig ins Leere biß und doch dabei immer erschöpfter wurde – aus der Ferne von irgendeinem merkwürdigen Magnetismus in den Rachen einer Lampalagua gesaugt würde, jener Schlange, die tatsächlich der mexikanischen Einwanderungsbehörde ähnelte, die, obwohl in ihren Bewegungen extrem träge, ihre Opfer dennoch fängt, indem sie ihnen in ihre Höhlen folgt.

Ja, er war von sehr viel weiter hergekommen als der Konsul, um das Schild zu überprüfen …

Sie kamen, ohne es zu merken, zum La Luna zurück, und zwar über eine Nebengasse, die Sigbjørn früher, aus Angst erkannt zu werden, benutzt hatte; das Abendessen hatte im La Luna bereits angefangen. Wie oft war er durch dieses Speisezimmer gegangen – die Schultern zurückgezogen, um vorzutäuschen, daß er keine Todesqualen erleide – und hinauf in dieses «sehr schlechte» Zimmer, um vor dem Essen noch ein paar Mescals zu trinken?

Aber diesmal gingen sie schnell hinein, ohne vorher nach oben zu gehen, und nahmen ihre Plätze ein, während der barfüßige Alte, jetzt wie ein Kellner gekleidet, ihnen ein Lächeln zuwarf.

Das Hotel La Luna glich einem Bahnhof: verglaster Patio; nachts erhob sich ein Schnarchen und Gemurmel und hallte vom Bahnhofsgewölbe wider. Jetzt aber schienen sich eher Gedanken und Erinnerungen zu erheben und von diesem Speiseraum zum Dach zu hallen und dort ein grollendes, bedrückendes, aber rasendes Echo zurückzuwerfen; denn dieser phänomenale Speiseraum, so voll von widerwärtigen Erinnerungen, hatte sich im großen und ganzen nicht verändert; selbst die winzige Bar am Fuß der Treppe war noch da, wo diese bleiche Schlampe immer ein solches Gezeter gemacht hatte, wenn sie ihm schon vor dem Frühstück einen Tequila servieren sollte, und ihn oft eine volle Viertelstunde hatte warten lassen: ein schlechter Platz zum Trinken, ganz im Blick des Speisezimmers, dessen meiste Insassen einen mit Verachtung musterten.

In dem Speisezimmer saß John Stanford.

Sigbjørn hätte nicht überraschter sein können als damals auf See, mitten im Pazifik, als er aufs Deck hinausgetreten und in einen Hurrikan von jungen Eulen geraten war, die der Wind in die Takelage blies.

John Stanford saß, das Gesicht halb von den Wildernesses weggewandt, mit drei Frauen am übernächsten Tisch, an dem größeren Tisch an der Wand, an der eine riesige, veraltete Karte von Mexiko hing. Stanford hatte Sigbjørn jedoch noch nicht erkannt, und Sigbjørn bemerkte erleichtert, daß Stanfords Gesellschaft mit dem Essen schon fast fertig war, das heißt, bereits auf den Nachtisch wartete.

Er schien sich wenig verändert zu haben: vielleicht war er etwas muskulöser, etwas kahler, obwohl sein Haar schon immer etwas zurückwich: aber er sah gesund aus, sonnengebräunt, sogar ziemlich fit, obgleich er zu der Sorte von Männern gehörte, die sich ohne weiteres den ausgedehntesten und esoterischsten und anstrengendsten Ausschweifungen hingeben können, ohne daß man ihnen das geringste anmerkt: was für ein fürchterlicher Mann Stanford war! Ein Säufer, der niemals das Zittern bekam, ein Wüstling, der nie eine Rechnung zu bezahlen brauchte, weil er – wer weiß? – die Rechnung selber ausstellte.

Wie furchtbar, ihn hier zu sehen – und doch – Sigbjørn wußte nur zu gut, was er sich jetzt einredete: die zahllosen Tequilas, die Mescals, die prächtige Orgie, die das Ergebnis seines Zusammentreffens mit ihm sein würden, und die dies alles bloß zu einem weiteren Taxco für Primrose machen würden.

Plötzlich stand Stanford auf, er hatte ihn entdeckt: einen Augenblick lang war die Spannung zwischen den beiden Männern so unerträglich, daß es schon fast wieder schön war; schön, weil es Sigbjørn sofort klarwurde, daß Stanford entweder dasselbe empfand wie er – das heißt, daß er sich entschieden hatte, ihn nicht zu erkennen, wenn auch sein Schuldgefühl aus völlig anderen Quellen stammen mußte – oder er ihn tatsächlich nicht erkannte. Doch der Gedanke an das besondere Schuldgefühl, das Stanford tragen mußte, war etwas anderes: Sigbjørn wandte sich wieder seiner Suppe zu, die allmählich kalt wurde; seine Hand zitterte diesmal nicht aus dem üblichen Grund, sondern vor schierem Zorn; aber er empfand auch eine Art ängstlicher Belustigung.

«Weißt du, wer da drüben sitzt, Primrose?» fragte er schließlich, wobei er sie zum Stillsein ermahnte.

«Nein, wer ist das? Jemand, den du kennst?»

«Ja.»

«Warum sprichst du ihn dann nicht an?»

«Psch.»

«Wer ist das?»

Nun, wie konnte er das erklären, wenn es darauf ankäme? Wer *war* Stanford? Stanford war viele Kater; Stanford war Lügen; Stanford war die Vorahnung von Katastrophen und deren Koeffizient. Stanford war alles, was passiert war, seit er damals La Luna verlassen hatte und nach Acapulco gefahren war, nachdem er Hölscher vor der Polizei gerettet hatte. Ja, Stanford war ein Komplice. Stanford war die Vergangenheit und die Schwierigkeit, sie zu überwinden: und jetzt saß er da – der Kummer seines Lebens, zusammen mit all seinen Übeln, allem, was er, zumindest vor dem Feuer, so wunderbar überwunden zu haben glaubte. Tatsächlich ging das mit Stanford sogar noch weiter zurück, denn er war auch ein Blutsverwandter schrecklicher Art. Es war, als sei die niedrigste Ebbe seines Lebens zurückgekehrt, um ihm im Schlamm genau die Schreckensbilder zu enthüllen, die aufzulösen und zu zerstreuen die Zeit nicht Macht genug besessen hatte; und noch furchterregender als die Unmöglichkeit dieser ganzen Sache war der Drang, sie fröhlich willkommen zu heißen, taktvoll, und vor allem, mit ihr zu feiern. Die Versuchung war wirklich kolossal, doch Sigbjørn kämpfte sie nieder: er fragte sich, ob es hier im Hotel wohl noch diesen alten Vino de la casa gäbe oder diesen Wein, dessen Identität als nicht sündhaftes Getränk von den Mönchen auf dem Etikett beglaubigt wurde. Und dann kam ihm der Gedanke, daß er nicht wollte, daß Stanford ihn trinken sehe – und gleichzeitig bemerkte er, daß Stanford an seinem Tisch nicht trank – und er fragte sich mit nagender, unerträglicher Neugier, ob Stanford «trank».

Stanford, der aufgestanden war und jetzt die Karte betrachtete, schien wesentlich länger als nötig dazustehen: ja, er war fetter, «fleischiger» war das richtige Wort – wirkte aber zweifellos noch attraktiv auf Frauen – immerhin hatte er drei bei sich. Doch jetzt war offensichtlich, daß der große Mann ihn erkannt hatte. Nun, sollte er in seinem Schuldgefühl schmoren. (Sonderbar war auch, daß Sigbjørn tatsächlich gerade eins von Stanfords Hemden trug.) Von nun an wich Sigbjørn geschickt seinen Blikken aus.

Stanford ließ von der Karte ab, setzte sich wieder und prüfte die Rechnung: mit professioneller und doch allzu grüblerischer, besorgter Miene zählte er sie immer wieder zusammen: das tat er zumindest gern, sich den Anschein zu geben, er sei ein «Geschäftsmann»; und Sigbjørn fiel die Szene im Tarleton ein – «Dafür bin ich nicht hergekommen» – ein Schauspiel hysterischer Wut, aufgeführt von einem Amerikaner in Mexiko.

Die Wildernesses setzten ihr Abendessen fort: Stanford – der verdammte Feigling – ging jetzt zur Rezeption hinüber: aber es konnte wahrhaftig niemand anders sein als Stanford, nicht bei diesem Gang, denn Sigbjørn selbst hatte diesen schwankenden Matrosengang vor acht Jahren in Acapulco kopiert und sich seither zweifellos nicht wieder abgewöhnt. Sollte er, Sigbjørn, auf ihn zugehen – aber da fiel ihm ein: *La persona que destruya este jardín sera consignada a la autoridad ... Le gusta este jardín?*

Immerhin hatte er Sigbjørn vor dem Verlust von ‹*In Ballast*› bewahrt, dem Buch über Erikson, Erikson, der gestorben war, gingen seine Gedanken im Kreis: überdies wäre Stanford beinahe auch eine Figur in ‹*Das Tal*› geworden: man konnte sich unmöglich des Eindrucks erwehren, daß all dies von enormer Bedeutung war: andererseits dämmerte ihm, daß er, wenn er wirklich verstünde, was Stanford bedeutete, auf der Stelle wahnsinnig werden würde. *Naturam expellas forca, tamen usque recurret* – hatte Horaz gesagt (in der Übersetzung Arnold Toynbees –: *You may throw nature out with a pitchfork but she will*

* *Treib die Natur mit Mistgabeln hinaus, doch kehrt sie beständig zurück.* (Frei nach der Vossischen Übersetzung; Horaz, ‹*Episteln*›, I, 10, 24; A. d. Ü.)

*keep coming back**). Sehr richtig; schlimmer noch, auf einer anderen Ebene schien auch die Vergangenheit, und zwar in der Maske des Teufels und mit einer Mistgabel bewaffnet, beständig zurückkehren zu wollen. Außerdem wächst auch die Vergangenheit und stellt sich einem in allen möglichen seltsamen Gestalten entgegen, zu Zeiten vornehmlich, da man es am wenigsten erwartet, da man dachte, man sei sie endlich losgeworden – wie das Kind, das scheinbar gestern noch ein kleiner Junge war, der sich im Dunkeln fürchtete, aber nun gigantisch und in Begleitung einer Hure im Schnapsladen hinter einem auftaucht, wo man selbst übrigens am allerwenigsten gesehen werden möchte. «Kennst du mich nicht mehr? Ich war damals ungefähr so groß.» Worauf man antwortet: «Ja … Nein … also du *hast* dich aber verändert!» – und erst hinterher fällt einem ein, daß man selbst – im Gegenteil – das schäbige alte Tweedjackett anhat, das man schon trug, als man ihn das letzte Mal sah; durch diese Koinzidenz der Nicht-Entwicklung allein hat er einen wahrscheinlich überhaupt erst erkannt, einen gewissermaßen *eingeholt.*

Sigbjørn lag im Dunkeln, tief ins Bett versunken, im Hotel La Luna; Primrose neben ihm. Stanford sorgsam aus dem Weg gehend, waren sie, da Primrose müde war, unmittelbar nach dem Abendessen zu Bett gegangen. Was bedeutete Oaxaca ihm wirklich? All die Schmerzen und Qualen, die damit verbunden waren, von Pseudo-Franco-Spionen gejagt zu werden – der Spitzel –, aber auch der dunkle Todeswunsch, das jämmerliche Gefühl, nachdem er im Hotel Cornada allein zurückgeblieben war und weswegen er Hölscher hauptsächlich nach Oaxaca begleitet hatte; und die beinahe unerträglichen, anfangs beinahe glücklichen Assoziationen, die dieser Ort wachrief. Sigbjørn stieg in immer tiefere Schichten seines Geistes hinab. Er hatte den Anzug getragen, den Fernando ihm für fünf Pesos verkauft hatte, als er Stanford gerade kennenlernte; und dessen Anblick jetzt machte all diese Gedanken noch quälender; tatsächlich hatten diese Gedanken kein Ende, sie schienen ewig weiterzugehen wie die Sierra Madre. Das Gefängnis – diese Erfahrung hatte seine kleine Wallfahrt zu freiem Menschsein beendet: *«Du bist ein Mann, der gern viel Wein trinken!»* – das Entsetzen, als sich die in El Bosque zusammengesperrten Leute prügelten – die schreckliche Szene im Gefängnis mit dem Mörder – die Jungfrau für die, die niemanden mehr haben mit – La Luna und das Farolito, und das letztere sein Symbol für den Tod, obgleich Primrose, weil sie unbedingt wollte, daß er den Tod in Leben verwandle, fast fröhlich gesagt hatte: «Wie ich mich danach sehne, ins Farolito zu gehen!»

Eine Quelle von Sigbjørns Schuldgefühl lag, wie er glaubte, in seiner gestörten Einbildungskraft und darin, daß er nur eine Phantasie des Lebens lebte: Lügner ist das bessere Wort, wie der Richter sagte. Er dachte an La Vida Impersonal, und dann fragte er sich: Welche schreckliche Macht bewegt mich? Er kam zu dem Schluß, er sei der böseste und traurigste Mensch in Gottes Schöpfung; dann fiel ihm wieder Stanford ein, und plötzlich dachte er: «Gott, sollte ich Fernando wirklich treffen, hoffentlich kommt dann nicht wieder dasselbe dabei heraus!» Fernando war einer der wichtigsten Männer, die er je in seinem Leben kennengelernt hatte: ein Mann von wildem Mut, Bescheidenheit und Seelengröße. Doch war Fernando nur die glänzende Seite der Münze: und diese Münze war ebenso in der Hölle geprägt: die beiden Männer waren mit unsichtbaren Banden aneinandergekettet, nur daß der eine gut, der andere böse war, und plötzlich dachte er: Stecke ich damit nicht wieder meinen Kopf in die Schlinge der Versuchung? Und mit dem Entschluß, daß er Fernando vielleicht auch nicht wiederfinden sollte, setzte er sich auf und sagte laut aufschreiend, wobei er Primrose weckte:

«Gott, ich kann nicht mehr weiter. Diese Sache mit Stanford ist das Ende.»

«Oh, warum muß es immer, immer etwas geben?» murmelte Primrose.

«Aber warum passiert so etwas mir? ... Morgen fahren wir zurück. Und dann müssen wir zurück nach Hause.»

«Nach Hause, ohne Fernando zu sehen?»

«Selbst wenn wir Fernando finden sollten, es würde nur eine

weitere Sauferei bedeuten. Und wenn ich mit Stanford sprechen würde, würde auch das eine weitere Sauferei bedeuten. In meinem ganzen Leben gibt es keinen friedlichen Kern, bis auf diese Jahre und das Haus, und das mußte dann natürlich abbrennen. Ich bin verdammt. Und wenn ich sage, ich bin verdammt, soll das heißen, daß ich noch immer brenne. Meine Seele ist keine Seele, sie ist eine Feuersbrunst.»

«Oh, richte den Scheiterhaufen nur weiter, Jeeves», sagte Primrose angewidert und wickelte sich auf der anderen Seite des Betts in ihr Laken, während Sigbjørn sich fragte, was Henry James mit einem solchen Gespräch angefangen hätte.

«Vielleicht habe ich gar keine Seele.» Sigbjørn kam eine andere Idee.

«Aber du kannst doch nicht wegfahren, ohne wenigstens *versucht* zu haben, Fernando zu finden. Schließlich sind wir deswegen hierhergekommen.»

«Nein – nein – wir sollten fahren – fahren wir wenigstens nach Cuernavaca zurück!»

«Das laß ich nicht zu. Du *mußt versuchen,* ihn zu finden.» ... Und so redete Primrose weiter.

«O Gott, o heilige Mutter. Dann schlaf», sagte Sigbjørn schließlich.

Primrose schlief wieder ein, aber Sigbjørn mußte sich weiter quälen. Er dachte an seine Gewohnheiten hinsichtlich des Trinkens, wenn er nicht trank. Wieso sprach er so gern von Drinks und Delirien? Er dachte an sein verbranntes Buch: der Gott im Mescal war ein eifersüchtiger Gott, der es verschmähte, daß Sigbjørn von ihm Gebrauch machte, während er nüchtern blieb. Er dachte an die Ursachen seiner früheren Qualen hier, als er allein in Mexiko zurückgeblieben war. Man könnte sie als die einsamen Qualen der ersten Liebe beschreiben – in Sigbjørns Fall verspätet, und unecht, unwirklich –, allerdings eher ein Leiden, ein fast prometheischer Schmerz, oder seine Unfähigkeit, mit dem Land fertig zu werden, gepaart mit den Gefühlen für seine Freunde, die in Spanien starben. Er dachte daran, wie er seine Frau fortgeschickt und wie er versucht hatte, ein Schiff zu besteigen, wie er mit Hölscher nach Oaxaca gefahren war, an seine Wahnvorstellungen, seine schrecklichen Empfindungen, wenn er nüchtern war, seine Einkerkerung, «Mescal womöglich, Mescal unmöglich.» – *«Du bist ein Mann, der gern viel Wein trinken!»*

Sigbjørn fiel auf, daß seit ihrer Hochzeit vielleicht keine drei Tage hintereinander vergangen waren, an denen er nicht mit Freundschaft und Liebe von Fernando gesprochen hatte; darauf folgte ein entsetzlicher Gedanke – zeigte sich hierin nur einmal mehr seine geheime Todessehnsucht? *El Alcoholismo es el enemigo no. 1 del proletario* – das Plakat bei der seguridad – und wie er am Heiligabend ins Gefängnis geworfen wurde, seine benebelte Selbst-Opferung, seine Verschmähung der Freilassung gegen eine Kaution – ley fuga – «Du sein keine Schriftsteller» – der Hauptmann holte ihn tatsächlich auf einen Drink aus dem Gefängnis – contestar el telegrama – und schließlich sein Gedicht, das trunksüchtige Kind und der Mörder. Was hatte er daraus gemacht? Und doch waren diese schrecklichen Dinge in der Erinnerung gar nicht so schrecklich. Sein Leiden war so unvorstellbar entsetzlich und intensiv gewesen, daß er auf diese Tage beinahe so zurückblickte, wie er auf die Schönheit und Gesundheit ihres Lebens in Kanada zurückblickte. Tage, so schön wie hoch im Sonnenlicht kreisende Geier, schön wie der Tod, der einfach aus Liebe zum Fliegen fliegt. Und Fernando war für alle diese Dinge irgendwie ein Symbol. Niemand konnte, trotz allem, lebendiger und lebenspendender sein als er. Wodurch es noch um so verwirrender wurde, daß das, was alle diese Dinge, die er so sehr liebte, bedeuteten, auch noch so offensichtlich den Tod bedeuten sollte ... Sie hatten sich am Marktplatz in der Kneipe namens La Covadonga kennengelernt ...

«No, hombre», hatte Martinez gesagt, als er ihm das Wechselgeld herausgegeben hatte. «Ich habe Sie beobachtet – perdone me – und ich denke, falls Sie nichts dagegen haben, Sie sollten das Grübeln lassen.»

«Wer sind Sie?» sagte Sigbjørn dann etwas später. «Was sind Sie? Arbeiten Sie für die Regierung?»

«Nein, nicht für: mit der Regierung.»

Dann sagte Fernando etwas so Schönes mit einem so traurigen Akzent und so ersterbendem melancholischem Tonfall, mit all der Musik, die in den Worten Oaxaceñaner oder desconsolado erklingt, ausgesprochen oder gesungen, wie nur ein Oaxaceñaner es vermag, daß Sigbjørn bis auf den heutigen Tag nicht glauben wollte – es mochte dafür auch noch andere Gründe geben –, daß sein Freund nicht etwas Tiefes und Bedeutendes gesagt hatte: «Ich bin ein Trinker.»

Sigbjørn Wilderness' Treue war, sagte er sich, ungeheuerlich. Die wenigen Freunde, die er kennengelernt hatte, liebte er zärtlich, und er hätte bei jeder Gelegenheit sein Leben für sie gegeben. Aber ihm waren nur noch wenige Freunde geblieben. Zwei in Kanada, ein Amerikaner, der jetzt in England war, seine Brüder und zwei oder drei andere in England, die niemals schrieben und tot waren, und seine Mutter und seine Frau. Er schloß Freundschaften mit Sorgfalt, die Leute mochten ihn, oft liebten sie ihn. Aber er dachte nicht gern darüber nach, was sie denn eigentlich an ihm liebten, denn es hatte sich herumgesprochen, es sei schon eine Katastrophe, ihm nur zu begegnen. Erikson! Es war nur zu wahr, es geschah auch bei materiellen Dingen. Nicht einmal Faust war mehr mit Fluch beladen als er: aber war er nicht auch gesegnet, vielleicht war er ein Experiment Gottes; und es war noch lange keine Paranoia, sich einzubilden, daß Gott schon oft über ihn gestaunt haben müßte, daß Gott vielleicht seit dem Kind Horus keinen solchen Pfahl in seinem Fleisch gehabt hätte. Was er schon alles überlebt hatte, würde die meisten Männer tot vor Angst niedergestreckt haben: schon die Vorstellung. An der Oberfläche aber war er nichts als ein Trinker und ein erfolgloser Schriftsteller.

Das Licht schwoll an: bleich und ekelhaft. Das Hotel erwacht früh am Morgen, und dann begann das Spülen und Rülpsen aus dem Caballeros y Damas, dazu ein Dauerlärm von Türengeklopfe: Señor! A las cinco y media – a las seis – a las seis y media – und ein Tuten und Trompeten und Knallen und kein Wasser in der Dusche oder Toilette und eiskalt und Glockenläuten.

«Dies ist eine gute Adresse», Lawrence, fiel ihm ein, hatte das geschrieben (ehe das Klima ihn umwarf), der hier gelebt und hier seinen berühmten Brief an Middleton Murry geschrieben hatte.

Vielleicht würde Lawrence ihm helfen.

«Gott wird dir helfen, wenn du ihn darum bittest», hatte Martinez gesagt, fiel ihm ein. Plötzlich merkte er, wie er Lawrence zitierte: *Und ich sage dir, es ist nicht einfach, es ist nicht so einfach.*

Und ich sage dir, es ist nicht einfach ...

Er hatte eine halbwache Vision von Dämonen, die im Schlamm von Etla tanzten, darunter einer, der Teufel der Teufel, dessen schleppender Gang sein leicht seemännisches Schwanken nicht verbergen konnte.

Er unternahm eine Anstrengung, derjenigen analog, als er sich zum erstenmal dazu durchrang, mit Primrose nach Oaxaca zu fahren, stand auf und nahm (bei den Damas) ein glitschiges, ziemlich scheußliches Duschbad, aber danach fühlte er sich wesentlich besser.

Als sie in den Speiseraum hinuntergingen, um dort Ham & Eggs zu frühstücken, hielten sie wachsam nach Stanford Ausschau. Dies war etwas anderes als seine früheren Eintritte zum Frühstück von der Straße her – nachdem er volle fünf Stunden im Farolito und dann auf dem Heimweg oft auch noch mit einem Bettler ein paar Tepache getrunken hatte. Während des Frühstücks, das sie früh einnahmen, ließen sich Stanford und seine Gesellschaft nicht blicken: aber einmal sah er ihn aus seinem Zimmer auftauchen – einem besseren als dem ihren auf dem Balkon –, ihn offenbar kurz wahrnehmen und wieder hineinstürzen, als wolle er nicht gesehen werden; und diese Umkehrung des Verfolgungs-Motivs war für Sigbjørn, wenn er an sein altes Leben dachte, eine Quelle beträchtlicher Befriedigung.

Nach dem Frühstück, nach weiteren Anstrengungen und weiteren Unschlüssigkeiten machten sie sich, Stanford stets ausweichend, auf den Weg, um die Banco Ejidal zu suchen.

Sie fanden Independencia und auch Cervantes' alte Kneipe, den Salón Ofélia, der jetzt zu einer Apotheke namens Farmacia de la Soledad umgebaut war.

Man sagte ihnen, die neue Banco Ejidal befände sich in der Avenida Juárez. Sie waren müde und konnten sie schließlich nicht finden; die Adresse, die man ihnen angegeben hatte, Nummer 25, war ein vermauertes grünes schauriges dumpfes Gebäude. Sigbjørn stellte sich Fernando vor, wie er mit zur Sonne gerecktem Schwert davorstünde; er stand einen Augenblick lang da, aber das Schwert fuhr immer wieder in die Scheide zurück: «Ich arbeite gern ihnen mit ...» Es war fürchterlich heiß. Sigbjørn – der an Fernandos Zwanzig-Meilen-Lauf dachte – wandte sich dem Leben zu: er würde sich den Tag nicht verderben lassen und erklärte, er wolle mit Primrose Monte Albán besuchen.

Beim Mittagessen versteckte Stanford sich hinter seiner Zeitung, dem Mexico Herald – war er überhaupt draußen gewesen? – vermutlich nicht: er war, wie damals im Tarleton, den ganzen Tag auf seinem Zimmer geblieben. Trank er? Sigbjørn konnte keine Klarheit darüber erlangen, obwohl seine Freunde ganz den Eindruck machten.

Nach dem Essen und diversen Ratschlägen von dem barfüßigen Alten machten sie sich zu Fuß auf den Weg nach Monte Albán. Nicht gerade das Vernünftigste, was sie tun konnten: Sigbjørn glaubte sich zu erinnern, wie – als er zum erstenmal mit Fernando dort war – sein Fuß ihm weh getan hatte und was für rimbaudsche Ideen ihm dabei gekommen waren. Diesmal schienen die Spritzen gegen die Krampfadern gut gewirkt zu haben, und er konnte wieder zu Fuß losziehen; die Begeisterung darüber, das Gefühl, in dieser Hitze aufzubrechen, und der Mann an der Haltestelle, der sagte: «Es imposible – para usted, posible; pero para mi, no!»

Und so zogen sie fröhlich los in Hitze und Sonne, und Sigbjørn fand den Weg. Mit dem Taxi wollten sie nicht fahren, da es zwanzig Pesos kostete. Sie überquerten die heißen Schienen, dann einen Schlackenberg und gingen quer über ein Feld, über das sich eine Karrenspur zog; ein Indio verbrannte in der Sonne

Zuckerrohr. Ah, diese Ochsenkarren mit ihren Scheibenrädern, die immer vor dem Farolito standen! Sie durchschritten einen ausgetrockneten Bach und kamen dann zu einer Art Feldweg, wo ihnen Steine in die Schuhe gerieten. Bei zwei Indios erkundigten sie sich, ob sie es schaffen könnten, bis Sonnenuntergang hinauf- und wieder herunterzukommen; sie sagten no, mucho tiempo, aber sie gingen weiter, vorbei an einer Schule und einem merkwürdigen kleinen Platz und einer blauen Kirche – und bergauf, bergauf; eine glühende Straße schnitt sich in den Hang eines hohen Bergs. Primrose krempelte Sigbjørn die Hosenbeine auf, und sie gingen immer weiter und endlos die Serpentinen nach oben. Dann wurden sie Gott sei Dank von einem Touristentaxi mitgenommen. Buen amigos! Auf dem tausend Fuß hohen Gipfel machten sie halt und stiegen auf die Spitze der Ruine, vista encantadora! Rings um sie her breitete sich das Tal mit einem Fluß und Dörfern und den fernen blauen Bergen.

Die Tatsache, daß Monte Albán zapotekisch war, der erhabene Sitz der Zapotekenkönige, war Sigbjørn wichtiger als seine Größe oder sein Alter; nur an Fernando, an ihn allein dachte er in der Gegenwart all dieser Majestät.

Und an Fernando dachte er auch, als er weit weit dort unten ins Tal und ringsumher blickte, auf die frischen grünen Felder, den glitzernden Fluß, die unter Bäumen versteckten Dörfer, die einem nur durch ihren Kirchturm anzeigten, wo sie lagen: es war Fernando, den er in all diesem Frieden sah, in dieser Fülle der ganzen prächtigen hundert Meilen des Tals, die man vom Gipfel des Monte Albán überschaute.

Fernando hatte dazu beigetragen, dieses Leben fruchtbar und gut zu machen, wie es die Menschen in dem Garten Eden hätten haben sollen: so hatte Gott sich am ersten Tag den Fortschritt vorgestellt, als er sah, daß die Erde gut war. Dies hier war der Garten Eden. *¿Le gusta este jardín que es suyo?*

Und an Fernando dachte er auch, als er dem Führer in die dunkle Gruft Nummer Sieben hinabfolgte, in der nur die eine Kerze des Führers schimmerte.

Der Führer erklärte die Geheimnisse von Monte Albán ...

«Einer der seltsamsten Funde auf Monte Albán waren Reliefskulpturen von Menschen, die durchweg körperliche Mißbildungen aufweisen. Bei manchen sind die Köpfe zu flach, während sie bei anderen ungewöhnlich verlängert sind. Bei manchen sind die Gliedmaßen, gewöhnlich die Füße, verdreht, bei anderen geknickt, und so weiter.»

Diese behauenen Steine, auf der Nord-Terrasse bloß als Baumaterial verwendet, waren augenscheinlich aus einem noch älteren Gebäude herausgebrochen worden. Und die Hieroglyphen darauf ließen sich mit keinem der bis jetzt bekannten Schriftsysteme Mexikos oder Mittelamerikas entschlüsseln. Wer waren die Verfasser dieser Schriften, und warum stellten sie auf ihren Skulpturen mit Vorliebe Krüppel dar? Ob sie damit beabsichtigt hatten, bestimmte Feinde lächerlich zu machen? Oder sollten wir in diesen Skulpturen eine Darstellung von Kranken sehen, die zu einem Tempel kamen, in dem ein Gott wohnte, der wunderbare Heilungen vollbrachte? Ob Monte Albán eine Art Lourdes gewesen war? Wies dies nicht einige Parallelen zur modernen Kunst auf – ja, zur modernen Literatur? War Kunst im Grunde eine Form der Sühne? – Gott, welch unendliche Bedeutungstiefe in all diesen Dingen war.

Aber der Führer sagte, in den Gräbern der oaxaceñanischen Region finde man häufig die Knochen eines Menschen oder eines Hundes zusammen mit etlichen anderen Gegenständen in der Nähe des Hauptgrabes. Die Mexikaner glaubten, daß der Geist auf seiner Reise ins Reich der Toten irgendwann an einen breiten, schwer zu überquerenden Fluß gelange. Daher töteten sie einen Hund, der seinen Herrn auf seiner letzten Reise begleiten sollte. Man glaubte, der Geist des Hundes würde die andere Seite des Stroms vor dem des Mannes erreichen, und wenn er dann seinen Herrn sähe, würde er wieder ins Wasser springen und ihm hinüberhelfen. Dies bestürzte Sigbjørn, denn es paßte so sehr mit dem ‹*Tal*› zusammen. Etwas für nächtliche Gedanken.

Zurück in Oaxaca, wieder mit diversen Ratschlägen des barfüßigen Alten versehen, machten sie sich nachmittags um drei

Uhr auf den Weg zum Museum, um den versteinerten Kopf zu suchen.

Die Vitrinen im Erdgeschoß waren voller cabezas petrificadas – Köpfe aus Parián, Etla, Cuicitlán, Nochitlán. Sie suchten wie wild nach dem versteinerten Kopf, den Sigbjørn und Fernando gefunden hatten, konnten ihn aber nicht identifizieren – vielleicht war es dieser, nein, dieser. Der Bogen von Etla war allerdings mit Sicherheit der, den sie gefunden hatten.

Der Kustos nahm sie ins Schlepptau und erzählte ihnen von las joyas aus der tumba Nummer Sieben – wie modern sie sind –, und Primrose war trotz allem entzückt; sie waren arrangiert wie in einem Geschäft an der Fifth Avenue. Jedoch fand sich noch immer keine Spur von ihrem versteinerten Kopf.

«Und lassen Sie mich sagen ... dies sind Fasane. Und dies Adler ... Und sehen Sie hier – der Bärr. Der Bärr holen Baby ... Verstehen Sie?»

Aber Sigbjørn dachte die ganze Zeit an jene Szene bei Sonnenuntergang, als die Eingeborenen den versteinerten Kopf durch den purpurnen stillen Abend trugen.

«Und jetzt werde ich Ihnen dies-ah zeigen ...»

Plötzlich dachte Sigbjørn, welchen Sinn wohl ein Nachfahre Fernandos, der in ein paar tausend Jahren um Cambridge herumschleichen würde, den goldenen und silbernen Wanderpokalen der Ruderwettkämpfe, die bis dahin überlebt hätten, beilegen würde: würde er aus noch erhaltenen Bildern schließen, die Professoren seien Hohepriester gewesen, die Ruder seien zum Prügeln der Sklaven verwendet worden, der Steuermann des Achters sei an der Quelle des Stroms zur Besänftigung des Cam geopfert worden, und alle miteinander hätten Gog und Magog verehrt? Kein origineller Gedanke: Sigbjørn glaubte, etwas Derartiges einmal im *New Statesman* oder in der *New Republic* gelesen zu haben.

«Und jetzt zeige ich Ihnen ...»

Sie stiegen ein Stockwerk höher und betrachteten die schönen schwarzen Töpferwaren aus Ocotlán. Im nächsten Augenblick jedoch starrte Sigbjørn ein riesiges goldenes Ding an, eine Art

Bruststück: es schien einen menschlichen Kopf darzustellen, der als Helm einen Jaguarkopf mit künstlichen Federn aus goldenen Fäden trug.

Und ständig der Refrain des Kustos: tumba, tumba, tumba.

Ein von Syphilis-Erregern durchbohrter Schädel war erhalten geblieben: das Kuriose und Sinnlose daran.

Tumba, tumba, tumba.

Wie anders war die Stadt Oaxaca selbst, das Oaxaca des Farolito. Wo mochte Fernando jetzt sein? Am Abend wirkten die purpurnen Berge wieder so auf sie wie an ihrem ersten Abend vom Bus aus: wie große Götter, die Hände auf die Knie gelegt: und doch war dies für Sigbjørn einmal das Tal der Todesschatten gewesen.

11

Das Licht in Stanfords Zimmer war den ganzen Tag über an: als die Wildernesses vom Museum zur 20 de Noviembre ins Hotel La Luna zurückkamen, war das Licht immer noch an. Ob dieser Mann etwa verrückt wurde, so auf seinem Zimmer zu bleiben? Auf seinen Balkon führten hohe Glastüren, und Sigbjørn hörte seine tiefe, einfältige, zitternde Stimme und Flaschengeklirr: absurderweise befriedigte ihn dies, aber er war von dem Ausflug so erschöpft, daß ihn plötzlich ein Entsetzen anwandelte, La Luna zu betreten; er hatte Angst davor zu trinken, Angst vor dem, was kommen könnte, Angst vor Oaxaca, Angst vor der Covadonga, sogar Angst davor, im Modelo etwas zu trinken.

Als stamme dieses Entsetzen aus den Gräbern von Monte Albán, hatte es die Gestalt einer rätselhaften Furcht angenommen, Fernando wiederzufinden. Er hatte noch nichts von dem unternommen, was man vernünftigerweise hätte tun sollen, um ihn ausfindig zu machen: dies war durch seine Angst vor seinem früheren schrecklichen Leben im La Luna begründet; aber Primrose wußte natürlich, wie sehr er es im Grunde wollte, und ermutigte ihn.

«Und wir können hier nicht weg, ehe du mich nicht ins Farolito geführt hast.»

Habanero und eine furchtbare Nacht, trotz ausgebliebenen Katers; mitten in der Nacht sagte Sigbjørn, wobei er wieder Primrose weckte, daß er seinen Freund nicht suchen würde: er hatte Angst, und es war Stanford, der ihm zu allem anderen hinzu Angst vor seiner Vergangenheit einjagte.

Gott, wenn er es nun seinem Konsul gleichtat und man ihn auch mit einem Hund zu seinen Füßen begrübe, nachdem man ihn nur erst in eine Schlucht geworfen hätte? Fürchtete er sich vor Fernando, weil auch er seine «Gestalt» war – wenn auch eine harmlose, gute: der Arzt – aber hatte Fernando ihn nicht den «Tragödienmacher» genannt? Diesmal gab er in den Stunden vor Sonnenaufgang, la madrugada, seiner Angst nach und stand nicht auf, sondern ließ Primrose den Vortritt.

Während sie unter der Dusche stand und Sigbjørn im Bett lag und den üblichen Geräuschen lauschte, die von dem Glasdach widerhallten, klopfte jemand an die Tür.

Von seinen üblichen Schrecken erfüllt, stand Sigbjørn auf und versuchte unter den üblichen Schwierigkeiten zwischen sich und seinen Kleidern in seine Hose zu schlüpfen.

«Entschuldigen Sie, wohnt hier Mister Sigbjørn Wilderness?»

Sigbjørn steckte seinen Kopf durch die Tür. Es war Stanford.

«Sind Sie Sigbjørn Wilderness?»

«Hm, ja», sagte Sigbjørn gekünstelt geistesabwesend, indem er versuchte, so dreinzuschauen, als erkenne er ihn überrascht und halb verwirrt wieder.

«Ich bin John Stanford. Kennst du mich nicht mehr?»

«Ach, du liebe Zeit, John –» Dann kam ihm kurz der peinliche Gedanke, daß Primrose halb bekleidet aus dem Bad kommen könnte; außerdem wollte er ganz und gar nicht im Gespräch mit Stanford gesehen werden, beziehungsweise er wollte ihn Primrose nicht vorstellen müssen. «Warte mal einen Moment.»

«Ich wohne hier im selben Flur», sagte Stanford, der ganz offenbar draußen auf ihn wartete.

Die Tür hatte währenddessen halb offen gestanden: nun trat Sigbjørn in sein Zimmer zurück; einen Schuh hatte er an. Einen Augenblick lang war er unschlüssig, zitterte heftig, dann langte er nach dem zweiten Schuh und ging auf den Balkon. John stand etwas weiter unten, das Glasdach dicht über seinem Kopf, aber Sigbjørn manövrierte ihn sacht um die Ecke zur Treppe, von wo Primrose nicht zu sehen war, falls sie verlegen aus dem Badezimmer kommen sollte. John kicherte bereits heiser und verbeugte sich auf eine Art, die er noch von damals her von Sigbjørn hatte – einem jungen Burschen in bester Verfassung oder betrunken, mit ziemlich deutschen Manieren –, obwohl es mit einem Schuh wirklich reichlich schwierig war, die Hacken zusammenzuschlagen.

«Ja, ja, ja, ja.»

«Also, tja, du liebe Zeit, John, ich dachte mir ja beinahe, daß es sein könnte», begann Sigbjørn zu lügen, obgleich er sich ungeheuer amüsierte; der zotige alte Flegel hatte in den letzten Tagen offensichtlich ganz nett daran zu schlucken gehabt, mußte tatsächlich leicht an seiner geistigen Gesundheit zu zweifeln begonnen haben; es war allerdings schwer zu sagen, ob er getrunken hatte oder nicht, denn er sah bemerkenswert gut aus, als ob der Aufenthalt in seinem Zimmer bei eingeschaltetem Licht ihn tief gebräunt hätte.

«Ja, ich hab dich gesehen, aber ich wollte meinen Augen nicht trauen», sagte Stanford. «Aber ich habe den Direktor gefragt. Wohnt hier jemand namens Sigbjørn Wilderness? ... Ja, ja. Du siehst aber wirklich hundert Prozent besser aus als damals.»

Sigbjørn, der trotz seiner relativen Abstinenz ein wenig zitterte, stutzte. «Danke. Besten Dank, John.»

«Nehme an, du trinkst nie etwas. Ich kann mir das Trinken nicht mehr leisten. Meine Frau und meine Schwiegermutter haben mich dazu gebracht. Ich arbeite. Ich hab's nicht nötig zu arbeiten, aber ich verdiene einen Haufen Geld ... Ich besitze jetzt eine Mine ...»

«Um Gottes willen, was für eine Mine?»

«Eine Silbermine, und –»

«Nicht übel.»

«Die Leute reden schlecht von mir, weil ich nicht am Krieg teilgenommen habe, und ich zeige ihnen diese zwei Hände.» Er kicherte dumpf, verbeugte sich und rieb sich die Hände, die er Sigbjørn vorwies; sie waren groß und fleischig, zweifellos durch das Beklatschen weiblicher Hinterteile und das Streicheln weiblicher Schenkel gut in Form gehalten, aber sie sahen nicht so aus, als hätten sie abgesehen davon sonderlich viel gearbeitet: selbst auf dem Zeigefinger von Sigbjørns rechter Hand war eine

Schwiele. Sigbjørn hatte auch an seinen Knöcheln Schwielen, und er fragte sich oft, ob sie, wie bei Milton, von der Gicht herrührten.

«Genau», sagte Sigbjørn anerkennend. «Also das ist schon verdammt schön, daß auch du so gut aussiehst.»

«Hast du eigentlich bei irgendeiner Truppe gedient?» fragte Stanford.

«Nein.»

«Was hast du gemacht?»

«Alles Scheiße.»

«Und deine Bücher?»

«Bücher? Ah – das eine, ‹*In Ballast*›, das du dem Agenten geschickt hast – das ist verbrannt.»

«Verbrannt.»

«Ja, es verbrannte am Tag der Invasion – kein Zusammenhang – mit unserem Haus. Das Haus haben wir wiederaufgebaut, mit diesen beiden Händen, wie man so sagt, aber das Buch war völlig hin.»

«Oh, wie schade», sagte Stanford mitfühlend. «Wo lebst du denn jetzt eigentlich? Und wer ist ‹wir›? Ich dachte du wärst geschieden?»

«In Kanada, mit Primrose, meiner Frau. Etwa ein Jahr, nachdem ich von hier fort war, bin ich nach Kanada gegangen – davor war ich eine Zeitlang in den Staaten. Wir hatten nicht viel Geld, daher kauften wir uns eine kleine Hütte, diese, die abgebrannt ist, und dort haben wir seither gelebt, gewissermaßen.»

«Und was ist mit dem anderen Buch, das du damals geschrieben hast, das, wie hieß es noch, aus dem Haus des Konsuls in Acapulco gerettet wurde?»

«Das habe ich vor einem Jahr beendet, und bis jetzt wurde es in England und Amerika abgelehnt. Was England betrifft aber nur vorläufig. Sie wollen es vielleicht annehmen, wenn ich es neu schreibe.»

«Ich habe dieses ‹*Säuferwalzer*› gelesen und dabei an dich denken müssen, haha.»

«Danke», sagte Sigbjørn, obwohl er überlegte, daß dies eine

völlig mutwillige Bemerkung war, da Stanford in Wirklichkeit in seinem ganzen Leben noch kein Buch zu Ende gelesen hatte.

«Übrigens, das alte Münchener Kindl hat man abgerissen.»

«Du meinst den Laden, wo ich deinen Hut als Sicherheit hinterlegt habe», sagte Sigbjørn und dachte gleichzeitig, wie jämmerlich seine Erinnerungen scheinen mußten, ja wie armselig sie sein mußten, wenn er auf irgendeinen Ort aus keinem besseren Grund mit solcher Nostalgie zurückblicken konnte, als daß er dort einmal, betrunken und pleite, jemandes Hut als Sicherheit hinterlegt hatte, überdies den Hut eines Widersachers: «Ja, ich weiß. Gleich als wir ankamen, bin ich hingegangen, um zu sehen, was daraus geworden ist. Man hat es nicht abgerissen, sondern es ist jetzt eben nur eine andere Cantina, das ist alles. Aber es ist nicht mehr dasselbe wie früher. Ich war auch im Petate, wo du mal freundlicherweise ein paar meiner Gedichte gerettet hast. Die, die ich auf die Speisekarte geschrieben hatte.»

Stanford kicherte in wohliger Erinnerung; dabei war das Petate die schlechthin einsamste Heimat ihrer beider Tragödien gewesen; als sie im Tarleton wohnten, hatten sie dort nächtelang gesoffen. «Ja, das Petate, mein Gott, das Petate.»

«Und falls du dir übrigens wegen der Rechnung im Tarleton Gedanken gemacht haben solltest: die habe ich voll bezahlt, ehe ich Mexiko verließ», sagte Sigbjørn. «1938, meine ich. Deine Rechnung habe ich auch bezahlt. Der Direktor hat mir ein paar von deinen Hemden gegeben, weiße, wie Arrow-Hemden.»

«Was!» sagte Stanford und wurde rot. «Aber das ist komisch, ich habe sie auch bezahlt, um Gottes willen.»

«Schön», sagte Sigbjørn. «Nun, das sieht Mexiko mal wieder ähnlich.»

«Er ist tot.» Schweigen. Dann –

«Nun, bei Gott, jedenfalls schön, dich zu sehen ...» fing Stanford herzlich wieder an. «Und was ist mit all diesen Gedichten, die du damals geschrieben hast?»

«Eine ganze Menge davon habe ich in Mexiko verloren, ehe ich dich kennenlernte, falls das einen Sinn ergibt ... Aber ich hoffe, daß wenigstens ein paar davon erscheinen werden.»

«Nun, wir wohnen in Mexico City, im Gillow. Wir müssen uns mal treffen und in einigen von den alten Kneipen ein paar Tequilas auf die alten Zeiten trinken.»

«Ja, fein. Wenn noch welche übrig sind.» Sigbjørn drückte sich jetzt davor, ihm seine Adresse anzugeben, sondern erwähnte nur Eddie Kent, über den sie Kontakt aufnehmen könnten.

«Übrigens –» fing Stanford lachend wieder an, verbeugte sich und rieb sich die Hände – «in Acapulco sind wir noch immer *Persönlichkeiten*.»

Sigbjørn schwieg, denn dies war ein dramatischer Augenblick. «Man erinnert sich also noch an uns?» sagte er schließlich; er wagte kaum zu fragen, wo in Acapulco, und bei dem Wort ‹Persönlichkeiten› war er innerlich zusammengezuckt. Warum mußte er ‹Persönlichkeiten› sagen? Hier in Oaxaca war es gewesen, daß der Deutsche zu ihm gesagt hatte: «Aber jetzt werden sie wie eine Ihrer Personen.»

Sigbjørn wünschte Stanford alles Gute und entfernte sich hastig; er wollte zu Primrose zurück. Immerhin hatte er Sigbjørn davor bewahrt, *‹In Ballast›* zu verlieren, auch wenn er es nur einem noch schlimmeren Schicksal in Kanada vorbehalten hatte; *‹In Ballast›*, das Buch über Erikson, Erikson, der am 7. Dezember gestorben war: seine Gedanken kreisten in einem gewaltigen Strudel, in dem Killerwale herumzuschlagen und zu springen schienen; außerdem war Stanford (Stanford – Hugh) nur knapp dem Schicksal entronnen, selbst eine Figur in *‹Das Tal›* zu werden. Man konnte sich unmöglich des Eindrucks erwehren, daß all dies von ungeheurer Bedeutung sei, ja, unser aller Leben von Bedeutung sei: wie einfach sich gräßliche und dürftige, destruktive und sogar selbstmörderische Erinnerungen dadurch verklären ließen, daß man sie mit jemandem teilte. Und doch ging er nicht ohne ein gewisses Gefühl von, sozusagen, Glauben an die Menschheit in ihr Zimmer zurück: immerhin hatte Stanford sich nobel benommen: er wußte, daß er geheuchelt hatte, und gleichwohl hatte ihn dies nicht daran gehindert, schließlich doch noch an seine Tür zu klopfen – und wenn auch nur, um seine Neugierde zu stillen; das war doch immerhin noch etwas.

Besonders merkwürdig war aber an alldem, daß es Sigbjørn wieder darin bestärkte, nach Fernando zu suchen, und er wieder guter Dinge war. Nach dem Frühstück, wieder Ham & Eggs, bat Primrose den ziemlich weibischen Direktor (die meisten Oaxaceñaner wirkten ein bißchen weibisch oder als seien sie so geworden; nicht selten sah man sie beim Friseur sich ungeniert das Haar in Dauerwellen legen lassen, und nicht wenige von ihnen – Sigbjørn dachte an Coco – trugen stets einen Taschenspiegel bei sich; Juan Fernando war freilich eine Ausnahme gewesen, selbst als Zapoteke eine Ausnahme), genau zu ermitteln, wo sich die neue Banco Ejidal befände; er telefonierte, bekam die Information, und sagte: «Juárez y Calle Humboldt.»

«y –» fragte Sigbjørn, einen Moment lang verwirrt.

«Calle Humboldt.»

Sigbjørn und Primrose sahen sich an: nicht nur, daß sie in ihrem Turm in Cuernavaca in der Calle Humboldt wohnten und daß Sigbjørn vor acht Jahren in Cuernavaca ebenfalls in der Calle Humboldt gewohnt hatte, sondern die Calle Humboldt war ja auch die Calle Nicaragua in seinem Buch! Folglich hatte er in den letzten Jahren oft an diesen Namen gedacht; Juárez allein war an sich von geringer Bedeutung, aber Juárez y Calle Humboldt – so wie man Sixth und Main sagte – bedeutete in diesem Fall die Stelle, wo die Avenida Juárez die Calle Humboldt kreuzte, und dies schien ihm von merkwürdiger Vorbedeutung: und obwohl Sigbjørns Roman fast gleichermaßen von Oaxaca und Cuernavaca handelte, hatte er von der Existenz einer Calle Humboldt nur in der letzteren Stadt etwas gewußt. «Aber, señor, wir wohnen in der Calle Humboldt, in Cuernavaca», sagte Primrose.

«Das bringt Glück», sagte der Direktor.

Sigbjørn glaubte, daß es vielleicht Glück bringen würde. Nach dem Gespräch mit Stanford hatte sich ein starkes Gefühl von Wohlbefinden in ihm entwickelt. Er erkannte die Sentimentalität seines Gefühls, es war ein wiedererwachter Glaube an die Menschheit – obwohl Sigbjørn auch noch immer etwas aufgebracht darüber war, daß Fernando ihm nicht geschrieben hatte, so großzügig er auch das Ganze sofort betrachtet hatte –, der dieses Glücksgefühl hervorgerufen hatte. Auf jeden Fall aber spürte er mit Gewißheit, daß er mit der Vergangenheit ins reine gekommen war: wenn man Stanford glauben konnte, hatten sie beide dieselbe Rechnung bezahlt und überdies bei jemandem, der jetzt tot war: auch die Vergangenheit war jetzt tot, konnte er sich sagen; oder falls sie nicht tot war, war er ihr zumindest von Angesicht zu Angesicht entgegengetreten, und dies in einer ihrer schlimmsten Gestalten, und er hatte es gar nicht einmal so schlimm gefunden.

Und so machten sie sich glücklich und hoffnungsfroh auf den Weg, um Fernando und Humboldt y Juárez zu finden. Wieder erkannte Sigbjørn, wie sehr er sich davor gefürchtet hatte, ihn zu suchen, nachdem er zum erstenmal verstohlen zu der geschlossenen Bank hingesehen hatte. Nachdem sie sich an der Kathedrale orientiert hatten, kamen sie am alten El Bosque vorbei, das nun allem Anschein nach in irgendeine harmlose Lonchería umgewandelt war. Gott, wenn sie es nur gewußt hätten, diese Passanten! El Bosque – manch glückliche Stunde hatte er hier mit Fernando verbracht; tatsächlich war dies in einem anderen Sinn das Urbild des Farolito, aber er war ihm nie so zugeneigt gewesen, da er mit dem Inhaber Streit gehabt hatte, während er im Farolito, einem Höllenloch sondergleichen, dank Fernando nie ein unfreundliches Wort zu hören bekommen hatte. Wenn er zu betrunken war, legte man ihn einfach in eins der Betten am Patio und berechnete ihm hinterher fünfzig Cent dafür. El Bosque war ein Höllenloch anderer Art: dort hatte in jener Nacht – «Denk daran», sagte Juan Fernando, «du bist unter Freunden» – diese unbeschreiblich entsetzliche Szene stattgefunden, als sich zehn von Mescal betrunkene Leute in einen blutigen Kampf verbissen hatten. Mucho escandalo, wie Coco gesagt hatte, seufzend und in seinen Taschenspiegel blickend. Am nächsten Morgen hatte sich Fernando im El Bosque in Cocos Schwester verliebt und hatte eine furchtbare Angst vor Cocos Messer in seiner Kehle. Sigbjørn lächelte, ja er schnurrte geradezu vor Vergnügen über diese Erinnerung. Er verfaßte ihr zu Ehren sogar ein kleines Gedicht, oder eher den Schluß davon – *ist zu, zugleich für immer in ihre Schranken verwiesen sind so viele reuevolle Gedanken.* Sie kamen an einem Büro der Compañía de Aviación vorbei, an einem weiteren kleinen Garten mit dem Schild *Le gusta este jardín,* an einem großen, braunen, mit Bändern und Vorhängen geschmückten, geschlossenen Bus, der zum Isthmus, nach Tehuantepec fuhr; und dies rief jetzt Fernandos «Wir werden nach Tehuantepec runterfahren» wach und ihren Plan, den Primrose und Sigbjørn quasi beschlossen hatten, daß sie, wenn sie ihn in der Stadt Oaxaca finden sollten, den Vorschlag machen würden, zu dritt dorthin zu fahren.

Während dieser ganzen Zeit waren die beiden Freunde und Liebenden, Mann und Frau, Sigbjørn und Primrose Wilderness fröhlich eine Hauptstraße entlanggegangen, die Sigbjørn entweder für die Avenida Hidalgo oder Matamoros hielt. Schließlich kamen sie zur Avenida Juárez und bogen ein. Es war eine von Oaxacas kaputten und mulmigen Straßen, die sich endlos hinzog, ohne die Calle Humboldt zu kreuzen. Sigbjørn ging in einen Eckladen und kaufte Zigaretten: «¿Qué marque?» – «Alas» erwiderte er fast automatisch in seiner Stimme aus der Vergangenheit – denn das war seine und des Konsuls Zigarettenmarke; die Wildernesses rauchten gewöhnlich Bohemios –; er fragte nach dem Weg zur Calle Humboldt: immer geradeaus, lautete die Antwort, und er erfuhr, daß die Avenida Juárez an dieser Stelle eine Straße namens Calle de los Muertos kreuzte.

Ein kleines Stück hinter dieser Straße der Toten, eine in Wirklichkeit recht nette, heitere kleine Straße, kamen sie im Sonnenschein zu einem wunderschönen, mit hohen Bäumen bestandenen Platz, den Sigbjørn vage wiedererkannte, das heißt, eher erweiterte sich die Avenida Juárez hier zu einer wirklich breiten Allee, die an der linken Seite dieses Platzes vorbeilief, unter dessen Bäumen zur Rechten ein Pavillon und in der Mitte eine Art Bärenkäfig stand, so etwas wie ein Zoo. Und wieder etwas weiter sahen sie ein blaues Schild: *Calle de Humboldt,* und gleich dahinter die Banco Ejidal.

Wahrhaftig eine viel bessere Lage. Das von Bäumen überhangene Gebäude machte einen viktorianischen Eindruck. Oder eher, in gewisser Weise, einen amerikanischen. Es glich einem alten Stadthaus, errichtet am schattigen Rand von Parker's Place in Cambridge, und obwohl es nicht von Efeu überwuchert war, kam ihm dies in seiner Erinnerung immer so vor. Eine steinerne Treppe führte von der Straße zum Eingang, wie bei einem ruhigen, «nicht konzessionierten» Hotel, und draußen auf dem Geländer saß wartend ein Peon. Sie stiegen die Treppe hoch, an diesem Peon vorbei, gingen ins dunkle, kühle Innere und wandten sich an einen Mann, der rechts an einem Schreibtisch saß.

Der Mann war am Schreiben gewesen; nun stand er höflich auf, lauschte Sigbjørns steifer Erkundigung, ob ein gewisser Juan Fernando Martinez noch hier arbeite, erklärte, daß er erst ein Jahr bei der Bank beschäftigt sei, und sagte dann lachend: «No sé. Posiblemente la señorita –» er winkte sie zu einem hübschen, dunkelhaarigen Mädchen, das maschineschreibend an einem kleinen Tisch an der Wand saß, neben dem großen Schreibtisch, vermutlich dem des Direktors, der unter den riesigen Fenstern stand, die auf den Weg, den die Wildernesses gekommen waren, hinausgingen.

Sigbjørn war sich nicht sicher, ob er das Mädchen wiedererkannte; da er aber augenscheinlich nicht imstande war, ihr Fernandos Namen in seiner Aussprache verständlich zu machen, nahm er ihr gegenüber Platz und schrieb mit einem Bleistift auf ein Stück gelbes Papier, das das Mädchen vor ihn legte:

Juan Fernando Martinez

Darauf begannen die Augen des Mädchen zu strahlen. «Ah, Juan Fernando Martinez!» sagte sie. «El Zapotecano ... Ah, mucho tiempo.»

«Sí», sagte Sigbjørn aufgeregt, «El Zapotecano.»

«Sí, le conocí bien.» Natürlich kannte sie ihn. Sie kannte ihn gut.

«Geht's ihm gut, arbeitet er noch für Sie?» Sigbjørn und Primrose fielen sich vor Freude fast in die Arme.

«En Villahermosa», sagte das Mädchen.

Sigbjørn und Primrose sahen sich an. «Dónde está Villahermosa?» fragte Sigbjørn.

«En Tabasco.»

«Dann fahren wir nach Villahermosa.» – «Wie kommt man nach Villahermosa?» sagten Sigbjørn und Primrose gespannt und fast gleichzeitig, indes die Enttäuschung darüber, daß er nicht in der Stadt Oaxaca selbst war, triumphal im Dämmern der Erkenntnis unterging, daß Fernando immerhin in Villahermosa war: und Villahermosa konnte jedenfalls nicht so weit entfernt von Oaxaca liegen, wie Cuicitlán ihnen einmal von Kanada entfernt zu sein schien.

«Also arbeitet er immer noch für Ihre Bank, nur in Tabasco, ja?» wiederholte Sigbjørn.

Das Mädchen schüttelte den Kopf. «Nein, Don Fernando ist – wie sagt man – murió.»

«Sí. Comprendo. Er ist umgezogen. Wir verstehen. Aber schreiben Sie uns bitte seine Adresse auf, por favor», sagte Sigbjørn; sie nahm von Sigbjørn das Stück Papier entgegen und begann etwas unter sein *Juan Fernando Martinez* zu schreiben.

«Kannten Sie seine Eltern?» fragte das Mädchen plötzlich und blickte auf.

«Ich? Nein, ich glaube, sie lebten in Sonora», entwortete Sigbjørn.

Eben als Sigbjørn das Papier von dem Mädchen in Empfang nahm und sagte «Er ist also 1939 nach Villahermosa umgezogen. Aber ich habe ihm nach Independencia fünfundzwanzig geschrieben, als Ihre Bank sich noch dort befand, aber meine Briefe wurden nicht weitergeleitet. Wie kommt das? Sie wurden immer zurückgeschickt, mit einer – mit – mit einer Unterschrift darauf –», kam der Bankdirektor herein, kam mit einer Flut von Erinnerungen an diese Sonntagmorgen herein, denn es war der Mann mit dem Backenbart; Sigbjørn hatte ihn sofort erkannt, war aber zu vertieft in die nochmalige Lektüre dessen, was das Mädchen ihm in ihrer schrägen, schwer zu lesenden Handschrift auf das gelbe Papier geschrieben hatte, daß er weder seinen Satz zu Ende bringen noch ihn begrüßen konnte.

Juan Fernando Martinez – murió en 1939 en Villahermosa, Tabasco.

«Nein, was? Du meinst, nicht in Tabasco?» sagte Primrose, die über seine Schulter mitlas.

«Er ist umgezogen, aber wann?»

«1939», sagte Primrose.

Das Mädchen schüttelte den Kopf. Tränen stiegen ihr in die Augen.

«Murió. Muerte!» schrie Sigbjørn plötzlich beinahe. «Sie meinen, er ist tot!»

«Er ist gestorben.»

«Sie meinen, Fernando ist *tot*?» rief Sigbjørn. «Oh, mein Gott, nein!»

«–»

«Was ist passiert?» hörte Sigbjørn sich schließlich fragen.

«Ah, er war enfermo», sagte das Mädchen weinend. «Und –»

Sigbjørn traten Tränen in die Augen, und nach einem weiteren, wie von rasselnden Säbeln erfüllten Schweigen platzte Sigbjørn heraus: «Wann? Warum? In welchem Monat?» Und: «Wie ist das passiert?»

«In welchem Monat war das?» wandte sich das Mädchen an den Direktor.

Der Direktor saß nicht an seinem Schreibtisch. Er schien seit den alten Tagen der Säbelstunden nicht älter geworden zu sein. Er war ein strammer, stattlicher Mann von etwa fünfzig, mit brauner Haut, grauem Haar und einem gewachsten grauen Lenkstangen-Schnäuzer. Auch er blickte Sigbjørn aus kummervollen Augen an und antwortete dann nach einem Zögern dem Mädchen:

«Diciembre.»

«Sí, señor. Diciembre.»

Primrose nahm Sigbjørns Hand: Dezember war auch der Monat, in dem sie geheiratet hatten. Es war auch der Monat, in dem er, 1937, Fernando kennengelernt hatte; und der Monat, in dem Erikson gestorben war. Und was hätte trostloser sein können als das Zögern des Direktors? Denn für sie, in ihren Herzen und

Gedanken, war Fernando hier noch so sehr lebendig, während er für jemand, der ihn noch besser gekannt hatte als Sigbjørn, schon so lange tot war, daß er sich nicht einmal mehr daran erinnern konnte, wann er gestorben war. Fernando war seit sechs Jahren tot, war tatsächlich schon tot, als Sigbjørn ihm seinen ersten Brief geschrieben hatte. Außerdem war Fernando im Lauf der Jahre, seit seinem Tod, auf geheimnisvolle Weise gewachsen, und Sigbjørn hatte ihn besser kennengelernt.

«Und damals hat er für Ihre Bank in Villahermosa gearbeitet?» sagte Sigbjørn.

Der Direktor nickte und strich sich seinen grauen Schnurrbart: «Ich erinnere mich gut an Sie. Un buen amigo. Sie waren ein guter Freund von Fernando.»

Auch Sigbjørn erinnerte sich gut an ihn, an das sonntägliche Fechten, an den Tag, an dem sie in Etla den versteinerten Kopf fanden, und Fernando verehrte ihn: «Ich habe meine Arbeit bei meinem Boss gekündigt, aber er will das nicht annehmen.» Er war es auch, der Fernando in die Philosophie von La Vida Impersonal eingeführt hatte, die des «Laß das Grübeln», in der jeder Mensch sein eigener Garten Eden war. Persönliche Verantwortung ist vollkommen, wenn auch das Leben völlig innerlich ist.

«Ich kannte ihn nicht sehr lange. Aber ich habe ihn immer als meinen besten Freund angesehen. Meine Frau – dies ist meine Frau – und ich – wir beide leben in Kanada – kamen hierher nach Oaxaca, um ihn zu besuchen. Aber – aber ich kann es nicht glauben. War es paludismo?» Und Sigbjørn dachte an Cuicitlán, wo es nicht nur massenhaft Malaria gegeben hatte, sondern auch Tuberkulose und sogar Cholera: Fernando hatte ihm in der Bank ein Bett machen müssen.

«No ... no paludismo.» Und der Direktor vollführte eine Geste, die genau derjenigen glich, die Sigbjørn Dr. Vigil beigelegt hatte: er formte mit dem rechten Zeigefinger und dem Daumen eine Art Tasse und ruckte mehrmals rasch mit seiner Hand die Tasse an seinen Mund, als wolle er hiermit schnelles und ständiges Trinken vorstellen. «Mescal», sagte er, «Muchas copas – er werden loco. Mescal y mescal und so –»

«Aber – Mescal konnte Fernando doch nicht umbringen», sagte Sigbjørn. «Das muß ich doch wissen!»

«Loco. Verrückt. Er hat viel Mescal getrunken ...» Der Direktor tippte sich an die Stirn. «Muchas copas ... y ...» Der Direktor kniff plötzlich das rechte Auge zu, hob dazu seine rechte Augenbraue, und fast unmerklich machte gleichzeitig sein gekrümmter rechter Zeigefinger, dem sich der Daumen entgegenkrümmte, Bewegungen, als visiere er mit seinem linken Zeigefinger und Daumen als Pistole durch diese Öffnung, und drückte zweimal ab, wenn auch das Ganze kaum eine halbe Sekunde dauerte. «Un hombre le mató.»

«Allmächtiger Gott!» Sigbjørn sprang auf. «Ein Mann – wollen Sie damit sagen, daß Fernando ermordet wurde?» fragte er.

«Ein Mann hat ihn getöttet.»

Dieses ‹getöttet›, in Fernandos Akzent, der manchen Oaxaceñanern eigentümlich war, löste es aus. Es war, als sei Sigbjørn in den letzten Minuten in Trance und mit offenem Mund umhergelaufen, um sich von etwas in der Ferne zu vergewissern, das seine Augen nicht glauben konnten, etwas Unvorstellbares, wie dieser Bauer aus Calgary, der zu seinem Bruder gekrochen kam, der, als er von hinten die vier Pferde vor der Egge lenkte, von einem Blitzstrahl getroffen worden war; sein Bruder saß tot im Sattel, die Pferde lagen paarweise links und rechts, dazwischen hatte der Blitz einen Streifen gezogen; seine Kleider lagen über die sommerliche Prärie verstreut, seine Mütze war wie von einer Schere in zwei Teile geschnitten. Gleichzeitig schien Sigbjørn Fernandos sanfte, traurige, amüsierte Stimme sagen zu hören: «Laß das Grübeln, alter Tragödienmacher. Machst du noch mehr Tragödien? ... Schreib mir, falls du dich nicht mit Trinken getöttet hast.»

«Er war un hombre noble», sagte Sigbjørn schließlich.

«Sí. Fue un buen muchacho.»

«Sí, un hombre muy noble y mas que simplemente simpatico y esta es una calidad la mas major.» Sigbjørn wußte nicht, was er sagte.

«Er war wie ein Sohn für mich, ein feiner Junge.» Der Direktor ließ den Kopf hängen und schwenkte seine Hände in einer Geste der Unwiderruflichkeit und Trauer.

Alle in der Bank weinten.

«Muchas gracias.»

«Buen muchas gracias.»

«Muchas gracias.»

«Adiós.»

«Er hat mir sein Pferd gegeben und ist selbst zu Fuß gegangen», murmelte Sigbjørn. «Er hat mir seine besten Kleider geschenkt. Er gab mir seine Freundschaft und Ratschläge, die ich für den Rest meines Lebens beherzigen werde. Und dann stirbt er so.»

Draußen auf dem Platz sahen Sigbjørn und Primrose leeren Blicks den zwei Bären zu, die sich in ihrem Käfig herumjagten: sie waren belanglos, diese Bären, ganz und gar ohne Wert. Sie gingen in den Eckladen und tranken einen Brandy; dann gingen sie weiter die Calle de los Muertos hinunter. Immer weiter zogen sie durch den heißen blauen oaxaceñanischen Mittag. Sigbjørn spürte, daß er ein so vollkommen untröstliches Elend ausstrahlte, daß ein vorbeikommender Priester in schwarzem Zivil, dessen Hand gerade von einem einarmigen Desperado in schwarzer Windjacke und hohen Lederstiefeln geküßt worden war, sich bekreuzigte, gleichwohl aber, als sie an ihm vorbeigingen, nicht versäumte, «Adiós» zu sagen.

Obwohl es draußen grellster Mittag war und heiß wie im Höllenofen, war es in der kleinen Kirche kühl und dunkel. Sie knieten nieder und beteten; Sigbjørn bekam Krämpfe in den Oberschenkeln, aber er betete weiter. Er betete, die Jungfrau Maria möge sein demütiges Gebet erhören, und es möge Fernando auf irgendeine dunkle Weise Nutzen bringen, in welcher Nische der nächsten Welt er auch immer sein mochte. Tränen liefen ihm über die Wangen. Dann, während Primrose noch betete, blickte er auf und sah sich in der düsteren dunklen Kirche um. Zwischen ihm und Fernando war immer etwas gewesen, was Sigbjørn nicht benennen konnte. Nun kam ihm der Gedanke, daß dies genau diese schattige Gegenwart hier gewesen sein könnte – aber mit welcher Freude hätte er ihn jetzt begrüßt!

Im vorderen Teil der Kirche kniete vor einem finsteren, geneigten, blutenden Christus ein Mann mit hocherhobenen Armen in unablässigem Gebet wie ein herrenloser Pflug. Vor einem Altar zur Rechten kniete eine Frau mit ausgestreckten Händen auf dem Steinboden. Sie hatte ein kleines Kind bei sich, und neben ihr auf dem Boden stand eine Habaneroflasche. Als sie aufstanden, sah er in der Bank vor sich einen Betrunkenen liegen, der dort zusammengekauert schlief; und ja, auch auf seinem Gesicht lag ein Ausdruck von unendlichem Elend und Frieden. Sein Sombrero war auf den Boden gefallen, und Sigbjørn hob ihn für ihn auf. Wie oft und auf die gleiche Weise hatte Sigbjørn nicht selbst in dieser Stadt Zuflucht gesucht! Im Dämmerlicht des Eingangs blieben sie noch einmal vor der Heiligen für Verzweifelte und Gefährliche Anlässe stehen. Denn noch gefährlicher und verzweifelter als die gefährlichsten und verzweifeltsten dieser Welt mochten die der nächsten sein.

Doch diesmal schloß Sigbjørn kindlich nicht nur Fernando, sich selbst und Primrose in sein Gebet mit ein, sondern auch den im Gebet verharrenden Mann, dessen Hände noch immer in der Luft schwebten, die Frau mit dem Kind und der Habaneroflasche, und den Bankdirektor und sogar die Welt. Und dann, fast wie ein nachträglicher Einfall, schloß er auch noch John Stanford mit ein.

12

Murió in Villahermosa. Der schönen Stadt ...

Wo hatte man Fernando begraben? Sigbjørn überkam eine Sehnsucht, sein Grab zu sehen, dort ein Gebet zu sprechen. In Cuernavaca hatten sie einmal auf dem Rückweg vom Wasserfall beschlossen, den Friedhof zu besuchen. Ein Teil war überaus pompös und voller blauer und andersfarbiger Monumente und hoher Bäume und Blumen; gleich angrenzend ein erbärmlicher Teil, heiß und staubig, nur armselige Holzkreuze ... Auf dem vornehmen Friedhof faszinierte Primrose eine Art Gruft, die mit glänzenden blau-weißen Badezimmerkacheln eingekleidet und groß wie ein Zimmer war, mit durchbrochenen Wänden und gekachelter Decke; an der Hinterwand befand sich eine Nische mit Glasfront und Vorhängeschloß, in der ein großes Foto eines Mannes aufgestellt war. Darunter stand: *Recuerdo a mi Querido* und die übliche Blumenvase.

Aber Sigbjørn entdeckte das tollste: ein Bauwerk, so groß wie ein kleines Haus, aber an den Seiten offen, mit einem Glasdach wie ein Gewächshaus, das mit abblätternder grüner Farbe gestrichen war. Aber die Konstruktion selbst bestand aus Millionen winzigkleiner Spiegel in sämtlichen geometrischen Formen, die zu komplizierten Mosaikmustern zusammengesetzt waren, Balustrade, Säulen, Schrägflächen erinnerten an einen grünen Tempel, dazu eine riesige Blumenschale voller blühender Pflanzen, und in der Mitte des Gebäudes eine Gruft, die ebenfalls mit Spiegeln verkleidet war. Das ganze große Ding glitzerte und blitzte in der Sonne und sah aus wie eine MGM-Szenerie für die Ziegfeld-Revue. Es war pedantischst gepflegt: jemand hatte sogar das Beet im Hintergrund gegossen; aber an einer Seite lagen eine leere Tequilaflasche, alte Lumpen, Blechdosen und ein kaputter Korb – Sigbjørn erinnerte sich, daß das letzte, was er von Fernando gesehen hatte, war, wie er ihm auf dem Bahnsteig von Parián mit einer Tequilaflasche nachgewinkt hatte. Ach, arme Menschheit. Die blaugestrichenen Stuckdenkmäler – der Mann, der neben einem Grab schlief – das alte Gebäude auf dem Friedhof, das aussah wie eine Haupttribüne – draußen das Schild: «Fahrradfahren auf dem Friedhof nicht gestattet». War Fernando an einem solchen Ort begraben?

Die gigantische Tragödie des Lebens läuft viel zu schnell ab für die, die sich bloß auf irgendein Grab setzen und sie zwischen den Szenen zu interpretieren versuchen müssen, besonders wenn sie selbst Schauspieler sind: Villahermosa! Sigbjørn dachte an die Einsamkeit dieses Todes. Un hombre le mató. Vielleicht wehte ein kalter Wind in Villahermosa, als Fernando mit seinem stark ausholenden, raschen, unsicheren Schritt – seine Westernjacke offen mit flatternden Fransen – zu dieser letzten Cantina unterwegs war durch den heftigen dunklen Nachtwind – wobei er vielleicht über die nächtlichen Plätze mit ihren schwankenden flackernden Lichtern kam, mit ihrer vom Wind aus den Lautsprechern hergewehten heiseren Musik, ihren Popcorn-Wagen mit den komischen Namen und den leeren Karussellen, die vielleicht an diesem Morgen frisch gestrichen worden waren, unter den dunklen schwankenden Bäumen; die Lichter erloschen eins nach dem anderen, und dann glühte an irgendeiner neuen Straße ein einziges rotes Licht, und dahinter das strahlende Licht jener letzten verhängnisvollen Cantina, an der zwei Männer ihre mit Milchkannen beladenen Esel vorbeitrieben, und Fernando ging im Takt zu dieser traurigen Musik durch die Dunkelheit, die für Säufer geschaffen war ...

Vor dem Mittagessen machten sie sich noch, müde wie sie waren, auf den Weg zur Santuaria de la Soledad. Sie kamen an der geschlossenen und dunkelgrünen Ejidal vorbei. Sie kamen an Cervantes' Farmacia de la Soledad vorbei. Sie betraten die Kirche der Soledad. Eine Messe war im Gange. Der Priester intonierte: und alle sprachen: «Santa Maria, madre de Dios, ruega por nosotros pecadores, ahora y en la hora de nuestra muerte, amen. Santa Maria, madre de Dios, ruega por ...» Bete für uns Sünder, jetzt und in der Stunde unseres Todes. Die Kerzen wurden eine an der anderen entzündet, manche Kerzen wurden auch weggeworfen: nichts schien trauriger als eine dieser weggeworfenen Kerzen, und Sigbjørn war froh, daß sie für Fernando eine stattliche gekauft hatten; sie entzündeten eine große Kerze und beteten für ihn. «Eine Kerze ist eine Treueerklärung», sagte Primrose leise, «damit sagt man: ‹Mein Lieber, ich habe dich nicht vergessen.› Und wie das Kreuz ist sie ein Symbol für die Hinnahme des Leidens, aber auch für die Auferstehung ...»

Primrose und Sigbjørn verließen langsam die Soledad, ließen die brennende Kerze hinter sich, gingen die Stufen hinunter auf die Independencia, an der Farmacia de la Soledad vorbei und auf die alte Ejidal zu: obwohl die eine geschlossen und die andere von einer Cantina zu einer Apotheke gemacht worden war, verblüffte Sigbjørn die Tatsache, daß die relative Entfernung zwischen den beiden sich nicht verändert hatte.

Aber die alte Banco Ejidal Hausnummer 25 war nicht geschlossen. Die hohen grünen Türen standen offen, sie waren weit aufgestoßen worden. Die Banco Ejidal war keine Bank mehr – sie war aber auch kein Haus mehr. In dem Teil, in dem sich einmal die Bank befunden hatte, lebte offensichtlich niemand, denn hier waren die Fenster mit Brettern vernagelt. Aber ein Blick sagte Sigbjørn, daß die hohen hinteren Räume, in denen Fernando gelebt und sie gefochten hatten, und die Hütte auf der anderen Seite des Hofs, in der die Indios gewohnt hatten, die Fernando immer einen Teller Bohnen brachten, die sie dauernd kochten, und von denen er gesagt hatte «Ich arbeite gern ihnen mit», abgerissen waren. Das ganze Anwesen stand in prächtiger Blüte, es war über seine gesamte Länge und Breite mit Blüten und einem Gewirr von Rosen überladen. Independencia Nummer 25 war ein Garten geworden. «Denk an Parzival», sagte Sigbjørn zu sich.

Am nächsten Morgen. Ein wilder, kalter Wind blies ihnen den Staub der Ruinenstadt Mitla ins Gesicht. Sie blieben einen Moment stehen und wandten dem Staub und der kaputten, pfeifenden, von Orgelkaktus gesäumten Straße, über die sie gekommen waren, den Rücken zu. Der Mann, der ihnen gefolgt, dann vorausgegangen war zu den Ruinen, wiederholte: «Gehen wir, Miistärr.» Zapotekanerinnen näherten sich, um ihnen bleifarbene Pfeifen, gefälschte Götzen und kitschige Stickereien zu verkaufen. Aber Mitla selbst war eine eindrucksvolle Ruine, die von der außerordentlichen Intelligenz und Kultur der Zapoteken und der Raubgier der Spanier Zeugnis ablegte.

Ruinenstadt oder nicht, es war schwer zu verstehen, wieso und zu welchem Zweck auch immer hier jemand eine Stadt erbaut haben sollte, es sei denn, um hier, vielleicht, zu trauern. Und genau dafür, zum Trauern, war sie erbaut worden. Der Führer sagte, im Aztekischen bedeute Mitla ‹trauriger Ort›, ‹klagende Landschaft› oder ‹Inferno›. Niemals hat man hier einen Vogel singen hören, und bis auf den stetigen schneidenden, heulenden, staubigen Wind herrschte hier eine Atmosphäre von Trauer und Stille. Die Zapoteken nannten den Ort *lyoba* oder Grab, *lyovaana* oder Ort der Ruhe. Er wurde nicht als Tempel benutzt. Er war als verschwenderischer Wohnsitz für die wichtigste Persönlichkeit des zapotekischen Königreichs erbaut worden, den Hohepriester. Er war über den Gräbern der Zapotekenkönige errichtet worden, wurde aber dann fernerhin als kunstvoller Begräbnisplatz für die Herrscher und großen Adligen genutzt. Wenn eine hochgestellte Persönlichkeit ein Familienmitglied oder einen guten Freund verloren hatte, kam sie zu diesem glänzenden Palast von Mitla, um zu trauern und nachzusinnen.

Die unvorstellbare und doch erhabene Einsamkeit des Ganzen – wahrlich ein Bild des Todes – erinnerte Sigbjørn, vielleicht zum erstenmal seit dem Feuer, an die noch größere Erhabenheit, am Leben zu sein.

Die Sonne schien hell, und der Wind zog scheinbar aus den Orgelkakteen klagende Töne. Es lag etwas wie Renaissance, aber auch etwas Teutonisches in der Luft – etwas Heroisches, das Gefühl des Heroischen.

Als sie durch die Ruinen gingen, an den Mosaiken vorbei, die nach Aldous Huxleys Vorstellung das Tweedmuster beeinflußt hatten, und zu denen die Wildernesses etwa soviel Beziehung hatten wie ein Paar Hottentotten, die bei Salisbury Stonehenge «abklapperten», hatte Sigbjørn das Gefühl, als ob er Fernandos Geist, den er zugleich betrauerte, befrage, einen Extrakt von ihm befrage, als schwebe dieser, gleichfalls trauernd, mit ihnen hier umher, reagiere aber freudig auf die Tatsache, daß sie da waren.

Mitla war ein Ort, in dessen Usher-mäßiger, öder Trostlosigkeit, mit der kalten, windigen kleinen Kirche, die auch auf Ruinen stand, man sich die Starre der Toten vorstellen konnte: und doch hatte er auch etwas Romantisches, etwas von Keats' «La Belle Dame Sans Merci» an sich.

Sie wanderten in der grellen Sonne, dem heulenden Wind und dem vogellosen staubigen Blau umher und betrachteten konische Hügel, verstümmelte Steinpyramiden, die archetypischen Golfbäumen glichen, gigantische geborstene Säulen, die wie riesige Hühner-Croquetten in Stein aussahen, Mauern mit immer den gleichen Zeichnungen, Mauern aus Steinen, die ohne jedes Bindemittel zusammengefügt waren, Reste bemalter Mauern, unerklärliche zierliche Filigranarbeiten, die den Eindruck machten, als seien sie das Ergebnis der Zusammenarbeit eines Meisterschriftstellers mit einem Bildhauer, das Ganze so unergründlich, so geheimnisvoll wie Gott selbst.

«Die Bücherei» mit Bildern – konnte es eine Bücherei gewesen sein? – aus roten und weißen Ziegeln; der Priester mit dem Tierkopf und einer gekräuselten Stulpe um eine Hand – dazu eine anubishafte Hieroglyphe – das Reich der Toten: Sigbjørn überlegte, was für ein wahrhaft schrecklicher Ort für einen Kater das hier wäre, worauf es ihn nach einem Drink verlangte: er wollte mit Mescal auf Fernandos Gesundheit trinken.

Sie gingen unter Pfeilern, deren Sinn längst vergessen war, zwischen Säulen mit abgerundeten Spitzen, die nie ein Dach getragen haben konnten, überall in den Ruinen verstreut lagen, und die an diesem gespenstisch lärmenden Ort für unsere Zeit unerträgliche Assoziationen weckten.

Sie streiften um die zerfallenen Mauern und gesellten sich wieder zu ihrem zapotekischen Führer; er hatte Charme, mit Gesten wie ein Tänzer. Er führte sie aus der Sonne in die dunklen, kreuzförmigen, nach Norden, Süden, Osten und Westen ausgerichteten Gräber, wozu sein ständiger Refrain lautete: «Haben die Spanier zerstört!»

Aber wenn diese Ruinen einer großen Stadt – tatsächlich einer prähistorischen Stadt, denn niemand weiß genau, von wem sie erbaut wurde, oder welchem Gebrauch diese gewaltigen Bauwerke zugedacht waren, da es nicht einmal Legenden über die Erbauer gab, obwohl die Zeichnungen am ehesten noch griechischen Ursprungs zu sein schienen – wenn sie die Phantasie anregten, dann taten sie dies wohl kaum in normalem Sinne.

Sie kamen zu einem unterirdischen Gang, der zu einem weiteren kreuzförmigen Grab führte. In der Mitte der Stelle, wo sich die beiden Arme des Kreuzes trafen, war eine mächtige, etwa acht Fuß hohe Säule errichtet: Die Säule des Todes. Der Führer erklärte, eine Überlieferung besage, daß, wenn jemand die Säule des Todes umarme, die Zahl der Finger, die man in den freien Raum zwischen dessen Händen legen könne, die Zahl von Jahren angebe, die derjenige, der den Stein umarme, noch zu leben hätte. Er forderte sie auf, es auszuprobieren, auch Primrose wollte es versuchen, aber Sigbjørn wollte nichts davon wissen. Er war zu abergläubisch; glaubte aber auch, daß dies dem Willen etwas aufzwingen könnte, das zu der angegebenen Zeit dann den Tod eintreten lassen könnte. «Ich bin nicht abergläubisch», sagte Sigbjørn.

Auch wenn sie es nicht getan hatten: die Säule war immer noch da. Und wenn sie es getan hätten, hätte sich irgendeine Zahl von Fingern in den freien Raum legen lassen – vermutlich hätte der Führer seine Finger dorthin gelegt –, was also machte es schon aus? Galt das Orakel nur, wenn es befragt wurde?

Plötzlich kam Sigbjørn der Gedanke, daß sie vielleicht doch nicht ganz grundlos hier wären, daß dies sozusagen eine Landschaft sei, zu der sie in einer nur zu offensichtlichen Beziehung stünden: aber wenn einem dies Grund zur Verzweiflung gab, welcher Dünkel trieb dann den Menschen zu derart extremen Postulaten wie dem, das Ende unserer Zivilisation sei geradezu mit dem Ende der Welt gleichzusetzen, oder gar das «Ende der Welt» mit dem «Ende des Lebens»?

Es war absurd, all dies, wie man es tat, für den «Anfang» zu halten, denn es war prähistorisch, auch wenn die Mauern in einem Muster entworfen zu sein schienen, das eine ständige Wiederholung eines einfachen Grundmusters darstellte – ein Diaper-Muster. Sigbjørn versuchte etwas über die «Kindheit der Rasse» auszudenken.

Kreuzförmige Gräber. Kreuzförmige Gräber – Gott! – was hatte die seltsame Hartnäckigkeit dieses Symbols zu besagen? Was bedeutete das Kreuz wirklich? Sigbjørn merkte, daß er überhaupt nichts sah oder auf überhaupt nichts hörte. Er ging gerade in den Shaftsbury Avenue Pavilion am Charing Cross, um sich den ‹*Fall des Hauses Usher*› anzusehen.

Dann erkannte er, daß er nicht bloß, in einen Tagtraum zurückgezogen, in dieser unwirklichen Landschaft herumging, sondern auch, daß dieser Tagtraum gleichsam in einen weiteren Rückzug eingebaut war, nämlich durch das Kino, in dem er wiederum einem Schattenspiel auf der Leinwand zusah, nicht einmal damals eine originelle Sache, sondern, wie der Regisseur es formulierte, eine Übernahme von Themen Edgar Allan Poes. Wie verzweifelt Poes Erzählung auch sein mochte, dem Genie des Regisseurs war es gelungen, und zwar mit triumphalem ästhetischem Erfolg, ihr ein – wie es ein mexikanischer Regisseur nie getan haben würde – glückliches oder hoffnungsvolles Ende anzuhängen. Sigbjørn war so in seinen Tagtraum versunken gewesen, daß sein Erwachen daraus geradezu dem Erwachen aus einer Erleuchtung gleichkam, als habe er eine Botschaft empfangen, die ihm in diesen grotesken Formulierungen übermittelt wurde, weil es Formulierungen waren, die er am besten verstehen konnte. Was war das Thema des ‹*Hauses Usher*›? Es handelte – jedenfalls kam es ihm jetzt so vor – von der Entartung der Auferstehungsidee. Doch in dem Film, in dem die lebendig Begrabene Ushers Frau und nicht seine Schwester war, kam sie rechtzeitig zurück, gewissermaßen mit Hilfe des Arztes, um ihn zu erlösen: sie gingen ins Gewitter hinaus, aber in ein neues Leben.

War uns nicht wie dem Regisseur dieses Films die Vollmacht verliehen, wenigstens die scheinbare Katastrophe unseres Lebens in Triumph zu verwandeln? Plötzlich fiel ihm auf, daß er genau dies in Mexiko tat: war es nicht auch für ihn eine Art Rückzug ins Grab? War er der Regisseur dieses Films über sein Leben? War es Gott? War es der Teufel? Er wirkte als Schauspieler darin mit, aber wenn Gott die Regie führte, sollte ihn dies nicht daran hindern, Ihn ständig zu bitten, den Schluß zu ändern. Vielleicht nur, wenn er sich ständig seines höheren Ichs würdig erwies, wenn er also zu allen Zeiten seine Rolle so gut spielte, wie er überhaupt konnte – innerhalb seiner Grenzen –, vielleicht nur dann würde Gott ihn für würdig halten, ihn anzuhören, würdig, erlöst zu werden, was immer er mit ‹erlöst› meinte, und damit Primrose zu erlösen.

Diese seltsame und wirre Grübelei hatte keine der Fragen beantwortet, die er über das Kreuz gestellt hatte, das so vieldeutige Kreuz: aber jetzt schweiften seine Gedanken zärtlich zu Primrose, die so enttäuscht war, weil sie bis jetzt das Kreuz des Südens noch nicht zu sehen bekommen hatte.

Aber Eridanus hatten sie gesehen, ganz unten am Horizont: Strom des Lebens: Strom der Jugend: Strom des Todes: wie merkwürdig Eridanus sich über Mitla ausmachen würde. Dann fiel ihm die grausame Kritik ein: Sigbjørn Wilderness imitiert die Tricks von Joyce, Sterne, der Surrealisten, der Gedankenstrom-Experimentierer und gibt uns dazu Herz und Verstand von Sir Philip Gibbs. Nun ja, von ihm aus. Vielleicht hatte Sir Philip Gibbs, und wenn er noch so an Geister glaubte, das ‹*Haus Usher*› nicht gesehen, bestimmt hatte er es nicht für wert befunden, einen Jagdtag aufzugeben, um in den Shaftsbury Avenue Pavilion zu gehen und es sich anzusehen.

Sie kamen jetzt zu der kalten, trostlosen, windigen, zugigen weißen Kirche, der katholischen Kirche, und die Wildernesses gingen hinein, um zu der Heiligen für Verzweifelte und Gefährliche Anlässe zu beten. Die Kirche war auf den Fundamenten eines der großen Bauwerke von Mitla erbaut worden. Der Führer erzählte ihnen, es existiere eine Legende über einen der Räume dieses Gebäudes, in dem vormals die Leichen der verstorbenen Könige aufgebahrt wurden. Wenn ein König gestorben war, wurde seine Leiche unter großen Feierlichkeiten zu seinem Grab getragen, auf einen Scheiterhaufen gelegt, und die Asche kam dann ins Grab. In einem anderen Raum befand sich ein Zugang zu einem dunklen Gelaß, der mit einem großen Stein verschlossen war; er wurde nur geöffnet, wenn die Leichen von im Kampf gefallenen Helden dorthin gebracht wurden, um in der düsteren Höhle darunter bestattet zu werden. Es hieß, diese Höhle erstreckte sich unendlich tief in den Boden, und es hieß auch, daß manche Menschen sich lebendig – und zwar aus freien Stücken – in diesen Tunnel werfen ließen, um sich in der Hoffnung auf Auferstehung, auf Wiedergeburt den Göttern zu opfern.

Vielleicht – nein, es war zweifellos der Fall – lagen hier Fernandos Vorfahren begraben.

Plötzlich merkte Sigbjørn, daß sie alle die Kerzen in der Kirche betrachteten. Was war die Bedeutung der Kerze, des Lichts, das für die Toten brannte? War es das Symbol der Fürbitte um Leben? Vielleicht war der Mensch gar nicht so unwiderruflich allein, dachte er, selbst die Männer schütteten ihre Herzen aus und warfen ihre Pistolen auf den Boden des Tempels der Jungfrau für die, die niemanden mehr haben mit. Denn zwischen Mann und Mann und zwischen Frau und Frau herrschte der vermittelnde Einfluß der Toten. Und über dem Abgrund, der jeden einzelnen Toten von jedem anderen trennte, herrschte der vermittelnde Einfluß der Lebenden. Und über dem Abgrund, der die Toten und die Lebenden vom Unbekannten und Unsagbaren trennte, herrschte der vermittelnde Geist derjenigen, die man die Heilige Jungfrau nannte, unser aller Mutter.

Draußen gingen sie allein herum, und auf einem Stein fanden sie Zeichen neuerer Verehrung – einen Blumenkranz, bekannt unter dem Namen zempoaxcochital, die bei den Indios noch immer bei ihren Begräbniszeremonien in Gebrauch sind, und die Reste einer Wachskerze, die eine fromme Seele entzündet hatte, um die Götter von Mitla für die ewige Ruhe ihrer Verwandten zu bitten.

Im Hotel La Luna fuhr Sigbjørn wie mechanisch aus dem Schlaf auf, als folge er einer Gewohnheit, einem Impuls aus der Vergangenheit. Alles in ihm sagte ihm, warum er aus dem Bett stieg, wieviel Uhr es war, und was er tun würde; es war, als wandle er im Schlaf. Und aus derselben Gewohnheit ging er auch zum Waschtisch und goß sich vorsichtig, ruhig, um Primrose nicht zu wecken, so wie er sich früher einmal Tequila eingegossen hatte, ein Wasserglas voll Wein. Alles war still, aber er wußte instinktiv, wieviel Uhr es war. Es war etwa vier Uhr morgens – seine alte Zeit, um ins Farolito zu gehen; und aus Gewohnheit war er aufgewacht. Das Verlangen nach einem Drink war unwiderstehlich. Sigbjørn trank den Wein herunter, der ihn sofort durch und durch erwärmte.

Er zog sich an, trank noch ein halbes Wasserglas Wein, ging auf die Galerie hinaus und schloß sorgfältig die Tür hinter sich. Was sollte ihn daran hindern, sich das Farolito wenigstens einmal anzusehen oder nur einen Drink dort zu trinken und wieder zurückzukommen, so wie er vorige Nacht von der Bar der Morgen-Schlampe hätte zurückkommen können, ohne das Primrose das geringste bemerkt hätte, kurz, als sei gar nichts passiert. Oder zumindest könnte er gehen, «um nachzusehen, ob es noch da sei, um Primrose irgendeinen unnötigen Gang zu ersparen».

Als er die Treppe hinunterging – er bemerkte, daß er die Treppe nahm, die von dem «sehr schlechten» Zimmer nach unten führte –, dachte er über das Wunderbare an dieser Sache nach: wie konnte er lebendig und als relativ hoffnungsvoller glücklicher Mann diese Treppe hinuntergehen, die er einmal als Toter hinabgestiegen war. Wie konnte man solche furchtbaren Nächte und Morgen, wie er sie durchgemacht hatte, überlebt haben. Und die Erinnerungen an den Speiseraum kamen wieder zu ihm, der auf der Couch schlafende Neffe, der auf den Morgenzug wartete, und er selbst, der aus irgendjemandes Flasche trank … und er dachte wieder an das Ticken der Uhr. Nur hatte er sich in diesen alten Zeiten nicht anzuziehen brauchen: er schlief stets in voller Montur in dem «sehr schlechten» Zimmer, und wenn er zum Fariolito ging, trug er wie ein Indio eine Decke über dem Kopf.

Draußen auf der frisch duftenden Straße in der frühen Dämmerung war Sigbjørn auf dem Weg zum Farolito nach links abgebogen, ehe er noch recht wußte, was er tat. Warum fühlte sich sein Geist mit so grimmiger, unerklärlicher Ekstase zu diesen seinen frühmorgendlichen Orgien hingezogen, fragte er sich. Etwa, weil er damit in gewissem Grade nicht das Böse, sondern Bewußtsein verband? Ein Bewußtsein, erzeugt und verstärkt durch Kummer und Verzweiflung, aber immer noch Bewußtsein. Obwohl er das meiste von dem, was er auf diese Art geschrieben hatte, verloren hatte – es war zweifellos ohnehin wertlos –, hatte er seine Zeit im Farolito vielleicht nicht ganz und gar verschwendet. Vielleicht war er dort auf irgendeine unerklärliche Weise gewachsen. Oder vielleicht kamen seine Erlebnisse dort einer Art Erleuchtung gleich; vielleicht war es so etwas wie eine mystische Erfahrung, die ihn das Leiden sich hatte unterziehen lassen. Nun kam ihm ein anderer Gedanke, als er beim Erreichen jener Stelle, wo die offenen Kloaken aufhörten, versiert die Straße überquerte. Wieso hatte er gerade jetzt zu sich gesagt, er sei ein relativ «hoffnungsvoller und glücklicher Mann»? Das hatte er in letzter Zeit nicht zu sich gesagt, das heißt, seit dem Feuer überhaupt nicht mehr, oder zumindest in allerletzter Zeit, als sie damit begonnen hatten, ihr Haus wiederaufzubauen. Hatte sich etwas in ihm geändert, war etwas von ihm abgewaschen worden – oder war das nur der Wein? Nein. Irgendwie verband sich mit dem Farolito das Gefühl der Freiheit.

Sigbjørn ging weiter. Es war sehr kalt und klar, und zwischen den Mauern waren Schäfchenwolken zu sehen. Er hatte beim Aufstehen oder über seinem Wein einige Zeit vergeudet, oder es war etwas später als er gedacht hatte, denn auf den Straßen fegten bereits einige Frauen, und auch die Ochsen waren schon da, mit schweren Jochen und sanften freundlichen Augen. Und da – er war fast gelaufen, als er um die Ecke bog – war das Farolito. Äußerlich hatte die Cantina sich nicht verändert: die blauen Streifen auf ihrer Fassade und die zwei niedrigen Eingänge; nur waren die Eingänge mit Brettern vernagelt. Der Name El Farolito war jedoch fast vollständig übermalt oder abgeblättert: und an der Mauer stand mit Farbe hingeschmiert die Inschrift: movió a Calle Humboldt, número 7. Die langen kalten Straßen führten auf der einen Seite aufs Land und in die Felder, auf der anderen in die Berge, und da war auch die hohe Mauer, hinter der sich die Töpferfabrik befand, wohin er nach seinen Gelagen so oft mit den Töpfern gegangen war. Hatte man *das* Glück nennen können? Wenn nicht, wieso sah er dann mit einer so unerklärlichen Sehnsucht darauf zurück? Denn hier war Fernando nicht das einzige und nicht einmal das stärkste Band, das ihn an das Farolito fesselte. Es war er selbst, seine einsame, sterbende Jugend.

Calle Humboldt! Auch dies war seltsam: wieder trat die Calle Humboldt auf die Bühne, als ob diese Straße irgendeine eigene merkwürdige und magische Bedeutung besäße, die er nicht zu ergründen vermochte, und von der nur sie allein wußte: oder als sei sie eine Parole unter seinen Schutzengeln oder Dämonen, auf die sie ihn hinwiesen, wenn sie ihn wissen lassen wollten, daß sie ihn beobachteten; oder es war, als sei sie etwas, das irgendeine Macht in ihm oder in ihnen, oder außerhalb, ihnen zur Kenntnis brachte, um immer wieder die eigenen Erinnerungen läuten zu lassen, oder als Warnung.

Sigbjørn bog in die Straßen ein, die bergauf in Richtung der Calle Humboldt von Oaxaca führten. Er wußte gar nicht mehr, wie nahe die Kirche der Soledad dem Farolito war, aber er konnte die dort hinaufführenden Stufen selbst von hier aus sehen. Ah, diese von Mauern umrahmten Straßen Oaxacas, die nicht das geringste von dem dahinterliegenden Leben sehen ließen, diese ausdruckslosen dicken Mauern der Cantinas, hinter denen eine solche Tiefe lauerte, solche Komplexheit, solche Schönheit der Patios und mit Sägemehl bestreuter Räume, wenn man sie betrat, Tiefe über Tiefe, die vergitterten Gefängnisfenster und die mächtigen verschabten Holztüren, durch die man wie zufällig eine verzaubernde Aussicht auf steinerne Höfe, Bögen und Gärten hatte – von was allem war dies ein Bild? Es genügte nicht, danach zu fragen. Hatten nicht auch die Menschen solche von Mauern umschlossenen Straßen, solche versteckten Artigkeiten, solche geheimen Gärten und Klöster und Zellen und Räume, in denen sich solche unsichtbaren Orgien vollzogen? Überdies, welche Seele besaß nicht ihr eigenes unsichtbares Farolito, in dem sie sich in den Totenwachen der Nacht zur Bewußtheit trank? Und hier war die Kirche der Soledad, der Jungfrau für die, die niemanden mehr haben mit. Und doch war der Mensch allein – wie konnte das sein? Vielleicht war damit gemeint, er sei insofern allein, als es die Lebenden betraf. Oder vielleicht stimmte etwas nicht an der Bedeutung des Wortes ‹allein›.

Da er glaubte, bis zur Calle Humboldt Nummer 7 könnte es zu weit sein – denn er war schon müde; oder ihn überkam ein Gefühl, das gar noch stärker war als sein Verlangen, die neue Lage des Farolito zu erkunden –, stieg er die Stufen zur Kirche empor, auf die sich bereits langsam eine Frau zubewegte, Millimeter um Millimeter auf Händen und Knien auf das Portal zukroch; vorbei an dem kleinen Verkaufsstand für Medaillen und Kerzen, kaum sah er einmal zur Independencia hin, zur Banco Ejidal oder der Farmacia de la Soledad, an der Kaserne vorbei, die jetzt wieder ein Kloster war – Gefängnis oder Kaserne in ein Kloster umgewandelt; einer hatte in diesem «schlimmsten» Gefängnis zwanzig Jahre gesessen. Mit dem guten Gefühl, daß ihre große Kerze für Fernando noch immer brenne, betrat er die kleine Kirche, in der er einmal Asyl gesucht hatte, als er verfolgt wurde.

Als er zum La Luna zurückkam, schlief Primrose noch; es war etwa halb sieben. Er weckte sie, und dann gingen sie noch einmal den Weg, den er eben gemacht hatte, zum Farolito mit der Inschrift «umgezogen zur Calle Humboldt». Sie gingen ins La Luna zurück, verspeisten ein gewaltiges Frühstück, und nachdem sie dem barfüßigen Alten Lebwohl gesagt hatten – er fand es «que lástima», daß sie gingen, und das Wetter sei schön frisch –

fresco –, bezahlten sie ihre Rechnung – «Nosotros no somos americanos ricos» –, die höher ausfiel, als sie erwartet hatten: Schinken und Speck und die zusätzlichen Tassen Kaffee wurden ihnen extra berechnet, und Primrose hatte unglücklicherweise einen Spiegel zerbrochen: der einzige Makel auf diesem Tag. «Das bringt – ah – sieben Jahre Pech», sagte der weibische Direktor, als er ihnen ihre Papiere aushändigte. Aber nicht einmal das konnte Sigbjørn verstimmen ...

Wieder einmal waren die Wildernesses unterwegs, diesmal fuhren sie den Weg zurück, den sie gekommen waren, so daß sie noch einmal das Schild *Le gusta este jardín* und *La persona que destruya este jardín será consignada a la autoridad* sahen. Sie saßen ganz vorne, ein frischer Wind wehte durchs Fenster herein, und irgend etwas schien sich in Sigbjørn verändert zu haben, er war froh, am Leben zu sein, er genoß die Fahrt, obgleich sie mit Trauer durchmischt war.

Noch einmal Etla und die Berge, Berge des geheimnsivollen Oaxaca. Sigbjørn erinnerte sich an die furchtbare Armut dieser Dörfer vor acht Jahren, an die erbärmlichen wenigen Maisfelder und an sein damaliges Gefühl, daß soviel Land, das den Menschen Fruchtbarkeit spenden könnte, einfach aus Mangel an ein wenig Unterstützung ungenutzt brachlag. Diesmal wurde er einer gewaltigen Veränderung gewahr: sie war direkt das Ergebnis der Tätigkeit der Bank. Überall sah man üppige grüne Felder, man spürte die Fruchtbarkeit und daß der Boden reagierte und die Menschen lebten, wie sie leben sollten: in Wind und Sonne und in Liebe mit dem Boden verbunden. Die Bauernhäuser hier wurden zärtlich gehegt und gepflegt; die Art und Weise, wie die Felder terrassenförmig angelegt und entlang der Höhenlinien gepflügt waren, verriet außerordentliche Sorgfalt und instinktive Kenntnisse; die Erde zeugte vom Gefühl und Genie der Menschen für ihr Land – aber nie hätten sie dies geschafft ohne die Hilfe der Bank; und zwar nicht bloß durch die Art von Hilfe, die man bekommt, wenn man sein Haus verpfändet, um sich ein wenig zu erweitern, denn dann herrscht beständig der Schrecken und Druck und die Angst, es durch die Macht der Erde selbst wieder zu verlieren, durch Kräfte, die man nicht beherrschen kann, Dürre und Sturm: die Erde, Überschwemmungen unterworfen, ist eine grausame Herrscherin. Aber hier waren die Farmen ordentlich: die Häuser waren nicht wie in Morelos oder Puebla strohgedeckte, aus Maisblättern geflochtene Hütten, sondern fast alle aus Lehmziegeln gebaut, und viele, ja die meisten, hatten Ziegeldächer; und schön waren sie, wie sie so aus dem Boden wuchsen, denn die Lehmziegel waren die Erde selbst.

«Sieh mal, Sigbjørn, dort werden Lehmziegel hergestellt. Sie werden geformt und in der Sonne getrocknet.»

Es war alles so anders als vor acht Jahren, auch der Anblick der Tiere, die nicht mehr dürftig und verhungert aussahen, sondern kräftig und wohlgenährt und mit glänzendem Fell, dank richtiger Nahrung und Pflege, und auch die Felder selbst sahen prächtig aus. Oaxaca war praktisch die Kornkammer von ganz Mexiko geworden, und das Tal von Etla zur Kornkammer von Oaxaca.

«Das hat alles die Ejidal gemacht!»

Und dann ein Feld jungen, frischen Weizens – blaßgrün im Kontrast zum dunklen Grün der Luzerne – und dann ein Feld reifenden Weizens, golden verdunkelnd; dann Quitten- und Pfirsichgärten, junge Bäume, die offensichtlich erst in den letzten zehn Jahren gepflanzt wurden und in Blüte standen ... Die Banco Ejidal war ein Garten geworden.

Dann ließen sie den Bundesstaat Oaxaca hinter sich, und hinter sich ließen sie auch in der dunklen Kirche der Jungfrau für die, die niemanden mehr haben mit, eine Kerze, die brannte ...